世界不朽傳家經典

這裡選的書，您一輩子總要讀它一遍，
不管您是在十歲，或在三十歲，或在七十歲！

遠流出版公司

〔世界不朽傳家經典〕001

安徒生故事全集㈠　（全四冊）

原書名　*Eventyr og Historier*（丹麥）

作　者　安徒生(H.C. Andersen)

譯　者　葉君健

校訂者　蔡尙志

主　編　楊豫馨

特約編輯　劉玲君

發行人　王榮文

出版發行　遠流出版事業股份有限公司

台北市南昌路二段 81 號 6 樓

郵撥 0189456-1　電話（02）2392-6899　傳真（02）2393-6658

香港發行　遠流(香港)出版公司

香港北角英皇道 310 號雲華大廈 4 樓 505 室

電話 2508-9048　傳眞 2503-3258

香港售價　港幣 117 元

著作權顧問　蕭雄淋律師　法律顧問　王秀哲律師　董安丹律師

排版　凱立國際印刷股份有限公司

印刷　優文印刷事業有限公司

初版一刷　1999 年 2 月 16 日

初版十二刷　2005 年 4 月 1 日

行政院新聞局局版臺業字第 1295 號

定價 350 元

（缺頁或破損的書，請寄回更換）

YL*ib* 遠流博識網

http://www.ylib.com. E-mail:ylib@ ylib.com.

001

世界不朽傳家經典
安徒生故事全集(一)

安徒生（H.C.Andersen）著
葉君健翻譯　評註　蔡尚志校訂

序

葉君健

漢斯·克里斯蒂安·安徒生（Hans Christian Andersen, 1805-1875）是世界各國人民所熟知的童話作家。一百多年來，從終年積雪的冰島到烈日炎炎的赤道，到處都流傳著他那美麗動人的童話。這些童話以各種民族的文字刊印發行，總冊數已經不可數計了。

童話，自人類在搖籃時候起就已經產生，通過奶奶、母親們的編織，在人類開始認識這個世界的時候就已經成為他們精神生活的一個組成部分。它植根於人民中間，最初以口頭傳播的形式出現。在文字發展到了一定階段的時候，一些有心的學者把散在民間的這類故事以民間文學的方式收集、加工成冊，使其成為人類的寶貴的精神財富，永遠地生存下來。在這方面做出最大成績的人，恐怕首先得推法國的貝洛爾（1628－1703），接著便是德國的格林兄弟（1785－1863和1786－1859）。他們所收集的民間童話都成為世界名著。安徒生是繼他

們之後的一位童話大師。但他又不同於他們。他不是童話的收集者，而是直接的創造者，因而更為重要。他開闢了世界兒童文學的新時代，使後來的兒童文學作家有廣泛的活動空間。現在，世界兒童文學在題材、創作方法和表現技巧等各個方面能夠如此豐富多采，不能不說是始於安徒生在這方面的大膽創新。應該說，安徒生是現代兒童文學的奠基人。

安徒生把他用四十年心血所精心編織的一百六十四篇童話故事，用一個丹麥字 Eventyr 加以概括。它的意義要比我們所理解的童話廣泛得多。它不僅包括「故事」，還涉及以「浪漫主義幻想」手法所寫的兒童「散文」、「散文詩」和以現實主義手法所寫的兒童「小說」。他寫的童話具有很強的吸引力，甚至令人「著迷」。這是他的童話藝術的獨到之處。更為重要的是，他以高尚的思想、鮮明的態度和強烈的愛憎，通過童話的形式，真實地反映了他所處的那個時代及其社會生活，深厚地表達了平凡人的感情和意願。他滿腔熱情地歌頌人民的優良品質，同時又尖銳地揭露出社會中形形色色的醜惡，以此來襯托人民的心靈美，使讀者從感人的詩境和意境中發現真理，發現人類靈魂中最誠實、最美麗、最善良的東西，從而使人們的感情得到淨化與昇華。從這一點上講，安徒生堪稱是一個偉大的「人類靈魂的工程師」。

但安徒生不只是一個童話作家。他是以寫成年人的文學作品開始的：他寫過詩、小說、劇本和遊記，其中也有不少的名篇。不過他對丹麥文學──從而也對世界文學──的最大貢獻卻是童話。他這方面的作品，對世界兒童文學創作的發展所起

的影響是無法估量的。

　　安徒生 1805 年 4 月 2 日出生在丹麥中部富恩島上的奧登塞小鎮。十九世紀初正是拿破崙戰爭打得正酣的時候。丹麥是個盛產糧食的國家，在物資和戰略方面也處於一個相當重要的地位，它的去從也會影響戰局。英國要求它歸附自己。丹麥不從，英國就炮轟它的戰艦，解除它的武裝。丹麥於是便倒向拿破崙。後者戰敗，丹麥便也成了一個戰敗國。戰後丹麥城鄉一片蕭條，窮人的日子十分艱難。安徒生一家在戰時已經變得貧困不堪。父親是個鞋匠，生意清淡，母親只有靠爲人洗衣服過日子。一家人常常是爲了生計而愁眉不展。安徒生的童年就是在這種貧困和孤寂中度過的。他的父親雖然頗有些文化興趣，但由於家中一貧如洗，從小就沒有求學的機會。這種狀況同樣也延續到安徒生的身上。儘管如此，鞋匠仍然把一線希望寄託在獨生兒子身上。他對兒子說：「我的命苦，沒有撈到念書的機會，你一定要有志氣，要爭取學些文化，使自己成爲有知識的人。」父親在貧困的生活環境中沒有忘掉對兒子的啓蒙教育。在他家那唯一的一間狹小的房裡，只有一張做鞋用的工作凳、一張用棺材架改裝的床和安徒生晚間用來睡覺的一條凳子。但父親卻精心爲他布置了一個藝術的環境：牆上掛了許多圖畫和裝飾品，櫃子上也擺了不少玩具，工作凳旁邊還有一個矮書桌，上面有些書籍和歌譜，門上也有一幅風景畫。父親爲了排解兒子的寂寞，常常給他講一些《一千零一夜》裡的古代阿拉伯的傳說，給他念丹麥著名喜劇家荷爾堡（1684－1754）的劇本，朗

誦莎士比亞戲劇中的章節。這些劇本裡的故事啓發了小小的安徒生。他是一個好幻想的孩子，經常把大人們講的故事通過自己的設想演繹成新的故事。他幻想自己是個戲劇導演。沒有演員，他就用父親給他做的木偶當做劇中人物，在母親的幫助下，找出一些布片爲他們縫製服裝，給他們穿起來扮裝成不同職業、不同身份的劇中人。他們之中，有的是沒有飯吃的窮人，有的是欺壓老百姓的貴族，有的是像他一樣沒人理的孩子。他自己就這樣創造出一個新世界，在這個世界裡，他暫時忘記了寂寞，同時也更豐富了他的想像力。

為了擴大他的精神世界，安徒生開始走出那間小屋。雖然他年齡很小，但是他已經有了很敏銳的觀察力，他發現這個人間世界比他那個小房裡的生活要複雜得多：這個世界裡活動著生意人、手藝人、店員、乞丐、坐在四輪馬車裡橫衝直撞的貴族和大地主、僞善的市長和牧師……他們之間的區別很大：有的裝腔作勢、揮霍無度；有的一天到晚勞動還是吃不到一頓飽飯。安徒生想研究這些人的生活，研究他們的快樂與悲哀。但是，他對於這種不合理的現象找不出一個解釋，正因爲如此，他覺得這個小城市裡的生活陰暗而無趣。安徒生有時問媽媽：「我們爲什麼這樣苦？你看市長先生和牧師成天不幹什麼活，但吃的穿的比誰都好。」母親也解釋不了，只能這樣說：「孩子，這一切都是上帝安排好了的呀。」母親以爲上帝眞像牧師說的那樣，是一個仁慈博愛的人，總有一天會來拯救她一家，叫她家過著幸福的生活。她的這種想法在安徒生幼小心靈中留下了很深的印象。話雖如此，事實上安徒生一家的生活並沒有

因為他們篤信上帝而得到改善，相反地卻一天不如一天。

鞋匠幻想著通過參加戰爭來改變自己的命運。他認為拿破崙是一個常勝將軍，在他名下當兵一定會碰上好運氣；如果上帝保佑他，也許將來當上一名軍官。1813 年秋，鞋匠收下了一個農民的錢替他上了戰場，當了拿破崙軍中的一名雇佣兵。但他服役不到兩年，就返回家中，臥病不起。1815 年冬的一天，奧登塞大雪紛飛，安徒生在低矮的小房中聽到的是父親的呻吟和母親的嘆息。他望著窗上由於寒冷而結出的冰花，幻境中出現了冰姑娘。奄奄一息的父親認為這個冰姑娘是來接他走的。不久，他真的去了，留下了寡婦和十一歲的孤兒。

母親現在唯一謀生的道路就是每天到奧登塞河水裡去洗衣，手和腳泡在水中，天氣寒冷時也不例外。她的手腳常常凍得又紅又腫，但她卻不能因此就停止下水，因為不這樣他們母子倆就生存不了。孤單的安徒生白天獨自在家玩木偶戲，有時也到一個同情他們境遇的鄰居家去玩一會兒，因為主人有些文化，家裡藏有一些書籍。在那裡，他第一次聽到「詩人」這個名字。主人知道他喜歡演戲，偶爾也給他談起一些他從未聽見過的劇作家和劇本的名字。這更激起了他對戲劇的想像。他甚至自己也想寫劇本。他的第一個劇本的名字叫《阿伯爾與伊爾維洛》。他講給別的孩子聽。他所得到的反應是：「你是個瘋子！」

在安徒生十四歲那年，哥本哈根皇家歌劇院有個劇團到奧登塞來演出。安徒生跟一個散發節目單的人交上了朋友。這個人經常把他帶到後台的一個角落裡蹲著，在那裡偷偷地看戲。

雖然安徒生是坐在舞台的背後，看不到前面的演出，但是他已經發現了一個新的天地——演員們把活的人生搬上了舞台——充滿了悲哀、也充滿了希望的人生舞台。這樣的人生，安徒生本人已經有了一些體會。這當然要比他的傀儡戲完善和生動得多。

安徒生開始下了決心，一定要當一個藝術家——把他對生活的感受用藝術形象反映到舞台上來。這對他來說，才是最理想的工作。但這個閉塞的家鄉卻無法實現他的理想，因為奧登塞連個劇團也沒有。於是他又下了另一個決心，他要到藝術家的集結地——哥本哈根去。他想在那裡能當上一個演員，做為他舞台生活的開始。

1819 年 9 月 5 日，安徒生拒絕了母親要他到一個裁縫店裡當學徒的安排，手裡提著一捲破行李，懷中帶著他多年積存的三十個銀毫子，告別了家鄉，告別了母親和祖母，獨自爬上馬車，向他渴望已久的聖地哥本哈根出發了。

哥本哈根並非如安徒生所想像的是個天堂。在這裡，極度的奢侈和極度的貧困形成強烈的對照，窮人們用顫抖的手向坐在馬車上的闊佬乞求；有許多人無家可歸，蜷縮在臨時搭起的破布篷裡，過的日子並不比奧登塞的窮人強多少，他也預感到他在這個都市裡的生活也不會輕鬆。果然，他僅有的銀毫子很快就花光了。連最低廉的客棧他也住不起。有時，他只能用冷水充飢。儘管他具有對藝術強烈追求的熱情，他卻沒有最基本的文化訓練，又由於他在飢餓中掙扎，他的身體也受到了很大的虧損，一個舞台藝術家所應具有的起碼條件他也失去了。他

被一次次地拒絕於舞台之外，他的希望也一個個地破滅了。

在安徒生走投無路之際，當時一個名叫古爾登堡的詩人同情他的遭遇，特為他提供免費學習拉丁文的機會，使他能打下一點文化的基礎，但安徒生即使在學習期間也仍不忘劇本的寫作。這激怒了這位詩人。他罵安徒生過於任性而不值得培養。這樣，安徒生就失去了這位詩人的接濟。像這樣的機遇他在對舞台藝術的追求中經歷了已不止一次，但結果不是嘲笑，就是屈辱。再加之飢餓的打擊，安徒生幾乎要瀕於滅亡的境地。但他並沒有灰心。他根據童年時期聽到的故事，寫了一本作品集，取名為《嘗試集》，包括詩劇〈阿芙索爾〉、〈維森堡大盜〉和故事〈帕爾納托克墓地上的幽靈〉。這本集子當然不會有機會出版，但卻引起了文藝界某些人的好奇和興趣，1822 年 8 月，哥本哈根《豎琴報》的一個評論家從他的〈阿芙索爾〉中選出一場在刊物上發表，並且還附有一個編者按：「因為作者是一個沒有什麼教養的人。從這一點看來，他能寫出這樣的東西來是很難得的。」原來，他發表這篇東西是從獵奇的角度出發，想引起讀者對他刊物的注意，因為當時社會上有一種偏見，認為「下層社會」的人絕不會成為一個作家。但在天真的安徒生看來，作品能夠在刊物上發表，已經是一個很大的勝利。於是他把這個劇本送到皇家歌劇院，期望他們能接受它。當時文藝賞鑒家、皇家劇院負責人拉貝爾也同樣認為他的劇本幼稚、缺少「文化」。所以他對安徒生說：「皇家歌劇院的觀眾都是有教養的人，沒有文化的作品絕不會在那裡上演。」拉貝爾所說的文化是指當時「上流社會人士」的那些矯揉造作的生活方式的描

寫和他們俏皮的對話。不過，他還是認為這個年輕人有些才氣，可以「培養」為劇院的一個固定的「劇本寫作匠」。於是他與另一位負責人古林商量，為安徒生申請了一筆皇家公費，送他進一個學校補習文化。

1822 年 10 月，十七歲的安徒生進入了斯拉格爾塞鎮上的中等教會學校。校長梅斯林認為他來自「沒有教養的下層社會」，半點文法也不懂。因此，為了對皇家歌劇院負責，他就用野蠻的方法逼迫他成為一個「有教養的紳士」。強迫他死背拉丁文和希臘文文法，一有錯誤就信口謾罵。他要把安徒生插在最低的一個班次裡，儘管他的身材和年齡都比同班同學超出許多。因為他是貧窮人家的孩子，不懂得所謂上流社會的習慣和禮貌，大家都把他看成是一個鄉下來的「笨漢」，經常拿他取笑。他在這群孩子中間，正如「醜小鴨」在一群雞鴨中間一樣，是完全孤立的。安徒生在梅斯林的學校裡像囚徒般屈辱地度過了六年，他對於一切譏笑和侮辱的忍耐力已經達到了頂點。他在給古林的信中寫道：「先生，請你救救我吧！再在這兒住下去我就會變成一個沒有用的廢人。」古林看過信後，認為要把安徒生改造成為一個「有教養」的紳士是沒有希望了，把他培養成為一個合乎皇家歌劇院要求的劇作家則更是不切合實際的幻想。於是古林同意了安徒生離開這個學校。

這六年的生活是痛苦的，但安徒生利用學校的圖書館畢竟還是學了不少的東西，閱讀了不少著名詩人和作家的作品，如法國的歌德、席勒和海涅，英國的司各特、拜倫和斯摩萊特。這些作品在當時也使他暫時忘卻了痛苦。他還利用了那段時

間，以一種迫切的心情寫了不少充滿了苦痛，但很熱情的詩篇和劇本。因此，在 1827 年，安徒生二十二歲離開那個教會學校時，他像十四歲時離開家鄉去哥本哈根時一樣，既感到輕鬆，又感到渺茫；所不同的是，他那捲破行李中多了一大包文稿。後來，他在回憶少年時代生活時，在一封給友人的信中寫道：「你不知道我曾經走過怎樣一段鬥爭的道路……我在貧困和愚昧中長大起來，沒有任何人來指引我，把我的智力引向正確的方向中去。它像游星一樣無目的地飄蕩。當我能夠有機會上學校的時候，老師卻強迫我接受一種愚人的訓練。我常常感到奇怪：我居然能夠活下來了！」

1827 年，安徒生回到了哥本哈根。他用極少的錢租到了一間破舊的頂樓。但對他這擺脫了羈絆的年輕人說來，卻是一個舒服的所在，因爲在這個小房間裡，他可以讓自己的靈感像開閘的水一樣暢快地湧出來。儘管他在經濟上很拮据，但他在創作上卻有了一番新天地。他當時的心境是愉快而興奮的：「現在我是一隻自由飛翔的鳥兒，所有的悲哀和不幸都被拋到了九霄雲外……。」他從來沒有像現在這樣覺得時間的寶貴，他抓緊每一分鐘，嘗試各種形式的創作。他寫詩，寫劇本，寫遊記和散文，這是他創作慾非常旺盛和非常豐富的一個時期。

當安徒生的詩歌〈瀕死的孩子〉和〈傍晚〉在詩人海堡（1791－1860）編的有名的文藝刊物《快報》上發表時，由於他以自己名字「漢斯」的第一個字母「H」署名而被人們誤以爲是海堡本人的作品而受到「上流社會」評論家的稱讚。儘管這件

事很滑稽，但卻鼓起了安徒生對寫作的信心。他以活潑生動的語言和大膽的想像，開始創作一部題為《阿馬格島漫遊記》的長篇幻想遊記。安徒生把他在生活中的折磨和感受，寫進了這部作品。這引起了《快報》編者海堡的注意，因為它不僅充滿了生活和詩情，還充滿了對未來美麗的想像：他預言人類的智慧將會把世界大大地推進一步，空中將有飛船航行，被奴役的人將會站起來，建立最好的國家……。在技巧上講，這雖然不是一部太成熟的作品，但它對當時死氣沉沉的文學界卻吹進了一股清新的空氣。1829 年，當安徒生二十四歲時，這部書出版了。海堡對讀者們說：「請不要用普通的眼光來讀這部書，請把它當做一個即席演奏者的狂想曲來欣賞吧。」這部書的第一冊銷售一空後，馬上就有一個大出版商爬上安徒生住的頂樓，提出相當優厚的條件，希望讓他出第二版。在飢餓中掙扎的安徒生答應了──他也因此從飢餓的壓迫中鬆了一口氣。

1828 年春，安徒生又根據自己生活中的感受和想像，創作出喜劇《在尼古拉耶夫塔上的愛情》。由於他上一部書的成功，這一部喜劇沒有再遇到皇家歌劇院的拒絕。1829 年 4 月，它正式上演的那一天，這位年輕的劇作者靜靜地坐在那個全國馳名的大劇院的一個角落裡，望著那些他所創作的人物形象活生生地出現在觀眾的面前，聽著觀眾的喝采他的眼中不禁流出一行行的熱淚。十年前，他幾次想在這個劇院裡找到一個小小職位，每次都遭到了奚落和否定。從那時起到現在舞台上的演出止，這是一段多麼艱苦和漫長的過程！在這個過程中，有多少次他幾乎遭到滅亡！今天，他終於成功了，得到了公眾的承認。

　　第一部書和這個劇本的報酬，使安徒生有生以來第一次擺脫了飢餓的恐慌，爲他的創作提供了一定的物質保證。他的創作熱情更爲高漲了。就在這一年，他的第一本詩集出版了。這本詩集的後面附有一篇散文寫的童話〈鬼〉。事實上，這篇〈鬼〉正是安徒生發表童話的開端，後來，他著名的童話〈旅伴〉就是由這篇作品改編成的。

　　一個鞋匠的兒子出現在文壇，有的作品受到了讀者的歡迎，這對「有教養」的文人說來自然要引起驚異和「憤慨」。他們覺得這個年輕作家的出現是破壞了文學語言的風格和文學的「優良傳統」。實際上，這些文人生活在一個狹小的圈子裡，與人民脫節，缺少想像，寫不出什麼東西，只能模仿過去的作家和作品，做些技巧和形式上的遊戲，供他們那個階層的人欣賞。而安徒生使用的民間口語，新鮮活潑，想像豐富，爲多數的人所喜愛，這足以使他們嫉妒萬分，對他們構成了威脅。於是這些文人便開始議論，安徒生到底是怎樣一個出身的人，屬於哪一派，是一個浪漫主義者呢，還是一個古典主義者？他們非常粗暴地攻擊和批評他的作品，主要集中於文學技巧方面，說他寫的文章不通，許多字都拼錯了。他們希望用這證明安徒生是一個沒有教養的人，根本不能進入作家的行列。

　　面對著這種奚落和打擊，善良的安徒生的心亂極了。他不願、也無力去反擊。爲了改變環境，也爲了擴大視野，積累創作的素材，他開始了旅行。

　　1830 年夏，安徒生首先回到了家鄉，接著就到丹麥最大的一個區域尤特蘭去。旅行使他重新接觸到他所熟悉的農民、手

藝人、小販、沒有飯吃的窮人……。這些勤勞的人用自己的勞動在創造著財富，其中有歡樂也有痛苦。跟他們生活在一起，安徒生體會到他們的偉大，了解了他們的感情，同時也看到了揮霍無度的地主貴族的蠻橫與墮落。他對生活有了新的感受，這種熱愛與憎惡交織的感情促進了他的創作勇氣。他的第二部詩集《幻想和速寫》就是在這種情況下出版的。

　　從 1831 年到 1834 年，安徒生又開始到國外旅行。在德國，他和平民交朋友，也和著名的作家交朋友。他結識了德國著名詩人加米索（1781－1838）和著名作家蒂克（1773－1853）。他來到文化中心萊比錫，來到美麗的風景城德勒斯登，看到了古老雄偉的教堂、博物館和勞動人民親手開墾出來的田野和花園，他感到生活非常豐富，有無窮無盡的東西要寫。於是他寫下了《旅行剪影》和《哈茲山中漫遊記》兩部書；在法國，在積累了法國人民天才與創造的巴黎，他參觀了巴黎聖母院、羅浮博物館和富麗堂皇的杜勒里宮，他「彷彿讀到了一本內容豐富的書」。在那裡，他遇到了德國著名詩人海涅；在瑞士，在風景秀麗的尤拉山中的一間小屋裡，他靜心地寫出他的美麗詩劇《亞格涅特和海人》；在義大利，映入他眼簾的是古老而新鮮的世界、美麗的大自然風光、牧歸的牛羊群以及海濱漁人的生活。在文化古城佛羅倫斯的畫廊裡，他在愛神維納斯的雕像前坐了整整一個小時，完全被這古代雕刻所迷住了。他像是受到了啓發似地說：「如果我能帶著當前的感受回到我十七歲的年齡中去，那麼我也可以成為一個像樣的人了。現在我才了解，我什麼東西也不知道，我什麼事情也沒有做，而生命卻是這樣地短

促。這樣無限多的東西我怎樣學習得完呢！」看到前人的這些輝煌創造，安徒生感到自己非常渺小。他走的地方越多，就越覺得需要學習。在羅馬，他結識了丹麥著名的雕刻家多瓦爾生（1768－1844）。多瓦爾生是個窮苦雕匠的兒子，憑他辛勤的創造與天才，他已經成爲了全歐馳名的雕刻大師。當他見到安徒生時，他握著他的手說：「我知道你是一個詩人。但是一個詩人也要像一個雕刻師一樣，不停地學習和不停地勞動才能進步呀！」這親切樸素的話語使安徒生感動得幾乎落淚。

　　正在這時，安徒生得知他那辛勞一生的母親去世的消息，他悲哀極了。爲了紀念他的母親，他要加倍地勞動。很快，他的一部長篇自傳體小說《即興詩人》就問世了。作品以他特有的幽默感、幻想和詩情描繪出義大利的生活風情，讀起來像一部詩。評論家稱這部作品「使義大利在紙上活躍起來了，而且放出了光芒」。這部小說在義大利廣泛流行。這部作品中的情節是安徒生所體驗過的生活，書裡有他的兒童時代和少年時代，有他勤勞的母親，有他飢餓中的掙扎，也有像梅斯林那樣粗暴的人。當這部書在哥本哈根出版後，立即受到廣大讀者的歡迎，被譯成了好幾國文字。這位年輕的詩人開始覺得，他現在應該堅持勞動下去，爲廣大的讀者而不停地勞動。

　　1832 年，安徒生曾在給家鄉一位女友的信中預言性地說過這樣一段話：「當我變得偉大的時候，我一定要歌頌奧登塞；誰知道，我不會成爲這個高貴城市的一件奇物。那時候，在一些地理書中，在『奧登塞』這個名字下，將會出現這樣一行字：一個瘦高的丹麥詩人安徒生在這裡誕生！」這個預言後來實現

了。

1835 年，安徒生三十歲了。在他創作了詩歌、小說、劇本，並受到社會承認之後，他在認眞地思考這樣一個問題：誰最需要他寫作呢？他感到最需要他寫作的人莫過於丹麥的孩子，特別是窮苦的孩子。他親身體會到窮人家的孩子是多麼寂寞，他們沒有上學機會，沒有玩具，甚至還沒有朋友。他自己就曾經是這樣一個孩子。那麼，爲使這些孩子淒慘的生活有一點溫暖，同時通過這些東西來敎育他們，使他們熱愛生活、熱愛美和眞理，他就要爲他們寫些美麗的作品，富有現實意義的作品。他覺得，最能表達他的這個思想的文學形式就是童話了。他要寫童話，要做一個童話作家。

安徒生從此成了一個具有特殊風格的童話作家。他的主要作品是童話，而他的才華也只有在這種形式的創作中得到充分的發展。他過去的歷程——艱苦的生活、學習、寫作和旅行，在他看來完全是一種有意義的準備和練習，即爲童話的創作鋪墊下基礎。從此童話成了他的主要創作活動。他在丹麥，乃至世界文學史中的地位也由他的童話所奠定下來。

安徒生的童話創作，自 1835 年起到他逝世前兩年的 1873 年止，其間很少中斷過，發表了一百六十四篇作品，在世界的童話作家中，很少有人像他爲小朋友們寫過這樣多的東西。他的童話作品受到了國內外廣大讀者的喜愛，這種成功主要是因爲他的作品表現出一種民主主義精神和人道主義精神，這在當時具有一定的積極意義，因爲它的對立面是封建主義的殘暴和

新興資產階級的無情剝削，因而在一定程度上表達出人民的思想感情。另一方面，安徒生在語言風格上具有高度的創造性，在作品的內容上又是一個偉大的現實主義者。這兩種結合使他的作品在兒童文學中放出異彩，開闢出一條新的道路。

安徒生的童話創作大致分為三個時期。

第一時期(1835－1845)──**講給孩子們聽的故事**：從1835 到 1845 年的十年間，他所寫的童話是專門給孩子們看的，所以他把這一時期的作品叫做「講給孩子們聽的故事」。

就在安徒生開始從事童話創作的第一年，他出版了第一本童話集。這是一本僅有六十一頁的小冊子，收入了〈打火匣〉、〈小克勞斯和大克勞斯〉、〈豌豆上的公主〉和〈小意達的花兒〉四篇童話。這部代表他早期作品的集子充滿了美麗的想像，其中不時洋溢著濃厚的詩情。因為它們是講給孩子們聽的故事，所以內容生動有趣，富有吸引力。這之中，我們還可以明顯地看出他早年所聽到的關於《一千零一夜》中某些故事的痕跡。如〈打火匣〉與《一千零一夜》中的〈阿拉丁的神燈〉的情節就有類似的地方。〈打火匣〉充滿了奇妙的幻想，通過一個普通士兵當上了國王的故事，否定了君權神授的神話，宣傳了人人平等的民主主義思想。當時，丹麥是個半封建國家，故事中關於刑場造反的生動描寫，正反映了廣大人民對暴君的不滿。〈小克勞斯和大克勞斯〉是一篇富於幻想的童話，但它卻反映了現實生活。小克勞斯和大克勞斯為了錢，為了財產，不惜互相暗害，甚至對老祖母也不留情。從曲折生動的故事中，讀者所領悟到的是社會中存在的人間的殘忍，反映了資本主義興起時期

資產階級不擇手段追求金錢的特點。在這個小冊子的後面兩篇
童話中，安徒生擺脫了民間故事的影子，推陳出新，創作了〈豌
豆上的公主〉和〈小意達的花兒〉兩篇具有個人特色的童話，
表達了他對現實生活的觀察與想像。這為後來的童話創作開闢
了一條新路。

　　〈豌豆上的公主〉是一篇具有諷刺意味的童話。難道「公
主」的皮膚真的是那麼嫩，連二十床墊被下的一粒豌豆她都能
感覺得出來？這裡面有虛偽和詐騙。僅憑這一粒豌豆的測驗，
她居然就被證明是一位「真正的公主」，和王子結了婚，那顆豌
豆還被放在博物館裡做為文物。某些統治者就是這等荒唐！但
〈小意達的花兒〉卻是一篇詩意濃郁、富於幻想的童話。它細
膩地描寫了一個天真無邪的孩子的豐富想像和美好意境。單這
兩篇童話就已經展示出安徒生的才華，但卻遭到了當時一些文
人的攻擊和譴責。連安徒生的幾位朋友也說他沒有寫童話的天
才，要他以後放棄這方面的創作。有人甚至還攻擊這個集子：
「不僅沒有趣味，還會產生不良影響……」而奉勸安徒生「切
莫白白浪費時間」。安徒生說：「經這樣一說，我倒更要寫了。」
安徒生在給一位朋友的信中說：「我現在要開始寫為孩子們看
的童話。你要知道，我要爭取下一代！」不久，他在另一封信
中談到他堅持要為兒童創作的時候說：「這才是我不朽的工作
呢！」從這時起，他把全部精力和生命都貢獻給了這「未來的
一代」。他對這「不朽的工作」非常勤奮，每年聖誕節他都要獻
給小讀者一本童話集，做為禮物。聖誕節在歐洲是孩子們的節
日，他選擇了這個節日出版他的童話。這不僅說明他對孩子們

的感情，也表示出他認為童話創作是他畢生的嚴肅事業。

第一集童話出版之後，他基本上擺脫了一些以民間故事為素材的框框，而直接取材於現實生活，放手發揮他浪漫主義的幻想，寫出一篇篇有創造性的童話。當時以詩人厄楞士雷革（1779－1850）為首的「浪漫主義」運動正在丹麥盛行。表面上看來安徒生很像是這個運動中的一名後起之秀，但他對於浪漫主義者所憧憬的那種中世紀的生活卻不感興趣，他對於北歐的神話也不像當時的浪漫主義者那麼熱中，他從來沒有在這些神話上來發揮他的「幻想」。他和當時的浪漫主義者不同，他那種富於想像的活潑文體絲毫也沒有華而不實的味道，而是充滿了濃厚的鄉土氣息。

1836 年，安徒生的第二集童話出版。這一集的代表作品有〈拇指姑娘〉、〈頑童〉、〈旅伴〉三篇故事。〈拇指姑娘〉中的那個被人瞧不起、處處受到奚落的拇指姑娘，她追求光明的世界，她跳出了癩蛤蟆的泥巴底下的黑暗的家，逃出了鼴鼠沒有陽光的地洞，憑她的善良和偉大的同情心，終於得到她救活的那隻燕子的幫助，飛到光明的國度裡去。拇指姑娘是那些勤勞、勇敢和正直的「平民」的代表，他們不是消耗者而是創造者。他們創造出豐富的生活。在他們的創造過程中，表現出他們無比的智慧和勇敢。他們雖然是「寒微」和「渺小」，但他們卻有一顆明朗和偉大的心。

1837 年，安徒生的第三集童話出版。主要作品有〈皇帝的新裝〉和〈海的女兒〉。〈皇帝的新裝〉情節並不複雜，但含義卻非常深刻。它用幽默而輕鬆的筆調，諷刺了封建社會的虛偽

和逢迎諂媚的社會風氣。作品寫了一個皇帝和他的大臣們的愚蠢無能。兩個騙子利用他們的虛榮，通過爲皇帝做新衣的方式，騙取了大量的錢財，那些貪污腐朽、阿諛奉迎的大臣們，爲了怕暴露自己的不稱職，也嘖嘖稱讚那套並不存在的「新裝」多麼漂亮，使得皇帝赤身露體，招搖過市，最後還是一個天眞的孩子揭露了騙局，但皇帝和他的大臣們還是要裝腔作勢，在百姓面前炫耀他們的醜態。這個故事中的皇帝和大臣雖然是虛構的，但卻反映了活生生的社會現實。它裡面的人物，在浪漫主義和輕鬆幽默的氣氛中，依次出場，雍容華貴，步履端莊，儼然是最有權威的統治者，但他們的愚蠢無知，荒唐可笑卻是赤裸裸地暴露在讀者眼前，給讀者以畢生難忘的印象。有關他們的嘴臉的刻劃，可能是誇大了一些，戲劇化了一些，但卻是逼眞，令人信服的。他們的形象是最集中的典型，具有普遍意義，即使在今天，也還有其現實性，那種虛僞和奴性的現象依然存在，會時時鬧出可笑的醜劇。

〈海的女兒〉是一篇色彩瑰麗的動人童話。它深深地感染著億萬讀者。作品肯定了人的尊嚴與價值，歌頌了小人魚想變成人的美好理想以及爲實現這個理想所做出的犧牲。這裡的王子，在安徒生的筆下，並不是封建統治階層中的要人，而是具有象徵意義的「人」。他有文化，有敎養，善良，貌美，是「眞、美、善」的化身，是小人魚理想中的「人」。她渴望進入「人」的領域。但以一個海底生物升到高級動物的「人」，她就必須先通過王子對她的愛而獲得「人」的靈魂。她對王子的愛情堅貞不渝，表現了她心靈的純潔與高尚。她的百折不迴的性格所形

成的形象特別富有藝術的魅力。作品提出了一個很重要的對於人類具有普遍意義的問題，即「靈魂」問題。人具有一般動物所沒有的一件最寶貴的東西——「靈魂」，而「人」本身是否意識到了這一點呢？當然，這個「靈魂」並不是宗教中所說的那種神祕的東西，而是具有實際「道德」意義的屬性。在安徒生說來，它是「品質和理想」的融合體。因為「人」具有這種特點，所以小人魚才不惜犧牲她可能在海底龍宮享受到的三百年的快樂而去追求一個「人」的靈魂。她雖然最後沒能得到這個「靈魂」，但她的行為是按照「靈魂」的要求的規範而做出的。她最後犧牲了自己而保存了王子的生命，犧牲了自己的幸福而使別人幸福。和那些「沒有靈魂的人」，也就是說已經墮落成為一個低級動物、甚至比低級動物還要低劣的動物相比較，她的努力雖然得到了悲劇的結局，但她的品質是偉大的。所以有關她的這個故事就是在今天，甚至在明天，仍有極為現實的意義。小人魚的行為是對我們已經具有「靈魂」的人的一種提醒：我們應該如何重視這個「靈魂」？這個故事並不是安徒生憑空幻想設計出來的，而是取材於他對現實生活的體驗，甚至他自身真切、深沉的體驗，特別小人魚對王子的愛情的表露，是有他個人真實的情感做為基礎的。這表示出深藏在他心裡愛情方面的細微的心理活動過程。他早年喜愛過一個鄉下女子里波兒‧芙伊格特。這是一個面貌樸素、出身寒微的姑娘，有同安徒生類似的境遇。他們非常友好。但談到終身大事時，這位女友從實際出發卻婉言謝絕了安徒生的追求，而與另一位男子結了婚。這對安徒生是一個沉重的打擊，但他並不因此而動搖他對她愛

情的眞誠和堅定。只不過他將這種感情深深地埋藏在他自己心中。在他死去時，人們驚奇地發現，在他的胸前掛著一個小袋，裡面裝著一封已經發黃了的信——里波兒・芙伊格特婚前寫給他的最後一封信。安徒生對愛情的追求，雖然像〈海的女兒〉的結局一樣，最終變成了「泡沫」，但這種感情本身卻是永恆的，不滅的，是人類進步的象徵，也是人類向更高級文明發展的動力。

　　安徒生的另一篇自傳性作品〈醜小鴨〉創作於 1844 年。安徒生把自己看做是一隻醜小鴨。醜小鴨遭到許多精神上的打擊，「結婚」問題是其中一種。做為一隻醜小鴨，他的境遇，他的身世不可能引起異性的太多幻想，他自己對此也不懷有太多的幻想。他「根本沒有想到結什麼婚」——事實上安徒生也當了一生的單身漢。他被其他動物認爲「醜得出奇」，處處受到歧視，這同安徒生少年時代的遭遇相類似。但他卻具有訕笑他的那些動物所缺乏的東西和精神境界，即對「美」的追求。這種境界使安徒生把「醜小鴨」描繪得生動感人。在現實生活中，也往往會出現類似情況，一些天才人物沒有被發現，被重視，沒有人去精心培養，相反地卻遭到歧視，他們被看作是「醜」的化身，終而中途夭折，如後來他寫的一篇童話〈銅豬〉中的那個小藝術家。當然，「醜小鴨」經過了苦難和折磨活下來了，成爲美麗的天鵝。

　　有人說這是安徒生的一篇自傳，表現出他在同世俗偏見抗爭中的性格和信念：「只要你曾經在一隻天鵝蛋裡待過，就算你是生在養鴨場裡也沒有什麼關係。」

安徒生的其他作品，如〈堅定的錫兵〉（1838）、〈野天鵝〉（1838）、〈沒有畫的畫冊〉（1840）和〈夜鶯〉（1843）也都生動地表現出安徒生的信念：真理總會戰勝虛偽，愛總會壓倒恨，善總會淹沒惡，美總會克服醜。在這類的作品中安徒生總是滿腔熱情地歌頌那些為「真、美、善」而獻身的人。他們也可能受到委屈、冤枉，甚至遭到滅亡，但他們卻永遠活在人們的心中，啓發人們向生命最高的境界前進。這些人的事跡，通過安徒生的手筆，都轉化成美麗的詩，如在〈沒有畫的畫冊〉中的那些人。

第二時期（1845－1852）——**新的童話**：安徒生進入中年以後，心情產生了某些變化。他經歷的生活更多了，他對人生的體會也更深了。老百姓生活的急劇貧困化，也把他急劇地引進更嚴酷的現實生活中來，這就在他的作品中使他青年期那種濃郁的浪漫主義逐漸褪色，隨而代之的是嚴峻的現實主義。他的文風也爲之一變。從1845年起，他把他所寫的童話叫做「新的童話」——也就是用童話形式所寫的有關現實生活的故事。這類故事不僅照舊爲小讀者所喜愛，而且也吸引成年人——同時還使他們看了不得不深思。安徒生在他開始寫童話時曾經這樣說過：「我用我的一切感情和思想來寫童話，但是同時我也沒有忘記成年人。當我在寫一個講給孩子們聽的故事的時候，我永遠記住他們的父親和母親也會在旁邊聽，因此我也得給他們寫一點東西，讓他們想想。」他這個時期的童話更深切地體現出他的這項諾言。〈賣火柴的小女孩〉、〈母親的故事〉和〈影子〉就是他這方面最深刻的代表作品。

安徒生在貧困中出生，對於在貧困中所受到的苦難自然也感受最深。他同情他們，在眞實地反映他們的苦難時，他也沒有忘記撫慰他們的心靈。這是他的現實主義與一般現實主義所不同的地方。我們在他的敍述的字裡行間可以觸覺得到他那顆善良的心的跳動。但他對人民的態度不只限於同情，他還能夠喚起社會的良心——特別是統治者的良心，希望他們能夠對人民的壓力有所減緩，使人民的生活有所改善。當然這只不過是幻想。他自己對那些權貴們的醜惡和愚蠢的揭露，如在〈皇帝的新裝〉中，也否定了他這一點。這種矛盾進而又引起他內心的苦悶。在苦悶不可解脫的時候，他只有求助於他兒時深信不疑的上帝，希望上帝在糾正人間社會不平方面能有所作爲。這當然又是一個幻想，而且在某種意義上講還是「自欺欺人」的幻想，因爲當他到了成年，開始寫作以後，上帝的形象在他的認識中已經起了變化：他不再認爲上帝是一般人在迷信中所理解的那種「神」，而是「眞、美、善」的化身，正如他認爲〈海的女兒〉中的王子是「理想的人」一樣。這更加深了他的彷徨和苦悶。他無法從中得到解脫。那時馬克思主義還沒有產生——即使產生了他也不一定知道，他找不到解決社會問題的合理方案。

在這裡〈賣火柴的小女孩〉可以做一個說明。這篇膾炙人口的感人童話發表於 1846 年。安徒生對那個天眞的賣火柴的女孩子寄予了無限的同情和愛，但她的命運卻叫人心酸。當有錢人在歡樂地度新年除夕的時候，她因爲家裡無米下鍋，得挪動一雙赤腳在大雪紛飛的街頭去賣火柴，希望能賺幾個銅板暫時

解除一家人的飢餓。她在雪地裡跑了許久仍一無所得，最後她在極度疲勞中偎縮在牆角裡。她擦亮了根火柴，在微光中她幻想著過年的歡樂：桌上鋪著雪白的桌巾，上面擺著精緻的盤碗，有梅子、蘋果和冒著香氣的烤鵝。可是這種幻想一瞬即逝，因為一根火柴的光只能持續一會兒。她幻想過新年的願望是那麼強烈，終於她在幻覺中彷彿看見祖母的到來。祖母向她展開溫暖的雙臂，把她帶到了「沒有寒冷、沒有飢餓、沒有憂愁的天國，跟上帝在一起」。安徒生在絕望之餘，還是把上帝抬了出來。但活生生的事實說明，第二天清晨，正是新年元旦的時候，人們發現她在牆腳下凍死了。這種矛盾使安徒生的作品有時無可奈何地不得不染上某些抑鬱、消極的氣氛。

〈母親的故事〉的調子也是同樣地低沉。它發表於 1848 年。這篇故事表現出母親對兒子無私而偉大的愛，讀來扣人心弦。母親守著病勢沉重的兒子，害怕他死去，一個老頭兒——死神——將她的兒子帶走了。母親為了尋找兒子，獻出了滴滴鮮血、明亮的眼睛和美麗的頭髮，她要求死神將她的孩子從苦難中救出來，送到上帝的國度裡去。她跪著向上帝祈禱，但是孩子卻始終沒有生還。她只能以虔誠和迫切的心「盼」下去。這是一篇充滿深摯情感的作品，但氣氛的低沉可以使人感到窒息，而讀者卻又不能不懷著同樣迫切的心情讀下去。從藝術的角度上講，這正是安徒生傑出的地方。

從這一類的作品中，我們可以看出安徒生是多麼關心人民的疾苦，但卻又苦於找不出辦法來解決他們的困境。他所感受到的痛苦並不亞於他所描述的處於苦難中的人們。在苦悶無法

排解的情況下，他模糊地意識到，還是只有「人」才能改造自己的命運。他用詩一樣的語言去歌頌那些不惜犧牲自己生命去追求高尚理念的人，那些忍受痛苦去援救他人的人，那些不顧別人訕笑而敢於去追求美麗東西的人，那些藐視金錢而珍愛純真愛情的人，那些勇於克服困難而對人類進步做出貢獻的人。是這些人在創造歷史，在給我們的世界帶來希望和光明。〈光榮的荊棘路〉便是這樣的一篇作品。它使我們的感情得到昇華，把我們推向一個崇高的精神境界。

第三時期(1852－1873)──**故事**：1852 年以後，安徒生把他所寫的新童話仍然叫做 Eventyr，但它的內涵已經壓縮到單純「故事」的範圍，也就是指直接描寫現實生活的小說，雖然它的寫法仍保留童話的特點，其中也不無相當豐富的幻想。這說明安徒生的生活經驗更為豐富了，他對現實生活的認識也更為深刻了。他把這個時期的作品叫做「新的故事」，從 1857 年開始，陸續發行了一至八集。其中描寫現實生活的代表作有：〈柳樹下的夢〉、〈她是一個廢物〉、〈老單身漢的睡帽〉、〈沙丘上的故事〉。還有許多作品就不是「故事」，而是用童話形式所寫的散文詩，如〈小鬼和小商人〉、〈蝴蝶〉和〈戀人〉。這些作品代表了安徒生的抒情的一面。他晚年的作品，有的是童話和小說的混合體，如〈冰姑娘〉和〈樹精〉，有的則純粹是小說，如〈園丁和主人〉，它們明顯地代表了他晚期的風格。

〈柳樹下的夢〉發表於 1851 年。作品反映出財富和地位怎樣破壞了一對戀人的純潔的愛情。故事本身淒惻動人，但實質上是一篇對社會不平的抗議。鞋匠和另一貧窮人家的女兒從兒

時起就兩小無猜，常在一株柳樹下玩耍，很早就播下了愛情的
種子。但是，在貧富懸殊的社會裡，已經爬進上流社會的女友
卻冷酷地拋棄了她可憐的戀人。她根本想像不到對方失戀的痛
苦，而鞋匠卻有著一顆金子般的心，他對女友的戀愛始終如一，
但在這個不平等的社會裡，他的願望也只能化做泡影，他也只
能在夢中去追求幸福。這篇童話歌頌了勤勞善良的勞動人民，
歌頌了純潔的、堅貞的愛情，同時也在一定程度上揭露了造成
這個悲劇的社會原因，它是一部批判現實的作品。

〈她是一個廢物〉也是 1857 年發表的。它通過對下層人民
的苦難和不幸的忠實描述，控訴了人剝削人的階級社會，揭露
了所謂上流社會的人的自私和冷酷。作品中的母親是受苦受難
的勞動人民的典型。這個在生活中受煎熬的洗衣婦，為了賺得
一塊麵包，不得不冒著寒風，整天泡在冷水裡為人洗衣。她的
身體已經支持不住，但她仍然掙扎著幹，直到最後她在貧病交
加中死去。這是一篇懷著深切同情的、用白描手法根據真實生
活寫出的故事。安徒生的母親就是這樣一位苦命的人。童年時，
他的母親每天要到奧登塞河裡去為富人洗衣服，她長時間地站
在冰冷的河水中，手腳凍得又紅又腫。當她支持不住、全身打
顫時，她救急的辦法就是喝幾滴酒來給身體增加一點熱力。用
她的話說，幾滴酒畢竟比一餐飯便宜些，而且喝的時候也不浪
費時間，不需要停下工作。可是「上流社會」的人卻不原諒她，
硬說她是一個不知羞恥的「廢物」。他們甚至對安徒生也不留
情。當他們看見安徒生走過時，常常指著他的背影說：「那是
一個下等人的兒子，你看他的媽媽，窮得連飯也沒有吃，還要

喝酒，眞不要臉。」這種玩世不恭的態度，在深深地刺痛了安徒生的同時，也使他眞切地認識到了這個人間世界的冷酷。

這一切都沒有使安徒生變成一個憤世嫉俗者。相反，這使他更熱愛人類，更同情生活在底層的人。1858 年發表的〈老單身漢的睡帽〉就是反映他這種態度的作品，也是他後期的一篇佳作。他用樸素而凝練的語言，揭示了一個小人物──安東──悲涼的一生。他的一生的眼淚都留在那頂伴隨他睡覺的睡帽裡。安東是一個善良而多情的人。他在生活中遭受過種種的不幸。黑心的資本家爲了保證他的雇員死心塌地爲他貢獻出自己的一生，他在雇用安東時竟提出這樣苛刻的條件：不許他結婚。因爲當時餓殍遍地，失業者成群，安東這樣的小人物，爲了生存也只好答應這個條件。他不僅在經濟上受剝削，他的「人」權也失去了。他不能有愛情，只能當一生單身漢。爲了打發漫長而可怕的夜晚，他常常補他的衣服和皮鞋。當他要睡去時，他習慣把睡帽壓得很低。他常常躺在床上，流著熱淚回憶往事，以此來尋找一絲精神安慰。然而回憶也是痛苦的、可悲的。他每夜的回憶都使他流出滴滴的熱淚來。他住在那間不見陽光的小木房裡，沒有人關心他、照顧他，他簡直像是住在墳墓裡一樣。這雖然是小人物的故事，但反映出了整個剝削階級社會的本質，而且是那麼尖銳。

這些小人物並不是不懂得愛情或不需要愛情。相反，他們對愛情比「上流社會」中的人都眞誠，都熱烈。〈沙丘上的故事〉中的主角雨爾根就是這樣一種人。這個故事寫於 1860 年。雨爾根是一對在海上遭難的夫婦的兒子。他的母親沒有被海浪呑

噬，而被拋上了沙灘。雨爾根就是在那裡出生的。他剛一落地母親就死去了，一個漁民收養了他。他在陰沉的海上、惡劣的天氣和貧困的漁民生活中長大。後來，經過了一系列的坎坷，他結識了一個商人的女兒克拉娜，並且愛上了她。有一次他也遭遇了與他父母同樣的海難。他抱著克拉娜在浪濤中逃生，但不幸克拉娜的頭撞上了個鐵鉤，因而喪命。他對克拉娜愛得那麼深，他從此成了一個白痴。在一個風雪呼嘯的可怕日子裡，他向埋著克拉娜的教堂走去。最後他自己就在那個教堂裡死去。飛沙把教堂的拱形圓頂蓋住了。教堂上漸漸地長滿了山楂和玫瑰樹，行人可以在那上面散步，可以走到冒出沙土的教堂塔頂。這個塔頂矗立在沙丘上，成為一塊巨大的墓碑。雨爾根在生活中受盡了折磨，正如他自己所說的，他感到他像一條鱔魚，被剝了皮、切成片放在鍋裡炒。他最大的安慰就是克拉娜。這個戀人之死，對他來說等於天崩地裂，他自己也只好同歸於盡。這個結局也反映出安徒生晚年心境的低沉。他對這個世界失望了。對他所經常寄予希望的仁慈的「上帝」也開始全部失去信心。在〈冰姑娘〉中，那對年輕戀人在快要獲得「幸福」的時候，男主角忽然在意外的災害中喪失了生命。女主角巴比德呻吟著說：「多殘酷啊！他為什麼剛剛在我們的幸福快要到來的時刻死去呢？啊，上帝啊，請您解釋一下吧！請您開導我的心吧！我不懂得您的用意，我在您的威力和智慧之中找不出線索！」上帝無法對她解釋。他已經不靈了！

這對安徒生來說是「幻滅」。但他對人類並沒有失去信心——雖然他對上帝已經不抱什麼希望了。發表於 1868 年的〈樹

精〉對此是一個很好的說明。當時他已經是一個六十三歲的老人了。在談到創作這篇童話的經過時他說：「1867 年春天，我旅行到巴黎，參觀偉大的世界博覽會。我以前到巴黎去的幾次旅行從沒有給我這樣深刻的印象和愉快。這是一個龐大和驚人的展覽……一位丹麥記者說，除了狄更斯外，誰也無法來描寫它。不過我倒覺得我有這種能力，同時我覺得如果我能完成這個任務、足以使我的同胞和外國人感到滿意的話，那也是一樁快事。」安徒生以一棵年輕的栗樹的經歷做爲故事情節的線索，以神奇的色彩精確而生動地展示出那次巴黎盛會。這個盛會對安徒生來說並不意味著一次旅遊壯觀，而是代表人類最新的創造和發明。人才是萬能的東西。他可能而且應該把我們的這個世界創造得更美。

安徒生晚期的一篇最長的童話叫〈幸運的貝兒〉。這不是一般的童話，而是以他自己的生活和感受爲基礎而寫的一篇童話，但它又不完全是他的自傳。童話的主角貝兒一生追求「美」，追求完滿的藝術創造。他經歷了千辛萬苦，開發取得了藝術的最高成就，因而他是「幸運」的。在他的生命達到了最高潮、最後最幸運的一刻的時候，安徒生做了這樣的描述：「像索福克里斯在奧林匹亞競技的時候一樣，像多瓦爾生在劇院裡聽到交響樂的時候一樣……他心裡的一根動脈血管爆炸了，像閃電似地，他在這兒的日子結束了──在人間的歡樂中，在完成了他對人間的任務以後，沒有絲毫痛苦地結束了。他比成千上萬的人都要幸運！」這裡也反映出安徒生的一個重要方面，即對藝術的追求。爲了這個追求，他不惜犧牲一切，包括他個人的

生活（他當了一生單身漢）和生命。沒有這種強烈的追求，也許他寫不出我們現在所理解的和欣賞的「安徒生童話」。

　　安徒生的視野是開闊的，憧憬是宏偉而遠大的。他個人一生所走過的道路是崎嶇不平的，充滿了「荊棘」，這影響到了他的作品——特別他中年以後的作品，使它們染上了一種感傷的色彩。但從人類的宏觀上看他是高度樂觀的，充滿樂觀的、豪邁的——有時也夾雜一點悲壯的情緒。他那詩一般的作品如〈光榮的荊棘路〉、〈沒有畫的畫冊〉、〈新世紀的女神〉和〈海蟒〉等，都在這方面做了充分的說明。「歐洲的火車不久就要伸到亞洲閉關自守的文化中去——這兩種文化將要匯合起來！」這是安徒生在 1861 年發表的〈新世紀的女神〉中說的話，也就是距今近一個多世紀以前說的話。這話現在已逐漸成為現實：安徒生甚至在那時就已經預見到我們當前的開放政策！

　　但我們的開放政策也是走過了一段相當漫長的「荊棘路」的。這條路也是光榮的，我們走在這條路上應該感到幸福。現在不妨從〈光榮的荊棘路〉中再引下一段，以說明安徒生的話對我們現在的中國人還是那麼親切和接近：「人類啊，當靈魂懂得了它的使命以後，你能體會到在這清醒的片刻中所感到的幸福嗎？在這片刻中，你在光榮的荊棘路上所得到的一切創傷——即使是你自己所造成的——也會痊癒，恢復健康、力量和愉快；……歷史拍著它強大的翅膀，飛過許多世界，同時在光榮的荊棘路的這個黑暗背景上，映出許多明朗的圖畫，來鼓起我們的勇氣，給予我們安慰，促進我們內心的平安。這條光榮

的荊棘路，跟童話不同，並不在這個人世間走到一個輝煌和快樂的終點，但是它卻超越時代，走向永恆。」

這事實上是一首詩，一首激勵我們向上、向創造、向人類最高的境界前進的詩。安徒生自己知道他那麼熱情為人類「未來的一代」寫童話的使命是什麼，他也知道正如他二十七歲時寫給他故鄉奧登塞鎮上的一位女友的信中所說的那樣，「在奧登塞這個名字下，將會出現這樣一行字：一個瘦高的丹麥詩人安徒生在這裡出生！」他將要成為一個詩人———一個寫童話的詩人。安徒生是一個一貫極為謙虛樸素的人。這句話中絕不是表示他的狂妄自大，而是表示他已經從心底深處體驗到了他即將要開始寫童話的使命感———而這話也正是他在考慮寫童話的頭三年講的。這裡我想也附帶做一個自我表白：我最初被安徒生所吸引住也是因為我感覺到他的童話是詩，而我也是把它當做詩來翻譯成中文的。

這個全集是根據安徒生的出生城市奧登塞的佛倫斯德特出版社與安徒生博物館合作出版的《安徒生童話和故事全集》（ *Eventyr og Historier* ）翻譯的。全集的主編是安徒生博物館的原館長斯汶・拉爾生（Svend Laesen）———現已退休。這個版本共有十六冊，是迄今一個最權威的丹麥文版本。丹麥文字的拼法和寫法在本世紀進行了一些「現代化」的改革，但這個全集仍按照安徒生創作這些童話和故事創作時的手稿排版，綴字沒有「現代化」，為的是保存原樣。所以這個版本同時也是一個「學院派」的版本，可供安徒生研究者研究安徒生時參考。當然，

這種文字學上的特點，在我的譯文中看不出來。

八十年代我曾再度多次去哥本哈根，並多次訪問了那裡的丹麥皇家圖書館。在安徒生的一些手稿和信件中我發現了兩個小故事，迄今世界各國的《安徒生童話全集》都不曾收進去過。我現在把它們譯出來，加進這個新編的全集。因為它們過去沒有發表過，所以也就沒有發表年代。它們是：〈窮女人和她的小金絲鳥〉和〈烏蘭紐斯〉。

從每篇童話或故事後面，我寫了一點有關作品的寫作和出版的背景，以及我個人對有關作品的粗淺體會──說不上是解說，只能說是「見仁見智」的理解。一般我引了有關作品的個別語句來做為我的「體會」的依據。我這樣做的目的是為幫助讀者更好地理解安徒生有關作品的特點及其創作意圖，同時也給兒童文學作家及兒童文學研究者提供一些參考。安徒生的童話雖然表面上是「為孩子們講的故事」，但事實上也都適合成年人和老年人閱讀。我的這些「體會」自然也可以給他們做參考。

安徒生每個時期的作品基本上都具有那個特定時期的特點。為了使讀者的欣賞不至於單一化，我沒把作品按照發表時間的先後次序排列，而把它們按照內容及表現手法的多樣化揉在一起，為的是使讀者的口味在閱讀時也有所調劑。但每篇作品後面的題解前都標明了發表的時間，以便讀者參照。

校訂序

蔡尙志

　　幾年前，我爲了研究安徒生的童話，遍讀了台灣各家的譯本，卻始終找不到任何可以讓我「安心」接受的本子。直到我訪尋到葉君健先生的中文譯本後，長期以來的困惑和不安才迎刃而解。事後，我覺得很有必要將這一套譯本介紹給國內的讀者，讓大家能讀到眞正呈現出安徒生故事創作的風貌和氣韻的卓越譯作。現在，這套譯本就要出版了，我這個催生的人，有責任向國內的讀者們做一個簡扼的概括介紹，讓大家留意這套譯本的特色，因而讀出安徒生故事創作的精彩和優美。

　　一、這套譯本，是當今世上最好的中文譯本。敢說它是「最好的」，有三個理由：第一，它是篇目最完整的全集，所收集的故事比其他任何一種語言的譯本更齊全。其次，每篇故事後面，都附有譯者「畫龍點睛式」的簡要解說，可以有效地幫助讀者把握閱讀欣賞的重點，增進對故事理解的深度和廣度。第三，譯文最忠實；譯者葉君健先生年輕時代留學英國，認識了一些

丹麥籍的同學，曾經多次短期旅居丹麥。他熟稔丹麥語文、瞭解丹麥的地理環境，並深入體驗丹麥的文化習俗。考察丹麥的民風名物以鑑賞研究的態度積極從事安徒生作品的翻譯工作，歷四十餘年而不懈，期間又經過了數次的刪訂修正，直到完全滿意為止，而那時葉先生已是七十八歲的老人了。所以，這是一套「有徵可信的全集」，一般家庭可以做親子共讀的娛情逍遣，文人雅士可以做純文學的鑑賞，而學者專家更可以拿來做為學術研究的底本，任何層次的人都可以「安心地」閱讀這套全集。

二、譯筆傳神精緻，讀者們能眞正見識到安徒生原著的風貌。由於這套譯本是直接而忠實地從丹麥文迻譯過來的，絕非一般從他國現成譯本輾轉間接翻譯的「再譯本」所能比擬的；而葉先生也絕不爲牽就本國圖書市場的需要而任意刪節或改寫原文，以致扭曲原文、損害原著的風味。原著的每一個細節，他都很詳盡貼切地翻譯出來，舉凡風物背景、人物的神態樣貌、說話的口氣腔調、事件的發展敍述，無不刻鏤入微，絲毫不肯掉以輕心。因此，故事的主題不管是歌頌、讚賞、諷刺、抨擊，故事的內容不管是喜悅、淒美、悲苦、沮喪，讀者們都能瞭然於心、深切玩味。讀者們閱讀這套譯本，絕對不止於讀到粗略的故事梗概而已，更會被原著深刻的內涵所震撼，讚歎欷歔，頷首稱奇。

三、這是一套很適合「朗讀」的譯本。國內讀者讀書的習慣，都偏重在「目閱」而忽略了「口讀」。這種偏差的習慣，不知錯失了多少文筆優美的文學作品。安徒生的作品，篇篇都是

校 訂 序

「講給孩子們聽的故事」，特別講究「口語化」，始終堅持「我手寫我口」的文字風格，擅長運用「講給孩子們聽」的口吻。他寧願使用清新親切富有孩子氣的語法寫作，也不肯用典雅拗口的語詞。國內的父母或老師，最喜歡講故事給小孩聽；爲了講故事就必須先熟背故事，可是故事那是那麼容易背得來的？結果當然是「事倍功半」，彼此難能盡歡。多年來，筆者提倡以「朗讀故事」代替「說故事」，就是從這套譯本得到的靈感。朗讀安徒生這些用充滿孩子的口吻所敍述的故事，不只兒童會感到幽默親切，有趣容易體會；大人也會覺得清新鮮活，詩意洋溢，值得一再玩味，彷彿徜徉在童年歲月一般。於是，講的人舒適暢快，聽的人愜意溫馨，彼此合契融融。更重要的是，兒童從小多聽大人朗讀優美的故事，耳濡之間，不但豐富了精粹幽默的口語，更嫻熟了靈活多樣的口述技巧，對於日後的語言人生，有莫大的幫助。這套譯本，無疑地正是最優秀的口述培訓教材。

審訂這套譯本，整整花了我將近半年的課餘時間，最主要是把中國大陸的土話、土腔、土調，改成道地的「台灣國語」，以便使國內的讀者們讀起來文從字順、琅琅上口，了無佶屈之處。一切本著「慢工出細活」的精神，精益求精，竭盡所能，儘可能完美地把這套得來不易的譯本，呈現給國內的讀者們。

一九九八年十二月二十五日序於
國立嘉義師範學院語文教育學系

目錄

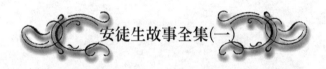

安徒生故事全集(一)

打火匣①

公路上，有一個士兵在齊步走———一，二！一，二！他背著一個行軍背包，腰間掛著一把長劍，他已經參加過好幾次戰爭，現在正準備回家。途中，他碰見一個老巫婆；她是一個非常可惡的人物，她的下嘴唇垂到乳房上。她說：「晚安，士兵！你的劍真好，你的行軍背包真大，你真是一個不折不扣的士兵！現在，你喜歡有多少錢就可以有多少錢了。」

「謝謝你，老巫婆！」士兵說。

「你看見那棵大樹嗎？」巫婆說，並指著他們旁邊的一棵樹。「那裡面是空的。如果你爬到它的頂上去，就可以看到一個洞口。你從那兒往下一溜，就可以深深地鑽進樹身裡去。我在你腰上綁一根繩子，這樣，你喊我的時候，我便可以把你拉上來。」

「我到樹底下去幹什麼呢？」士兵問。

「拿錢呀！」巫婆回答說。「你將會知道，你一鑽進樹底下去，就會看到一條寬大的走廊。那兒很亮，因為那裡點著一百多盞明燈。你會看到三個門，都可以打開，因為鑰匙就在門鎖裡。你走進第一個房間，可以看到當中有一口大箱子，上面坐著一隻狗，它的眼睛非常大，像一對茶杯。可是你不要管它！我可以把我藍格子布的圍裙給你。你把它鋪在地上，然後趕快走過去，把那隻狗抱起來，放在我的圍裙上。於是你就把箱子打開，你想要多少錢就拿出多少錢。這些錢都是銅鑄的。但是如果你想拿到銀鑄的錢，就得走進第二個房間裡去。不過那兒坐著一隻狗，它的眼睛有水車輪那麼大。可是你不要理它。你把它放在我的圍裙上，然後把錢拿出來。可是，如果你想得到金子鑄的錢，你也可以達到目的。你拿得動多少就可以拿多少——假如你到第三個房間裡去的話。不過坐在這錢箱上的那隻狗的一對眼睛，可有『圓塔』②那麼大啦。你要知道，它才算得上是一隻狗啦！可是你一點也不必害怕，你只要把它放在我的圍裙上，它就不會傷害你了。你從那個箱子裡能夠拿出多少金子來，就拿出多少來吧。」

「這倒很不壞，」士兵說：「不過，我拿什麼東西來酬謝

你呢，老巫婆？我想你不會什麼也不要吧！」

「不要，」巫婆說：「我一個錢也不要！我只要你替我把一個舊打火匣拿出來，那是我祖母上次忘掉在裡面的。」

「好吧！請你把繩子綁在我腰上吧！」士兵說。

「好吧，」巫婆說：「把我的藍格子圍裙拿去吧！」

士兵爬上樹，一下子就溜進洞口裡去了。正如老巫婆說的一樣，他現在來到了一條點著幾百盞燈的大走廊裡。

他打開第一道門。哎呀！果然有一條狗坐在那兒，眼睛有茶杯那麼大，直瞪著他。

「你這個好傢伙！」士兵說。於是他就把它抱到巫婆的圍裙上。然後他拿出了許多銅板，他的衣袋能裝多少就裝多少。他把箱子鎖好，把狗兒又放到上面，於是走進第二個房間裡去。哎呀！這兒坐著一隻狗，眼睛大得簡直像一對水車輪。

「你不應該這樣死盯著我，」士兵說：「這樣會弄壞你的眼睛啦。」他把狗兒抱到巫婆的圍裙上。當他看到箱子裡有那麼多的銀幣的時候，他就把所有的銅板都扔掉，在自己的衣袋和行軍背包中全裝滿銀幣。隨後他走進第三個房間──乖乖，這可真有點嚇人！這兒的狗兩隻眼睛真的有「圓塔」那麼大！它們在腦袋裡轉動著，簡直像輪子！

「晚安！」士兵說。他把手舉到帽沿上行了個禮，因為他以前從來沒有看見過這樣的一隻狗。不過，他對它瞧了一會兒以後，心裡就想：「現在差不多了。」他把它抱下來放到地上。於是他打開箱子。老天爺呀！那裡面的金子真夠多！他可以用這些金子把整個哥本哈根買下來，他可以把賣糕餅女人③所有

的糖豬都買下來，他可以把全世界的錫兵啦、馬鞭啦、搖動的
木馬啦，全部都買下來。是的，錢可眞是不少——士兵把衣袋
和行軍背包裡滿裝著的銀幣全都倒出來，把金子裝進去。是的，
他的衣袋，他的行軍背包，他的帽子，他的皮靴全都裝滿了，
他幾乎連走也走不動了。現在他的確有錢了。他把狗兒又放到
箱子上去，鎖好了門，在樹裡向上面喊了一聲：「把我拉上去
呀，老巫婆！」

「你拿到打火匣沒有？」巫婆問。

「一點也不錯！」士兵說：「我把它忘記得一乾二淨。」
於是他又走下去，把打火匣拿來。巫婆把他拉了出來。所以他
又站在大路上了。他的衣袋、皮靴、行軍背包、帽子，全都裝
滿了錢。

「妳要這打火匣有什麼用呢？」士兵問。

「這與你沒有什麼相干，」巫婆反駁他說：「你已經得到
了錢——你只要把打火匣交給我就好了。」

「廢話！」士兵說：「你要它有什麼用？請妳馬上告訴我。
不然我就抽出劍來，把你的頭砍掉。」

「我可不能告訴你！」巫婆說。

士兵一下子就把她的頭砍掉了。她倒了下來！他把所有的
錢都包在她的圍裙裡，像一捆東西似的背在背上；然後把那個
打火匣放在衣袋裡，一直向城裡走去。

這是一個十分漂亮的城市！他住進一間最好的旅館裡去，
開了最舒服的房間，叫了他最喜歡的酒菜，因爲他現在發財了，
有的是錢。替他擦皮靴的那個茶房覺得，像他這樣一位有錢的

紳士，腳上的這雙皮鞋眞是舊得太滑稽了。但是新的他還來不
及買。第二天他買到了合適的靴子和漂亮的衣服。現在我們的
這位士兵成了一個煥然一新的紳士了。大家把城裡的一切都告
訴他，告訴他關於國王的事情，告訴他國王的女兒是一位非常
美麗的公主。

「在什麼地方可以看到她呢？」士兵問。

「誰也不能見到她，」大家齊聲說。「她住在一座寬大的銅
宮裡，周圍有好幾道牆和好幾座塔。只有國王本人才能在那兒
自由進出，因爲從前曾經有過一個預言，說她將會嫁給一個普
通的士兵，這可叫國王忍受不了。」

「我倒想看看她呢！」士兵想。不過他得不到許可。

他現在生活得很愉快，常常到戲院去看戲，在國王的花園
裡閒逛，送許多錢給窮苦的人們。這是一種良好的行爲，因爲
他自己早已體會到，沒有錢是多麼可怕的事！現在他有錢了，
有華美的衣服穿，也交了很多朋友。這些朋友都說他是一個稀
有的人物，一位豪俠之士。這類話使士兵聽起來非常舒服。不
過他每天只是把錢花出去，卻賺不進一個來。所以最後只剩下
兩個銅板了。因此，他就不得不從漂亮的房間裡搬出來，住到
頂層的一間閣樓裡去。他也只好自己擦自己的皮鞋，自己用縫
針補自己的皮鞋。他的朋友們也不來看他了，因爲走上去找他
要爬很高的梯子。

有一天晚上，天很黑，他連一根蠟燭也買不起。這時他忽
然想起，自己還有一根蠟燭頭裝在那個打火匣裡——那個巫婆
幫助他到那空樹底下拿出來的那個打火匣。他把那個打火匣和

蠟燭頭拿了出來，當他在火石上擦了一下、火星一冒出來的時候，房門忽然自動地開了，他在樹底下所看到的那隻眼睛有茶杯大的狗兒在他面前出現了。它說：

「我的主人，有什麼吩咐？」

「這是怎麼一回事兒？」士兵說：「這真是一個滑稽的打火匣。如果我能這樣得到我想要的東西才好呢！替我弄幾個錢來吧！」他對狗兒說。於是「噓」的一聲，狗兒不見了。一會兒，又是「噓」的一聲，狗兒衛著一大口袋的錢回來了。

現在士兵才知道這是一個多麼美妙的打火匣。只要他把它擦一下，那隻狗兒就來了，坐在盛有銅錢的箱上。要是他擦兩下，那隻有銀子的狗兒就來了；要是擦三下，那隻有金子的狗兒就出現了。現在這個士兵又搬到那幾間華美的房間裡去住，又穿起漂亮的衣服來了。他所有的朋友馬上又認得他了，並且還非常關心他起來。

有一次他心中想：「人們不能去看那位公主，也可算是一樁怪事。大家都說她很美；不過，假如她老是獨自住在那有許多塔樓的銅宮裡，那有什麼意思呢？難道我就看不到她一眼嗎？——我的打火匣在什麼地方？」他擦出火星，馬上「噓」的一聲，那隻眼睛像茶杯一樣的狗兒就跳出來了。

「現在是半夜了，一點也不錯，」士兵說：「不過我倒很想看一下那位公主哩，哪怕一會兒也好。」

狗兒立刻就跑到門外去了。出乎這士兵的意料，它一會兒就領著公主回來了。她躺在狗的背上，已經睡著了。誰都可以看出她是一個真正的公主，因為她非常漂亮。這個士兵忍不住

就吻她一下，因為他是一個不折不扣的士兵呀。

　　狗兒又帶著公主回去了。但是天亮以後，當國王和王后正在飲茶的時候，公主說她在晚上做了一個很奇怪的夢，夢見一隻狗和一個士兵，她自己騎在狗背上，那個士兵還吻了她一下。

　　「這倒是一個很好玩的故事呢！」王后說。

　　因此第二天夜裡有一個老宮女就得守在公主床邊，來看看這究竟是夢呢，還是什麼別的東西。

　　那個士兵非常想再一次看到這位可愛的公主。因此狗兒晚上又來了，背起她，盡快地跑走了。那個老宮女立刻穿上套鞋，以同樣的速度在後面追趕。當她看到他們跑進一棟大房子裡去的時候，她想：「我現在可知道這個地方了。」她就在這門上用白粉筆畫了一個大十字，隨後她就回去睡覺了。不久狗兒把公主送回來了。不過當它看見士兵住的那棟房子的門上畫有一個十字的時候，它也拿了一支粉筆，在城裡所有的門上都畫了一個十字。這件事做得很聰明，因為所有的門上都有了十字，那個老宮女就找不到正確的地方了。

　　第二天早晨，國王、王后、那個老宮女以及所有的官員很早就都來了，要去看看公主所到過的地方。

　　當國王看到第一個畫有十字的門的時候，他說：「就在這兒！」

　　但是王后發現另一個門上也有個十字，所以她說：「親愛的丈夫，不是在這兒呀？」

　　這時大家都齊聲說：「那兒有一個！那兒有一個！」因為他們無論朝什麼地方看，都發現門上畫有十字。所以他們覺得，

如果再找下去，也不會得到什麼結果。

不過王后是一個非常聰明的女人。她不僅只會乘坐四輪馬車，而且還能做一些別的事情。她拿出一把金剪刀，把一塊綢子剪成幾片，縫了一個精緻的小袋，在袋裡裝滿了很細的蕎麥粉。她把這小袋綁在公主背上。佈置好了以後，她就在袋子上剪了一個小口，好叫公主走過的路上，都撒上細粉。

晚上狗兒又來了。它把公主背在背上，帶著她跑到士兵那兒去。這個士兵現在愛著她；他倒很想成爲一位王子，和她結婚呢！

狗兒完全沒有注意到，麵粉已經從王宮那兒一直撒到士兵那間屋子的窗上——它就是在這兒背著公主沿著牆爬進去的。早晨，國王和王后已經看得很清楚，知道他們的女兒曾經到什麼地方去過。他們把這個士兵抓來，關進牢裡去。

士兵現在坐牢了。哎！牢裡面可夠黑暗和悶人啦！人們對他說：「明天你就要上絞架了。」這句話聽起來可眞不是好玩的，而且他把打火匣也忘在旅館裡。第二天早晨，他從小窗的鐵欄杆裡看見許多人湧出城來看他上絞架。他聽到鼓聲，看到士兵們齊步走，所有的人都在向外跑。在這些人中間，有一個鞋匠的學徒，他還穿著皮圍裙和一雙拖鞋。他跑得那麼快，連他的一雙拖鞋也飛走了，撞到一堵牆上。那個士兵就坐在那兒，在鐵欄杆後面向外看。

「喂，你這個製鞋的小鬼！你不要這麼急呀！」士兵對他說。「在我沒有到場以前，沒有什麼好看的呀。不過，假如你跑到我住的那個地方去，把我的打火匣拿來，我可以給你四塊錢。

但是你得使勁地跑一下才行。」那個鞋匠的學徒很想得到那四塊錢，所以提起腳就跑，把那個打火匣拿來，交給士兵。同時——唔，我們馬上就可以知道事情起了什麼變化。

在城外面，一架高大的絞架已經豎起來了。它的周圍站著許多士兵和成千上萬的老百姓。國王和王后，面對著審判官和全部陪審的人員，坐在一個華麗的王座上面。

那個士兵已經站到梯子上來了。不過，當人們正要把絞繩套到他脖子上的時候，他說，一個罪人在接受裁判以前，可以有一個無罪的要求，人們應該讓他得到滿足：他非常想抽一口煙，而且這可以說是他在這世上最後抽的一口煙了。

對於這要求，國王不願意說一個「不」字。所以士兵就拿出了他的打火匣，擦了幾下火。一——二——三！忽然三隻狗兒都跳出來了——一隻有茶杯那麼大的眼睛，一隻有水車輪那麼大的眼睛——還有一隻的眼睛簡直有「圓塔」那麼大。

「請幫助我，不要叫我被絞死吧！」士兵說。

這時這幾隻狗兒就向法官和全體審判的人員撲去，拖著這個人的腿，咬著那個人的鼻子，把他們扔向空中有好幾丈高，讓他們落下來時都跌成了肉漿。

「不准這樣對付我！」國王說。不過最大的那隻狗兒還是拖住他和王后，把他們跟其餘的人一起亂扔。所有的士兵都害怕起來，老百姓也都叫起來：「小兵，你做咱們的國王吧！你跟那位美麗的公主結婚吧！」

就這樣，大家把這個士兵擁進國王的四輪馬車裡去。那三隻狗兒就在他面前跳來跳去，同時高呼：「萬歲！」小孩子用

手指吹起口哨來；士兵們敬起禮來。那位公主走出她的銅宮，
做了王后，感到非常滿意。結婚典禮足足舉行了八天。那三隻
狗兒也坐上了桌子，把眼睛睜得比什麼時候都大。〔1835 年〕

　　這篇作品發表於 1835 年，收集在安徒生的第一部童話集
《講給孩子們聽的故事》裡。他於這年開始寫童話。我們從這
一篇童話裡可以看到阿拉伯故事《一千零一夜》的影響：「打
火匣」所起的作用與〈阿拉丁神燈〉中的「燈」很相似。但在
這裡他注入了新的思想內容：「錢」在人世間所起的作用。那
個士兵一有了錢，就「有華美的衣服穿，也交了很多朋友。這
些朋友都說他是一個稀有的人物，一位豪俠之士。」但他一旦
沒有錢，「他就不得不從漂亮的房間裡搬出來，住到頂層的一間
閣樓裡去。……朋友們也不來看他了，因為走上去找他要爬很
高的梯子。」這現象在世界各地都很普遍——今天還是如此。
我們可以從中得出什麼結論呢？

【註釋】

①校訂者註：國內譯作〈打火盒〉。

②指哥本哈根有名的「圓塔」，它原先是一個天文台。

③指舊時丹麥賣零食和玩具的小販。「糖豬」（Sukkergrise）是糖做的小豬，既可以當
　玩具，也可以吃掉。

皇帝的新裝①

許多年以前有一位皇帝，他非常喜歡穿好看的新衣服。他爲了要穿得漂亮，把所有的錢都花到衣服上去了，他一點也不關心他的軍隊，也不喜歡去看戲。除非是爲了炫耀一下新衣服，他也不喜歡乘著馬車逛公園。他每天每個鐘頭要換一套新衣服。通常人們提到皇帝時總是說：「皇上在會議室裡。」但是人們一提到他時，總是說：「皇上在更衣室裡。」

在他住的那個大城市裡，生活很輕鬆，很愉快。每天有許

多外國人到來。有一天來了兩個騙子。他們說自己是織工。他們說，他們能織出誰也想像不到的最美麗的布。這種布的色彩和圖案不僅非常好看，而且用它縫出來的衣服還有一種奇異的作用，那就是凡是不稱職的人或愚蠢的人，都看不見這衣服。

「那正是我最喜歡的衣服！」皇帝心裡想：「我穿了這樣的衣服，就可以看出我的王國裡哪些人不稱職，我就可以辨別出哪些人是聰明人，哪些人是傻子。是的，我要叫他們馬上織出這樣的布來！」他付了許多現款給這兩個騙子，叫他們馬上開始工作。

兩個騙子擺出兩架織布機來，裝做在工作的樣子，可是他們的織布機上什麼東西也沒有。他們接二連三地請求皇帝發一些最好的生絲和金子給他們，但是他們都把這些東西都裝進自己的口袋，卻假裝在那兩架空空的織布機上忙碌地工作到深夜。

「我很想知道他們究竟織得怎樣了，」皇帝想。不過，他立刻就想起了愚蠢的人或不稱職的人是看不見這匹布的。他心裡的確感到有些不大自在。他相信自己用不著害怕。雖然如此，他還是覺得先派一個人去看看比較妥當。全城的人都聽說這種布料有一種奇異的力量，所以大家都很想趁這機會來測驗一下，看看他們的鄰人究竟有多笨，有多傻。

「我要派誠實的老部長到織工那兒去看看，」皇帝想。「只有他能看出這布料是什麼樣子，因為這個人很有頭腦，而且誰也不像他那樣稱職。」

因此這位善良的老部長就到那兩個騙子的工作地點去。他

們正在空空的織布機上忙忙碌碌地工作著。

「這是怎麼一回事兒？」老部長想，把眼睛睜得有如碗口那麼大。

「我什麼東西也沒有看見！」但是他不敢把這句話說出來。

兩個騙子請求他走近一點，同時問他，布的花紋是不是很美麗，色彩是不是很漂亮。他們指著那兩架空空的織布機。這個可憐的老大臣的眼睛越睜越大，可是他還是看不見什麼東西，因為的確沒有任何東西可看。

「我的老天爺！」他想：「難道我是一個愚蠢的人嗎？我從來沒有懷疑過自己。我絕不能讓人知道這件事。難道我不稱職嗎？——不行！我絕不能讓人知道我看不見布料。」

「哎，您一點意見也沒有嗎？」一個正在織布的騙子說。

「啊，美極了！真是美妙極了！」老大臣說。他戴著眼鏡仔細地看。「多麼美的花紋！多麼美的色彩！是的，我將要呈報皇上說我對於這布料感到非常滿意。」

「嗯，我們聽到您的話真高興！」兩個騙子一齊說。他們把這些稀有的色彩和花紋描述了一番，還加上一些名詞。這位老大臣注意地聽著，以便回到皇帝那裡去時，可以照樣背得出來。事實上他也就這樣辦了。

這兩個騙子又要了很多的錢，更多的絲和金子，他們說這是為了織布的需要。他們把這些東西全裝進口袋裡，連一根線也沒有放到織布機上去。不過，他們還是繼續在空空的機架上工作。

過了不久，皇帝派了另一位誠實的官員去看看，布是不是

很快就可以織好。他的運氣並不比前一位大臣好：他看了又
看，但是兩架空空的織布機上什麼也沒有，他什麼東西也看不
出來。

「您看這匹布美不美？」兩個騙子問。他們指著一些美麗
的花紋，並且做了一些解釋。事實上什麼花紋也沒有。

「我並不愚蠢！」這位官員想。「這大概是因為我不配擔當
現在這樣好的官職吧？這也真夠滑稽，但是我絕不能讓人看出
來！」因此他就把那完全沒有看見的布稱讚了一番，同時對他
們說，他非常喜歡這些美麗的顏色和巧妙的花紋。「是的，那真
是太美了！」他回去對皇帝這麼說。

城裡所有的人都在談論這美麗的布料。

當這塊布料還在織的時候，皇帝很想親自去看一次。他選
了一群特別圈定的隨員——其中包括已經去看過的那兩位誠實
的大臣。這樣，他就到那兩個狡猾的騙子住的地方去。這兩個
傢伙正以全副精神織布，但是一根線的影子也看不見。

「您看這不漂亮嗎？」兩位誠實的官員說。「皇上請看，多
麼美麗的花紋！多麼美麗的色彩！」他們指著空空的織布機，
因為他們以為別人一定會看得見布料的。

「這是怎麼一回事兒呢？」皇帝心裡想：「我什麼也沒有
看見！這真是荒唐！難道我是一個愚蠢的人嗎？難道我不配做
皇帝嗎？這真是我從來沒有碰見過的一件最可怕的事情。」

於是他點頭表示滿意。

「啊，它真是美極了！」皇帝說。「我表示十二分地滿意！」
他裝做很仔細地看織布機的樣子，因為他不願意說出他什麼也

沒有看見。跟他來的全體隨員也仔細地看了又看，可是他們也沒有看出更多的東西。不過，他們也照著皇帝的話說：「啊，眞是美極了！」他們建議皇帝用這種新奇的、美麗的布料做成新衣服，穿上這衣服親自去參加快要舉行的遊行大典。「眞美麗！眞精緻！眞是好極了！」每人都隨聲附和著。每人都有說不出的快樂。皇帝賜給騙子每人一個爵士頭銜和一枚可以掛在鈕扣洞上的勳章，並且封他們爲「御聘織師」。

第二天早晨遊行大典就要舉行了。在前一天晚上，這兩個騙子整夜不睡，點起十六隻蠟燭。你可以看到他們在趕夜工，要完成皇帝的新衣。他們裝做把布料從織布機上拿下來。他們用兩把大剪刀在空中裁了一陣子，同時又用沒有穿線的針縫了一通。最後，他們齊聲說：「請看！新衣服縫好了！」

皇帝帶著他的一群最高貴的騎士親自到來了。這兩個騙子每人舉起一隻手，好像他們拿著一件什麼東西似的。他們說：「請看吧，這是褲子！這是袍子！這是外衣！」等等。「這衣服輕柔得像蜘蛛網一樣：穿著它的人會覺得好像身上沒有什麼東西似的──這也正是這衣服的妙處。」

「一點也不錯！」所有的騎士們都說。可是他們什麼也沒有看見，因爲實際上什麼東西也沒有。

「現在請皇上脫下衣服，」兩個騙子說，「我們要在這個大鏡子前爲皇上換上新衣。」

皇帝把身上的衣服統統脫光了。這兩個騙子裝做把他們剛才縫好的新衣服一件件交給他。他們在他的腰圍擺弄了一陣子，好像在綁上什麼東西似的──這就是後裾②。皇帝在鏡子前

面轉了轉身子，扭了扭腰。

「天啊！這衣服多麼合身啊！式樣裁得多麼好看！」大家都說：「多麼美的花紋！多麼美的色彩！這真是一套貴重的衣服！」

「大家已經在外面把華蓋準備好了，只等皇上一出去，就可撐起來去遊行！」典禮官說。

「對，我已經穿好了，」皇帝說：「這衣服合我的身材麼？」於是他又在鏡子前面把身子轉動了一下，因為他要叫大家看出他在認真地欣賞他美麗的服裝。

那些將要托著後裾的內臣們，都把手在地上東摸西摸，好像他們真的在拾起後裾似的，他們齊步走，手中托著空氣——他們不敢讓人看出他們實在什麼東西也沒有看見。

就這樣，皇帝就在那個富麗的華蓋下遊行了。站在街上和窗子裡的人都說：「乖乖，皇上的新裝真是漂亮！他的後裾是多麼美麗！衣服多麼合身！」誰也不願意讓人知道自己看不見什麼東西，因為這樣會暴露自己不稱職，或是太愚蠢。皇帝的所有衣服從來沒有得到這樣普遍的稱讚。

「可是他什麼衣服也沒有穿呀！」一個小孩子叫出聲來。

「上帝喲，你聽這個天真的聲音！」爸爸說。於是大家把這孩子的話私下低聲地傳播開來。

「他並沒有穿什麼衣服！有一個小孩子說他並沒有穿什麼衣服呀！」

「他實在是沒有穿什麼衣服呀！」最後所有的老百姓都說。皇帝有點兒發抖，因為他似乎覺得老百姓所講的話是對的。不

過他自己心裡卻這樣想：「我必須把這遊行大典舉行完畢。」
因此他擺出一副更驕傲的神氣，他的內臣們跟在他後面走，手
中托著一個並不存在的後裾。〔1837年〕

　　這篇故事寫於1837年，和同年寫的另一篇童話〈海的女兒〉
③合成一本小集子出版。這年安徒生只有三十二歲，也就是他開始創作
童話的第三年（他三十歲時才開始寫童話）。但從這篇童話中可以看
出，安徒生對社會的觀察是多麼深刻。他在這裡揭露了以皇帝為首的統
治階層是何等虛榮、鋪張浪費，而且最重要的是──何等愚蠢。騙子們
看出了他們的特點，就提出「凡是不稱職的人或愚蠢的人，都看不見這
衣服。」他們當然看不見，因為根本就沒有什麼衣服。但是他們心虛，
都怕人們發現自己既不稱職、而又愚蠢，就異口同聲地稱讚那不存在的
衣服是如何美麗，穿在身上是如何漂亮，還要舉行一個遊行大典，赤身
露體，招搖過市，讓百姓都來欣賞和誦讚。不幸這個可笑的騙局，一到
老百姓面前就被揭穿了。「皇帝」下不了台，仍然要裝腔作勢，「必須把
這遊行大典舉行完畢」，而且，「因此他擺出一副更驕傲的神氣」。這種
弄虛作假但極愚蠢的統治者，大概在任何時代都會存在。因此這篇童話
在任何時代也都具有現實意義。

【註釋】

①校訂者註：國內譯作〈國王的新衣〉。

②後裾(Slaebet)指拖在禮服後很長的一塊布，它是封建時代歐洲貴族的一種裝束。

③校訂者註：國內譯作〈小美人魚〉。

飛箱

從前有一個商人，非常有錢，他的銀元可以鋪滿一整條街，而且多餘的還可以用來鋪一條小巷。不過他並沒有這樣做，他有別的方法使用他的錢：他每拿出一文錢，必定要賺回一塊錢。他就是這樣的一個商人——後來他死了。

他的兒子現在繼承了他全部的錢財，生活得很愉快；他每晚去參加化裝舞會，用紙幣做風箏，用金幣——而不用石片——在海邊玩著打水漂的遊戲。這樣，錢是很容易就花光了；

他的錢就眞的這樣花光了。最後，他只剩下四文錢，另外還有
一雙便鞋和一件舊睡衣。他的朋友們再也不願意跟他來往了，
因爲他再也不能跟他們一起逛街。不過這些朋友中有一位心地
很好的人，送給他一個箱子，說：「把你的東西收拾進去吧！」
這意思是很好的，但是他並沒有任何東西可以收拾進去，因此
他就自己坐進箱子裡去。

　　這是一個很滑稽的箱子。只須把它的鎖按一下，這箱子就
可以飛起來。它眞的飛起來了！噓──箱子帶著他從煙囪裡飛
出去了，高高地飛到雲層裡，越飛越遠。箱子底發出響聲，他
非常害怕，怕它裂成碎片，因爲這樣一來，他的筋斗可就翻得
不簡單了！願上帝保佑！他居然飛到土耳其人住的國度裡去
了。他把箱子藏在樹林裡的枯葉下面，然後走進城裡。這倒不
太困難，因爲土耳其人穿著跟他一樣的衣服：一雙拖鞋和一件
睡衣。他碰到一個牽著孩子的奶媽。

　　「喂，您──土耳其的奶媽，」他說，「城邊的那座宮殿的
窗子開得那麼高，究竟是怎麼一回事啊？」

　　「那是國王的女兒居住的地方呀！」她說：「有人曾經預
言，說她將會因爲一個愛人而變得非常不幸，因此誰也不能去
看她，除非國王和王后也在場。」

　　「謝謝您！」商人的兒子說。他回到樹林裡，坐進箱子，
飛到那座宮殿的屋頂上，偷偷地從窗口爬進公主的房間。

　　公主正躺在沙發上睡覺。她是那麼美麗，商人的兒子忍不
住吻了她一下。公主醒了過來，大吃一驚。不過他自稱是土耳
其人的神，從空中飛來看她。這話她聽來很舒服。

　　這樣，他們就挨在一起坐著。他講了一些關於她的眼睛的
故事。他告訴她說：這是一對最美麗、烏黑的湖，思想像人魚
一樣在裡面游來游去。他又講了一些關於她的前額的故事。他
說它像一座雪山，上面有最華麗的大廳和圖畫。他還講了一些
關於鸛鳥的故事：它們送來可愛的嬰兒①。

　　是的，這都是些好聽的故事！於是他向公主求婚。她馬上
就答應了。

　　「不過，你星期六一定要到這兒來，」她說：「那時國王
和王后將會來和我一起喝茶！我能跟一位土耳其人的神結婚，
他們一定會感到驕傲。可是，請注意，你得準備一個好聽的故
事，因為我的父母都喜歡聽故事。我的母親喜歡聽有教育意義
和特殊的故事，我的父親則喜歡聽愉快的、逗人發笑的故事！」

　　「對，我將不帶什麼訂婚禮物，而帶一個故事來。」他說。
這樣他們就分別了。公主送給他一把劍，上面鑲著金幣，而這
對他特別有用處。

　　他飛走了，買了一件新的睡衣。然後坐在樹林裡，想編出
一個故事。這故事得在星期六編好，而這卻不是一件容易的事
啦。

　　他總算把故事編好了，這已經是星期六了。

　　國王、王后和全體大臣們都到公主的宮殿來喝茶。他受到
非常客氣的招待。

　　「請您講一個故事好嗎？」王后說，「講一個高深而富有教
育意義的故事。」

　　「是的，講一個使我們發笑的故事！」國王說。

「當然！」他說。於是他開始講起故事來。現在請各位好好地聽吧：

　　從前有一捆柴火，這些柴火對自己的高貴出身特別感到驕傲。它們的始祖，那就是說一棵大樅樹，原是樹林裡一棵又大又老的樹。這捆柴火的每一根就是它身上的一塊碎片。這捆柴火現在躺在打火匣和老鐵罐中間的一個架子上。它們談起自己年輕時代的那些日子來。

　　「是的，」它們說：「當我們在綠枝上的時候，那才眞算是在綠枝上啦！每天早上和晚間我們總有珍珠茶喝——這是露珠。太陽只要一出來，我們整天就有陽光照著，所有的小鳥都來講故事給我們聽。我們可以看得很清楚，我們是非常富有的，因爲一般的寬葉樹只是在夏天才有衣服穿，而我們家裡的人在冬天和夏天都有辦法穿上綠衣服。不過，伐木工人一來，就發生一次大的變革了：我們的家庭就要破裂了。我們的家長成了一條漂亮的船上的主桅——這條船只要它願意，可以走遍世界。別的枝幹就到別的地方去了。而我們的工做，卻只是一些爲平凡的人點火的小事情而已。因此我們這些出自名門的人就到廚房裡來了。」

　　「我的命運可不同，」站在柴火旁邊的老鐵罐說。「我一出生到這世界上來，就受到不少磨擦和煎熬！我做的是很實際的工作——嚴格地講，是這屋子裡的第一件工作。我唯一的快樂是在飯後乾乾淨淨地，整整齊齊地，躺在架子上，跟我的朋友們扯些有道理的閒天。除了那個水罐偶爾到院子裡去一下以

外，我們老是待在家裡。我們唯一的新聞販子是那個到市場去
買菜的籃子。他常常煞有介事地報告一些關於政治和老百姓的
消息。是的，前天有一個老罐子嚇了一跳，跌下來摔得粉碎。
我可以告訴你，他可是一位喜歡亂講話的人啦！」

　　「你的話講得未免太多了一點，」打火匣說。這時一塊鐵
在燧石上擦了一下，火星散發出來。「我們不能讓這個晚上愉快
一點麼？」

　　「對，我們還是來研究一下誰是最高貴的吧？」柴火說。

　　「不，我不喜歡談論我自己！」罐子說。「我們還是來開一
個晚會吧！由我開始。我來講一個大家經歷過的故事，這樣大
家就可以欣賞它——這是很愉快的。在波羅的海邊，在丹麥的
山毛櫸樹林邊——」

　　「這是一個很美麗的開頭！」所有的盤子一齊說。「這的確
是我們喜歡的故事！」

　　「是的，我就在那兒一個安靜的家庭裡度過我的童年。家
具都擦得很亮，地板洗得很乾淨，窗簾每半個月換一次。」

　　「你講故事的方式真有趣！」雞毛帚說：「人們一聽就知
道，這是一個女人在講故事。整個故事中充滿了一種清潔的味
道。」

　　「是的，人們可以感覺到這一點。」水罐子說。她一時高
興跳了一下，把水灑了一地板。

　　罐子繼續講故事。故事的結尾跟開頭一樣好。

　　所有的盤子都快樂得喧鬧起來。雞毛帚從一個沙洞裡帶來
一根綠芹菜，把它當成花冠戴在罐子頭上。他知道這會使別人

討厭。「我今天為她戴上花冠，」他想：「她明天也就會為我戴上花冠的。」

「現在我要跳舞了，」火鉗說，於是就跳了起來。天啦！這婆娘居然也能翹起一隻腿來！牆角裡的舊椅套也裂開來看它跳舞。「我也能戴上花冠嗎？」火鉗說。果然不錯，她得到了一個花冠。

「這是一群烏合之眾！」柴火想。

現在茶壺開始唱起歌來。但是她說她傷了風，除非她在沸騰，否則就不能唱。但這不過是裝模作樣罷了！她除非在主人面前或站在桌子上，她是不願意唱的。

老鵝毛筆坐在桌子邊——女傭人常常用它來寫字：這支筆並沒有什麼了不起的地方，他只是常被深插在墨水瓶中，但他對於這點卻感到非常驕傲。「如果茶壺不願意唱，」它說，「那麼就去她的吧！外邊掛著的籠子裡有一隻夜鶯——他唱得蠻好。他沒有受過任何教育，不過我們今晚可以不提這件事情。」

「我覺得，」茶壺說——「他是廚房的歌手，同時也是茶壺的異母兄弟——我們要聽這樣一隻外國鳥唱歌是非常不對的。這算是愛國嗎？讓上過街的菜籃來評判一下吧！」

「我有點煩惱，」菜籃說。「誰也想像不到我內心裡是多麼煩惱！這能算得上是晚上的消遣嗎？把我們這個家整頓整頓一下豈不是更好嗎？請大家各歸原位，讓我來安排整個遊戲吧。這樣事情才會有所改變！」

「是的，我們來鬧一下吧！」大家齊聲說。

正在這時候，門開了。女傭人走進來了，大家都靜靜地站

著不動，誰也不敢說半句話。不過在他們當中，沒有哪一只壺不是鑾以爲自己有一套辦法，自己是多麼高貴。「只要我願意，」每一位都這樣想：「這一晚可以變得很愉快！」

　　女傭人拿起柴火，點起一把火。天啦！火燒得多麼響，多麼亮啊！

　　「現在每個人都可以看到，」他們想：「我們是頭等人物。我們照得多麼亮！我們的光是多麼大啊！」——於是他們就都燒完了。

　　「這是一個出色的故事！」王后說：「我覺得自己好像就在廚房裡，跟柴火在一起。是的，我們可以把女兒嫁給你了。」

　　「是的，當然！」國王說：「你星期一就跟我們的女兒結婚吧！」

　　他們用「你」②來稱呼他，因爲他現在已經屬於他們一家的了。

　　舉行婚禮的日子已經確定了。在結婚的前一天晚上，全城都大放光明。餅乾和點心隨便在街上散發給群眾。小孩子用腳尖站著，高聲喊「萬歲」，並用手指吹起口哨來，非常熱鬧。

　　「是的，我也應該讓大家快樂一下才對！」商人的兒子想。因此他買了些煙火和炮竹，以及種種可以想像得到的鞭炮，把這些東西裝進箱子裡，向空中飛去。

　　「啪！」放得多好！放得多響啊！

　　所有的土耳其人一聽見就跳起來，他們的拖鞋都飛到耳朵旁邊去了。他們從來沒有看過這樣的火球。他們現在知道了，

要跟公主結婚的人就是土耳其的神。

　　商人的兒子坐著飛箱又降落到森林裡，他馬上想：「我現在要到城裡去一趟，看看這究竟產生了什麼效果。」他有這樣的想法也是很自然的。

　　嗨！老百姓的話才多哩！他所問到的每一個人都有自己的一套故事。不過大家都覺得很美妙。

　　「我親眼看到那位土耳其的神，」一個人說。「他的眼睛像一對發光的星星，他的鬍鬚像起泡沫的水！」

　　「他穿著一件火外套飛行，」另外一人說；「許多最美麗的天使藏在他的衣褶裡向外窺探。」

　　是的，他所聽到的都是最美妙的傳說。而第二天他就要結婚了。

　　他回到森林裡來，想坐進他的箱子裡。不過箱子到哪兒去了呢？箱子被燒掉了。煙火的一顆火星落了下來，點起了一把火，箱子已經化成灰燼了。他再也飛不起來了，也沒有辦法到他的新娘子那兒去了。

　　公主在屋頂上等待了一整天。她現在還在那兒等待著哩。而他呢，則在茫茫的世界裡跑來跑去講兒童故事；不過這些故事再也不像那個「柴火的故事」一樣有趣。〔1839 年〕

───────────────────

　　這是一個阿拉伯故事，在《一千零一夜》中可以找到它的

原形。但安徒生卻做了不同的處理，把它和現實的人生與世態結合了起來：商人的兒子錢花光了，「他的朋友們再也不願意跟他來往了，因為他再也不能跟他們一起逛街。」但是，當他快成為駙馬時，他買了些煙火和炮竹，以及種種可以想像得到的鞭炮，使所有的人都能歡樂一番。這時大家都稱讚他：「他的眼睛像一對發光的星星，他的鬍鬚像起泡沫的水！」「他穿著一件火外套飛行」，「許多最美麗的天使藏在他的衣褶裡向外窺探。」他成了土耳其的神。但是樂極生悲，煙火的一顆火星落了下來，點起一把火，箱子化成灰爐，他再也飛不起來了，也沒有辦法到新娘子那兒去了。他和公主結婚的安排成了泡影。這個故事有許多東西值得人們深思。

【註釋】

①鸛鳥是一種長腿的候鳥，經常在屋頂上築巢。像燕子一樣，冬天就飛走了，據說是飛到埃及去過冬。丹麥人非常喜歡這種鳥。根據他們的民間傳說，小孩子是鸛鳥從埃及送到世界上來的。

②按照外國人的習慣，對於親近的人用「你」而不是用「您」來稱呼。

醜小鴨

鄉下眞是非常美麗！現在正是夏天，小麥是金黃的，燕麥是綠油油的。乾草在綠色的牧場上堆成垛，鸛鳥用它又長又紅的細腿散著步，囉嗦地講著埃及話①，這是它從媽媽那兒學到的語言。田野和牧場的周圍有大片森林，森林裡有些很深的池塘。的確，鄉間是非常美麗的！太陽光正照著一棟老式的房子，它周圍流著幾條很深的小溪。從牆角一直到水裡，全蓋滿了牛蒡的大葉子。最大的葉子長得非常高，小孩子簡直可以直著腰站

在下面。然而，就像在最濃密的森林裡一樣，這兒也是很荒涼的。有一隻母鴨坐在巢裡，她得把她的幾隻小鴨都孵出來。不過這時她已經累壞了。很少有客人來看她。別的鴨子都喜歡在溪流裡游來游去，而不願意跑到牛蒡下面來和她聊天。

最後，那些鴨蛋一個接一個地迸開了。「噼！噼！」蛋殼響起來。所有的蛋黃現在都變成了小動物；他們把小頭都伸了出來。

「嘎！嘎！」母鴨說。小鴨們也跟著嘎嘎地大聲叫起來。他們在綠葉子下向四周看，媽媽讓他們盡量東張西望，因為綠色對他們的眼睛是有好處的。

「這個世界真夠大！」這些年輕的小傢伙說。的確，比起他們在蛋殼裡的時候，他們現在的天地真是大不相同了。

「你們別以為這就是整個世界！」媽媽說：「這地方伸展到花園的另一邊，一直伸展到牧師的田裡去，才遠呢！連我自己都沒有去過！我想你們全都在這兒吧？」她站起來。「沒有，我還沒有把你們都生出來呢！這個頂大的蛋還躺著沒有動靜。它還得躺多久呢？我真是有些煩了。」於是她又坐了下來。

「唔，情形怎樣？」一隻來拜訪她的老鴨子問。

「這個蛋費的時間真久！」坐著的母鴨說。「它老是不裂開。請你看看別的吧。他們真是一些最逗人愛的小鴨兒！都像他們的爸爸──這個壞東西從來沒有來看過我一次！」

「讓我瞧瞧這個老是不裂開的蛋吧，」這位年老的客人說，「請相信我，這是一個吐綬雞的蛋。有一次我也同樣受過騙：你知道，那些小傢伙不知道給了我多少麻煩和苦惱，因為他們

都不敢下水。我簡直沒有辦法叫他們在水裡試一試。我說好說
歹，一點用也沒有！——讓我來瞧瞧這個蛋吧。哎呀！這是一
個吐綬雞的蛋！讓它躺著吧，你儘管叫別的孩子去游泳好了。」

「我還是在它上面多坐一會兒吧，」鴨媽媽說，「我已經坐
了這麼久，就是再坐一個星期也沒有關係。」

「那麼就請便吧，」老鴨子說。她就告辭了。

最後這個大蛋裂開了。「噼！噼！」新生的這個小傢伙叫著
向外面爬。他是又大又醜。鴨媽媽把他瞧了一眼。「這隻小鴨子
大得怕人，」她說：「別的鴨子沒有一隻像他；但是他一點也
不像小吐綬雞！好吧，我們馬上就來試試看吧。他得到水裡去，
我踢也要把他踢下水去。」

第二天的天氣又暖和，又美麗。太陽照在綠牛蒡上。鴨媽
媽帶著所有的孩子走到溪邊來。噗通！她跳進水裡去了。「呱！
呱！」她叫著，於是小鴨子一隻接著一隻跳下去。水淹到他們
頭上，但是他們馬上又冒出來了，游得非常漂亮，他們的小腿
很靈活地划著。他們全都在水裡，連那個醜陋的灰色小傢伙也
跟他們在一起游。

「唔，他不是一個吐綬雞，」她說，「你看他的腿划得多靈
活，他浮得多麼穩！他是我親生的孩子！如果你把他仔細看一
看，他還算長得蠻漂亮呢。嘎！嘎！跟我一塊兒來吧，我把你
們帶到廣大的世界上去，把那個養雞場介紹給你們看看。不過，
你們得緊貼著我，免得別人踩著你們。你們還得當心貓兒呢！」

這樣，他們到養雞場裡來了。場裡起了一陣可怕的喧鬧聲，
因為有兩個家族正在爭奪一個鱔魚頭，而結果貓兒卻把它搶走

了。

「你們瞧，世界就是這個樣子！」鴨媽媽說。她的嘴流了一點口水，因為她也想吃那個鱔魚頭。「現在使用你們的腿吧！」她說：「你們拿出精神來！你們如果看到那兒的一隻老母鴨，你們就得把頭低下來，因為她是這兒最有聲望的人物。她有西班牙的血統──因為她長得非常胖。你們看，她的腿上有一塊紅布條。這是一件非常出色的東西，也是一隻鴨子可能得到的最大光榮：它的意義很大，說明人們不願意失去她，動物和人統統都得認識她。打起精神來吧──不要把腿縮進去。一隻有很好教養的鴨子總是把腿擺開的，像爸爸和媽媽一樣。好吧，低下頭來，說：『嘎』呀！」

小鴨們這樣做了。別的鴨子站在旁邊看著，同時用相當大的聲音說：

「瞧！現在又來了一批找東西吃的客人，好像我們的人數還不夠多似的！呸！瞧那隻小鴨的一副醜相！我們真看不慣！」於是馬上有一隻鴨子飛過去，在他的脖頸上啄了一下。

「請你們不要管他吧，」媽媽說，「他並沒有傷害誰呀！」

「對，不過他長得太大、太特別了，」啄過他的那隻鴨子說，「因此他必須挨打！」

「那隻母鴨的孩子都很漂亮，」腿上有一條紅布那隻的母鴨說，「他們都很漂亮，只有一隻是例外。這真是可惜。我希望能把他再孵一次。」

「那可不能，太太，」鴨媽媽回答說。「他不好看，但是他的脾氣非常好。他游起水來也不比別人差──我還可以說，游

得比別人好呢。我想他會慢慢長得漂亮的,或者到適當的時候。
他也可能縮小一點。他在蛋裡躺得太久了,他的模樣有點不太
自然。」她說著,同時在他的脖頸上啄了一下,把他的羽毛理
一理。「此外,他還是一隻公鴨呢,」她說,「所以關係也不太
大。我想他的身體很結實,將來總會自己找到出路的。」

「別的小鴨倒很可愛,」老母鴨說。「你在這兒不要客氣。
如果你找到鱔魚頭,請把它送給我好了。」

他們現在在這兒就像在自己家裡一樣。

不過從蛋殼裡爬出的那隻小鴨太醜了,到處挨打,被排擠,
被譏笑,不僅在鴨群中如此,連在雞群中也是一樣。

「他眞是又粗又大!」大家都說。有一隻吐綬雞生下來腳
上就有距,因此他自以爲是一個皇帝。他把自己吹得像一條鼓
滿了風的帆船,來勢洶洶地向他走來,瞪著一雙大眼睛,臉上
漲得通紅。這隻可憐的小鴨不知道站在什麼地方,或者走到什
麼地方去好。他覺得非常悲哀,因爲自己長得那麼醜陋,而且
成了全體雞鴨的一個嘲笑對象。

這是頭一天的情形。後來一天比一天糟。大家都要趕走這
隻可憐的小鴨;連他自己的兄弟姊妹也對他生起氣來。他們老
是說:「你這個醜妖怪,希望貓兒把你抓去才好!」於是媽媽
也說起來:「我希望你走遠些!」鴨兒們啄他。小雞打他,餵
雞鴨的那個女傭人用腳來踢他。

於是他飛過籬笆逃走了;灌木林裡的小鳥一見到他,就驚
慌地向空中飛去。「這是因爲我太醜了!」小鴨想。於是他閉起
眼睛,繼續往前跑。他一口氣跑到一塊住著野鴨的沼澤地裡。

他在這兒躺了一整夜，因為他太累了，太喪氣了。

天亮的時候，野鴨都飛起來了。他們瞧了瞧這位新來的朋友。

「你是誰呀？」他們問。小鴨一下轉向這邊，一下轉向那邊，盡量對大家恭恭敬敬地行禮。

「你真是醜得厲害，」野鴨們說：「不過只要你不跟我們族裡任何鴨子結婚，對我們倒也沒有什麼大的關係。」可憐的小東西！他根本沒有想到什麼結婚；他只希望人家准許他躺在蘆葦裡，喝點沼澤的水就夠了。

他在那兒躺了個整兩天。後來有兩隻雁——嚴格地講，應該說是兩隻公雁，因為他們是兩個男的——飛來了。他們從娘的蛋殼裡爬出來還沒多久，因此非常頑皮。

「聽著，朋友，」他們說，「你醜得可愛，連我②都禁不住喜歡你了。你做一個候鳥，跟我們一塊兒飛走嗎？另外有一塊沼澤地離這兒很近，那裡有好幾隻活潑可愛的雁兒。她們都是小姐，都會說：『嘎！』你是那麼醜，可以在她們那兒碰碰你的運氣！」

「噼！啪！」天空中發出一陣響聲。這兩隻公雁落到蘆葦裡，死了，把水染得鮮紅。「噼！啪！」又是一陣響聲。整群的雁兒都從蘆葦裡飛起來，於是又是一陣槍聲響起來了。原來有人在大規模地打獵。獵人都埋伏在這沼澤地的周圍，有幾個人甚至坐在伸到蘆葦上空的樹枝上。藍色的煙霧像雲塊似地籠罩著這些黑樹，慢慢地由水面上向遠方飄去。這時，獵狗都噗通噗通地在泥濘裡跑過來，燈芯草和蘆葦向兩邊倒去。這對於可

憐的小鴨說來眞是可怕的事情！他把頭轉過來，藏在翅膀裡。
不過，正在這時候，一隻駭人的大獵狗緊緊地站在小鴨身邊。
它的舌頭從嘴裡伸出很長，眼睛發出醜惡和可怕的光。它把鼻
子頂到這小鴨的身上，露出了尖牙齒，可是──噗通！噗通！
──它跑開了，沒有把他抓走。

　　「啊，謝謝老天爺！」小鴨嘆了一口氣：「我醜得連獵狗
也不要咬我了！」

　　他安靜地躺下來。槍聲還在蘆葦裡響著，槍彈一發接著一
發射出來。

　　天快暗的時候，四周終於靜了下來。可是這隻可憐的小鴨
還不敢站起來。他等了好幾個鐘頭，才敢向四周望一眼。於是
他急忙跑出這塊沼澤地，拚命地跑，向田野上跑，向牧場上跑。
這時吹起了一陣狂風，他跑起來非常困難。

　　到天黑的時候，他來到一個簡陋的農家小屋。它是那麼殘
破，甚至不知道應該向哪一邊倒才好──因此它也就沒有倒。
狂風在小鴨身邊號叫得非常厲害，他只好面對著小屋坐下來。
風越吹越凶，他看到門上的鉸鏈有一個已經鬆了，門也歪了，
他可以從空隙鑽進屋子裡去，他便鑽進去了。

　　屋子裡有一個老太婆和她的貓兒，還有一隻母雞住在一
起。老太婆把這隻貓兒叫「小兒子」。他能把背拱得很高，發出
咪咪的叫聲來，他的身上還能迸出火花，不過要他這樣做，你
就得倒摸他的毛。母雞的腿又短又小，因此她叫「短腿雞兒」。
她生下的蛋很好，所以，老太婆把她愛得像自己的親生孩子一
樣。

　　第二天早晨，人們馬上注意到了這隻來歷不明的小鴨。那隻貓兒開始咪咪地叫，母鷄也咯咯地喊起來。

　　「這是怎麼一回事兒？」老太婆說，同時向四周看。不過她的眼睛有點花，所以她以爲小鴨是一隻肥鴨，走錯了路，才跑到她這兒來了。「這眞是少有的運氣！」她說，「現在我可以有鴨蛋了。我只希望他不是一隻公鴨才好！我們得弄個淸楚！」

　　這樣，小鴨在這裡接受了三個星期的考驗，可是他什麼蛋也沒有生下來。那隻貓兒是這家的紳士，母鷄是這家的太太，所以他們一開口就說：「我們和這世界！」因爲他們以爲自己就是半個世界，而且還是最好的那一半呢。小鴨覺得自己可以有不同的看法，但是他的這種態度，母鷄卻忍受不了。

　　「你能夠生蛋嗎？」她問。

　　「不能！」

　　「那麼就請你不要發表意見。」

　　於是雄貓說：「你能拱起背，發出咪咪的叫聲和迸出火花嗎？」

　　「不能！」

　　「那麼，當有理智的人在講話的時候，你就沒有發表意見的必要！」

　　小鴨坐在牆角裡，心情非常不好。這時他想起了新鮮空氣和太陽光。他覺得一種奇怪的渴望：他想到水裡去游泳。最後他實在忍不住了，就不得不把心事對母鷄說出來。

　　「你在起什麼念頭？」母鷄問。「你沒有事情可幹，所以你才有這些怪想頭。你只要生幾個蛋，或者咪咪叫幾聲，那麼你

這些怪想頭也就會沒有了。」

「不過，在水裡游泳是多麼痛快呀！」小鴨說。「讓水淹在你的頭上，往水底一鑽，那是多麼痛快呀！」

「是的，那一定很痛快！」母雞說，「你簡直在發瘋。你去問問貓兒吧——在我所認識的朋友當中，他是最聰明的——你去問問他喜歡不喜歡在水裡游泳，或者鑽進水裡去。我先不講我自己。你去問問你的主人——那個老太婆——吧。世界上再也沒有比她更聰明的人了！你以爲她想去游泳，讓水淹在她的頭頂上嗎？」

「你們不了解我。」小鴨說。

「我們不了解你？那麼請問誰了解你呢？你絕不會比貓兒和女主人更聰明吧——我先不提我自己。孩子，你不要自以爲了不起吧！你現在得到這些照顧，你應該感謝上帝。你現在到了一個溫暖的屋子裡，有了一些朋友，而且還可以向他們學習很多的東西，不是嗎？不過你是一個廢物，跟你在一起眞不痛快。你可以相信我，我對你說這些不好聽的話，完全是爲了幫助你呀。只有這樣，你才知道誰是你眞正的朋友！請你注意學習生蛋，或者咪咪地叫，或者迸出火花吧！」

「我想，我還是走到廣大的世上去好。」小鴨說。

「好吧，你去吧！」母雞說。

於是小鴨就走了。他一會兒在水上游，一會兒鑽進水裡去；不過，因爲他的樣子醜，所有的動物都瞧不起他。秋天到來了。樹林裡的葉子變成黃色和棕色。風捲起它們，把它們帶到空中飛舞，而空中是很冷的。雲塊沉重地載著冰雹和雪花，低低地

懸著。烏鴉站在籬笆上，凍得只管叫：「呱！呱！」是的，只要想想這情景，就會覺得冷了。這隻可憐的小鴨的確沒有太多舒服的時刻。

　　一天晚上，當太陽正優美地落下去的時候，一群漂亮的大鳥從灌木林裡飛出來，小鴨從來沒有看過這樣美麗的東西。他們白得發亮，脖子又長又柔軟。這就是天鵝。他們發出一種奇異的叫聲，展開美麗的長翅膀，從寒冷的地帶飛向溫暖的國度，飛向不結冰的湖上去。

　　他們飛得很高——那麼高，醜小鴨不禁感到一種說不出的興奮。他在水上像一個車輪似地不停旋轉著，把自己的脖子高高地向他們伸著，發出一種響亮的怪叫聲，連他自己也害怕起來。啊！他再也忘不了這些美麗的鳥兒，這些幸福的鳥兒。當他看不見他們的時候，就沉入水底；但是當他再冒到水面上來的時候，卻感到非常空虛。他不知道這些鳥兒的名字，也不知道他們要向什麼地方飛去。不過他愛他們，好像他從來還沒有愛過什麼東西似的。他並不嫉妒他們。他怎能夢想有他們那樣美麗呢？只要別的鴨兒准許他跟他們生活在一起，他就已經很滿意了——可憐的醜東西！

　　冬天變得很冷，非常的冷！小鴨不得不在水上游來游去，免得水面完全凍結成冰。不過他游動的這個小範圍，一晚比一晚縮小。水凍得厲害，人們可以聽到冰塊的碎裂聲。小鴨只好用他的一雙腿不停地游動，免得水完全被冰封閉。最後，他終於昏倒了，動也不動地躺著，跟冰塊結在一起。

　　大清早，有一個農夫從這兒經過。他看到了這隻小鴨，便

走過去用木屐把冰塊踏破，然後把他抱回來，送給自己的妻子。
小鴨才漸漸恢復了知覺。

　　小孩子們都想要跟他玩，不過小鴨以爲他們想要傷害他。
他一害怕就跳到牛奶盤裡去了，把牛奶濺得滿屋子都是。女人
驚叫起來，拍著雙手。這麼一來，小鴨就飛到奶油盆裡去了，
然後就飛進麵粉桶裡去了，最後才爬出來。這時他的樣子才好
看呢！女人尖聲地叫起來，拿著火鉗要打他。小孩們擠成一團，
想抓住這小鴨。他們又是笑，又是叫！——幸好大門是開著的。
小鴨鑽進灌木林中新下的雪堆裡面去，躺在那裡，幾乎像昏倒
了一樣。

　　要是只講他在這嚴冬所受到的困苦和災難，那麼這個故事
也太悲慘了。當太陽又開始溫暖地照耀著的時候，他正躺在沼
澤地的蘆葦裡。百靈鳥唱起歌來了——這是一個美麗的春天。

　　忽然間他舉起翅膀：翅膀拍起來比以前有力得多，馬上就
把他托起來飛走了。他不知不覺已經飛進一座大花園。這兒蘋
果樹正開著花；紫丁香散發著香氣，它又長又綠的枝椏垂到彎
彎曲曲的溪流上。啊，這兒美麗極了，充滿了春天的氣息！三
隻美麗的白天鵝從樹蔭裡一直游到他面前。他們輕飄飄地浮在
水面上，羽毛發出颼颼的響聲。小鴨認出這些美麗的動物，於
是心裡感到一種說不出的難過。

　　「我要飛向他們，飛向這些高貴的鳥兒！可是他們會把我
弄死的，因爲我是這樣醜，居然敢接近他們。不過這沒有什麼
關係！被他們殺死，要比被鴨子咬、被雞群啄、被看管養雞場
的那個女傭人踢和在冬天受苦好得多！」於是他飛到水裡，向

這些美麗的天鵝游去：這些動物看到他，馬上就豎起羽毛向他
游來。「請你們弄死我吧！」這隻可憐的小鴨說。他把頭低低地
垂到水上，只等待著死。但是他在這清澈的水面上看到了什麼
呢？他看到了自己的倒影。那不再是一隻粗笨的、深灰色的、
又醜又令人討厭的鴨子，而卻是——一隻天鵝！

　　只要你曾經在天鵝蛋裡待過，就算是生在養鴨場裡也沒有
什麼關係。

　　對於過去所受的不幸和苦惱，他現在反而感到非常高興。
他清楚地意識到幸福和美正在向他招手。——許多大天鵝在他
周圍游泳，用嘴來親他。

　　花園裡來了幾個小孩子。他們向水上拋來許多麵包片和麥
粒。最小的那個孩子喊道：

　　「你們看那隻新天鵝！」別的孩子也興高采烈地叫起來：
「是的，又來了一隻新的天鵝！」於是他們拍著手，跳起舞來，
向他們的爸爸和媽媽跑去。他們拋了更多的麵包和糕餅到水
裡，同時大家都說：「這新來的一隻最美！那麼年輕，那麼好
看！」那些老天鵝不禁在他面前低下頭來。

　　他感到非常難為情。他把頭藏到翅膀裡去，不知道怎麼辦
才好。他感到太幸福了，但他一點也不驕傲，因為一顆善良的
心是永遠不會驕傲的。他想起他曾怎樣被人迫害和譏笑過，而
他現在卻聽到大家說他是美麗的鳥兒中最美麗的一隻鳥兒。紫
丁香在他面前把枝椏垂到水裡去。太陽照得很溫暖，很愉快。
他搧動翅膀，伸直細長的脖子，從內心裡發出一個快樂的聲音：

　　「當我還是一隻醜小鴨的時候，我做夢也沒有想到會有這

麼多的幸福！」〔1844 年〕

　　這篇童話也收集在《新的童話》裡。它是安徒生心情不太
好的時候寫的。那時他有一個劇本〈梨樹上的麻雀〉正在上演，
像他當時寫的許多其他的作品一樣，它受到了不公正的批評。
他在日記上說：「寫這個故事多少可以使我的心情好轉一點。」
這個故事的主人翁是一隻「醜小鴨」——事實上是一隻美麗的
天鵝，但因爲他出生在一個鴨場裡，鴨子們覺得它與自己不同，
就認爲他很「醜」。其他的動物，如鷄、狗、貓也隨聲附和，都
鄙視他，它們都並根據自己的人生哲學來對他品頭論足，說：
「你眞醜得厲害，不過只要你不跟我們族裡任何鴨子結婚，對
我們倒也沒有什麼大的影響。」它們都認爲自己門第高貴，了
不起，其實庸俗不堪。相反的，「醜小鴨」卻非常謙虛，「根本
沒有想到什麼結婚」。他覺得「我還是走到廣大的世界去好。」
就在「廣大的世界」裡，有天晚上他看見了「一群漂亮的大鳥
從灌木林裡飛出來……他們飛得很高——那麼高，醜小鴨不禁
感到說不出的興奮。」這就是天鵝。後來天鵝發現「醜小鴨」
是他們的同類，就「向他游來……用嘴來親他。」原來「醜小
鴨」自己也是一隻美麗的天鵝，即使他「生在養鴨場裡也沒有
什麼關係。」

　　這篇童話一般都認爲是安徒生的一篇自傳，描寫他童年和

青年時代所遭受的苦難、他對美的追求和嚮往，以及他通過重
重苦難後所得到的藝術創作上的成就與精神上的安慰。

【註釋】

①根據丹麥的民間傳說，鸛鳥是從埃及飛來的。

②這兒的「我」(jeg)是單數，跟前面的「他們説」不一致，但原文如此。

没有畫的畫冊

前記

說 起來也眞奇怪！當我感覺到最溫暖和最愉快的時候，我的雙手和舌頭就好像有了束縛，使我不能表達和說出我內心所起的思想。然而我卻是一個畫家呢。我的眼睛這樣告訴我；看過我的速寫和畫的人也都這樣承認。

我是一個窮苦的孩子。我的住處在最狹窄的一條巷子裡，

但我並不是看不到陽光，因為我住在很高的一層樓上，可以看
見所有的屋頂。在初來到城裡的那幾天，我感到非常鬱悶和寂
寞。我在這兒看不到樹林和青山，我看到的只是一片灰色的煙
囪。我在這兒沒有一個朋友，沒有一個熟識的面孔和我打招呼。

有一天晚上我悲哀地站在窗子前面，把窗扉打開，向外面
眺望。啊，我多麼高興啊！我總算看到了一個很熟識的面孔
——一個圓圓的、和藹的面孔，一個我在故鄉所熟識的朋友：
這就是月亮，親愛的老月亮。她一點也沒有改變，完全跟她從
前透過沼澤地上的柳葉窺探我時的神情一樣。我用手向他飛
吻，她直接照進我的房裡來。她答應，在她每次出來的時候，
她一定來探望我幾分鐘。她忠誠地信守這個諾言。可惜的是，
她停留的時間是那麼短促。她每次來的時候，就告訴我一些前
天晚上或當天晚上看見的事物。

「把我所講給你聽的事情畫下來吧！」她第一次來訪的時
候說，「這樣你就可以有一本很美的畫冊了。」

有好幾天晚上我接受了她的忠告。我可以畫出我的《新一
千零一夜》，不過那也許太沉悶了。我在這兒所作的畫都沒有
經過選擇，它們是依照我所聽到的印象畫下來的。任何偉大的
天才畫家、詩人或音樂家，假如高興的話，可以根據這些畫創
造出新的東西。我在這兒所做的，不過是在紙上塗下一些輪廓
而已，其中當然也有些個人的想像；這是因為月亮並沒有每晚
來看我——有時一兩片烏雲遮住了她的面孔。

第一夜

「昨夜」，這是月亮自己說的話，「昨夜我滑過晴朗無雲的印度天空。我的面孔映在恆河的水上；我的光線盡量地透進那些濃密交織著的梧桐樹枝葉——它們伏在下面，像烏龜的背殼。一位印度姑娘從這濃密的樹林走出來了。她輕巧得像瞪羚①，美麗得像夏娃②。這位印度女孩是那麼輕盈，但同時又是那麼豐滿。我可以透過她細嫩的皮膚看出她的思想。多刺的蔓藤撕開了她的草履；但是她仍然大步向前行走。在河邊喝完了水而走過來的野獸，驚恐地逃開了，因為這姑娘手中擎著一盞燃著的燈。當她伸開手為燈火擋住風的時候，我可以看到她柔嫩手指上的脈紋。「她走到河邊，把燈放在水上，讓它飄走。燈光在閃動，好像是想要熄滅的樣子。可是它還是在燃著，這位姑娘一對亮晶晶的烏黑眼珠，隱隱地藏在絲一樣長的睫毛後面，緊張地凝視著這盞燈。她知道得很清楚：如果這盞燈在她的視力所及的範圍內不滅的話，那麼她的戀人就是仍然活著的。不過假如它滅掉了，那麼她的戀人就已經是死了。燈光在燃燒著，在顫動著；她的心也在燃燒著，顫動著。她跪下來，念著禱文。一條花蛇睡在她旁邊的草叢裡，但是她心中只想著梵天③和她的未婚夫。

「『他仍然活著！』她快樂地叫了一聲。這時從高山那兒飄來一個回音：『他仍然活著！』」

第二夜

「這是昨天的事情，」月亮對我說，「我向下面的一個小院落望去，它的四周圍著一圈房子。院子裡有一隻母雞和十一隻小雞。一個可愛的小姑娘在它們周圍跑著，跳著。母雞呱呱地叫起來，驚恐地張開翅膀保護它的一窩孩子。這時小姑娘的爸爸走來了，責備了她幾句。於是我就走開了，再也沒有想起這件事情。可是今天晚上，剛剛不過幾分鐘以前，我又向下面這個院落看。四周是一片靜寂。可是不一會兒那個小姑娘又跑出來了。她偷偷地走向雞舍，把門拉開，鑽進母雞和小雞群中。它們大聲狂叫，向四邊亂飛。小姑娘在它們後面追趕。這情景我看得很清楚，因為我是由牆上的一個小洞口向內窺視的。我對這個任性的孩子感到很生氣。這時她爸爸走過來，抓著她的手臂，把她罵得比昨天還要厲害，我不禁感到很高興。她垂下頭，藍色的眼睛裡亮著大顆的淚珠。『妳在這兒幹什麼？』爸爸問。她哭起來，『我想進去親一下母雞呀，』她說，『我想請求它原諒我，因為我昨天驚動了它一家。不過我不敢告訴你！』

「爸爸親了一下這個天真孩子的前額，我呢，則親了她的小嘴和眼睛。」

第三夜

「在那兒一條狹小的巷子裡——它是那麼狹小，我的光線只能在房子的牆上照一分鐘，不過在這一分鐘裡，我所看到的東西已經足夠使我認識下面活動著的人世——我看到了一個女

人。十六年前她還是一個孩子。她在鄉下一位牧師的古老花園
裡玩耍。玫瑰花樹編成的籬笆已經枯萎了，花也謝了。它們零
亂地伸到小徑上，把長枝子盤到蘋果樹上去。只有幾朵玫瑰花
還東零西落地開著——但已經稱不上是花中的皇后了。但是它
們依然有色彩，還有香味。牧師的這位小姑娘，在我看來，那
時要算是一朵最美麗的玫瑰花了；她在這個零亂籬笆下的小椅
子上坐著，吻著她的玩偶——它那紙板做的臉已經玩壞了。

「十年以後我又看到了她。我看到她在一個華麗的跳舞廳
內：她是一個富有商人的嬌美的新娘。我為她的幸福感到愉
快。在安靜平和的晚上我常去探望她——啊，誰也沒有想到我
澄淨的眼睛和銳敏的視線！唉！正像牧師住宅花園裡那些玫瑰
花一樣，我的這朵玫瑰花也變得零亂了。每天的生活中都有悲
劇發生，而我今晚卻看到了最後一幕。

「在那條狹小的巷子裡，她躺在床上，病得快死了。惡毒、
冷酷又粗暴的房東——這是她唯一的保護者，把她的被子掀
開。『起來！』他說；『妳的那副面孔足夠使人感到害怕。起來
穿好衣服！趕快去弄點錢來，不然，我就要把妳趕到街上去！
快些起來！』『死神正在嚼我的心！』她說，『啊，請讓我休息
一會兒吧！』可是他把她拉起來，在她的臉上撲了一點粉，插
了幾朵玫瑰花，於是他把她拉到窗邊的一張椅子上坐下，並且
在她身旁點起一根蠟燭，然後走開了。

「我看著她。她靜靜地坐著，她的雙手垂在膝上。風吹著
窗子，把一塊玻璃吹下來跌成碎片。但是她仍然靜靜地坐著。
窗簾像她身旁的燭光一樣，在抖動著。她斷氣了。死神在敞開

的窗子前面說敎。這就是敎師住宅花園裡的、我的那朵玫瑰花！」

第四夜

「昨夜我看到一齣德國戲在上演，」月亮說。「那是在一個小城市裡。一個牛欄被改裝成一個劇院；這也就是說，每一個牛圈並沒有變動，只不過是改裝成包廂罷了。所有的木栅欄都糊上了彩色的紙張。低低的天花板下吊著小小的鐵燭台。爲了要像在大劇院裡一樣，當提詞人的鈴聲叮噹地響了一下以後，燭台就會升上去消失了，因爲它上面特別蓋著一個翻轉過來的大浴桶。

「叮噹！小鐵燭台上升了一尺多高。人們也可以知道戲快要開演了。一位年輕的王子和他的夫人恰巧經過這個小城；他們也來參觀這次的演出。牛欄也就因此擠滿了人。只有這燭台下面有一點空隙，像一個火山的噴口。誰也不坐在這兒，因爲蠟油正向下滴，滴，滴！我看到了這一切的情景，因爲屋裡是那麼燥熱，牆上所有的通風口都不得不打開。男僕人和女僕人們都站在外面，偷偷地貼著這些通風口向裡面看，雖然裡面坐著警察，而且還揮著棍子在威嚇他們。在樂隊的近旁，人們可以看見那對年輕的貴族夫婦坐在兩張古老的靠椅上。這兩張椅子平時總是留給市長和他的夫人坐的。可是這兩個大人物今晚也只好像是普通的市民一樣，坐在木椅子上。『現在人們可以看出，強中更有強中手！』這是許多看戲的太太們私下所起的一點感想。這使整個氣氛變得更愉快。燭台搖動著，牆外面的觀

衆挨了一頓罵。我——月亮——從這齣戲的開頭到末尾，一直
和這些觀衆在一起。」

第五夜

　　「昨天，」月亮說，「我看到了忙碌的巴黎。我的視線射進
羅浮宮博物館④的陳列室裡。一位衣服破爛的老祖母——她也
是平民的一員——跟著一個保管人員走進一間寬大而空洞的宮
裡去。這正是她所要看的一間陳列室，而且一定要看。她可是
做了一點不小的犧牲和費了一番口舌，才能走進這裡來。她一
雙瘦削的手交叉著，她用莊嚴的神色向四周看，好像在教堂裡
似的。」

　　「『這裡就是！』她說：『這裡！』她一步步走近王位，王
位上鋪著富麗的、鑲著金邊的華麗天鵝絨。『就是這裡！』她說，
『就是這裡！』於是她跪下來，吻著這紫色⑤的天鵝絨。我想
她已經哭出來了。

　　「『可是，這並不是原來的天鵝絨呀！』保管人員說，他的
嘴角露出一個微笑。

　　「『就是在這裡！』老太婆說。『原物就是這個樣子！』

　　「『是這個樣子沒錯，』他回答說，『但這不是原來的東西。
原來的窗子被打碎了，原來的門也被打破了，而且地板上還有
血呢！妳當然可以說：『我的孫子是在法蘭西的王位上死去
的！』

　　「『死去了！』老太婆把這幾個字重復了一次。

　　「我想他們再也沒有說什麼別的話，他們很快就離開了這

個陳列室。黃昏的微光消逝了，我的光亮照著法蘭西王位上的
華麗天鵝絨，比以前加倍明亮。

「你想，這位老太婆是誰呢？我告訴你一個故事吧。

「那正是七月革命⑥的時候，勝利的最光輝的一個日子的
前夕。那時每一間房子是一個堡壘，每一個窗子是一座護胸牆。
群眾在攻打杜葉裡宮⑦。甚至還有婦女和小孩和戰鬥者一起作
戰。他們攻進了宮內的大殿和廳堂。一個半大的窮孩子，穿著
襤褸的工人罩衫，也在年長的戰士中間戰鬥。他身上有好幾處
中了很重的刺刀傷，因此倒下來了。他倒下的地方恰恰是王位
的所在，大家就把這位流血的青年抬上了法蘭西的王位上，用
天鵝絨裹好他的傷。他的血染到了那象徵皇室的紫色上面。這
才是一幅圖畫呢！這麼光輝燦爛的大殿，這些戰鬥的人群！一
面撕碎了的旗幟躺在地上，一面三色旗⑧在刺刀林上面飄揚，
而王座上卻躺著一個窮苦的孩子；他光榮的面孔發白，他的雙
眼望著蒼天，他的四肢在死亡中彎曲著，他的胸脯露在外面，
他的襤褸的衣服被繡著銀百合花的天鵝絨半掩著。

「在這孩子的搖籃旁曾經有人預言過：『他將死在法蘭西
的王位上！』他母親的心裡曾經做過一個夢，以為他就是第二
個拿破侖。

「我的光已經吻過他墓上的烈士花圈。今天晚上呢，當這
位老祖母在夢中看到這幅攤在她面前的圖畫（你可以把它畫下
來）——法蘭西的王位上的一個窮苦孩子，我的光吻了她的前
額。」

第六夜

「我到烏卜薩拉⑨去了一趟，」月亮說。「我看了看下面長了滿野草的大平原和荒涼的田野。當一艘汽船把魚兒嚇得鑽進燈芯草叢裡去的時候，我的面孔正映在佛里斯河裡。雲塊在我下面飄浮著，在所謂奧丁、多爾和佛列⑩的墳墓上撒下大片的陰影。稀疏的蔓草蓋著這些土丘，名字就刻在這些草上。這兒沒有讓路人可以刻上自己名字的路碑，也沒有讓人可以寫上自己名字的石壁。因此訪問者只好在蔓草上劃出自己的名字來。黃土在一些大字母和名字下面露出它的原形，縱橫交錯地佈滿了整個山丘。這種不朽支持到新的蔓草長出來為止。

「山丘上站著一個人。他喝乾了一杯蜜釀的酒——杯子上嵌著很寬的銀邊。他低聲地念出一個什麼名字。他請求風不要洩露它，可是我聽到了這個名字，而且我知道它。這名字上閃耀著一個伯爵的榮冠，因此他不把它念出來。我微笑了一下。因為他的名字上閃耀著一個詩人的榮冠。愛倫諾拉·戴斯特的高貴是與達索⑪的名字分不開的。我也知道美麗的玫瑰花朵應該是在什麼地方開的！」

月亮這樣說了，於是一朵烏雲飄浮過來了。我希望沒有烏雲來把詩人和玫瑰花隔開！

第七夜

「沿著海岸展開一片樅樹和山毛櫸樹林；這樹林是那麼清新，那麼充滿了香味。每年春天有成千上萬的夜鶯來拜訪它。

它旁邊是一片大海——永遠變幻莫測的大海。橫在兩者之間的
是一條寬廣的公路。川流不息的車輪在這兒飛馳過去，可是我
沒有去細看這些東西，因為我的視線只停留在一點上面：那兒
立著一座古墓，野梅和黑莓在它上面的石縫中叢生著。這兒是
大自然的詩。你知道人們怎樣理解它嗎？是的，我告訴你昨天
黃昏和深夜時分我在那兒聽到的事情吧。

「起初有兩位富有的地主乘著車子過來。頭一位說：『多
麼茂盛的樹木啊！』另一位回答：『每一棵可以砍成十車柴！
這個冬天一定很冷。去年一捆柴可以賣十四塊錢！』然後他們
就走開了。

「『這真是一條糟糕的路！』另外一個趕著車子走過的人
說。『這全是因為那些討厭的樹呀！』坐在他旁邊的人回答說。
『空氣不能暢快地流通，風只能從海那邊吹來。』於是他們便
走過去了。

「一輛公共馬車也開了過來。當它來到這個最美麗的地方
的時候，客人們都睡著了。車夫吹起號角，不過他心裡只是想：
『我吹得很美。我的號角聲在這兒很好聽，不知道車裡的人覺
得怎樣？』於是這輛馬車也開走了。

「兩個年輕的小伙子騎著馬飛馳過來。我覺得他們倒還有
點青年的精神和氣概呢！他們嘴唇上飄著微笑，也把那生滿青
苔的山丘和這濃黑的樹林看了一眼。『我倒很想跟磨坊主的克
麗斯打在這兒散一下步呢，』於是他們飛馳過去了。

「花兒在空氣中散佈著強烈的香氣；風兒都睡著了。青天
蓋在這塊深鬱的盆地上，大海就好像是它的一部分。一輛馬車

開過去了，裡面坐著七個人，其中四位已經睡著了。第五位在想著他的夏季上衣——它必須合他的身材。第六位把頭轉向車夫，問起對面那堆石頭裡是否藏有什麼了不起的東西。『沒有，』車夫回答說：『那不過是一堆石頭罷了。可是這些樹倒是了不起的東西呢。』『爲什麼呢？』『爲什麼嗎？它們是非常了不起的！您要知道，在多天，當雪下得很深、什麼東西都看不見的時候，這些樹對我來說就成了指標。我依據它們所指的方向走，就不至於滾到海裡去。它們了不起，就是這個緣故。』他走過去了。

「現在，有一位畫家走來了。他的眼睛閃著亮光，他一句話也不講，只是吹著口哨。迎著他的口哨，有好幾隻夜鶯在唱歌，一隻比一隻的調子唱得高。『閉上你們的小嘴！』他大聲說。接著他把一切色調很仔細地記錄下來：藍色、紫色和褐色！這將是一幅美麗的畫！他用心體會著這景致，正如鏡子反映出一幅畫一樣。在這同時，他用口哨吹出一首羅西尼⑫的進行曲。

「最後，來了一個窮苦的女孩子。她放下背著的重擔，在古墓旁坐下來休息。她慘白的美麗面孔對著樹林傾聽。當她看見大海上的天空的時候，她的眼珠忽然發亮，雙手合在一起。我想，她是在念〈主禱文〉。她自己不懂得這種滲透她全身的感覺；但是我知道，這一刹那和這片自然景物將會在她的記憶裡存留很久很久，比那位畫家所記錄下來的色調要美麗和眞實得多。我的光線照著她，一直到晨曦吻上她的前額的時候。」

第八夜

沉重的雲塊掩蓋了天空，月亮完全沒有露面。我待在我的小房間裡，感到加倍的寂寞。我抬起頭來，凝視著月亮平時出現的那片天空，我的思想飛得很遠，飛向我這位最好的朋友那兒去。他每天晚上對我講那麼美麗的故事，並給我圖畫看。是的，他經歷過的事情可真不少！他在太古時代的洪水上航行過，他對諾亞的獨木舟⑬微笑過，正如他最近來看過我、帶給我一些安慰、期許我一個燦爛的新世界一樣。當以色列⑭的孩子們坐在巴比倫河畔⑮哭泣時，他在懸著豎琴的楊柳樹間哀悼地看著他們。當羅密歐⑯走上陽台、他深情的吻像小天使的思想般從地上升起來的時候，這圓圓的月亮，正在明靜的天空，半隱在深鬱的古柏之間。他看到被囚禁的聖赫勒拿島上的英雄⑰，這時他正在孤獨的石崖上望著茫茫的大海，他心中湧起了許多遼遠的思想。啊！月亮有什麼事不知道呢？對她來說，人類的生活是一篇童話。

今晚我不能見到您了，老朋友！今晚我不能畫出關於您來訪的記憶。我迷糊地向著雲兒眺望；天又露出一點光。這是月亮的一絲光線，但是它馬上又消逝了。烏黑的雲塊又飄了過來，然而，這總算是一聲問候，是月亮所帶給我的友愛的「晚安」。

第九夜

天空又是晴朗無雲。好幾個晚上過去了，月亮仍只是一道蛾眉。我又得到了一幅速寫的材料，請聽月亮所講的話吧。

「我隨著北極鳥和游動的鯨魚到格陵蘭⑱的東部海岸去。光赤的崖石上覆蓋著冰塊和烏雲，深鎖著一塊盆地——在這兒，楊柳和覆盆子正盛開著花。芬芳的剪秋羅散發著甜蜜的香氣。我的光有些昏暗，我的臉慘白，正如一朵從枝椏上摘下來的睡蓮，在巨浪裡漂流了好幾個星期一樣。北極光圈在天空中燃燒著，它的環帶很寬。它放射出的光輝像旋轉的火柱，燃燒了整個天空，一會兒變綠，一會兒變紅。這地帶的居民聚在一起，舉行舞會和作樂。不過，對這種慣常光華燦爛的景象，他們並不感到驚奇。『讓死者的靈魂去玩他們用海象的腦袋所做的球吧！』他們依照他們的迷信，只顧唱歌和跳舞。

「在他們的舞圈中，一位沒有穿皮襖的格陵蘭人敲著一個手鼓，唱著一首關於捕捉海豹的歌。一個歌隊也唱和著：『哎伊亞，哎伊亞，啊！』他們穿著白色的皮袍，舞成一個圓圈，樣子很像一個北極熊的舞會。他們使勁地眨著眼睛並且搖動著腦袋。

「現在審案和判決要開始了。意見不和的格陵蘭人走上前來。原告用譏諷的口吻，理直氣壯地即席唱一曲關於敵人的罪過的歌，而且這一切是在鼓聲下用跳舞的形式進行的。被告回答得同樣尖銳。聽衆都哄堂大笑，同時做出他們的判決。

「山上飄來一陣雷轟似的聲音，上面的冰河裂成了碎片；龐大、流動的冰塊在崩頹的過程中化爲粉末。這是格陵蘭的美麗夏夜。

「在一百步遠的地方，一個敞著的帳蓬裡，躺著一個病人。生命還在他的熱血裡流動著，但是他仍然是要死的，因爲他自

己覺得會死。站在他周圍的人也都相信他會死。因此,他的妻子在他身上縫了一件皮壽衣,免得她後來還要再接觸到屍體。同時她問:『你願意埋在山上堅實的雪地裡嗎?我打算用你的卡耶克⑲和箭來裝飾你的墓地。昂格勾克⑳將會在那上面跳舞!或許你還是願意葬在海裡?』

「『我願意葬在海裡。』他低聲說,同時露出一個凄慘的微笑點點頭。

「『是的,海是一個舒適的涼亭,』他的妻子說。『那兒有成千上萬的海豹在跳躍,海象就在你的腳下睡覺,在那兒打獵是一種安全愉快的工作!』

「這時喧鬧的孩子們撕掉支撐在窗孔上的那張皮,好使得死者能被抬到大海裡去,那波濤洶湧的大海——這海生前給他糧食,死後給他安息。那些起伏的、日夜變幻著的冰山是他的墓碑。海豹在冰山上打盹,寒帶的鳥兒在那上面盤旋。」

第 十 夜

「我認識一位老小姐,」月亮說。「每年冬天她都穿一件黃緞子皮襖。它永遠是新的,它永遠是她唯一的時裝。她每年夏天老是戴著同樣一頂草帽,同時我相信,她老是穿著同樣一件灰藍色袍子。

「她只有去看一位老女朋友時才走過街道。但是最近幾年來,她甚至連這段路也不走了,因為這位老朋友已經死去了。我的這位老小姐孤獨地在窗前忙來忙去;窗子上整個夏天都擺滿了美麗的花,在冬天則有一堆在氈帽頂上培養出來的水芹。

最近幾個月來，她不再坐在窗前了。但她仍然是活著的，這一
點我知道，因爲我並沒看到她做一次她常常和朋友提到過的『長
途旅行』。『是的，』她那時說，『當我要死的時候，我要做一次
一生從來沒有做過的長途旅行。我們祖宗的墓窖㉑離這兒有十
八里路遠，那兒就是我要去的地方；我要和家人睡在一起。』

「昨夜這座房子門口停著一輛車子。人們抬出一具棺木；
那時我才知道，她已經死了。人們在棺材上裏了一些麥草蓆子，
然後車子就開走了。這位過去一整年沒有走出過大門的安靜老
小姐，就睡在那裡面。車子叮達叮達地出了城，輕鬆得好像是
去做一次愉快的旅行似的。當它走上了大路以後，就走得更快
了。車夫神經質地向後面看了好幾次——我猜想他有點害怕，
以爲她還穿著那件黃緞子皮襖坐在後面的棺材上面呢。因此他
傻氣地使勁抽著馬兒，牢牢地拉住繮繩，使得它們滿口流著泡
沫——它們是幾匹年輕的劣馬。一隻野兔在它們面前跑過去
了，於是它們就驚慌地跑了起來。

「這位沉靜的老小姐，年年月月在一個呆板的小圈子裡一
聲不響地活動著。現死後——卻在一條崎嶇不平的公路上跑起
來。麥草蓆子裏著的棺材終於跌出來了，落到公路上。馬兒、
車夫和車子卻急馳而去，像一陣狂風一樣。一隻唱著歌的雲雀
從田裡飛起來，對著這具棺材吱吱喳喳地唱了一曲晨歌。不一
會兒它落到這棺材上，用小嘴啄著麥草蓆子，好像想要把蓆子
撕開似。

「雲雀又唱著歌飛向天空了。同時我也隱到紅色的朝雲後
面。」

第十一夜

「這是一個結婚的宴會！」月亮說。「大家在唱歌，大家在敬酒，一切都是富麗堂皇的。半夜過後，客人都告別了；這時已經是半夜過後了。母親們吻了新郎和新娘。最後只有我看到這對新婚夫婦單獨在一起了，雖然窗帘已經掩得相當地緊。燈光把這間溫暖的新房照得透亮。

「『謝天謝地，大家現在都走了！』他說，吻著她的手和嘴唇。她一面微笑，一面流淚，同時倒到他的懷裡，顫抖著，像激流上飄著的一朵荷花。他們說著溫柔甜蜜的話。

「『甜蜜地睡著吧！』他說。這時，她把窗帘拉向一邊。

「『月亮照得多麼美啊！』她說，『看，它是多麼安靜，多麼明朗！』

「於是她把燈吹滅了，這個溫暖的房間裡變成一片漆黑。可是我的光在亮著，亮得差不多跟他的眼睛一樣。女性呵，當一個詩人在歌唱著生命之神祕的時候，請你吻一下他的豎琴吧！」

第十二夜

「我給你一張龐貝城㉒的圖畫吧，」月亮說。「我來到城外，在人們所謂的墳墓之街上。這條街有許多美麗的紀念碑。在這個地方，歡樂的年輕人，頭上戴著玫瑰花，曾經一度和拉綺司㉓的美麗姊妹們在一起跳過舞。可是現在呢，這兒是一片死的沉寂。為拿波里政府服務的德國傭兵在站崗，打紙牌，擲骰子。

從山那邊來的一大群遊客，由一位哨兵陪伴著，走進這個城市。
他們想在我的明朗的光中，看看這座從墳墓中升起來的城市。
我把熔岩石鋪的寬廣街道上的車轍指給他們看；我把許多門上
的姓名以及還留在那上面的門牌也指給他們看。在一個小小的
庭院裡，他們看到一個鑲著貝殼的噴水池；可是現在沒有噴泉
射出來了；從那些金碧輝煌的、由古銅色小狗看守著的房間
裡，也沒有歌聲流洩出來了。」

「這是一座死人的城。只有維蘇威火山在唱著它無休止的
頌歌。人類把它的每一支曲子叫做『新的爆發』。我們去拜訪維
納斯㉔的神廟。它是用大理石建成的，白得放亮；那寬廣的台階
前就是它高大的祭壇。新的垂柳在圓柱間冒出來，天空是透明
的，蔚藍色的。漆黑的維蘇威火山成為這一切的背景。火不停
地從它頂上噴出來，像一棵松樹的枝幹。反射著亮光的煙霧，
在夜的靜寂中飄浮著，像一棵松樹的簇頂，可是它的顏色像血
一樣地鮮紅。

「這群遊客中有一位女歌唱家，一位真正偉大的歌唱家。
我在歐洲的第一等城市裡看過她受到人們的崇敬。當他們來到
這悲劇舞台的時候，他們都在這個圓形劇場的台階上坐下來；
正如許多世紀以前一樣，這兒總算有一塊小地方坐滿了觀眾。
布景仍然像從前一樣，沒有改變；它的側景是兩面牆，它的背
景是兩個拱門——通過拱門，觀眾可以看到遠古時代就用過的
那幅同樣的布景——自然本身：蘇倫多㉕和亞瑪爾菲㉖之間的
那些群山。

「這位歌唱家一時高興，走進這幅古代的布景中去，唱起

歌來。這地方給了她靈感。她使我想起阿拉伯的野馬，在原野
上奔馳，它的鼻息如雷，它的紅鬃飛舞——她的歌聲和這些野
馬同樣地輕快又堅定。這使我想起在各各他山㉗十字架下悲哀
的母親——她的痛苦的表情是多麼深刻呵。在這同時，正如千
餘年前一樣，四周響起了一片鼓掌和歡呼聲。

　　「『幸福的、天才的歌者呵！』大家都歡呼著。

　　「三分鐘以後，舞台空了。一切都消逝了。聲音也沒有了，
遊人也走開了，只有古蹟還矗立在那兒，沒有改變。千百年以
後，當誰也再記不起這片刻的喝采，當這位美麗的歌者、她的
聲調和微笑被遺忘了的時候，當這片刻對於我也成爲逝去的回
憶的時候，這些古蹟仍然不會改變。」

第十三夜

　　「我向著一位編輯先生的窗子看進去，」月亮說。「那是在
德國的一個什麼地方。這兒有很精緻的家具、許多書籍和一堆
報紙。裡面坐著好幾位青年人。編輯先生自己站在書桌旁邊，
計畫要評論兩本書——都是青年作家寫的。

　　「『這一本是剛送到我手中來的，』他說。『我還沒有讀它
呢，可是它的裝幀很美。你們覺得它的內容怎樣呢？』

　　「『哦！』一位客人說——他自己是一個詩人：『他寫得很
好，不過太囉嗦了一點。可是，天哪，作者是一個年輕人呀，
詩句當然還可以寫得更好一點！思想是很健康的，只不過是平
凡了一點！但是這有什麼可說的呢？你不能老是遇見新的東西
呀！你可以稱讚他一下！不過我想，他做爲一個詩人是不會有

什麼成就的。他讀了很多的書，是一位出色的東方學問專家，也有正確的判斷力。爲我的《家常生活感言》寫過一篇很好的書評的人就是他。我們應該對這位年輕人客氣一點。』

「『不過他是一個不折不扣的糊塗蛋！』書房裡另外一位先生說。『寫詩最糟糕的事莫過於平庸乏味。它是不能突破這個範圍的。』

「『可憐的傢伙！』第三位說，『他的姑媽卻以爲他了不起呢。編輯先生，爲你新近翻譯的第一部作品拉到許多訂單的人，正是她──』

「『好心腸的女人！』，唔，我已經簡略地把這本書介紹了一下。肯定地他是一個天才──一件值得歡迎的禮物！是詩壇裡的一朵鮮花！裝幀也很美等等，可是另外那本書呢──我想作者是希望我買它吧？我聽到人們稱讚過它。他是一位天才，你說對不對？』

「『是的，大家都這麼叫喊，』詩人說：『不過他寫得有點狂。只是標點符號證明他有點才氣！』

「『假如我們斥責他，使他發點兒火，對他是有好處的；不然他總會以爲自己了不起。』

「『可是這不近人情！』第四位大聲說。『我們不要在一些小錯誤上做文章吧，我們應該對他的優點感到高興，而他的優點也很多。他的成就超過了他的同行。』

「『天老爺啦！假如他是這樣一位眞正的天才，就應該受得住尖銳的批評。私下稱讚他的人夠多了，我們不要把他的頭腦弄昏吧！』

「『他肯定是一個天才！』編輯先生寫著，『但粗心大意之處偶爾有之。在第二十五頁上我們可以看出，他寫出不得體的詩句──在那兒可以發現兩個不協調的音節。我們建議他學習一下古代的詩人……』」

「我走開了，」月亮說，「我向那位姑媽的窗口看進去。那位被稱讚的、不狂妄的詩人就坐在那兒。他得到所有客人的敬意，非常快樂。

「我去找另外那位詩人──那位狂妄的詩人。他也在一個恩人⑳家裡和一大堆人在一起。人們正在這裡談論那另一位詩人的作品。

「『我將來也要讀讀你的詩！』恩人說；『不過，老實說──你們知道，我是從來不說假話的──我想從那些作品中找不出什麼偉大的東西。我覺得你太狂了，太荒唐了。但是，我得承認，做一個人你是值得尊敬的！』

「一個年輕的女僕人在牆角坐著；她在一本書裡讀到這樣的字句：

　　天才的榮譽終會被埋入塵土，
　　只有平庸的材料獲得人稱讚。
　　這是一個古老古老的故事，
　　不過這故事卻是每天在重演。

第十四夜

月亮說：「在樹林的小徑兩旁有兩座農家的房子。它們的門很矮，窗子有的很高，有的很低。在它們的周圍長滿了山楂和伏牛花。屋頂上有青苔、黃花和石蓮花。那個小小的花園裡只種著白菜和馬鈴薯，可是籬笆旁邊有一株接骨木樹正開著花。樹下坐著一個小小的女孩，她的一雙棕色的眼睛凝望著兩座房子中間的那棵老櫟樹。

「這樹的樹幹很高，但是枯萎了，它的頂已經被砍掉了。鸛鳥在那上面築了一個窠。它站在窠裡，用尖嘴發出啄啄的聲響。一個小男孩走了出來，站在一個小女孩旁邊。他們是兄妹。

「『你在看什麼？』他問。

「『我在看那鸛鳥，』她回答說：『鄰人告訴我，說它今晚會帶給我們一個小弟弟或妹妹。我現在正在等，希望能看見它飛來！』

「『鸛鳥什麼也不會帶來！』男孩子說：『你可以相信我的話。鄰人也告訴過我同樣的事情，不過她說這話的時候，她在大笑。所以我問她敢不敢向上帝發誓！可是她不敢。所以我知道，鸛鳥的事情只不過是大人們對我們小孩子編的故事罷了。』

「『那麼小孩子是從什麼地方來的呢？』小女孩問。

「『跟上帝一道來的，』男孩子說，『上帝把小孩子夾在大衣裡送來，不過誰也看不見上帝呀。所以我們也看不見他送小孩子來！』

「正在這個時候，一陣微風吹動櫟樹的枝葉。這兩個孩子

拉著手，互相呆望著；無疑地這是上帝送小孩子來了。於是他們互相捏了一下手。屋子的門開了。那位鄰居走了出來。

「『進來吧，』她說。『你們看鸛鳥帶來了什麼東西。帶來了一個小兄弟！』

「這兩個孩子點了點頭；他們知道嬰兒已經來了。」

第十五夜

「我在呂涅堡㉙荒地上滑行著，」月亮說。「有一間孤獨的茅屋蓋在路旁，在它的近旁有好幾個凋零的灌木林。一隻迷失方向的夜鶯在這兒唱著歌。在寒冷的夜氣中它一定會死去的。我所聽到的正是它最後的歌。

「曙光露出來了。一輛大篷車過來了，這是一家遷徙的農民。他們要向卜列門㉚或漢堡走去，再搭船到美洲——在那兒，幸運，他們所夢想的幸運，將會開出花朵。母親們把最小的孩子背在背上，較大的孩子則在她們身邊步行。一匹瘦馬拖著這輛裝著微不足道的家產的車子。

「寒冷的風在吹著，一個小姑娘緊緊地偎著她的母親。這位母親，一邊抬頭望著我淡薄的光圈，一邊想起家中的窮困。她想起沒有能力交付的重稅。她在想著這整群遷徙的人們。紅色的曙光似乎帶來了一點喜悅，幸運的太陽又將要為他們升起。他們聽到那隻垂死的夜鶯在歌唱；它不是虛假的預言家，而是幸運的使者。

「風在呼嘯，他們聽不清楚夜鶯的歌聲：『祝你們安全地在海上航行！你們賣光了所有的東西來支付這次長途航行的旅

費，所以你們走進樂園的時候將會窮得無依無靠。你們將不得不賣掉自己、妻子和孩子。不過，你們的苦痛不會拖得很久！死神的女使者就坐在那芬芳的寬大葉子後面。她將把致命的熱病吹進你們的血液，做爲她歡迎你們的一吻。去吧，去吧，到那波濤洶湧的海上去吧！』遠行的人高興地聽著夜鶯的歌，因爲它象徵著幸運。

「曙光在浮雲之中露出來了；農人走過荒地到教堂裡去。穿著黑袍子、裹著白頭巾的婦女們看起來好像是從教堂裡的掛圖上走下來的幽靈。周圍是一片死寂，一片凋零的、棕色的石楠，一片橫在白沙丘陵間的、被野火燒光了的黑色平原。啊，祈禱吧！爲那些遠行的人們，爲那些向茫茫大海的彼岸去尋找墳墓的人們祈禱吧！」

第十六夜

「我認識一位普啓涅羅㉛，」月亮說。「觀衆只要一看見他便向他歡呼。他的每一個動作都非常滑稽，總是使整個劇場的觀衆笑痛了肚子。可是他沒有任何做作；這是他天生的特點。他小時候和別的孩子一起玩耍的時候，已經就是一個普啓涅羅了。大自然把他創造成這樣的一個人物：在他的背上安了一個大駝子，在他的胸前安了一個大肉瘤。可是他的內在恰恰相反，他的內心卻是天賦獨厚。誰也沒有他那樣深的感情，他那樣的精神強度。

「劇場是他的理想世界。如果他的身材能秀氣和整齊一點，他可能在任何舞台上成爲一個一流的悲劇演員：他的靈魂裡充

滿了悲壯和偉大的情緒。然而他不得不成為一個普啓涅羅。他的痛苦和憂鬱只有增加古怪外貌的滑稽性，只有引起廣大觀衆的笑聲和對於這位心愛的演員的一陣鼓掌。

「美麗的訶龍比妮㉜對他的確很友愛體貼的；可是她只願意和亞爾列亞諾㉝結婚。如果『美和醜』結為夫婦，那也實在太滑稽了。

「在普啓涅羅心情很壞的時候，只有她可以使他微笑起來；的確，她可以使他痛快地大笑一場。起初她總是像他一樣地憂鬱，然後變得略為安靜一點，最後就充滿了愉快的神情。

「『我知道你心裡有什麼毛病，』她說：『你是在戀愛中！』這時他不禁要笑起來。

「『我在戀愛中！』他大叫一聲，『那麼我就未免太荒唐了。觀衆將要笑痛肚子！』

「『你當然是在戀愛中，』她繼續說，並且還在話裡加了一點淒楚的滑稽感，『而且你愛的那個人正是我呢！』

「的確，當人們知道實際上沒有愛情這回事兒的時候，是可以講出這類的話來的。普啓涅羅笑得向空中翻了一個筋斗。這時憂鬱感就沒有了。然而她講的是眞話。他的確愛她，傾心地愛她，正如他愛藝術的偉大和崇高一樣。

「在她舉行婚禮的那天，他是一個最愉快的人物；但是在夜裡他卻哭起來了。如果觀衆看到他哭喪的尊容，一定會又鼓起掌來的。

「幾天以前訶龍比妮死了。在她下葬的這一天，亞爾列金諾可以不必在舞台上出現，因為他應該是一個悲哀的丈夫。經

理不得不推出一個愉快的節目，好使觀眾不致於因爲沒有美麗的訶龍比妮和活潑的亞爾列金諾而感到太難過。因此普啓涅羅要比平時更愉快一點才行。所以他跳著，翻著筋斗，雖然他滿肚子全是悲愁。觀眾鼓掌，喝采：『好，好極了！』

「普啓涅羅謝幕了好幾次。啊，他眞是傑出的藝人！

「晚上，演完了戲以後，這位可愛的醜八怪獨自走到城外，走到一個孤寂的墓地裡。訶龍比妮墳上的花圈已經凋殘了。他在墳邊坐了下來。他的這副模樣眞值得畫家畫下來：他用手支著下巴，雙眼看著我。他就像一個奇特的紀念碑，一個墳上的普啓涅羅，古怪又滑稽。假如觀眾看見他們這位心愛的藝人的話，他們一定會喝采：『好！普啓涅羅！好，好極了！』」

第十七夜

請聽月亮所講的話吧：「我看到一位升爲軍官的海軍學生，第一次穿上他漂亮的制服。我看到一位穿上舞會禮服的年輕姑娘。我看到一位王子的年輕愛妻，穿著節日的服裝，非常快樂。不過，誰的快樂也比不上我今晚看到的一個孩子——一個四歲的小姑娘。她得到了一件蔚藍色的衣服和一頂粉紅色的帽子。她已經打扮好了，大家都叫把蠟燭拿來瞧瞧，因爲我的光線，從窗子射進去，還不夠亮，所以必須有更強的光線才行。

「這位小姑娘筆直地站著，像一個小玩偶。她的手小心翼翼地從衣服裡伸出來，她的手指張開著。啊，她的眼裡，她整個的面孔，散發出多麼幸福的光輝啊！

「『明天你應該到街上去走走！』她的母親說。這位小寶貝

向上面看了看自己的帽子，向下面看了看自己的衣服，不禁露出一個幸福的微笑。

「『媽媽！』她說，『當那些小狗看見我穿得這樣漂亮的時候，它們心裡會想些什麼呢？』」

第十八夜

「我曾經和你談過龐貝城，」月亮說；「這座城的屍骸，現在又回到有生命的城市行列中來了。我知道另外一個城，它不是一座城的屍骸，而是一座城的幽靈。凡是有大理石噴泉噴著水的地方，我就似乎聽到關於這座水上浮城的故事。是的，噴泉可以講出這個故事，海上的波浪也可以把它唱出來。茫茫的大海常常浮著一層煙霧——這就是它的未亡人的面罩。海的新郎已經死了，他的城垣和宮殿成了陵墓。你知道這座城嗎？它從來沒有聽過車輪和馬蹄聲在它的街道上響過。這裡只有魚兒游來游去，只有黑色的貢杜拉㉞在綠水上像幽靈似地滑過。

「我把它的市場——它最大的一個廣場——指給你看吧，」月亮繼續說，「你看了一定以爲你走進了一個童話的城市。草在街上寬大的石板縫間叢生著，在清晨的迷茫中，成千上萬的馴良鴿子繞著一座孤高的塔頂飛翔。從三個方向圍繞著你的是一長龍的走廊。在這些走廊裡，土耳其人靜靜地坐著抽長煙管，美貌的年輕希臘人倚著圓柱看那些戰利品：高大的旗杆——代表古代權威的紀念品。許多旗幟倒懸著，像哀悼的黑紗。有一個女孩子在這兒休息。她已經放下了盛滿水的重桶，但背水的擔桿仍然擱在肩上。她靠著那根勝利的旗杆站著。

「你面前所看到的不是一個虛幻的宮殿，而是一間教堂，它的鍍金的圓頂和周圍的圓球在我的光芒中射出亮光。那上面雄偉的古銅馬，像童話中的古銅馬一樣，曾經有過多次的旅行：它們旅行到這兒來，又從這兒走去，最後又回到這兒來。

「你看到牆上和窗上那些華麗的色彩嗎？這好像是一位天才，爲了滿足小孩子的請求，把這個奇怪的神廟裝飾過一番似的。你看到圓柱上長著翅膀的雄獅嗎？它上面的金色仍然發出亮光，但是它翅膀卻落下來了。雄獅已經死了，因爲海王㉟已經死了。那些寬大的廳堂都空了，曾經掛著貴重藝術品的地方，現在只是一片零落的牆壁。

「過去只許貴族走過的走廊，現在卻成了乞丐睡覺的地方。從那些深邃的水井裡——也許是從那『嘆息橋』㊱旁的牢獄裡——升起一片嘆息。這和從前金指環從布生脫爾㊲拋向亞得里亞時，快樂的貢杜拉奏出一片手鼓聲完全一樣。亞得里亞啊！讓煙霧把你隱藏起來吧！讓寡婦的面紗罩著你的軀體，蓋住你的新郎陵墓——大理石砌的、虛幻的威尼斯城——吧！」

第十九夜

「我向下面的一個大劇場望，」月亮說。「觀衆擠滿了整個屋子，因爲有一位新演員今晚第一次出場。我的光滑到牆上的小窗口上，一個化裝好了的面孔緊貼著玻璃。這就是今晚的主角。他武士格調的鬍子密密地捲在下巴周圍；但是這個人的眼裡卻閃著淚珠，因爲他剛才曾被觀衆噓下舞台，而且噓得很有道理。可憐的人啊！在藝術的王國裡是不容許低能的人存在

的。他有深厚的感情，他熱愛藝術，但是藝術不愛他。

「舞台監督的鈴聲響了。關於他這個角色的舞台指示是：『主角以英勇和豪邁的姿態出場。』所以他只好又在觀衆面前出現，成爲衆人哄笑的對象。當這場戲演完以後，我看到一個裹在外套裡的人影偷偷溜下了台。布景工人互相竊竊私語，說：『這就是今晚那位演出失敗的武士。』我跟著這個可憐的人回家，回到他的房間裡。

「上吊是一種不光榮的死，而毒藥並不是任何人手裡都有的。我知道，這兩種辦法他都想到了。我看到他在鏡子裡看了看自己慘白的面孔；他半睜著眼睛，想要看看，自己成爲一具死屍時是不是還像個樣子。一個人可能非常不幸，但這並不能阻止他裝模作態一番。他想死，想著自殺。我相信他在憐惜自己，因爲他哭得可憐又傷心。然而，當一個人能夠哭出來的時候，他就不會自殺了。

「從那時候起，一年過去了。又有一齣戲要上演，可是卻在一個小劇場裡演，而且是由一個寒酸的旅行劇團演出的。我又看到那張很熟的面孔，那個雙頰打了胭脂水粉而下巴捲著鬍子的面孔。他抬頭向我看了一眼，微笑了一下。可是剛剛在一分鐘以前，他又被噓下了舞台——被一群可憐的觀衆噓下一座可憐的舞台！

「今天晚上，有一輛很寒酸的柩車出了城門，沒有一個人跟在後面送葬。這是一位尋了短見的人——是我們那位擦粉打胭脂被人瞧不起的主角。他的朋友只有一個車夫，因爲除了我的光線以外，沒有什麼人送葬。在教堂墓地的一角，這位自殺

者的屍體被投進土裡。不久他的墳上就會長滿荊棘，而敎堂的看守人更會在它上面加一些從別的墳上扔過來的荊棘和荒草。」

第二十夜

「我到羅馬去過，」月亮說，「在這城的中央，在那七座山㊳中的一座山上㊴，是一片皇宮的廢墟。野生的無花果樹由壁縫中長出來了，用灰綠色的大葉子蓋住牆壁的荒涼景象。在一堆瓦礫中間，毛驢踐踏著桂花，在不開花的薊草上嬉戲。羅馬的雄鷹曾經從這兒飛向海外，發現和征服過別的國家。現在，從這兒有一道門，通向一間夾在兩根殘破大理石圓柱中間的小土屋。長春藤掛在一個歪斜的窗子上，像哀悼的花圈。

「屋子裡住著一個老太婆和她幼小的孫女。她們現在是這皇宮的主人，專門把這些豪華的遺跡指給陌生人看。曾經是皇位所在的那間大殿，現在只剩下一座赤裸裸的斷牆。放著皇座的地方，現在只有深青色的柏樹撒下的一道長影。破碎的地板上，現在堆著好幾尺高的黃土。當暮鐘響起時，那位小姑娘——皇宮的女兒——常常坐在一個小椅子上。她把旁邊門上的一個鑰匙孔叫做她的角樓窗。從這個窗子看出去，她可以看到半個羅馬，一直到聖彼得敎堂㊵雄偉的圓屋頂。

「這天晚上，像平時一樣，周圍一片靜寂。下面的這個小姑娘來到我圓滿的光圈裡面，她頭上頂著一個盛滿了水的古代土製汲水甕。她打著赤腳，短裙和衣袖都破了。我吻了一下這孩子美麗的、渾圓的肩膀、她的黑眼睛和發亮的黑頭髮。

「她走上台階。台階很陡峭，是用殘磚和破碎的大理石柱

頂砌成的。有斑點的蜥蜴在她腳旁羞怯地溜過了，可是她並不怕它們。她已經舉起手去拉門鈴——皇宮門鈴的把手現在是綁在一根繩子上的兔子腳。她停了一會兒——她在在想什麼事情，也許是在想著下面教堂裡那個穿金戴銀的嬰孩——耶穌——吧？那兒點著銀燈，小朋友們就在那兒唱著她所熟悉的讚美詩，我不知道這是不是她所想的事。不一會兒她又開始走起來，而且跌了一跤。那個土製的水甕從她頭上落了下來了，在大理石台階上摔成碎片。她大哭了起來。這位美麗的皇宮女兒，居然為了一個不值錢的破水甕而哭起來了。她打著赤腳站在那兒哭，不敢拉那根繩子——那根皇宮的鈴繩！」

二十一夜

月亮有半個月沒有出現了。現在我又看見她了，又圓又亮，慢慢地升到雲層上面。請聽月亮對我講的話吧。

「我跟著一隊旅行商人從費贊的一個城市走出來。在沙漠的邊緣，在一塊鹽池上，他們停了下來了。鹽池發著光，像一個結了冰的湖，只有一小塊地方蓋著一層薄薄的、流動著的沙。旅人中最年長的一個老人——他腰帶上掛著一個水葫蘆，頭上頂著一個未經發酵過的麵包——用他的手杖在沙子上畫了一個方格，同時在方格裡寫了《可蘭經》裡的一句話，然後整隊旅行商隊才走過這塊獻給神的處所。

「一位年輕的商人——我可以從他的眼睛和清秀的外貌看出他是一個東方人——若有所思地騎著一匹鼻息呼呼的白馬走過去了。也許他是在思念美麗的年輕妻子吧？那是兩天前的

事：一匹用毛皮和華貴的披巾裝飾著的駱駝載著她——美貌的
新嫁娘——繞著城牆走了一周。這時，在駱駝的周圍，鼓聲和
風琴奏著音樂，婦女唱著歌，所有的人都放著鞭炮，而新郎放
得最多，最熱烈。而現在——他卻跟著這隊旅行商走過沙漠。

「一連好幾夜我跟著這隊商旅行走。我看到他們在井旁、
在高大的棕櫚樹間休息。他們用刀子向病倒的駱駝胸脯插進
去，在水上烤著它的肉吃。我的光線使灼熱的沙子冷卻下來，
同時爲他們指引出那些黑石頭——這一望無際的沙漠中的死
島。在他們沒有路的旅程中，他們沒有遇見懷著敵意的異族人，
沒有暴風雨出現，沒有夾著沙子的旋風襲擊他們。

「家裡那位美麗的妻子在爲丈夫和父親祈禱。『他們死了
嗎？』她向我金黃色的蛾眉問。『他們病了嗎？』她向我圓滿的
光圈問。

「現在沙漠已經落在背後了。今晚，他們坐在高大的棕櫚
樹下。有一隻白鶴在他們周圍拍著長翅膀飛翔，鵜鶘在含羞樹
的樹枝上朝他們凝望。豐茂的矮植物被大象沉重的步子踐踏
著。一群黑人，在內地市場上趕完集以後，正朝回家的路上走
來。用銅鈕子裝飾著黑髮的、穿著靛青色衣服的婦女們正趕著
一群重載的公牛；赤裸的黑孩子在它們背上睡覺。一個黑人牽
著他剛買來的幼獅，走近這隊旅行商；那個年輕商人靜靜地坐
著，一動也不動，想著他美麗的妻子，在這個黑人的國度裡，
夢想著沙漠彼岸的、他那朵芬芳的白花。他抬起頭，但是——」

一片烏雲飄到月亮面前來，接著又來了另一塊烏雲。這天
晚上我再也沒有聽到別的事情。

第二十二夜

「我看到一個小女孩在哭，」月亮說。「她為人世間的惡毒
而哭。她曾得到一件禮物——一個最美麗的玩偶。啊！這才算
得上是一個玩偶呢！它是那麼好看，那麼可愛！它似乎不是為
了要受苦而造出來的。可是小女孩的幾個哥哥——那些高大的
男孩子——把這玩偶拿走了，高高地把它放在花園的樹上，然
後就跑開了。

「小女孩的手搆不到玩偶，無法把它抱下來，因此她才哭
起來。玩偶一定也在哭，因為它的手在綠枝間伸著，好像很不
幸的樣子。是的，這就是媽媽常常提到的人世間的惡毒。唉，
可憐的玩偶啊！天已經快要黑了，夜馬上就要到來！難道就這
樣讓它單獨地在樹枝上坐一整夜嗎？不，小女孩不忍讓這樣的
事發生。

「『我陪著你吧！』她說，雖然她並沒有這麼勇敢。她已經
在想像中清楚地看到一些小鬼怪，戴著高帽子，在灌木林裡向
外窺探；同時高大的幽靈在黑暗的的路上跳著舞，一步一步走
近來，並且把手伸向坐在樹上的玩偶。他們用手指指著玩偶，
對它大笑。啊，小女孩多麼害怕啊！

「『不過，假如一個人沒有做過壞事，』她想，『那麼，什
麼妖魔鬼怪也不能害你！我不知道自己是不是做過壞事？』於
是她沉思了起來。『哦，對了！』她說，『有一次，我譏笑過一
隻腿上綁著一條紅布片的可憐小鴨。它搖搖擺擺走得那麼滑
稽，我真忍不住笑了；可是，對動物笑是一種罪過呵！』她抬

起頭來看看玩偶。『你譏笑過動物沒有？』她問。玩偶好像在搖頭的樣子。」

第二十三夜

「我看著下面的蒂洛爾④，」月亮說。「我使深鬱的松樹在石頭上映下長長的影子。我凝望著聖‧克利斯朵夫肩上背著嬰孩耶穌㊷，這是畫在屋內牆上的一幅畫，是一幅從牆角延伸到屋頂的巨畫。還有一些關於聖‧佛羅陵㊸正向一座火燒的房子潑水以及上帝在路旁的十字架上流血的畫。對於現在這一代的人說來，這都成爲古畫了。然而，我曾親眼看到它們被畫出來，一幅一幅地被畫出來。

「在一座高山的頂上矗立著一間孤獨的修道院，簡直像一個燕子窠。有兩位修女在鐘塔上敲鐘。她們都很年輕，因此視線不免會飛到山下，飛到塵世裡去。一輛路過的馬車正在山下經過；車夫這時捏了一下喇叭。這兩位可憐修女的思想，也像她們的眼睛一樣，跟著這輛車子的後面跑，那位較年輕的修女的眼裡冒出了一顆淚珠。

「號角聲漸漸迷濛起來，而修道院裡的鐘聲，也把這迷濛的號角聲沖淡得聽不見了。」

第二十四夜

請聽月亮講的話吧：「那是幾年以前在哥本哈根發生的事。我對著窗子向一個簡陋的房間看進去，爸爸和媽媽都睡著了，不過他們的小兒子睡不著。我看到床上的花布床帳在掀動

著，這個小傢伙正偷偷地向外看。起初，我以爲他在看那個波
爾霍爾姆造的大鐘。它上了一層紅紅綠綠的油漆，頂上站著一
隻杜鵑。它有沉重的、鋁製的鐘錘，包著發亮的黃銅鐘擺搖來
搖去：『滴答！滴答！』不過這並不是他要看的東西。不是的！
他要看的是媽媽的紡車。它在鐘的下面。這是這孩子在整個屋
裡最心愛的一件傢俱，可是他不敢動它，因爲他怕挨打。當媽
媽在紡紗的時候，他可以在旁邊坐幾個鐘頭，看著紡錘呼呼地
動、車輪急急地轉，同時幻想著許多東西。啊！他多麼希望自
己也能紡幾下啊！

　　「爸爸和媽媽睡著了。他看了看他們，也看了看紡車，然
後他就把一隻赤裸的小腳伸出床外，接著又把另一隻小腳也伸
出來，最後，一雙小白腿就露出來了。噗！他溜到地板上來。
他又轉身看了一眼，看爸爸媽媽是不是還在睡覺。是的，他們
仍睡著的。於是他輕輕地，輕輕地，只穿著破襯衫，溜到紡車
旁，開始紡起紗來。棉紗吐出絲來，車輪就轉動得更快。我吻
了一下他金黃色的頭髮和碧藍的眼睛。這真是一幅可愛的圖
畫！

　　「這時，媽媽忽然醒了。床帳掀動了；她向外看，她以爲
看到一個小鬼或者一個什麼小妖精。『老天爺呀！』她說，同時
驚惶地把丈夫推醒。他睜開眼睛，用手揉了幾下，盯著這個忙
碌的小鬼。『怎麼了？這是巴特爾呀！』他說。

　　「於是我的視線就離開了這個簡陋的房間──我還有那麼
多的東西要看！這時候我看了一下梵蒂岡的大廳。那裡面有許
多大理石雕的神像。我的光照到拉奧孔⑭這一系列的神像；這

些雕像似乎在嘆氣。我在那些繆斯⑮的唇上靜靜親吻了一下，我
相信她們又有了生命。可是，我的光輝在擁有『巨神』尼羅⑯一
系列的神像上逗留最久。那巨神倚在斯芬克斯⑰身上，默默無言
地夢著，想著一去不復返的歲月。一群矮小的愛神在他的周圍
和鱷魚玩耍。在豐饒之角⑱裡，坐著一位嬌小的愛神，他的雙臂
交叉著，眼睛凝視著那位巨大的、莊嚴的河神。他正是坐在紡
車旁那個小孩的寫照——面孔一模一樣。這個小小的大理石
像，既可愛又生動，好像是有生命，可是自從它由石頭蛻變成
石像的時候起，歲月的輪子已經轉動不止一千次了。在世上能
產出同樣偉大的大理石像以前，歲月的大輪子，像這小孩在這
間簡陋的房裡搖著的紡車那樣，不知又轉動了多少次。

「從此以後，許多歲月又過去了，」月亮繼續說。「昨天我
向下面看了看瑟蘭東海岸的一個海灣。那兒有可愛的樹林，有
高大的堤岸，也有紅磚砌成的古老的宅邸，水池裡漂浮著天鵝；
在蘋果園後面隱隱現出一個小村鎮和它的教堂。許多船隻全部
燃著火柱，在這靜靜的水面上滑過。人們點著火柱，並不是為
了要捕捉鱷魚，不是的，是為了要表示慶祝！音樂奏起來了，
歌聲唱起來了。在這許多船中間，有一個人在一條船裡站起來
了，大家都向他致敬。他穿著外套，是一個高大、雄偉的人，
有碧藍的眼睛和長長的白髮。我認識他，於是我想起了梵蒂岡
裡尼羅那一系列的神像和所有的大理石神像；我想起了那個簡
陋的小房間——我相信它是位於格龍尼街上的。小小的巴特爾
曾經穿著破衣衫坐在裡面紡紗。是的，歲月的輪子已經轉動過
了，新的神像又從石頭中被雕刻出來了。從這些船裡爆出一片

歡呼聲：『萬歲！巴特爾・多瓦爾生㊾萬歲！』」

第二十五夜

「我現在給你一幅法蘭克福的圖畫，」月亮說。「我特別凝視那兒的一棟房子。那不是歌德出生的地點，也不是古老的市政廳——帶角的牛頭蓋骨仍然從它的格子窗裡露出來，因為在皇帝舉行加冕禮的時候，這兒曾經烤過牛肉，分贈給衆人吃。這是一棟市民的房子，漆上一片綠色，外貌很樸素。它座落在狹小的猶太人街的小角落裡，是羅特席爾特㊿的房子。

「我向敞著的門向裡面看。樓梯間很明亮：在這兒，僕人托著很大的銀燭台，裡面點著蠟燭，向一位坐在轎子裡被抬下樓梯的老太太深深地鞠躬。房子的主人脫帽站著，恭恭敬敬地在老太太手上親了一下。這位老婦人就是他的母親。她和善地對他和僕人們點點頭；於是他們便把她抬到一條黑暗的狹小巷子裡，到一棟小小的房子裡去。她曾經在這兒生下一群孩子，在這兒發跡。假如她遺棄了這條被人瞧不起的小巷和這間小房子，幸運可能就會遺棄他們。這是她的信念！」

月亮沒有再對我說什麼；他今晚的來訪太短促了。我想著那條被人瞧不起的狹小巷子裡的老太太。她只須一開口就可以在泰晤士河(51)邊有一棟華麗的房子——只須一句話，就有人在那不勒斯灣為她準備好別墅。

「假如我遺棄了這間卑微的房子（我的兒子們是在這兒發跡的），幸運可能就會遺棄他們！」這是一個迷信。這個迷信，對於那些了解這故事和看過這幅畫的人，只須加兩個字的說明

就能理解：「母親。」

第二十六夜

「那是昨天，在天剛要亮的時候，」這是月亮自己說的話；「在這個大城市裡，煙囪還沒有開始冒煙——而我所望著的正是煙囪。正在這時候，有一個小小的頭從一個煙囪裡冒出來了，接著就是半截身子，最後便有一雙手臂擱在煙囪口。『好！』原來是一個掃煙囪的小學徒。這是他生平第一次爬出煙囪，把頭從煙囪頂上伸出來。『好！』的確，比起在又黑又窄的煙囪管裡爬，現在顯然是不同了！空氣是新鮮得多了，他可以看見全城的風景，一直看到綠色的森林。太陽剛剛升起來。它照得又圓又大，光線直射到他臉上——而他的臉正散發著快樂的光芒，雖然它已經被煙灰染得相當黑了。

「『整個城裡的人都可以看到我了！』他說，『月亮也可以看到我了，太陽也可以看到我了！好啊！』於是他揮起他的掃帚。」

第二十七夜

「昨夜我看見一個中國的城市，」月亮說。「我的光照著許多長長的、光溜溜的牆壁，這城的街道就是它們形成的。當然，偶爾也有一扇門出現，但卻是鎖著的，因為中國人對外面的世界沒有什麼興趣。房子的牆後面，緊閉著的窗扉掩住了窗子。只有從一間廟宇的窗子裡，有一絲微光透了出來。

「我向裡面看，我看到裡面是一片華麗的景象。從地下一

直到天花板，有許多用鮮艷的色彩和富麗的金黃色所繪出的圖
畫——代表神仙們在這個世界上所做的事蹟的一些圖畫。

「每一個神龕裡有一個神像，可是差不多全被掛在廟龕上
的花帷幔和旗幟掩住了。每一座神像——都是用錫做的——面
前有一個小小的祭台，上面放著聖水、花朵和燃著的蠟燭。這
神廟裡最高貴的神是神中之神——佛爺。他穿著黃緞子衣服，
因為黃色是神聖的顏色。祭台下坐著一個有生命的人——一個
年輕的和尚。他似乎在祈禱，但在祈禱中又好像墮入到冥想中
去了；這無疑地是一種罪過，所以他的臉熱了起來，頭也低得
抬不起來。可憐的瑞虹啊！難道他夢到在高牆裡的小花園中（每
個房子前都有這樣一個花園）去種花嗎？難道他覺得種花比待
在廟裡守著蠟燭還更有趣嗎？難道他希望坐在盛大的筵席桌
旁，在每換一盤菜的時候，用銀色的紙擦擦嘴嗎？難道他犯過
那麼重的罪，只要他一說出口來，天廷就要處他死刑嗎？難道
他的思想敢於跟化外之人的輪船一起飛，一直飛到他們的家鄉
——遙遠的英國嗎？不，他的思想並沒有飛得那麼遠，然而他
的思想，一種青春的熱情所產生的思想，是有罪的；在這個神
廟裡，在佛爺面前，在許多神像面前，是有罪的。

「我知道他的思想飛到什麼地方去了。在城的盡頭，在平
整的、石鋪的、以瓷磚為欄杆的、陳列著開滿了鐘形花的花盆
的平台上，坐著玲瓏小眼的、嘴唇豐滿的、雙腳小巧的、嬌美
的白姑娘。她的鞋子緊得使她發痛，但她的心更使她發痛。她
舉起她柔嫩的、豐滿的手臂——這時她的緞子衣裳就發出沙沙
的聲響。她面前有一個玻璃缸，裡面養著四條金魚。她用一根

彩色的棍子在裡面攪了一下，啊！攪得那麼慢，她正在想著什
麼東西！可能她在想：這些魚多麼富麗金黃，它們在玻璃缸裡
生活得多麼安定，它們的食物是多麼豐富，然而，假如它們獲
得自由，它們將會活得更快樂！是的，她，美麗的白姑娘是懂
得這個道理的。她的思想飛出了她的家，飛到廟裡去了——但
不是爲那些神像而飛去的。可憐的白姑娘啊！可憐的瑞虹啊！
他們兩人的紅塵思想交流起來了，可是我的冷靜的光，像小天
使的劍一樣，隔在他們兩人中間。」

第二十八夜

「天空是澄淨的，」月亮說；「水是透明的，像我正滑行
過的晴空。我可以看到水面下奇異的植物，像森林中的古樹一
樣，對我伸出蔓長的梗子，魚兒在上面游來游去。高空中有一
群雁沉重地向前飛行。它們中間有一隻拍著疲倦的雙翼，慢慢
地向下面低飛。它的雙眼凝視著那向遠方漸漸消逝的空中旅行
隊伍。雖然它展開雙翼，卻在慢慢地落，像一個肥皂泡似的，
在沉靜的空中落下，直到最後它接觸到水面。它把頭掉過來，
插進雙翼裡去。這樣，它就靜靜地躺下來，像平靜的湖上的一
朵白蓮花。

「風吹起來了，吹皺了平靜的水面。水泛著光，很像一瀉
千里的雲層，直到翻騰成爲巨浪。泛著光的水，像藍色的火焰，
燃燒著它的胸和背。曙光在雲層上泛起一片紅霞。這隻孤雁有
了一些氣力，升向空中，它向那升起的太陽，向那吞沒了一群
空中隊伍的、蔚藍色的海岸飛。但是它是在孤獨地飛，滿懷著

焦急的心情，孤獨地在碧藍的巨浪上飛。」

第二十九夜

「我還要給你一幅瑞典的圖畫，」月亮說。「在深鬱的黑森林中，在羅克生河⑫憂鬱的兩岸附近，座落著烏列達古修道院。我的光穿過牆上的窗格子，射進寬廣的地下墓窖裡去——帝王們在這兒的石棺裡長眠。牆上掛著一個做爲人世間榮華的標記：皇冠。不過這皇冠是木雕的，塗了漆，鍍了金。它是掛在一個釘進牆裡的木栓上的。蛀蟲已經吃進這塊鍍了金的木頭裡去了，蜘蛛在皇冠和石棺之間織起一層網來；做爲一面哀悼的黑紗，它是脆弱的，正如人間對死者的哀悼一樣。

「這些帝王們睡得多麼安靜啊！我還能清楚地記起他們。還能看到他們唇上得意的微笑——他們是那麼有權威，有把握，可以叫人快樂，也可以叫人痛苦。

「當汽船像有魔力的蠕蟲似的在山間前進的時候，常常會有個陌生人走進這個教堂，拜訪一下這個墓窖，問著這些帝王的姓名。但是，這是些姓名只剩下無生氣的、被遺忘了的聲音。陌生人會帶著微笑，望了望那些蟲蛀了的皇冠。假如他是一個有虔誠氣質的人，他的微笑會帶上憂鬱的氣氛。

「安眠吧，你們這些死去的人們！月亮還記得你們，月亮在夜間把她寒冷的光輝，送進你們靜寂的王國——那上面掛著松木做的皇冠！」

第三十夜

「緊貼著大路旁邊，」月亮說，「有一間客棧，客棧的對面
有一個很大的車棚，棚子的草屋頂正在重新翻搭。我從椽子和
敞著的頂樓窗向下看著那不太舒服的空間。雄吐綬鷄在橫樑上
睡覺，馬鞍躺在空秣桶裡。棚子的中央有一輛旅行馬車，車主
人正甜蜜地打著盹；馬兒正在喝水，馬車夫正在伸著懶腰，雖
然我確信他睡得最好，而且不止睡了一半的旅程。下人房的門
是開著的，裡面的床露了出來，好像是亂七八糟的樣子。蠟燭
在地板上燃著，已經燃到燭台的接口裡去了。風寒冷地吹進棚
子裡來：時間與其說是接近半夜，倒不如說接近天明。在旁邊
的畜欄裡有一個流浪樂師的一家人睡在地上。爸爸和媽媽夢著
酒瓶裡剩下來的烈酒。那個沒有血色的小女兒在夢著眼睛裡的
熱淚。豎琴靠在他們的頭邊，小狗睡在他們的腳下。」

第三十一夜

「那是一個小小的鄉下城鎮，」月亮說；「這事兒是我去
年看見的，不過這倒沒有什麼關係，因為我看得非常清楚。今
晚我在報上讀到關於它的報導，不過報導卻不是很清楚。在小
客店的房間裡坐著一位玩熊把戲的人，他正在吃晚餐。熊綁在
外面一堆木柴後面——可憐的熊，它並不傷害任何人，雖然它
的樣子好像很凶猛。頂樓有三個小孩在我明朗的光線裡玩耍，
最大的那個孩子將近六歲，最小的不過兩歲。卜卜！卜卜！
——有人爬上樓梯來了：這會是誰呢？門被推開了！原來是那

隻熊，那隻毛髮蓬蓬的大熊！它在下面的院子裡待得已經有些膩了，所以才獨自爬上樓來。這是我親眼看見的，」月亮說。

「孩子們看到這毛髮蓬蓬的大熊，嚇得不得了。他們每個人鑽到一個牆角裡去，可是它把他們一個一個找出來，在他們身上嗅了一陣子，不過一點也沒有傷害他們！『這一定是一隻大狗，』孩子們想，於是開始撫摸它。它躺在地板上，最小的那個孩子爬到它身上，把長滿了金黃鬈髮的頭鑽進熊的厚毛裡，玩起捉迷藏來了。接著那個最大的孩子拿出他的鼓，敲得咚咚響。這時熊便用它的一雙後腿站起來，開始跳起舞來。這真是一個可愛的景象！現在，每個孩子都背著一支槍，熊也只好背起一支來，而且背得很認真。他們開始開步走───一！二！一！二……

「忽然有人把門推開了，是孩子們的母親。你應該看看她那副樣子，那副驚恐得說不出話來的樣子，那副慘白的面孔，那個半張著的嘴，和那對發呆的眼睛。可是，最小的那個孩子卻非常高興地對她點頭，用幼稚的口吻大聲說：『我們在學軍隊練操啦！』

「這時，玩熊把戲的人也跑來了。」

第三十二夜

風在狂暴地吹，而且很冷；雲塊在空中奔馳。我只能偶爾看到一會兒月亮。

「我從沉靜的天空中看著奔馳的雲塊，」月亮說，「我看到巨大的陰影在地面上互相追逐！

「最近我看到一座監獄前停著一輛車門緊閉著的馬車：有一個囚犯快要被載走了。我的光穿過格子窗射到牆上。那囚犯正在牆上劃幾行告別的東西。可是他寫的不是字，而是一支歌譜──是他在這兒的最後一晚從心裡發出的聲音。門開了，他被帶出去，他的眼睛凝望著我圓滿的光圈。

「雲塊在我們之間掠過，好像我不想看到他、他也不想看到我似的。他走進馬車，門關上了，馬鞭響了起來，馬兒奔向旁邊一個濃密的森林裡去──到這兒我的光再也沒有辦法跟著他進去了。不過我向那格子窗向裡面看，我的光滑到那支劃在牆上的歌曲──那最後的告別詞上去。語言表達不出來的話，聲音可以表達出來！我的光只能照出個別的音符，大部分的東西對我說來，只有永遠藏在黑暗中了。他所寫的是死神的讚美詩呢，還是歡樂的曲調？他乘著這車子是要到死神那兒去呢，還是回到愛人的懷抱裡去？月光並不能完全讀懂人類所寫的東西的。

「我從沉靜廣闊的天空中看著下面奔馳著的雲塊。我看到巨大的陰影在地面上互相追逐！」

第三十三夜

「我非常喜歡小孩子！」月亮說，「越小的孩子越是特別有趣。當他們沒有想到我的時候，我常常在窗簾和窗架間，向他們的小房間探視，看到他們自己穿衣服和脫衣服是那麼好玩。一個光溜溜的小圓肩頭先從衣服裡冒出來，接著手臂也冒出來了。有時，我看到襪子脫下去，露出一雙胖胖的小白腿來，接

著是值得吻一下的小腳板，而我也就吻了它一下！

「今晚——我得告訴你！——今晚我從一扇窗子探進去。窗子上的窗簾沒有放下來，因爲對面沒有鄰居。我看到裡面有一大群的小傢伙——兄弟姊妹。他們中間有一個最小的妹妹。她只有四歲，不過，像別人一樣，她也會念《主禱文》。每天晚上，媽媽坐在她的床邊，聽她念這段禱告。然後她就得到一個吻。媽媽坐在旁邊等她睡著——一般說來，只要她的小眼睛一閉，她就睡著了。

「今天晚上那兩個較大的孩子有點兒吵鬧。一個穿著白色的長睡衣，用一隻腳跳來跳去。另一個站在一把堆滿別的孩子衣服的椅子上。他說他是在表演一幅圖畫，他要別的孩子猜猜看。第三和第四個孩子把玩具很仔細地放進匣子裡去，因爲事情應該是這樣做才對。不過媽媽坐在最小的那個孩子身邊，同時說，大家要安靜一點，因爲小妹妹要念〈主禱文〉了。

「我的眼睛直接向燈那邊看，」月亮說。「那個四歲的孩子睡在床上，蓋著整潔的白棉被；她的一雙小手端正地疊在一起，她的小臉露出嚴肅的表情。她在高聲地念〈主禱文〉。

「『這是怎麼一回事？』媽媽打斷她的禱告，說：『當妳念到『我們日用的飲食，天天賜給我們』㊸的時候，妳總加進去一點東西——但是我聽不出究竟是什麼。究竟是什麼呢？妳必須告訴我。』小姑娘一聲不響，難爲情地看著媽媽。『除了說『我們每天的麵包，您今天賜給我們』以外，妳還加了些什麼進去呢？』

「『親愛的媽媽，請您不要生氣，』小姑娘說，『我只是祈

求在麵包上多放點奶油！』」〔1840～1855 年〕

　　這裡包括了三十三篇小品，其中有二十篇是在 1840 年以一個小冊子的形式出版的，1855 年又加進了十三篇，合成一個更大的集子出了新版本。所以這些作品是安徒生在十五年間陸續寫成的。在這段期間他到許多國家旅行，也看到一些不同的生活和不同的人生——當然也有了對人生不同的體會和感受。這些體會和感受，作品中用極簡潔的筆觸，非常深刻地表現出來。實質上它們每一篇都是優美的詩——一種用童話的形式所寫的詩。詩只能由讀者自己去體會，任何解釋都是多餘的。

【註釋】

①這是像羚羊一樣小的一種動物，生長在阿拉伯的沙漠地帶。它的動作輕巧柔和，眼睛明亮。

②根據古代希伯來人的神話，上帝依照自己的形象用土捏出一個男人，名叫亞當，然後從這人身上取出一根肋骨造出一個女人，叫做夏娃。她是非常美麗的。古代希伯來人認為他們兩人是人類的第一對夫婦。

③梵天(Brana)是印度教中最高主宰，一切神，一切力量，整個的宇宙，都是由他產生的。

④羅浮(Louvre)是巴黎最大的宮殿，現在成了一個博物館。

⑤在歐洲的封建時代，紫色是代表貴族和皇室的色彩。

⑥指 1830 年法國的「七月革命」。

⑦杜葉里宮(Tuilleries)是巴黎的一個宮殿,1789 年法國大革命時期,路易十六在這
　裡住過,1792 年 8 月巴黎人民曾衝進這裡,向路易十六請願、示威。後來拿破侖
　一世、路易十八、查理十世都住過這裡。查理十世在 1820 年 7 月革命中棄位逃亡。

⑧這是法國從大革命時起開始採用的國旗。

⑨烏卜薩拉(Uppsala)是瑞典的一個省分。首府烏卜薩拉是一個大學城,在斯德哥爾
　摩北邊。這兒有瑞典最老的烏卜薩拉大學,建於 1477 年。

⑩在北歐神話中,奧丁(Odin)是知識、文化和戰爭之神。多爾(Thor)是雷神。佛列
　(Frey)是豐收和富饒之神。後來人們普遍把這些名字當成人名來使用。因而成為
　北歐最常見的名字,等於我們的張三、李四。

⑪達索(Torguato Tasso)是十六世紀義大利的一個名詩人。愛倫諾拉·戴斯特
　(Eleanora D'este)是當時皇族的一個美麗公主,因與達索交往而得名。這也就是
　說,所謂「高貴」和「榮華」是暫時的,美只有與藝術結合才能不朽。

⑫羅西尼(G.A. Rossini)是十九世紀初葉的一位義大利歌劇作曲家。他的音樂特點是
　生動,富有活力,充分代表義大利的民族風格。

⑬根據古代希伯來人的神話,上帝因為人心太壞,決心要用洪水來毀掉壞人。只有
　諾亞是一個老實人,所以上帝告訴他準備一條木船,先遷到木船裡去住。他聽從
　了上帝的話而沒有被水淹死,人類因此才沒有全部滅亡。

⑭以色列人就是猶太人,西元前十三世紀曾在巴勒斯坦居住。西元前兩千年他們遷
　到迦南,之後又因災荒遷移到埃及。

⑮巴比倫是古代「兩河流域」最大的城市,西元二世紀時已化為廢墟。

⑯這是莎士比亞悲劇《羅密歐與茱麗葉》中的男主角,他的家與他的愛人茱麗葉的
　家是世仇,在封建社會裡他們無法結婚,因此殉情而死。

⑰這是指法國將軍拿破崙。他從 1804 年起成為法國的皇帝,在歐洲掀起一連串的戰

役，直到俄國人把他打垮爲止。1815 年他被放逐到南大西洋上的聖赫勒拿島(St.
Helena)。

⑱格陵蘭(Greenland)在北極圈裡，是世界最大的海島，終年被雪所蓋著，現在是由
丹麥代管。島上的住民爲愛斯基摩人。因爲氣候寒冷，無法種植糧食，所以打獵
就是他們唯一取得生活資源的方法。

⑲卡耶克(Kajak)是格陵蘭島上愛斯基摩人所用的一種皮製小船，通常只坐一個人。

⑳昂格勾克(Angekokk)是愛斯基摩人的巫師，據說會治病。

㉑這是歐洲古建築物中的一種地下室，頂上是圓形。所有的古教堂差不多都有這種
地下室，裡面全是墳墓，特別是有重要地位的人的墳墓。

㉒龐貝(Pompeii)是義大利的一個古城，在那不勒斯海灣附近，維蘇威火山下。它是
古代羅馬貴族集居的一個城市，西元 79 年維蘇威火山爆發，把這座城市全部毀
滅。在中古時期，人們已把這個城市完全忘記了。從 1861 年起，義大利人開始有
計劃地發掘，此城於是陸續出土。最有價值的發現是一個能坐兩萬人的圓形劇場
及許多神廟。

㉓拉綺司(Lais)是古希臘的一個宮妓，長得很美。

㉔維納斯(Venus)是古代義大利的文藝和春天女神。羅馬人後來把她和希臘的愛情
女神亞芙羅蒂(Aphrodite)結合起來，所以她就成了愛情之神。

㉕蘇倫多(Sorrento)是那不勒斯灣上的一個城市，有古教堂和古蹟。

㉖亞瑪爾菲(Amalfi)是義大利的古城，在那不勒斯西南方二十四英里的地方，古蹟
很多。

㉗各各他(Golgotha)是耶路撒冷城外的一座小山，據說耶穌就是在這山上被釘在十
字架上死去的。

㉘「恩人」是歐洲封建時代文壇上的一個特色。那時詩人的詩賣不出去，所以貴族
和地主常常利用這個弱點，送給詩人們一點生活費，要求詩人把詩「獻給」他們，

好使他們的名字「永垂不朽」。

㉙呂涅堡(Lyneburg)是德國的一個小城市，在漢堡東南方三十一英里。

㉚卜列門(Bremen)是德國西北部的一個城市。

㉛普啓涅羅(Pulcinello)是義大利傳統戲曲職業喜劇(Commedia dell' Arte)中一個常見的主角。他的面貌古怪：勾鼻子，駝背，性情滑稽，愛逗人發笑，喜歡吹牛。

㉜訶龍比妮(Columbine)是義大利喜劇中的一個女主角。

㉝亞爾列金諾(Arlechino)是訶龍比妮的戀人。

㉞貢杜拉(Gondola)是在義大利水都威尼斯來往運行的一種細長平底小船。

㉟即中古時期的「海上霸權」威尼斯。

㊱這是威尼斯城內銜接宮殿和國家監獄的一條走廊。凡是被判了死刑的人，都經過這條走廊到行刑的地方去，所以被叫做「嘆息橋」。

㊲這是代表威尼斯的一艘「御船」的名字。古代威尼斯的首長在耶穌升天節當天，就搭乘這艘船到亞得里亞海，向海裡投下一個金戒指，表示他代表威尼斯與海結婚。因爲威尼斯在中世紀時是一個海上霸權，與海分不開的，故有此迷信。在十五世紀末葉，自從繞過好望角到東方的新航線被發現以後，威尼斯就喪失了海上霸權的地位。

㊳在提末累(Tivere)河東岸，古代的羅馬即建在這些山上。

㊴指巴拉蒂尼山(Palatine)。這山上現在全是古代的遺跡。

㊵這是羅馬梵蒂岡山上一個著名的大教堂。於 1506 年開始建造，1626 年完成。圓屋頂是藝術家米開朗基羅(1475～1564)設計的。

㊶蒂洛爾(Tyrol)是奧國西部的一個省。

㊷依據希伯來人的神話，聖·克利斯朵夫(St. Christopher)是渡船的保護神。這幅畫起源於下面的故事：有一個小孩子看到克利斯朵夫身材魁梧，特請他抱自己過河。克利斯朵夫走到河中，越抱越覺得沉重，不禁發起牢騷來。小孩子這時就説：

「不要奇怪，你抱住了我，就等於抱住了全世界的罪惡。」這孩子就是耶穌。

㊸聖·佛羅陵(St.Florian)是耶穌的門徒。一般人認爲他是防火的保護神。祭他的節日是每年5月4日。

㊹拉奧孔(Laokon)是希臘神話裡的一個祭司。因爲觸犯了神怒，被兩條蛇活活地縛死。以他爲中心的一系列雕刻，是留存在梵蒂岡的最優美的古代藝術作品，這些雕刻是在1509年出土的。

㊺希臘神話中的藝術女神。

㊻這是梵蒂岡的另一系列巨大神像，以尼羅河神爲中心。

㊼這是古埃及的一個假想的動物，他的頭像人，身像獅子。

㊽這是和平與繁榮的象徵，所以愛神坐在裡面。據希臘神話，天神宙斯(Zeus)是一位叫做亞馬爾苔亞(Amalthea)的仙女用羊奶養大的。宙斯長大後爲報答她的恩情，特地送她一個羊角，並且說，有了羊角，想要什麼就有什麼。

㊾多瓦爾生(Bertel Thorwaldsen, 1770～1844)是丹麥一個窮木刻匠的兒子，後來成爲世界聞名的雕刻家。作品深受古希臘和羅馬雕刻的影響，散見於歐洲各大教堂和公共建築物。

㊿羅特席爾特(Rothschild)是歐洲一個猶太籍的大財閥家族。這家族於十八世紀中在德國法蘭克福發跡，以後擴散到歐洲各大首都。這家族的子孫有不同的國籍，左右許多國家的政局。

(51)這是穿過倫敦的一條大河。

(52)羅克生(Roxen)是瑞典南部的一條小河。

(53)這句是引自《聖經·新約·路加福音》第十一章第三節。

跳高者

有一次，跳蚤、蚱蜢和跳鵝①想要知道它們那一個跳得最高。它們把所有的人和任何願意來的人都請來參觀這個偉大的場面。這三位著名的跳高者在一個房間裡集合起來。

「對啦，誰跳得最高，我就把我的女兒嫁給誰！」國王說，「假如讓這些朋友白白地跳一陣子，那就未免太不像話了！」

跳蚤第一個出場。它的態度非常可愛：它向四周的人敬禮，因為它身體中流著年輕小姐的血液，習慣於跟人類混在一

起，而這一點是非常重要的。

接著蚱蜢出場了，它的確很粗笨，但它的身材很好看。它穿著它那套天生的綠制服。此外，它的整個外表說明了它是出身於埃及的一個古老的家庭，因此它在這兒非常受到人們的尊敬。人們把它從田野裡請過來，放在一個用紙牌搭成的三層樓房子裡——這些紙牌有畫的一面都向內。這房子有門也有窗，而且它們是從「美人」身中剪出來的。

「我唱得非常好，」它說，「甚至十六隻本地產的蟋蟀從小時候開始唱起，到現在還沒有獲得一間紙屋哩。它們聽到我的情形都嫉妒得要命，把身體唱得比以前還要瘦。」

跳蚤和蚱蜢毫都不含糊地說明了自己是怎樣的人物。它們都認爲它們有資格和一位公主結婚。

跳鵝一句話也不說。不過據說它自己更覺得了不起。宮裡的狗兒把它嗅了一下，很有把握地說，跳鵝來自一個上等家庭。那位因爲從來不講話而獲得了三個勳章的老顧問官表示，他知道跳鵝有預見的天才：人們只須看看它的背脊骨就能預知多天是溫和還是寒冷。這一點人們是沒有辦法從寫曆書的人背脊骨上看出來的。

「好，我什麼也不再講了！」老國王說，「我只須在旁看看，我自己心中有數！」

現在它們要跳了。跳蚤跳得非常高，誰也看不見它，因此大家就說它完全沒有跳。這種說法太不講道理了。

蚱蜢跳得沒有跳蚤一半高。不過它是向國王的臉上跳過來，因此國王就說，這簡直太可惡了。

　　跳鵝站著沉思了好一會兒，最後大家就認爲它完全不能
跳。

　　「我希望它沒有生病！」宮裡的狗兒說，然後它又在跳鵝
身上嗅了一下。

　　「噓！」跳鵝笨拙地一跳，就跳到公主的膝上去了。她坐
在一張矮矮的金椅子上。

　　國王說：「誰跳到我女兒身上去，誰就是跳得最高的了，
因爲這就是跳高的目的。不過能想到這一點，倒需要有點頭腦
呢——跳鵝已經顯示出它有頭腦。它的腿長到額上去了！」

　　所以跳鵝就娶到了公主。

　　「不過我跳得最高！」跳蚤說。「但是這一點用處也沒有！
不過盡管公主得到一架帶木栓和蠟油的鵝骨，我仍然是跳得最
高的。但是在這個世界裡，一個人如果想要讓人看見的話，必
須有身材才行。」

　　跳蚤於是投效了一個外國兵團。據說它在當兵時犧牲了。

　　那隻蚱蜢坐在田溝裡，把這世界上的事情仔細思索了一
番，不禁也說：「身材是需要的！身材是需要的！」

　　於是它便唱起了自己的哀歌。我們從它的歌中得到了這個
故事——這個故事可能不是眞的，雖然它已經被印出來了。

〔1845 年〕

　　這是一個很風趣的小故事，發表於 1845 年，這裡面包含著
一些似是而非的「眞理」，事實上是對人間某些世態的諷刺。「跳
蚤跳得非常高，誰也看不見它，因此大家就說它完全沒有跳。」
但是在這個世界裡，一個人如果想要讓人看見的話，必須有身
材才成。「誰跳到我女兒身上去，誰就是跳得最高的了……不過
能想到這一點，倒需要有點頭腦呢——跳鵝已經顯示出它有頭
腦。」事實上跳鵝跳得最低，但是它得到了公主！安徒生在他
的手記中說：「當幾個孩子要求我講一個故事的時候，我靈機
一動，寫出了這個〈跳高者〉。」

【註釋】

①這是丹麥一種舊式的玩具，它是用一根鵝的胸骨做成的，加上一根木栓和一條線，
　再擦上一點蠟油，就可以使它跳躍。

紅鞋

從前有一個小女孩——一個非常可愛的、漂亮的小女孩。不過她夏天得打著一雙赤腳走路，因為她很貧窮。多天她拖著一雙沉重的木鞋，腳背都給磨紅了，這是很不好受的。

在村子的正中央住著一個年老的女鞋匠。她用舊紅布片，坐下來盡她最大的努力縫出了一雙小鞋。這雙鞋的樣子相當笨拙，但是她的用意很好，因為這雙鞋是為這個小女孩縫的。這個小女孩名叫珈倫。

在她的媽媽下葬那天，珈倫得到了這雙紅鞋。這是她第一次穿鞋。的確，這不是服喪時穿的鞋子；但是她卻沒有別的鞋子可穿，所以她就把一雙小赤腳伸進鞋裡去，跟在簡陋的棺材後面走。

這時候忽然有一輛很大的舊車子開了過來。車裡坐著一位年老的太太。她看到了這個小女孩，非常可憐她，於是就對牧師①說：

「把這小女孩交給我吧，我會待她很好的！」

珈倫以為，這是因為那雙紅鞋的緣故。不過老太太說紅鞋很討厭，所以把這雙鞋燒掉了。珈倫現在穿起乾淨整齊的衣服來。她學著讀書和做針線，別人都說她很可愛。然而她的鏡子說：「你不但可愛；妳也十分美麗。」

有一次，皇后要旅行全國；她帶著小公主一起去。老百姓都擁到宮殿門口看熱鬧，珈倫也擠在中間。小公主穿著美麗的白衣服，站在窗子裡面讓大家看。她既沒有拖著後裾，也沒有戴上金冠，但是她穿著一雙華麗的紅鞣皮鞋。比起女鞋匠為小珈倫做的那雙鞋來，這雙鞋當然漂亮得多。世界上沒有什麼東西能跟紅鞋相比！

現在珈倫已經長大，可以受堅信禮了。她將會有新衣服穿；她也會得到新鞋子。城裡一個富有的鞋匠把她的小腳量了一下──這件事是在他自己店裡、在他自己的一個小房間內做的。那兒有許多大玻璃架子，裡面陳列著許多整齊的鞋子和擦得發亮的靴子。這全都很漂亮，不過老太太的眼睛看不清楚，所以

不會感到興趣。在這許多鞋子中有一雙紅鞋；它跟公主所穿的那雙一模一樣。它們是多麼美麗啊！鞋匠說這雙鞋是爲一位伯爵小姐做的，但是不太合她的腳。

「那一定是漆皮做的，」老太太說，「因此才這樣發亮！」

「是的，發亮！」珈倫說。

鞋子很合她的腳，所以她買了下來。不過老太太不知道那是紅色的，否則她絕不會讓珈倫穿著紅鞋去受堅信禮。但是珈倫卻穿了。

所有的人都在看著她的那雙腳。當她在教堂裡走向聖詩歌唱班門口的時候，她就覺得好像那些墓石上的雕像、那些戴著硬領和穿著黑長袍的牧師，以及他們的太太的畫像都在盯著她的一雙紅鞋。牧師把手擱在她的頭上，講著神聖的洗禮、她與上帝的誓約以及當一個基督徒的責任，這時候，她心中只想著她的這雙鞋。風琴奏出莊嚴的音樂來，孩子們悅耳的聲音唱著聖詩，那個年老的聖詩隊長也在唱，但是珈倫只想著她的紅鞋。

那天下午，老太太聽大家說那雙鞋是紅的。於是她就說，這未免太胡鬧了，太不成體統了。她還說，從此以後，珈倫再到教堂去，必須穿著黑鞋子，即使是舊的也沒有關係。

下一個星期日要舉行聖餐。珈倫看了看那雙黑鞋，又看了看紅鞋──她再一次又看了看紅鞋，最後還是決定穿上那雙紅鞋。

太陽照耀得非常美麗。珈倫和老太太在田野的小徑上走。路上有些灰塵。

教堂門口有一個殘廢的老兵，拄著一根拐杖站著。他留著

一把奇怪的長鬍子。這鬍子與其說是白的，還不如說是紅的
——因爲它本來就是紅的。他的腰幾乎彎到地上去了；他問老
太太說，他可不可以擦擦她鞋子上的灰塵。珈倫也把她的小腳
伸出來。

「這是多麼漂亮的舞鞋啊！」老兵說，「你在跳舞的時候穿
它最合適！」於是他就用手在鞋底敲了幾下。老太太送了幾個
銀幣給這老兵，然後便帶著珈倫走進教堂裡去了。

教堂裡所有的人都望著珈倫的這雙紅鞋，所有的畫像也都
看著它們。當珈倫跪在聖餐台前面、嘴裡銜著金聖餐杯的時候，
她只想著她的紅鞋——它們似乎是浮在她面前的聖餐杯裡。她
忘記了唱聖詩；她忘記了禱告。

現在，大家都走出了教堂。老太太走進她的車子裡去，珈
倫也抬起腳踏進車子裡去。這時，站在旁邊的那個老兵說：

「多麼美麗的舞鞋啊！」

珈倫經不起這番讚美，她要跳幾個步子。但是她一開始，
一雙腿就不停地跳起來。這雙鞋好像控制了她的腿似的。她繞
著教堂的一角跳——她沒有辦法停下來。車夫不得不跟在她後
面跑，把她抓住，抱進車子裡去。不過她的一雙腳仍在跳，結
果她猛烈地踢到那位好心腸的太太身上去了。最後他們脫下她
的鞋子；這樣，她的腿才安靜下來。

這雙鞋子被放在家裡的一個櫥櫃裡，但是珈倫仍忍不住要
去看看。

後來，老太太病得躺下來了；大家都說她大概不會好了。
她得有人看護和照料，但這種工作不應該是別人而應該由珈倫

做的。不過，這時城裡有一個盛大的舞會，珈倫也被請去了。她看了看這位好不了的老太太，又瞧了瞧那雙紅鞋──她覺得瞧瞧也沒有什麼害處，然後穿上了這雙鞋──穿穿也沒有什麼害處。不過這麼一來，她就想去參加舞會了，而且又開始跳起舞來。

　　但是當她要向右轉的時候，鞋子卻向左邊跳。當她想向上走的時候，鞋子卻要向下跳，要走下樓梯，一直走到街上，走出城門。她舞著，而且不得不舞，一直舞到黑森林裡去。

　　樹林中有一道光。她想這一定是月亮了，因為她看到一張臉，是那個有紅鬍子的老兵。他正坐著點點頭，同時說：

　　「多麼美麗的舞鞋啊！」

　　珈倫害怕起來，想把這雙紅鞋扔掉。但是它們扣得很緊。於是她扯著她的襪子，但是鞋已經黏到她腳上去了。她跳起舞來，而且不得不跳到田野和草原上，在雨裡跳，在太陽裡也跳，在夜裡跳，在白天也跳。最可怕的是在夜裡跳。

　　她跳到一個教堂的墓地裡去，不過那兒的死者並不跳舞；他們有比跳舞還好的事情要做。她想在一個長滿了苦艾菊的窮人的墳上坐下來，不過她靜不下來，也沒有辦法休息。當她跳到教堂敞著的大門口的時候，她看到一位穿白長袍的天使，她的翅膀從肩上一直拖到腳下，她的面孔莊嚴而沉著的，她的手中拿著一把明晃晃的劍。

　　「妳得跳舞呀！」她說，「穿著妳的紅鞋跳舞，一直跳到妳發白、發冷，跳到妳的身體乾縮成一具骸骨。妳要從這家門口跳到那家門口。妳要到一些驕傲自大的孩子們住的地方敲門，

好叫他們聽到妳，怕妳！妳要跳舞，不停地跳舞！」

「請饒了我吧！」珈倫叫了起來。

不過她沒有聽到天使的回答，因爲這雙鞋把她帶出門，帶到田野上去了，帶到大路上和小路上去了。她得不停地跳舞。

有一天早晨，她跳過一個很熟識的門口。裡面有唱聖詩的聲音，人們抬出一口棺材，上面裝飾著花朵。這時她才知道老太太已經死了。她覺得自己已經被大家遺棄，被上帝的天使責罰。

她跳著舞，她不得不跳著舞——在漆黑的夜裡跳著舞。這雙鞋帶著她跳過多刺的野薔薇；這些東西把她刺得流血。她在荒地上跳，一直跳到一個孤零零的小屋子前面。她知道這兒住著一個劊子手。她用手指在玻璃窗上敲了一下，說：

「請出來吧！請出來！我進來不了呀，因爲我在跳舞！」

劊子手說：

「妳也許不知道我是誰吧？我就是砍掉壞人的頭的人。我已經感覺到我的斧子在顫動！」

「請不要砍掉我的頭，」珈倫說，「如果你這樣做，我就不能懺悔我的罪過了。請你把我這雙穿著紅鞋的腳砍掉把！」

於是她說出了她的罪過。劊子手於是把她那雙穿著紅鞋的腳砍掉了。不過這雙鞋帶著她的小腳跳到田野上，一直跳到漆黑的森林裡。

他爲她配了一雙木腳和一根拐杖，同時教她一首死囚們常常唱的聖詩。她吻了一下那隻握著斧頭的手，然後向荒地上走去。

「我已經為這雙紅鞋吃了不少苦頭，」她說，「現在我要到教堂去，好讓人們看看我。」

她很快地向教堂大門走去，但是當她走到門口的時候，那雙紅鞋就在她面前跳著舞，使得她害怕起來。所以她就又走了回來。

她悲哀地過了整整一個星期，流了許多傷心的眼淚。不過當星期日到來後，她說：

「唉，我受苦已經夠久了！我想，我現在跟教堂裡那些昂著頭的人沒什麼兩樣了！」

她大膽地走了出去。可是當她走到教堂門口時，她又看到那雙紅鞋在她面前跳舞。這時她又害怕起來，馬上往回走，同時虔誠地懺悔她的罪過。

她前往牧師家裡，請求在他家當傭人，她願意勤懇地工作，盡她的力量做事，不計較工資，她只希望有一個住處，跟好人在一起。牧師的太太憐憫她，把她留下來工做。她很勤快也很用心。晚間，當牧師在高聲朗誦《聖經》的時候，她就靜靜坐下來聽。這家的孩子都喜歡她。不過，當他們談到衣服、排場和像皇后一樣的美麗的時候，她就搖搖頭。

第二個星期天，一家人全都要到教堂去做禮拜。他們問她是不是也願意去。她滿眼含著淚珠，淒慘地看了她的拐杖一眼。於是這家人就去聽上帝的訓誡了，只有她孤獨地回到小房間裡。這兒不太寬敞，只能放一張床和一張椅子。她拿著一本聖詩集坐著，用虔誠的心讀裡面的字句。風兒把教堂的風琴聲吹送過來。她抬起被眼淚潤濕了的臉，說：

「上帝啊，請幫助我！」

這時，太陽正明亮地照著。一位穿白衣服的天使——她某
一天晚上在教堂門口見到過的那位天使——在她面前出現了。
不過她手中不再拿著那把銳利的劍，而是拿著一隻開滿了玫瑰
花的綠枝。她用它觸了一下天花板，天花板立刻升得很高。凡
是她所碰觸到的地方，就有一顆明亮的金星出現。她觸了一下
牆，於是牆就分開了。這時，她就看到那架奏著音樂的風琴和
繪著牧師及牧師太太的古老畫像。做禮拜的人都坐在講究的席
位上，唱著聖詩集裡的詩。如果說這不是教堂自動來到這狹小
房間裡的可憐的女孩面前，那就是她已經到了教堂裡面。她和
牧師家裡的人一同坐在席位上。當他們念完聖詩抬起頭來時，
點點頭說：

「對了，珈倫，妳也到這兒來了！」

「我得到了寬恕！」她說。

風琴奏著音樂。孩子們的合唱是非常好聽和可愛的。明朗
的太陽光溫暖地從窗外射到珈倫坐的的席位上。她的心充滿了
那麼多的陽光、和平與快樂，以致於爆裂了。她的靈魂騎在太
陽的光芒上飛進天國。誰也沒有再問起她那雙紅鞋。〔1845 年〕

這是一篇充滿宗教意味的小故事，源於作者兒時的回憶。
安徒生的父母都虔信上帝。這現象在窮人中很普遍，因為他們

在現實生活中找不到任何出路的時候，就幻想上帝會解救他們。安徒生兒時就是在這種氣氛中度過的。信上帝必須無條件地虔誠，不能有任何雜念。這個小故事中的主人翁珈倫偏偏有了雜念，因而受到懲罰，只有經過折磨和苦難，斷絕了雜念和思想淨化了以後，她才「得到了寬恕」，她的靈魂才得以升向天國──因為她終究是一個純真的孩子。關於這個故事，安徒生在手記中說：「在《我的一生的童話》中，我曾說過在我受堅信禮的時候，第一次穿了一雙靴子。當我在教堂的地上走著的時候，靴子發出吱咯、吱咯的聲響。這使我很得意，因為這樣，做禮拜的人就都能聽得見我的靴子多麼新。但忽然間我感到我的心不虔誠。於是我的內心開始恐慌起來：我的思想集中在靴子上，而沒有集中在上帝身上。關於此事的回憶，就促使我寫出這篇〈紅鞋〉。」

【註釋】

① 在舊時的歐洲，孤兒沒有家，就由當地的牧師照管。

襯衫領子

從前有一位漂亮的紳士；他所有的財產只有一個脫靴器和一把梳子。但他有一個世界上最好的襯衫領子。我們現在所要聽的，就是關於這個領子的故事。

襯衫領子的年紀已經很大，足夠考慮結婚的問題了。事又湊巧，他和襪帶一起混在水裡洗。「我的天！」襯衫領子說，「我從來沒有看過這麼苗條和細嫩、這麼迷人和溫柔的人兒！請問妳尊姓大名？」

「這個我可不能告訴你！」襪帶說。

「妳府上在什麼地方？」襯衫領子問。

不過襪帶是非常害羞的。要回答這樣的一個問題，她覺得非常困難。「我想妳是一條腰帶吧？」襯衫領子說——「一種內衣的腰帶！親愛的小姐，我可以看出，妳旣實用，又可以做裝飾品！」

「你不應該跟我講話！」襪帶說：「我想，我沒有給你任何理由這樣做！」

「咳，一個長得像妳這樣美麗的人兒，」襯衫領子說：「就是足夠的理由了。」

「請不要走得離我太近！」襪帶說，「你很像一個男人！」

「我還是一位漂亮的紳士呢！」襯衫領子說：「我有一個脫靴器和一把梳子！」

這完全不是眞話，因爲這兩件東西是屬於他的主人的。他不過是在吹牛罷了。

「請不要走得離我太近！」襪帶說，「我不習慣這樣做。」

「這簡直是裝腔作勢！」襯衫領子說。這時他們從水裡被拿出來，上了漿，掛在一張椅子上曬，最後就被拿到一個熨斗板上。現在，一個滾熱的熨斗過來了。

「太太！」襯衫領子說，「親愛的寡婦太太，我現在感到有些熱了。我現在變成了另外一個人；我皺紋全沒有了。妳燙穿了我的身體，噢，我要向妳求婚！」

「你這個老破爛！」熨斗說，同時很驕傲地在襯衫領子上走過去，因爲她想像自己是一輛火車頭，拖著一長串列車，在

鐵軌上奔馳過去。「你這個老破爛！」

　　襯衫領子的邊緣上有些破損。因此有一把剪紙的剪刀就來
把這些破損的地方剪平。

　　「哎喲！」襯衫領子說，「妳一定是個芭蕾舞蹈家！妳的腿
伸得那麼直！我從沒有見過這樣美麗的姿態！世上沒有任何人
能模仿妳！」

　　「這一點我知道！」剪刀說。

　　「妳配得上做一個伯爵夫人！」襯衫領子說。「我全部的財
產是一位漂亮的紳士，一個脫靴器和一把梳子。我只希望再有
一個伯爵的頭銜！」

　　「難道他還想求婚不成？」剪刀說。她生起氣來，結結實
實地把他剪了一下，使得他一直復元不了。

　　「我還是向梳子求婚好了！」襯衫領子說。「親愛的姑娘！
妳看妳把牙齒①保護得多麼好，這真不了起。妳從來沒有想到
過訂婚的問題嗎？」

　　「當然想到過，你已經知道，」梳子說，「我已經跟脫靴器
訂婚了！」

　　「訂婚了？」襯衫領子說。

　　現在他再也沒有求婚的機會了。因此他瞧不起愛情這種東
西。

　　很久一段時間過去了。襯衫領子來到一個造紙廠的箱子
裡。周圍是一堆爛布朋友：細緻的跟細緻的人在一起，粗魯的
跟粗魯的人在一起，真是物以類聚。他們要講的事情可真多，
但是襯衫領子要講的事情最多，因為他是一個可怕的牛皮大

王。

「我曾經有過一大堆情人！」襯衫領子說。「我連半點鐘的安靜都沒有！我又是一個漂亮的紳士，一個上了漿的人。我既有脫靴器，又有梳子，但是從來不用！你們應該看看我那時的樣子，看看我那時不理人的神情！我永遠也不能忘記我的初戀——那是一條腰帶。她是那麼細嫩，那麼溫柔，那麼迷人！她為了我，自己投到一個水盆裡去！後來又有一個寡婦，她變得火熱起來，不過我沒有理她，直到她變得滿臉青黑為止！接著來了芭蕾舞蹈家。她給了我一個創傷，至今還沒有好——她的脾氣真壞！我的那把梳子倒是鍾情於我，她因為失戀，把牙齒都弄得脫落了。是的，像這類的事兒，我真是一個過來人！不過那條襪帶子最使我感到難過——我的意思是說那條腰帶，她為我跳進水盆裡去，我的良心感到非常不安。我情願變成一張白紙！」

事實也是如此，所有的爛布都變成了白紙，而襯衫領子卻成了我們所看到的這張紙——這個故事就是在這張紙上——被印出來的。事情會變成這樣，完全是因為他喜歡把從來沒有過的事情瞎吹一通的緣故。這一點我們必須記清楚，免得做出同樣的事情，因為我們不知道，有一天自己也會來到一個爛布箱裡，被製成白紙，在這張紙上，我們全部的歷史，甚至最祕密的事情也會被印出來，結果我們就不得不像這襯衫領子一樣，到處講這個故事。〔1848 年〕

這篇故事發表於1848年哥本哈根出版的《新的童話》裡。它是根據現實生活寫成的。安徒生說，一位朋友和他談起一位落魄的紳士，這人所有的財產只剩下一個擦鞋器和一把梳子，但是他的架子卻還放不下來，一直吹噓自己過去的「光榮」。事實上，在一個階級社會裡，沒有了財產就沒有了特權，何況襯衫領子本身已經破爛了。最後它只有「來到一個造紙廠的箱子裡。周圍是一堆爛布朋友：細緻的人跟細緻的人在一起，粗魯的跟粗魯的人在一起，眞是物以類聚。」它已經變成了造紙的原料了，最後變成了白紙，「這個故事就是在這張紙上被印出來的。」眞是一篇含蓄的諷刺小品。

【註釋】

①即梳子的齒。

一個豆莢裡的五粒豆

有一個豆莢，裡面有五粒豌豆。它們都是綠色的，因此就以爲整個世界都是綠的。事實也正是這樣！豆莢在生長，豆粒也在生長。它們按照在家庭裡的地位，坐成一排。太陽在外面照著，把豆莢曬得暖洋洋的；雨把它洗得透明。豆莢裡既溫暖，又舒適；白天光亮，晚間黑暗，這本是必然的規律。豌豆粒在裡面越長越大，越來越會沉思，因爲它們多少得做點事情呀。

「難道我們永遠就在這兒坐下去嗎？」它們問。「我但願老

是這樣坐著，不要變得僵硬起來。我似乎覺得外面發生了一些事情——我有這種預感！」

許多星期過去了。這幾粒豌豆變黃了，豆莢也變黃了。

「整個世界都變黃啦！」它們說。它們大可以這樣說。

忽然它們覺得豆莢震動了一下。它們被擠下來了，落到人的手上，跟許多別的豐滿豆莢在一起，溜到一件馬甲的口袋裡去。

「我們不久就要被打開了！」它們說。於是它們就等待這件事情的到來。

「我倒想要知道，我們當中誰會走得最遠！」最小的一粒豆子說：「是的，事情馬上就要揭曉了。」

「該怎麼辦就怎麼辦！」最大的那一粒說。

「啪！」豆莢裂開來了。五粒豆子全都滾到陽光裡來了。它們躺在一個孩子的手中。這個孩子緊緊揑著它們，說它們正好可以當做豆槍的子彈用。他馬上裝了一粒進去，把它射出去。

「現在我要飛向廣大的世界裡去了！如果你能捉住我，那就來吧！」於是它就飛走了。

「我，」第二粒說，「我將直接飛進太陽裡去。這才像一個豆莢呢，而且與我的身分非常相稱！」

於是它就飛走了。

「我們到了什麼地方，就在什麼地方睡，」其餘的兩粒說。「不過我們仍得向前滾。」因此它們在還沒有被裝入豆槍以前，就先在地上滾起來。但是它們終於被裝進去了。「我們才會射得最遠呢！」

「該怎麼辦就怎麼辦！」最後的那一粒說。它射到空中去了。它射到頂樓窗子下面的一塊舊板子上，正好鑽進一個長滿了青苔的霉菌裂縫裡去。青苔把它裹起來，它躺在那兒不見了。可是我們上帝並沒忘記它。

「該怎麼辦就怎麼辦！」它說。

在這個小小的頂樓裡住著一個窮苦的女人。她白天到外面擦爐子，鋸木材，並且做許多類似的粗活。因為她很強壯，而且也很勤儉，不過她仍然很窮。她有一個發育不全的獨生女兒，躺在這頂樓的家裡。她的身體非常虛弱。她在床上躺了一整年；看樣子既活不下去，也死不了。

「她快要到她親愛的姊姊那兒去了！」女人說。「我只有兩個孩子，但是養活她們兩個人是很困難的。善良的上帝分擔我的愁苦，已經接走一個了。我現在把留下的這一個養著。不過，我想上帝不會讓她們分開的；她也會到天上的姊姊那兒去的。」

然而，這個生病的孩子並沒有離開。她安靜地、耐心地整天在家裡躺著。她的母親照舊到外面去掙點生活費用。這正是春天來了。一大早，當母親正要出門工做的時候，陽光溫和地、愉快地從那個小窗子射進來，一直射到地上。這個病孩子看著最低的那塊窗玻璃。

「從窗玻璃旁邊探出來的那個綠東西是什麼？它在風裡擺動！」

母親走到窗前，把窗打開一半。「啊！」她說，「我的天！原來是一粒小豌豆。它還長出小葉子來了。它怎樣鑽進這個隙縫裡的？妳現在可有一個小花園可以欣賞了！」

　　病孩子的床被搬得更挨近窗子，好讓她看到這粒正在生長的豌豆，然後母親便出門去工做了。

　　「媽媽，我覺得我好一些了！」這個小女孩晚上的時候這麼說。「太陽今天在我身上照得怪溫暖的。這粒豆子長得好極了，我也會長得好的；我將爬下床來，走到溫暖的太陽光裡去。」

　　「願上帝准許我們這樣！」母親說，但是她不相信事情會這樣。不過她仔細地用一根小棍子把這植物支起來，好使它不致被風吹斷，因爲它使她的女兒對生命起了愉快的想像。她從窗台上牽了一根線到窗框的上端去，使這粒豆子可以盤繞著它向上長，它的確在向上長——人們每天都可以看到它在成長。

　　「眞的，它現在要開花了！」女人有一天早晨這麼說。她現在開始希望和相信，她的病孩子會好起來。她記起最近這孩子講話時要比以前愉快得多了，而且也能自己爬起來，直直地坐在床上，用高興的眼光看著這一顆豌豆所形成的小花園。一星期以後，這個病孩子第一次能夠坐一整個鐘頭。她快樂地坐在溫暖的陽光裡。窗子打開了，她面前是一朵盛開的、粉紅色的豌豆花。小女孩低下頭來，向它柔嫩的葉子輕輕地吻了一下。這一天簡直像一個節日。

　　「我幸福的孩子，上帝親自種下這顆豌豆，叫它長得枝葉茂盛，成爲妳我的希望和快樂！」高興的母親說。她對這花兒微笑，好像它就是上帝送下來的一位善良的天使。

　　但是其餘的幾粒豌豆呢？嗯，希望飛到廣大的世界裡，並且還說過「如果你能捉住我，那就來吧！」的那一粒，竟落到屋頂的水管裡去了，在一隻鴿子的味囊裡躺了下來，正如約拿

躺在鯨魚肚中一樣①。另外那兩粒懶惰的豆子也不過只走了這麼遠，因爲它們也被鴿子吃掉了。總之，它們總算還有些實際的用途。至於那第四粒，它本來想飛進太陽裡去，卻落到水溝裡去了，在髒水裡躺了好幾個星期，膨脹得相當嚇人。

「我胖得夠美了！」這粒豌豆說。「我胖得要爆裂開來了。我想，任何豆子從來不曾、也永遠不會變到這種地步的。我是豆莢裡五粒豆子中最了不起的一粒。」

水溝說它講得很有道理。

可是，頂樓窗子旁那個年輕的女孩子——她臉上散發出健康的光采，眼睛閃著亮光——正在豌豆花上方交叉著一雙小手，感謝上帝。

水溝說：「我支持我的那粒豆子。」〔1853 年〕

這個小故事首先發表在 1853 年的《丹麥曆書》上。成熟的豆莢裂開了，裡面的五個豆粒飛到廣大的世界上，各奔前程，對各自的經歷都很滿意。但是，那粒飛進窗子下「一個長滿了青苔和霉菌的裂縫裡」的豆粒的經歷，卻最值得稱讚，因爲它發芽、開花，爲窗內生病的小女孩帶來了愉快和生機。關於這個小故事，安徒生在手記中寫道：「這個故事來自兒時的回憶，那時我有一個小木盒，裡面裝了一點土，我種了一根蔥和一粒豆。這就是我開滿了花的花園。」

【註釋】

①根據希伯來人的神話，希伯來預言家約拿因爲不聽上帝的話，乘船逃遁，上帝因
　此吹起大風。船上的人把約拿拋到海裡，以求免於翻船之禍。約拿被大魚所吞，
　在魚腹中待了三天三夜。事見《聖經·舊約全書·約拿書》。

一個貴族和他的女兒們

當風兒在草上吹拂過去的時候，田野就像一湖水，起了一片漣漪。當它在麥子上橫掃過去的時候，田野就像一個海洋，起了一層浪花，這叫做風的跳舞。不過請聽聽它講的故事吧。這故事是它唱出來的。故事在森林頂上的聲音，和它通過牆上通風孔與縫隙時所發出的聲音是不同的。你看，風是怎樣在天上把雲塊像一群羊似地趕走！你聽，風是怎樣在敞開的大門裡呼嘯，簡直像守門人在吹著號角！它從煙囪和壁爐口吹進來的

聲音多麼奇妙啊！火發出爆裂聲，燃燒起來，把房間較遠的角
落都照亮了。這裡是多麼溫暖和舒適，坐在這兒聽這些聲音是
多麼愉快啊。讓風兒自己來講吧！因爲它知道許多故事和童話
──比我們任何人知道的都多。現在請聽吧！請聽它怎樣講
吧。

「呼──呼──噓！去吧！」這就是它歌聲中的疊句。

「在那條『巨帶』①的岸邊，座落著一座古老的房子；它有
很厚的紅牆，」風兒說。「我認識它的每一塊石頭；當它還屬於
涅塞特的馬爾斯克·斯蒂格②堡塞的時候，我就看過它。它不
得不被拆掉了！石頭被用在另一個地方，砌成新的牆，造成一
座新房子──這就是波列埠莊園；它現在還屹立在那兒。

「我認識和見過那裡高貴的老爺和太太們，以及住在那裡
的後裔。現在我要講一講關於瓦爾得馬爾·杜和他的女兒們的
故事。

「他驕傲得不可一世，因爲他有皇族的血統！他除了能獵
捕雄鹿和把滿瓶的酒一飲而盡以外，還會做許多別的事情。他
常常對自己說：『事情自然會有辦法。』

「他的太太穿著金線繡的衣服，抬頭闊步地在光亮的地板
上走來走去。壁毯③是華麗的，家具是貴重的，而且還有精緻
的雕花。她帶來許多金銀器皿做爲陪嫁。當地窖裡已經藏滿了
東西的時候，裡面還藏滿著德國啤酒。黑色的馬在馬廄裡嘶鳴。
那時這家人很富有，波列埠的公館有一種豪華的氣氛。

「那裡住著孩子，有三個嬌美的姑娘：意德、約翰妮和安

娜·杜洛苔。我到現在還記得她們的名字。

　　「她們是有錢的人，有身分的人，在豪華中出生，在豪華中長大。呼——噓！去吧！」風兒唱著。接著它繼續講下去：

　　「我在這兒看不見別的古老家族中常有的情景：高貴的太太跟女僕們坐在大廳裡，一起搖著紡車。她吹著洪亮的笛子，同時唱著歌——不是老是那些古老的丹麥歌，而是一些外國的歌曲。這兒的生活是活躍的，招待是殷勤的；顯貴的客人從遠近各處到來，音樂在演奏著，酒杯在碰著，我也沒有辦法把這些聲音淹沒！」風兒說：「這兒只有誇張的傲慢神氣和老爺派頭，但是沒有上帝！」

　　「那正是五月一日的晚上，」風兒說。「我從西邊來，我看到船隻撞上尤蘭西部海岸而損毀。我匆忙地走過這長滿了石楠植物和綠樹林的海岸，走過富恩島。現在我在『巨帶』上掃過，呻吟著，嘆息著。

　　「於是我在瑟蘭島的岸上，在波列埠的那座公館的附近躺下來休息。那兒有一個青蔥的櫟樹林，現在仍然還存在。

　　「附近的年輕人到櫟樹林下撿樹枝和柴草，撿所能找到的最粗和最乾的木柴。他們把木柴拿到村裡，聚集成堆，點起火。於是男男女女就在周圍跳著舞，唱著歌。

　　「我躺著一聲不響，」風兒說。「不過我靜靜地把一根樹枝——一個最漂亮的年輕人撿回來的樹枝——撥了一下，於是他的那堆柴就燒起來了，燒得比所有的柴堆都高。這樣他就算是入選了，獲得了『街頭山羊』的光榮稱號，同時還可以在這些姑娘當中選擇他的『街頭綿羊』。這兒的快樂和高興，勝過波列

埠那個豪富的公館。

「那位貴族婦人，帶著她的三個女兒，乘著一輛由六匹馬拉著的、鍍了金車子，向這座公館馳來。她的女兒是年輕而美麗的——是三朵迷人的花：玫瑰、百合和淡白的風信子。母親本人則是一朵鮮嫩的鬱金香。大家都停止了遊戲，向她鞠躬和敬禮；但是她誰也不理，人們可以看出，這位貴婦人是一朵開在相當硬的梗子上的花。

「玫瑰、百合和淡白的風信子！是的，她們三個人我全都看見了！我想，有一天她們將會是誰的小綿羊呢？她們的『街頭山羊』將會是一位漂亮的騎士，可能是一位王子！呼——噓！去吧！去吧！

「是的，車子載著她們走了，農人們繼續跳舞。在波列埠這地方，在卡列埠，在周圍所有的村子裡，人們都在慶祝夏天的到來。

「可是在夜裡，當我再起身的時候，」風兒說。「那位貴族婦人躺下了，再也沒有起來。她碰上這樣的事情，正如許多人碰上的事情一樣——並沒有什麼新奇。瓦爾得馬爾‧杜靜靜地、沉思地站了一會兒。『最驕傲的樹可以彎，但不一定就會折斷，』他在心裡說。女兒們哭了起來；公館裡所有的人全都在揩眼淚。杜夫人去了——可是我也去了，呼——噓！」風兒說。

「我又回來了。我常常回到富恩島和『巨帶』沿岸來。我坐在波列埠的岸旁，坐在那美麗的櫟樹林附近：蒼鷺在這兒做巢，斑鳩、甚至藍烏鴉和黑鸛鳥也都到這兒來。現在才開春不久，它們有的已經生了蛋，有的已經孵出了小雛。嗨，它們是

在怎樣飛，怎樣叫啊！人們可以聽到斧頭的聲響：一下！兩
下！三下！樹林被砍掉了。瓦爾得馬爾・杜想要建造一艘華麗
的船──一艘有三層樓高的戰艦。國王一定會買下它。因此他
要砍掉這個做為水手的目標和飛鳥隱身處的樹林。蒼鷺驚恐地
飛走了，因為它的巢被毀掉了。蒼鷹和其他的林中鳥也都無家
可歸，慌亂地飛來飛去，憤怒地、驚恐地號叫，我了解它們的
心情。烏鴉和穴鳥用譏笑的口吻大聲地叫著：『離開巢兒吧！
離開巢兒吧！離開吧！離開吧！』

「在樹林裡，在一群工人旁邊，站著瓦爾得馬爾・杜和他
的女兒們。他們聽到這些鳥兒的狂叫，不禁大笑起來。只有一
個人──那個最年輕的安娜・杜洛苔──心中感到難過。眾人
正要推倒一棵被砍掉的樹，在這棵樹的枝椏上有一隻黑鸛鳥的
巢，巢裡的小鸛鳥正伸出頭來──安娜・杜洛苔替它們向大家
求情，她含著眼淚向大家求情。於是，這棵有巢的樹算是為鸛
鳥留下了。這不過只是一件很小的事情。

「有的樹被砍掉了，有的樹被鋸斷了。接著，一艘有三層
樓的船便建造起來了。建築師是一個出身微賤的人，但是他有
高貴的儀表。他的眼睛和前額證明了他是多麼聰明。瓦爾得馬
爾・杜喜歡聽他說話；他最大的女兒意德──她現在有十五歲
了──也是。當他正在為她父親建造船隻時，他也在為自己建
造一個空中樓閣：他和意德將成為一對夫婦，住在裡面。如果
這樓閣是由石牆所砌成、有壁壘和城壕、有樹林和花園的話，
這個幻想也許可能成為事實。不過，這位建築師雖然有一個聰
明的頭腦，但卻是一個窮鬼。的確，一隻麻雀怎麼能在鸛群中

跳舞呢？呼——噓！我飛走了，他也飛走了，因爲他不能住在
這兒。小小的意德也只好克制難過的心情，因爲她非克制不可。」

「那些黑馬在馬廄裡嘶鳴；它們值得一看，而且也有人在
看它們。國王親自派海軍大將來檢驗這艘新船，準備佈置購買
它。海軍大將大爲稱讚這些雄赳赳的馬兒。我聽到了這一切，」
風兒說。「我陪著這些人走進敞開的門，在他們腳前撒下一些草
葉，像一條一條的黃金。瓦爾得馬爾·杜想要有金子，海軍大
將想要有那些黑馬——因此他才稱讚它們，不過他的意思沒有
被聽懂，結果船也沒有買成。它躺在岸邊，亮得發光，周圍全
是木板；它是一艘諾亞式的方舟，但永遠不曾下過水。呼
——噓！去吧！去吧！眞可惜。

「在冬天，田野上蓋滿了雪，『巨帶』裡結滿了冰，我把冰
塊吹到岸上來，風兒說。「烏鴉和大渡鳥都來了，它們是一大群，
一隻比一隻黑。它們落到岸邊沒有生命的、被遺棄了的、孤獨
的船上，用一種瘖啞的調子，爲那已經不再有的樹林，爲那被
遺棄了的貴重雀巢，爲那些沒有家的老老少少的麻雀而哀鳴。
這完全是因爲那一大堆木頭——那一艘從來沒有出過海的船的
緣故。

「我把雪花攪得亂飛，雪花像巨浪似地圍在船的四周，壓
在船的上面！我讓它聽到我的聲音，讓它知道，風暴有些什麼
話要說。我知道，我在盡我的力量敎它航行的技術。呼——噓！
去吧！

「冬天逝去了；冬天和夏天都逝去了。它們在逝去，像我
一樣，像雪花的飛舞，像玫瑰花的飛舞，像樹葉的下落——逝

去了！逝去了！人也逝去了！

「不過那幾個女孩仍很年輕，小小的意德是一朵玫瑰花，美麗得像那位建築師初見到她的時候一樣。她常常若有所思地站在花園的玫瑰樹旁，沒有注意到我在她鬆散的頭髮上撒下花朵；這時，我就撫著她的棕色長髮。於是她凝視鮮紅的太陽，和那在花園的樹林和陰森的灌木叢之間露出來的金色天空。

「她的妹妹約翰妮像一朵百合花，亭亭玉立，昂首闊步，和她的母親一樣，只是梗子脆了一點。她喜歡走過掛有祖先畫像的大廳。在畫中，那些仕女們都穿著絲綢和天鵝絨的衣服；她們的髮髻上都戴著綴有珍珠的小帽。她們都是一群美麗的仕女，她們的丈夫不是穿著鎧甲，就是穿著用松鼠皮做裡子和有皺領④的大氅，腰間掛著長劍，但是並沒有扣在股上。約翰妮的畫像哪一天會在牆上掛起來呢？她高貴的丈夫將會是個什麼樣的人物呢？是的，這就是她心中所想著的、她低聲對自己所講著的事情。當我吹過長廊、走進大廳、然後又轉過身來的時候，我聽到了她的話。

「那朵淡白的風信子安娜·杜洛苔剛剛滿十四歲，是一個安靜、愛沉思的女孩。她那大而深藍的眼睛有一種深思的表情，但她的嘴唇上仍飄著稚氣的微笑：我沒有辦法把它吹掉，也沒有心思這樣做。

「我在花園裡，在空巷裡，在田野裡遇見過她。她在採摘花草；她知道，這些東西對她的父親有用：她可以把它們蒸餾成飲料。瓦爾得馬爾·杜是一個驕傲自負的人，也是一個有學問的人，知道很多事情。這不是祕密，人們都在談論著。他的

煙囪即使在夏天還有火冒出來。他的他的房門常是鎖著的,一連幾天幾夜都是這樣。但是他不大喜歡談這件事情——大自然的威力應該在沉靜中征服的。不久,他就找出一件最大的祕密——製造黃金。

「這正是煙囪為什麼一天到晚冒煙、一天到晚噴出火焰的緣故。是的,我也在場!」風兒說。「『停止吧!停止吧!』我對著煙囪口唱:『它的結果將只會是一陣煙、空氣、一堆炭和炭灰!你將會把你自己燒得精光!呼——呼——呼——去吧!停止吧!』但是,瓦爾得馬爾‧杜並不放棄他的企圖。

「馬廄裡那些漂亮的馬兒——它們變成了什麼呢?碗櫃和箱子裡的舊金銀器皿、田野裡的母牛、財產和房屋都變成了什麼呢?——是的,它們可以熔化掉,可以在那金坩鍋熔化掉,但是卻變不出金子!

「穀倉和儲藏室,酒窖和庫房,現在都空了。人數減少了,但是老鼠卻增多了。這一塊玻璃裂了,那一塊玻璃碎了;我可以不需通過門就能進去了,」風兒說。「煙囪一冒煙,就說明有人在煮飯。這兒的煙囪也在冒煙;不過是為了煉黃金,卻把所有的飯都耗費掉了。

「我吹進院子的門,像一個看門人吹著號角一樣,不過這兒卻沒有什麼看門人,」風兒說。「我把尖頂上的風信雞吹得團團轉。它嘎嘎地響著,像一個守望塔上的衛士在發出鼾聲,可是這兒卻沒有衛士,只有成群的老鼠。『貧窮』就躺在桌上,坐在衣櫥和櫥櫃裡;門脫了榫頭,裂縫出現了,我可以隨便跑出跑進。」風兒說,「因此我什麼都知道。」

「在煙霧和灰塵中，在悲愁和失眠之夜，瓦爾得馬爾・杜的鬍鬚和兩鬢都變白了。他的皮膚變得枯黃；他追求金子，眼睛也發出貪圖金子的光。

「我把煙霧和火灰向他臉上和鬍鬚上吹去；他沒有得到金子，卻得到了一堆債務。我從碎了的玻璃窗和大開的裂口吹進去。我吹進他女兒們的衣櫃裡去，那裡面的衣服都褪了色，破舊了，因為她們老是穿著這幾套衣服。這支歌不是在她們兒時的搖籃邊唱的！豪富的日子現在成了貧窮的生活！我是這座公館裡唯一高聲唱歌的人！」風兒說。「我用雪把他們封在屋子裡；人們說雪可以保持溫暖。他們沒有木柴，那個供給他們木柴的樹林已經被砍光了。天正下著嚴霜。我在裂縫和走廊裡吹，我在三角牆上和屋頂上吹，為的是要運動一下。這三位出身高貴的小姐，冷得爬不起床來。父親在皮被子下縮成一團。吃的東西也沒有了，燒的東西也沒有了——這就是貴族的生活！呼——噓！去吧！但是這正是杜老爺所辦不到的事情。

「『冬天過後春天就來了，』他說：『貧窮過後快樂的時光就來了，但是快樂的時光必須等待！現在房屋和田地只變成一張抵押契約，這正是倒楣的時候。但是，金子馬上就會到來的——在復活節的時候就會到來！』

「我聽到他望著蜘蛛網這樣講：『聰明的小織工，你教我堅持下去！人們弄破你的網，你會重新再織，把它完成！人們再毀掉它，你會堅決地又開始工做——又開始工做！人也應該是這樣，氣力絕不會白費。』

「這是復活節的早晨。鐘在響，太陽在天空中嬉戲。瓦爾

得馬爾·杜在狂熱的興奮中守了一夜；他在熔化、冷凝、提煉和混和。我聽到他像一個失望的靈魂在嘆氣，我聽到他在祈禱，我注意到他在屏住呼吸。燈裡的油燒完了，可是他不注意。我吹著炭火；火光映著他慘白的面孔，使他泛出紅光。他深陷的眼珠在眼窩裡望著，眼睛越睜越大，好像要跳出來似的。

「請看這個煉金術士的玻璃杯！那裡面發出紅光，它是赤熱的，純清的，沉重的！他用顫抖的手把它舉起來，用顫抖的聲音喊：『金子！金子！』他的頭腦有些昏沉——我很容易就把他吹倒，」風兒說。「不過 我只是搧著那灼熱的炭；我陪著他走到一個房間裡去，他的女兒正在那兒凍得發抖。他的上衣全是炭灰；他的鬍鬚裡、蓬鬆的頭髮上，也是炭灰。他筆直地站著，高高舉起放在易碎玻璃杯裡的貴重寶物。

『煉出來了！勝利了！——金子，金子！』他叫著，把杯子舉到空中，讓它在太陽光中發出閃光。但是他的手在發抖，這位煉金術士的杯子落到地上，跌成一千塊碎片。他的幸福的最後泡沫現在粉碎了！呼——噓——噓！去吧！我從這位煉金術士的家裡走了出去。

「歲暮的時候，白天很短；霧降下來了，在紅漿果和赤裸裸的樹枝上凝成水滴。我精神飽滿地回來了，我橫渡高空，掃過青天，折斷枝幹——這倒不是一件很艱難的工作，但是非做不可。在波列埠的公館裡，在瓦爾得馬爾·杜的家裡，現在有了另一種大掃除。他的敵人，巴斯納斯的奧微·拉美爾，拿著房子的抵押契約和家具的出賣契約到來了。我在碎玻璃窗上敲，在腐朽的門上打，在裂縫裡呼嘯：呼——噓！我要使奧微·

拉美爾不喜歡在這兒待下來。意德和安娜・杜洛苔哭得非常傷心；亭亭玉立的約翰妮臉上發白，咬著拇指，直到流出血來——但這又有什麼用呢？奧微・拉美爾准許瓦爾得馬爾・杜在這兒一直住到死，可是並沒有人因此感謝他。我在靜靜地聽，看到這位無家可歸的紳士仰起頭來，露出比平時還要驕傲的神氣。我向這公館和那些老菩提樹襲來，折斷了一根最粗的樹枝——一根還沒有腐朽的樹枝。這樹枝躺在門口，像是一把掃帚，人們可以用它把這房子掃得精光，事實上人們也在掃了——我想這很好。

「這是艱難的日子，也是不容易保持鎮定的時刻；但是他們的意志是堅強的，他們的骨頭是強硬的。

「除了穿的衣服以外，他們什麼也沒有。不！他們還有一樣東西——一個新近買的煉金的杯子。它盛滿了那些從地上撿起來的碎片——被期待有一天會變成財寶，但是從來沒有兌現。瓦爾得馬爾・杜把這財寶藏在他的懷裡。這位曾經一度豪富的紳士，現在手中拿著一根棍子，帶著三個女兒走出了波列埠公館。我在他灼熱的臉上吹了一陣寒氣，撫摸著他灰色的鬍鬚和雪白的長頭髮，盡力唱出歌來——『呼——噓！去吧！去吧！』這就是豪華富貴的結局。

「意德走在老人的一邊，安娜・杜洛苔走在另一邊。約翰妮在門口轉頭來——為什麼呢？幸運並不會轉身來呀！她向馬爾斯克・斯蒂格公館的紅牆壁看了一眼，想起了斯蒂格的女兒們：

年長的姊姊牽著小妹妹的手，
她們一起在茫茫世界漂流。

「難道她想起了這首古老的歌嗎？現在，她們姊妹三人走
在一起──父親也跟在一起！他們走在這條路上──他們華麗
的車子曾經走過。她們成爲一群乞丐，攙著父親向前走，也走
向斯來斯特魯的田莊，走向那年租十個馬克的泥草棚裡，走向
空洞的房間和沒有家具的新家。烏鴉和穴鳥在他們的頭上盤
旋、號叫，彷彿在譏刺他們：『沒有了巢！沒有了巢！沒有了！
沒有了！』這正像波列埠的樹林被砍下時鳥兒的哀鳴。

「杜老爺和他的女兒們一聽就明白了。我在他們的耳邊吹，
因爲聽到這些話並沒有什麼好處。

「他們住進斯來斯特魯田莊上的泥草棚裡。我走過沼澤地、
田野、赤裸裸的灌木叢和落葉的樹林，走到汪洋的水上，走到
別的國家裡。呼──嘘！去吧！去吧！永遠地去吧！」

瓦爾得馬爾・杜最後怎麼樣了呢？他的女兒呢？風兒說：
「是的，我最後一次看到的是安娜・杜洛苔──那朵淡白
色的風信子。現在她老了，腰也彎了，因爲那已經是五十年後
的事。她活得最久，經歷了一切。

「在長滿了石南植物的荒地上，在微堡城附近，有一棟華
麗的、副主教住的新房子。它是用紅磚砌成的，有鋸齒形的三
角牆。濃煙從煙囪裡冒出來。那位嫻淑的太太和她莊重的女兒
們坐在大窗口，凝望著花園裡懸掛著的鼠李⑤和長滿了石南植

物的棕色荒地。她們在看什麼呢？她們在看一個快要倒塌的泥草棚上的鸛鳥巢。如果說有屋頂的話，這屋頂只是一堆青苔和石蓮花——最乾淨的地方是鸛鳥做巢的地方，而也只有這一部分是完整的，因為鸛鳥把它保持得很完整。」

「那個棚子只能看，不能碰，我要對它謹慎一點才成，」風兒說。「這泥草棚是因為鸛鳥在這兒做巢才被保存下來的，雖然它是這荒地上一件嚇人的東西。副主教不願意把鸛鳥趕走，因此這個破棚子就被保存下來了，那裡面的窮苦人家也就能夠住下去。她應該感謝這隻埃及的鳥兒⑥。她曾經在波列埠樹林裡為牠的黑兄弟的巢求過情，可能這是它的一種報酬吧？可憐的她，在那個時候還是一個年幼的孩子——豪富花園裡的一朵淡白風信子。安娜‧杜洛苔把這一切都記得清清楚楚。」

「『啊！啊！是的，人們可以嘆息，像風在蘆葦和燈芯草裡嘆息一樣，啊！啊！瓦爾得馬爾‧杜，在你下葬的時候，沒有人為你敲響喪鐘！當這位波列埠的主人被埋進土裡的時候，也沒有窮孩子來唱一首聖詩！啊！任何東西都有一個結束，窮苦也是一樣！意德姊姊成了農人的妻子。這對我們的父親來說是個嚴厲的考驗！女兒的丈夫——一個窮苦的農奴！他的主人隨時可以叫他騎上木馬⑦。他現在已經躺在地下了吧？至於妳，意德，也是一樣嗎？唉！倒楣的我，還沒有一個終結！仁慈的上帝，請讓我死去吧！』

「這是安娜‧杜洛苔在那個寒磣的泥草棚——因鸛鳥而被保留下的泥草棚——裡所做的祈禱。」

「三姊妹中最能幹的一位我親自帶走了，」風兒說。「她穿

著一套合乎她性格的衣服！她化裝成一個窮苦的年輕人，到一艘海船上去工做。她不多講話，面孔很沉著，她願意做自己的工作。但是爬桅桿她可不會；因此，在別人還沒有發現她是一個女人以前，我就把她吹下船去。我想，這不是一樁壞事！」風兒說。

「像瓦爾得馬爾·杜幻想自己發現黃金的那個復活節早晨，我在那堵要倒塌的牆邊，在鸛鳥的巢底下，聽到唱聖詩的聲音──這是安娜·杜洛苔最後的歌。

邊牆上沒有窗子，只有一個洞口。太陽像一堆金子似地升起來，照著這屋子。陽光才可愛哩！她的眼睛在碎裂，她的心在碎裂！──即使太陽這天早晨沒有照著她，這事情也會發生。

「鸛鳥權充屋頂蓋著她，一直到她死去！我在她的墳旁唱聖詩。她的墳在什麼地方，誰也不知道。

「新的時代，不同的時代！私有的土地上修建了公路，墳墓變成了大路。不久，蒸氣就會帶著長列火車到來，在那些像人名一樣被遺忘的墳上馳過去──呼──噓！去吧！去吧！

「這是瓦爾得馬爾·杜和他的女兒們的故事。假如你們可以，請把它講得更好一點吧！」風兒說完就掉轉身。不見了。

〔1859 年〕

這篇作品，最早發表於 1859 年 3 月 24 日在哥本哈根出版的《新的童話和故事集》第三卷。安徒生在手記中寫道：「關於斯克爾斯戈附近的波列埠莊園的一些民間傳說和野史記載中，有一個『瓦爾得馬爾和他的女兒們』的故事。我寫這個故事的時候，在風格方面花了很大的氣力。我想使行文產生一種像風一樣明快、光亮的效果，因此就讓這個故事由風講出來。」這是安徒生在童話創作風格上的一種新嘗試，即不斷創新。

故事的內容很明顯，描述一個貴族及其家族的沒落。這是一首具有象徵意義的輓歌——因而安徒生讓風把它唱出來。「新的時代，不同的時代！私有的土地上修建了公路，墳墓變成了大路。不久，蒸氣就會帶著長列火車到來，在那像人名一樣被遺忘的墳上馳過去——呼——噓！去吧！去吧！」就是這不停的「去吧！去吧！」，又把蒸氣扔在後面，而讓噴氣把人類送到更高的天空。舊的「去」，新的「來」，但安徒生關於人類歷史和文明不斷進展的思想卻是不變的，放諸四海而皆準。

【註釋】

①這是指丹麥瑟蘭島(Sjaelland)和富恩島(Fyn)中間的一條海峽，有四十英里長，十英里寬。

②馬爾斯克・斯蒂格(Marsk Stig)謀殺了丹麥國王愛力克五世(Eirk V，1249？～1286)。據丹麥民間傳說，他採取這種行動是因為國王誘姦了他的妻子。

③這是歐洲人室內的一種裝飾品，好像地毯，但不是鋪在地上，而是掛在牆上。

④這是歐洲十六世紀流行的一種領子。一般都是白色，有很整齊的皺褶，緊緊地圍在脖子上。

⑤鼠李是一種落葉灌木或小喬木，開黃綠色小花，結紫黑色核果。

⑥據丹麥的民間傳說，鸛鳥是從埃及飛來的。

⑦這是歐洲封建時代的一種刑具，形狀像木馬，上面裝有尖物。犯了罪的人就被放
　在上面坐著。

守塔人奧列

「在這個世界裡，事情不是上升，就是下降，不是下降，就是上升！我現在不能再進一步向上爬了。上升和下降，下降和上升，大多數的人都有這一套經驗。歸根結底，我們最後都要成爲守塔人，從高處來觀察生活和一切事情。」

這是我的朋友老守塔人奧列的一番議論。他是一位喜歡瞎聊的有趣人物，他好像什麼話都講，但在他的內心深處，卻嚴肅地藏著許多東西。是的，他的家庭出身很好，據說還是樞密

顧問官的少爺呢──他也許是的。他曾經念過書，當過塾師的
助理和牧師的副祕書；但是這又有什麼用呢？他跟牧師住在一
起的時候，可以隨便使用屋子裡的任何東西。他那時正像俗話
所說的，是一個翩翩少年。他要用真正的皮鞋油來擦靴子，但
是牧師只准他用普通油。他們為了這件事鬧過意見。這個說那
個吝嗇，那個說這個虛榮。鞋油成了他們敵對的根源，導致他
們分手了。

　　但是，他對牧師所要求的東西，同樣也對世界要求：他要
求真正的皮鞋油，而他所得到的卻是普通的油脂。這麼一來，
他就只好離開所有的人而成為一個隱士了。不過在一個大城市
裡，唯一能夠隱居而又不至於餓肚子的地方是教堂塔樓。因此
他就鑽進那兒，在裡面一邊孤獨地散步，一面抽著煙斗。他一
忽兒向下看，一忽兒向上看，產生些感想，講一套自己能看見
和看不見的事情，以及在書上和心裡想到的事情。

　　我常常借一些好書給他讀：你是怎樣一個人，可以從你所
交往的朋友看出來。他說，他不喜歡英國那種給保姆這類人讀
的小說，也不喜歡法國小說，因為這類東西是陰風和玫瑰花梗
的混合物。不，他喜歡傳記和關於大自然奇觀的書籍。我每年
至少要拜訪他一次──通常是新年過後的幾天內。他總是把他
在這新舊交替時所產生的一些感想東扯西拉地談一陣子。

　　我想把我兩次拜訪他的情形談一談，並盡量引用他自己說
的話。

第一次拜訪

在我最近借給奧列的書中，有一本是關於圓石子的書。這本書特別引起他的興趣，他埋頭讀了一陣子。

「這些圓石子，是古代的一些遺跡！」他說。「人們在它們旁邊經過，但一點也不注意它們！我在田野和海灘上走過時就是這樣，它們在那兒的數目不少。人們走過街上的鋪石——這是遠古時代最老的遺跡！我自己就做過這樣的事情。現在我對每一塊鋪石表示極大的敬意！我感謝你借給我這本書！它吸引住我的注意力，把我的一些舊思想和習慣都趕走了，使我迫切地希望讀到更多這類的書。

「關於地球的傳奇，是最使人神往的一種神奇！可怕得很，我們讀不到它的頭一卷，因為它是用一種我們所不懂的語言寫的。我們得從各個地層上，從圓石子上，從地球所有的時期裡去了解它。只有到了第六卷的時候，活生生的人——亞當先生和夏娃女士——才出現。對於許多讀者說來，他們出現得未免太遲了一點，因為讀者希望立刻就讀到關於他們的事情。不過對我來說，這完全沒有什麼關係。這的確是一部傳奇，一部非常有趣的傳奇，我們大家都在這裡面。我們東爬西摸，但是我仍然停在原來的地方；而地球卻是在不停地轉動，並沒有把大洋的水弄翻，淋在我們的頭上；我們踩著的地殼也沒有裂開，讓我們墜到地中心去。這個故事不停地進展，一口氣存在了幾百萬年。

「我感謝你這本關於圓石的書。它們真夠朋友！要是它們

會講話，它們能講給你聽的東西才多呢。如果一個人能夠偶爾成爲一個微不足道的東西，那也是蠻有趣味的事兒，特別是像我這樣一個處於很高地位的人。想想看吧！我們這些人，即使擁有最好的皮鞋油，也不過是地球這個蟻山上壽命短促的蟲蟻，雖然我們可能是戴有勛章、擁有職位的蟲蟻！在這些有幾百萬歲的老圓石面前，人眞是年輕得可笑。我在除夕讀過一本書，讀得非常入迷，甚至忘記平時在這一夜所做的消遣──看那『到牙買加去的瘋狂旅行』！嗨！你絕不會知道這是怎麼一回事兒！

「巫婆騎著掃帚旅行的故事是衆人皆知的──那是在『聖漢斯之夜』①，目的地是卜洛克斯堡。但是，我們也有過瘋狂的旅行。這是此時此地的事情：新年夜到牙買加去的旅行。所有那些無足輕重的男詩人、女詩人、拉琴的、寫新聞的和藝術界的名流──即毫無價值的一批人──在除夕夜乘風到牙買加去。他們都騎在畫筆上或羽毛筆上，因爲鋼筆不配馱他們，他們太生硬了。我已經說過，我在每個除夕夜都要看他們一下。我能夠喊出他們許多人的名字來，不過跟他們糾纏在一起是不值得的，因爲他們不願讓人家知道他們騎著羽毛筆向牙買加飛過去。

「我有一個侄女，她是一個漁婦。她說她專門向三個有地位的報館提供罵人的字眼。她甚至還以客人的身分親自到報館去過。她是被抬去的，因爲她旣沒有一枝羽毛筆，也不會騎。這都是她親口告訴我的。她所講的大概有一半是謊話，但是這一半卻已經很夠了。

「當她到達那兒以後，大家就開始唱歌。每個客人寫下自
己的歌，每個客人唱自己的歌，因為各人總是以為自己的歌最
好。事實上它們都是半斤八兩，同一個調調兒。接著走過來的
就是一批結成小組的話匣子。各種不同的鐘聲輪流地響起，又
來了一群小小的鼓手；他們只是在家庭的小圈子裡打鼓。另外
有些人利用這時機彼此交朋友：這些人寫文章都是不署名的，
也就是說，他們用普通油脂來代替皮鞋油。此外，還有劊子手
和他的小廝；這個小廝最狡猾，否則誰也不會注意到他的。那
位老好人清道夫這時也來了；他把垃圾箱弄翻了，嘴裡還連連
說：『好，非常好，特別好！』正當大家在這樣狂歡的時候，
那一大堆垃圾上忽然冒出一根梗子，一棵樹，一朵龐大的花，
一個巨大的菌子，一個完整的屋頂——它是這群貴賓們的滑棒
②，把他們在過去一年中對世界所做的事情全部挑起來。一種像
禮花似的火星從它上面射出來：這都是他們發表過的、從別人
那裡抄襲來的一些思想和意見；它們現在都變成了火花。

「然後大家玩起一種『燒香』的遊戲；一些年輕詩人則玩
起『焚心』的遊戲。有些幽默大師講著雙關的俏皮話——這算
是最小的遊戲。他們的俏皮話引起一片回響，好像是空罐子在
撞著門、或者是門在撞著裝滿了炭灰的罐子似的。『這真是有趣
極了！』我的侄女說。事實上，她還說了很多帶有惡意的話，
不過很有趣！但是我不想把這些話傳出去，因為一個人應該善
良，不能老是挑錯。你可以懂得，像我這樣一個知道那兒的歡
樂情況的人，自然喜歡在每個新年夜裡看看這瘋狂的一群飛
過。假如某一年有些什麼人沒有來，我一定會找到代替的新人

物。不過今年我沒有去看那些客人。我在圓石上面滑走了，滑
到幾百萬年以前的時間裡去。我看到這些石子在北國自由活
動，他們在諾亞沒有製造出方舟以前，早就在冰塊上自由漂流
起來。我看到它們墜到海底，然後又在沙洲上冒出來。沙洲露
出水面，說：『這是瑟蘭島！』我看到它先變成許多我不認識
的鳥兒的住處，然後又變成一些野人酋長的宿地。這些野人我
也不認識，後來他們用斧頭刻出幾個龍尼文③的人名來——這
成了歷史。但是我卻跟這完全沒有關係，我簡直等於一個零。

「有三、四顆美麗的流星落下來了。它們射出一道光，把
我的思想引到另外一條路線上去。你大概知道流星是一種什麼
樣的東西吧？有些有學問的人卻不知道！我對它們有我的看
法：人們對做過善良事情的人，總是在心裡私自說著感謝和祝
福的話；這種感謝常常沒有聲音，但是並不因此就毫無意義。
我想太陽光會把它吸收進去，然後不聲不響地投射到那個做善
事的人身上。如果整個民族在時間的進程中表現出這種感謝，
那麼，這種感謝就形成一個花束，變做一顆流星落在這善人的
墳上。

「當我看到流星的時候，特別是在新年的晚上，我感到非
常愉快，知道誰會得到這個感謝的花束。最近有一顆明亮的星
落到西南方去，做為對許許多多人表示感謝的一種跡象。它會
落到誰身上呢？我想，它無疑地會落到佛倫斯堡灣的一個石崖
上。丹麥的國旗就在這兒，在施勒比格利爾、拉索④和他們的
伙伴們墳上飄揚。另外有一顆落到陸地上：落到『蘇洛』——它
是落到荷爾堡墳上的一朵花，表示許多人在這一年對他的感

謝，——感謝他所寫的一些優美劇本。

「最大和最愉快的思想莫過於知道我們墳上有一顆流星落下來。當然，絕不會有流星落到我的墳上，也不會有太陽光帶給我謝意，因爲我沒有什麼東西值得人感謝；我沒有得到那眞正的皮鞋油，」奧列說，「我命中注定只能在這個世上得到普通的油脂。」

第二次拜訪

這是新年，我又爬到塔上去。聽奧列談起那些爲舊年逝去和新年到來而乾杯的事情。所以從他那兒得到一個關於杯子的故事。這故事含有深意。

「在除夕夜裡，當鐘敲了十二下的時候，大家都拿著滿杯的酒從桌子旁站起來，爲新年乾杯。他們手中端著酒杯來迎接這一年；這對於喜歡喝酒的人說來，是一個良好的開端！他們以上床睡覺做爲這一年的開始；對於嗜睡蟲說來，也是一個良好的開端！在一整年中，睡覺當然占了很重要的位置；酒杯也不例外。

「你知道酒杯裡有什麼嗎？」他問。「是的，裡面有健康、愉快和狂歡！裡面有悲愁和苦痛的不幸！當我來數數這些杯子的時候，我當然也數數不同的人在這些杯子裡所占的重量。」

「你要知道，第一個杯子是健康的杯子！它裡面長著健康的草。你把它放在大樑上，到一年的末尾你就可以坐在健康的樹蔭下了。

「拿起第二個杯子吧！是的，有一隻小鳥從裡面飛出來。

它唱出天眞快樂的歌,叫大家跟它一起合唱:生命是美麗的!
我們不要老垂著頭!勇敢地向前進吧!

　　「第三個杯子裡湧現出一個長著翅膀的小生物。他不能算
是一個天使,因爲他有小鬼的血統,也有小鬼的性格。他並不
傷害人,只是喜歡開開玩笑。他坐在我們的耳朵後面,對我們
低聲講一些滑稽的事情。他鑽進我們的心裡,使我們的心溫暖
了起來,使得我們心情愉快,使我們的頭腦也好起來。

　　「第四個杯子裡旣沒有草,也沒有鳥,更沒有小生物;那
裡面只有理智的限度——一個人永遠不能超過這個限度。

　　「當你拿起那第五個杯子的時候,就會哭一場。你會有一
種愉快的感情衝動,否則這種衝動就會用別種方式表現出來。
風流和放蕩的『狂歡王子』會砰的一聲從杯子裡冒出來!他會
把你拖走,你會忘記自己的尊嚴——假如你有任何的話。你會
忘記的事情比你應該和敢於忘記的事情要多得多。處處是跳
舞、歌聲和喧鬧。假面具把你拖走。穿著絲綢的魔鬼的女兒們,
披著頭髮,露出美麗的肢體,姍姍地走來。避開她們吧,假如
你可能的話!

　　「第六個杯子!是的,撒旦本人就坐在裡面。他是一個衣
冠楚楚、會講話、迷人的和非常愉快的人物。他完全能理解你,
同意一切你所說的話,他完全是你的化身!他提著一個燈籠走
來,以便把你領到他的家裡去。從前有過關於一個聖者的故事:
有人叫他從七大罪過中選擇一種罪過;他選擇了他認爲最小的
一種;醉酒。這種罪過引導他犯其他的六種罪過。人和魔鬼的
血恰恰在第六個杯子裡混在一起;這時一切罪惡的細菌就在我

們的身體裡蔓延。每一個細菌都像《聖經》裡的芥末子一樣，欣欣向榮地生長，長成一棵樹，蓋滿了整個世界。大部分的人只有一個辦法：重新走進熔爐，被再造一次。」

「這就是杯子的故事！」守塔人奧列說。「它可以用皮鞋油，也可用普通的油講出來。兩種油我全都用了。」

這就是我對奧列的第二次拜訪。如果你想再聽到更多故事，那麼你的拜訪還得——繼續。〔1859 年〕

這篇小品，發表在 1859 年哥本哈根出版的《新的童話和故事集》第一卷第二部，它的寫法具有寓言的味道，但內容則是辛辣的諷刺——安徒生的又一種「創新」。所諷刺的是當時丹麥文藝界的某些現象：「哥兒們」互相吹捧，黨同伐異。但「明亮的星」只會落到實在做事、對國家有貢獻的人墳上，如為國捐軀的拉索，和為丹麥戲劇奠基的偉大劇作家荷爾堡的墳上。那些搞歪門邪道、沽名釣譽的人，「只有一個辦法：重新走進熔爐，被再造一次。」

【註釋】

①即六月二十三日晚上。在歐洲中世紀，基督教徒在這天晚上唱歌跳舞以紀念聖徒漢斯(St.Hans)的生日。漢斯可能是 Johnnes（約翰）。

②原文是 Slaraffenstang。這是一種擦了油的棒子，非常光滑，不容易爬或踩在上面，
　是運動時試驗爬或踩能力的一種器具。

③龍尼文是北歐最古的文字，現在已不存在。

④施勒比格列爾和拉索是安徒生一個朋友的兒子；在一次抵抗德國軍隊的進攻中戰
　死。

蝴蝶

一

隻蝴蝶想要找一個戀人。自然，他想要在群花中找到一位可愛的小戀人。因此他就把她們都看了一遍。每朵花都是安靜地、端莊地坐在梗子上，正如姑娘家在沒有訂婚時那樣坐著。可是她們的數目非常多，選擇很不容易。蝴蝶不願意招來麻煩，所以就飛到雛菊那兒去。法國人把這種小花叫做「瑪格麗特」①。他們知道，她能做出預言。情人們把她的花瓣一片片摘下來，每摘一片，就問一件關於他們戀人的事情：「熱情嗎？

──痛苦嗎？──非常愛我嗎？──只愛一點嗎？──完全不
愛嗎？」以及諸如此類的問題。每個人可以用自己的語言問。
蝴蝶也來問了；但是他不摘下花瓣，卻吻起每片花瓣來。因爲
他認爲，只有善意才能得到最好的回答。

　　「親愛的『瑪格麗特』雛菊！」他說，「妳是花朵中最聰明
的女人。你會做出預言！我請求妳告訴我，我應該娶這一位呢，
還是娶那一位？我到底會得到哪一位呢？如果我知道的話，就
可以直接向她飛去，向她求婚。」

　　可是「瑪格麗特」不回答他。她很生氣，因爲她只不過是
一個少女，而他卻稱她爲「女人」；這畢竟有分別呀。他又問了
第二次、第三次。當他得不到半個字的回答後，就不再願意問
了。他飛走了，並且立刻開始他的求婚行動。

　　這時正是初春，番紅花和雪形花正在盛開。

　　「她們非常好看，」蝴蝶說，「簡直是一群情竇初開的可愛
的小姑娘，但是太不懂世事。」他像所有的年輕小伙子一樣，
要尋找年紀較大一點的女子。

　　於是他飛到秋牡丹那兒去。以他的個性來說，這些姑娘未
免苦味太濃了一點。紫羅蘭有點太熱情；鬱金香太華麗；黃水
仙太通俗化；菩提樹花太小，而且她們的親戚也太多。蘋果花
看起來倒很像玫瑰；但是，她們今天開了，明天就謝了──只
要風一吹就落下來了。他覺得跟她們結婚是不會長久的。豌豆
花最逗人愛：她們有紅有白，旣嫻雅，又柔嫩。她們是家庭觀
念很強的婦女，外表旣漂亮，在廚房裡也很能幹。當他正打算
向她求婚的時候，看到附近有一個豆莢──豆莢的尖端掛著一

朵枯萎的花。

「這是誰？」他問。

「這是我的姊姊，」豌豆花說。

「乖乖！那麼你將來也會像她一樣了！」他說。

這使蝴蝶大吃一驚，於是他就飛走了。

金銀花懸在籬笆上。像她這樣的女子，數目還不少；她們都板起臉孔，皮膚發黃。不行，他不喜歡這種類型的女子。

不過，他究竟喜歡誰呢？你問他吧！

春天過去了，夏天也快要結束。現在是秋天了，他仍然猶豫不決。

現在花兒都穿上了她們最華麗的衣服，但是有什麼用呢——她們已經失去那種新鮮的、噴香的青春味兒。人上了年紀，心中喜歡的就是香味呀。特別是在天竺牡丹和乾菊花中間那兒去，香味這東西可說是沒有的。因此蝴蝶就飛向地上長著的薄荷那兒去。

「她可以說沒有花，但是全身又都是花，從頭到腳都有香氣，連每一片葉子上都有花香。我要娶她！」

於是他就向她求婚。

薄荷端端正正地站著，一聲不響，最後她說：

「交朋友是可以的，但是別的事情都談不上。我老了，你也老了，我們可以彼此照顧，但是結婚——那可不行！像我們這樣大的年紀，不要開自己的玩笑吧！」

這麼一來，蝴蝶就沒有找到太太的機會了。他挑選太久了，沒有把握良機，結果蝴蝶就成了大家所謂的老單身漢。

晚秋季節，天氣多雨而陰沉。風兒把寒氣吹在老柳樹的背
上，使得它們發出颼颼的聲響來。如果這時還穿著夏天的衣服
在外面尋花問柳，那是不好的，因為這樣，正如大家說的一樣，
會受到批評的。的確，蝴蝶也沒有在外面亂飛。他趁著一個偶
然的機會溜到一個房間裡。這兒火爐裡面生著火，像夏天一樣
溫暖。他蠻可以生活得很好的，不過，「只是活下去還不夠！」
他說，「一個人應該有自由、陽光和一朵小小的花兒！」

他撞著玻璃窗飛舞，被人觀看和欣賞，然後就被穿在一根
針上，藏在一個小古董匣子裡面。這是人們最欣賞他的一種表
示。

「現在我像花兒一樣，停在一根梗子上了，」蝴蝶說。「這
的確是不太愉快的。這幾乎跟結婚沒有兩樣，我現在算是牢牢
地固定下來了。」

他用這種想法來安慰自己。

「這是一種可憐的安慰，」房子裡栽在盆裡的花兒說。

「可是，」蝴蝶想，「一個人不應該相信這些盆裡的花兒的
話，她們跟人類的來往太密切了。」〔1861 年〕

這篇小品，發表於 1861 年在哥本哈根出版的《丹麥大眾曆
書》上。它充滿風趣，值得玩味，特別是對那些即將進入「單
身漢」境地的人。最後一句話也頗有意思：「一個人不應該相

信這些盆裡的花兒的話，她們跟人類的來往太密切了。」

【註釋】

①原文是「Margrethe」，意即「雛菊」，歐美有許多女子用這個字爲名。

貝脫、比脫和比爾

現在的小孩子所知道的事情眞多，簡直令人難以相信！你很難說他們有什麼事情不知道。說是鸛鳥把他們從井裡或磨坊水閘裡撈起來，然後送給爸爸和媽媽——他們認爲這是一個老故事，半點也不會相信。但是，這卻是唯一的眞事情。

不過小孩子又怎樣來到磨坊水閘和井裡呢？的確，誰也不知道，但同時卻又有些人知道。你在滿天星斗的夜裡，仔細看過天空和流星嗎？你可以看到好像有星星正落下來，不見了！

連最有學問的人也沒有辦法把自己不知道的事情解釋清楚。不過假如你知道的話，你是可以做出解釋的。那像一根聖誕節蠟燭；從天上落下來，便熄滅了。它來自上帝身邊一顆「靈魂的大星」。它向地下飛；當接觸到我們的沉濁的空氣的時候，就失去了光彩。它變成一個我們的肉眼無法看見的東西，因為它比空氣還要輕得多：是天上送下來的一個孩子——一個天使，但是沒有翅膀，因為這個小東西將要成為一個人。它輕輕地在空中飛。風把它送進一朵花裡去，可能是一朵蘭花，一朵蒲公英，一朵玫瑰花，或是一朵櫻花，它躺在花裡面，恢復它的精神。

它的身體非常輕盈，一隻蒼蠅就能把它帶走；無論如何，蜜蜂是能把它帶走的，而蜜蜂經常飛來飛去，在花裡尋找蜜。如果這個空氣的孩子在路上搗蛋，它們絕不會把它送回去，因為它們不忍心這樣做。它們把它帶到太陽光中去，放在睡蓮的花瓣上。它就從這兒爬進水裡；它在水裡睡覺和生長，直到鸛鳥看到它、把它送到一個盼望可愛的孩子的人家裡去為止。不過，這個小傢伙是不是可愛，那完全要看它是喝了清潔的泉水，還是錯吃了泥巴和青浮草——後者會使人變得很不乾淨。

鸛鳥只要第一眼看到一個孩子，就會把他銜起來，並不加以選擇。這個來到一個好家庭裡，碰上最理想的父母；那個則來到極端窮困的人家裡——還不如待在磨坊水閘裡好呢！

這些小傢伙一點也記不起來了，他們在睡蓮花瓣下做過什麼夢。在睡蓮花底下，青蛙常常對他們唱歌：「格！格！呱！呱！」在人類的語言中就等於是說：「請你們現在試試，看你們能不能睡著，做個夢！」他們現在一點也記不起來，自己最

初是躺在哪朵花裡，花兒發出怎樣的香氣。但是他們長大成人以後，身上卻有某種氣質，使他們說：「我最愛這朵花！」這朵花就是他們做為空氣的孩子時睡過的花。

　　鸛鳥是一種很老的鳥兒，非常關心自己送來的小傢伙生活得怎樣，行為好不好。他不能幫助他們，或者改變他們的環境，因為他有自己的家累。但是他卻沒有忘記他們。

　　我認識一隻非常善良的老鸛鳥。他有豐富的經驗，送過許多小傢伙到人們的家裡。他知道他們的歷史——其中多少總會牽涉到一點磨坊水閘裡的泥巴和青浮草的。我要求他把他們隨便哪一個的簡歷告訴我一下。他說他不止可以講一個小傢伙的歷史給我聽，而且可以講三個，他們都是出生在貝脫生家裡的。

　　貝脫生有一個非常可愛的家庭。他是鎮上三十二個參議員中的一員，這是一種光榮的職務。他成天跟這三十一個人一起工作、一起消遣。鸛鳥送了小小的貝脫到他家裡去——貝脫是一個孩子的名字。第二年，鸛鳥又送來一個小孩子，他們叫他比脫。接著第三個孩子來了，他叫比爾。貝脫、比脫和比爾，都是「貝脫生」這個姓的組成部分。

　　就這樣，他們成了三兄弟。他們是三顆流星，在三朵不同的花裡睡過，在磨坊水閘的睡蓮花瓣下面住過。鸛鳥把他們送到貝脫生家裡來。這家的屋子座落在一個街角上，大家都知道。

　　他們在身體和思想方面都長成了大人。他們希望成為比那三十二個參議員還要偉大一點的人物。

　　貝脫說，他要做一個強盜。他曾經看過《魔鬼兄弟》①這齣戲，所以他肯定地認為做一個大盜是世界上最愉快的事情。

比脫想當一個收破爛的人。至於比爾，他是一個溫柔和藹的孩子，又圓又胖，喜歡咬指甲——這是他唯一的缺點。他想當「爸爸」。如果你問他們想在世界上做些什麼事情，他們每個人就這樣回答你。

他們上學後，一個當班長，一個考倒數第一，第三個不好也不壞。雖然這樣，他們可能同樣好，同樣聰明，而事實上也是這樣——這是他們非常有遠見的父母所說的話。

他們參加孩子的舞會。當沒有人在場的時候，他們就抽雪茄煙。他們得到學問，交了許多朋友。

正如一個強盜一樣，貝脫很小的時候就很固執，他是一個非常頑皮的孩子，但是媽媽說，這是他身體裡有蟲的緣故。頑皮的孩子總是有蟲——肚皮裡的泥巴。他生硬和固執的脾氣有一天在媽媽的新綢衣上發作了。

「我的羔羊，不要推咖啡桌！」她說。「你會把奶油壺推翻，在我的新綢衣上留下一大塊油漬來的！」

這位「羔羊」一把抓住奶油壺，把一壺奶油倒在媽媽的衣服上。媽媽只好說：「羔羊！羔羊！你太不體貼人了！」但是她不得不承認，這孩子有堅強的意志。堅強的意志表示性格，在媽媽的眼中，這是一種非常有出息的現象。

他很可能成為一個強盜，但是他卻沒有真正成為強盜，他只是樣子像一個強盜罷了：他戴著一頂無邊帽，挺一個光溜溜的脖子，留著一頭又長又亂的頭髮。他要成為一個藝術家，不過只是在服裝上是這樣，實際上他很像一株蜀葵。他所畫的一些人也像蜀葵，因為他把他們都畫得又長又瘦。他很喜歡這種

花，因爲鸛鳥說，他曾經在一朵蜀葵裡住過。

比脫曾經在金鳳花裡睡過，因此他的嘴角露出一種奶油的表情②；他的皮膚是黃的，人們很容易相信，只要在他的臉上劃一刀，就有奶油冒出來。他很像一個天生賣奶油的人，本人就是一個奶油招牌。但是，他內心卻是一個「卡嗒卡嗒人」③，他代表貝脫生一家在音樂方面的遺傳。「不過，就他們一家來說，音樂的成分已經夠多了！」鄰居們說。他在一個星期中編了十七支新的波爾卡舞曲，而他配上喇叭和卡嗒卡嗒，把它們組成一部歌劇。唔，那才可愛哩！

比爾的臉上有紅有白，身材矮小，相貌平常。他在一朵雛菊裡睡過。當別的孩子打他的時候，他從來不還手。他說他是一個最講道理的人，而最講道理的人總是讓步的。他是一個收藏家，他先收集石筆，然後收集印章，最後他得到一個收藏博物的小匣子，裡面裝著一條棘魚的全部骸骨、三隻用酒精浸著的小老鼠和一隻鼴鼠標本。比爾對於科學很感興趣，很能欣賞大自然。這對他的父母和自己來說，都是很好的事情。

他情願到山林裡去，而不願進學校；他愛好大自然而不喜歡紀律。他的兄弟都已經訂婚了，而他卻只想著怎樣完成收集水鳥蛋的工作。他對於動物的知識比對於人的知識要豐富得多。他認爲，在我們最重視的一個問題——愛情問題上，我們趕不上動物。他看到當母夜鶯在孵卵時，公夜鶯就整夜守在旁邊，爲親愛的妻子唱歌：嘀嘀！吱吱！咯咯——麗！像這類事兒，比爾就做不出來，連想都不會想到。當鸛鳥媽媽跟孩子們睡在巢裡的時候，鸛鳥爸爸就整夜用一隻腿站在屋頂上。要這

樣做，比爾連一個鐘頭都站不了。

有一天，當他在研究蜘蛛網內的東西時，忽然完全放棄了結婚的念頭。他看到蜘蛛先生忙著織網，爲的是要網住粗心的蒼蠅——年輕的、年老的、胖的和瘦的蒼蠅。他活著是爲了織網養家，但是，蜘蛛太太卻只是爲丈夫而活著。她爲了愛他而一口把他吃掉：她吃掉他的心、他的頭和肚皮。只有他的一雙又瘦又長的腿還留在網裡，做爲他曾經爲全家衣食奔波的紀念。這是比爾從博物學中得來的絕對眞理。他親眼看見這事情，研究過這個問題。「這樣被自己的太太愛著，在熱烈的愛情中被太太一口吃掉。人類之中，沒有誰能夠愛到這種地步，不過，這樣愛值不值得呢？」

比爾決定終身不結婚！連接吻都不願意，也不希望被別人吻，因爲接吻可能是結婚的第一步呀。但是他卻得到了一個吻——我們大家都會得到的一個吻：死神的結實的一吻。等我們活了足夠長的時間以後，死神就會接到一個命令：「把他吻死吧！」於是人就死了。上帝射出一絲強烈的太陽光，把人的眼睛照得看不見東西。人的靈魂到來的時候像一顆流星，飛走的時候也像一顆流星，但是它不再躺在一朵花裡，或睡在睡蓮花瓣下做夢。它有更重要的事情要做。它飛到永恆的國度裡去；不過這個國度是什麼樣子的，誰也說不出來。誰也沒有到它裡面去看過，連鸛鳥都沒有去過，雖然他能看得很遠，也知道很多東西。但他對於比爾所知道的並不多，雖然他很了解貝脫和比脫。不過，關於他們兩人，我們已經聽得夠多了，我想你也是一樣。所以這一次我對鸛鳥說：「謝謝你。」

　　但是他對這個平凡的小故事要求三隻青蛙和一條小蛇的報酬，因爲他願意得到食物做爲報酬的。你願不願意給他呢？我是不願意的。因爲我既沒有青蛙，也沒有小蛇。〔1868 年〕

　　這篇作品，發表在哥本哈根 1868 年 1 月 12 日出版的《費加羅》（Figaro）雜誌。安徒生在他的手記中寫道：「〈貝脫、比脫和比爾〉像〈小小的綠東西〉一樣，源於一個舒適的住處，可以使人產生得意和自滿之感的這種情境。」但這裡寫的卻是平凡的人生。每個人從出生到成長，一生中所追求的東西都不一樣，但卻殊途同歸，「等我們活了足夠長的時間以後，死神就會接到一個命令：『把他吻死吧！』於是人就死了。」他的靈魂就「飛到永恆的國度裡去；不過這個國度是什麼樣子的，誰也說不出來。」安徒生也不能解答。

【註釋】

①原文是「Fra Diavolo」。這是法國歌劇作曲家奧柏（D.F.E.Auber，1782～1871）於 1830 年初次演出的一部歌劇。「魔鬼兄弟」是義大利一個「匪徒」（Michelle Pezza，1771～1806）的綽號。他因爲領導游擊隊從法國人手中收復義大利失地那不勒斯而被槍殺。

②金鳳花在丹麥文裡是「Smørblomst」，照字面譯是「奶油花」的意思，因爲這花很像奶油。「奶油的表情」（Smørret）是安徒生根據這種意思創造出來的一個詞。

③原文是「skraldemand」，即「清道夫」。安徒生在這兒玩了一個文字遊戲。skral-
demand 是由 skralde 和 mand 兩個字合成的。Skralde 一字單獨的意思是一種發
出單調的「卡嗒卡嗒」聲的樂器。

爛布片

在造紙廠外面，有許多爛布片成堆成垛地擺著。這些爛布片是從東西南北各個不同的地方來的。每個布片都有一個故事可講，而它們也願意講。但是，我們不可能把每個故事都聽了。這些布片有是本國出產的，有些是從外國來的。

在一塊挪威爛布的旁邊，躺著一塊丹麥爛布。前者是不折不扣的挪威貨，後者是百分之百的丹麥產。每個道地的丹麥人或挪威人都會說：「這正是兩塊爛布有趣的地方。」它們都懂

爛　布　片

得對方的話語，沒有什麼困難，雖然它們語言的差別——按挪威人的說法——比得上法文和希伯來文的差別。「爲了我們語言的純潔，我們才跑到山上去呀。」丹麥人只會講些乳臭未乾的孩子話①！

兩塊爛布就這樣高談闊論——而爛布終歸是爛布，在世界上那一個國家都是一樣。除了在爛布堆裡以外，它們通常被認爲是沒有什麼價值的。

「我是挪威人！」挪威的爛布說。「當我說是挪威人的時候，我想就不需再解釋什麼了。我的質地堅實，像挪威古代的花崗岩一樣，而挪威的憲法跟美國自由憲法一樣好！我一想起我是什麼人的時候，就感到全身舒服，就會以花崗岩的尺度來衡量我的思想！」

「但是我們有文學，」丹麥的爛布片說。「你懂得文學是什麼嗎？」

「懂得？」挪威的布片重複著。「住在窪地上的東西！②難道你這個爛東西需要人推上山去瞧瞧北極光嗎③？挪威的太陽把冰塊融化了以後，丹麥的水果船就滿載牛油和乾奶酪到我們這兒來——我承認這都是可吃的東西。不過，你們卻同時送來了一大堆丹麥文學做爲壓倉貨！這類東西我們不需要。當你有新鮮泉水的時候，你當然不需要陳年的啤酒。我們山上的天然泉水多的是，從來沒有人把它當做商品賣，也沒有什麼報紙、經紀人和外國來的旅行家，喋喋不休地把它向歐洲宣傳。這是我從心眼裡講的老實話，而丹麥人應該習慣於聽老實話。只要你將來有一天做我們北歐人的同胞，上到我們驕傲的山國

——世界的頂峰——的時候，你就會習慣的！」

「丹麥的爛布不會用這口氣講話——從來不會！」丹麥的爛布片說。「我們的性格不是這個樣子。我了解我自己和像我這樣的爛布片。我們是一種非常樸素的人。我們並不認爲自己了不起。我們並不以爲謙虛就可以得到什麼好處；我們只是喜歡謙虛：我想這是很可愛的。順便提一句，我可以老實告訴你，我完全可以知道我的一切優點，只不過我不願意講出來罷了——誰也不會因此而來責備我的。我是一個溫柔隨和的人。我耐心地忍受著一切。我不嫉妒任何人，我只講別人的好話——雖然大多數人是沒有什麼好話可說的，不過這是他們自己的事情。我可以笑笑他們。我知道我是那麼有天分。」

「請你不要用這種窪地的、虛僞的語言跟我講話——這使我聽了作嘔！」挪威布片說。這時剛好有一陣風吹來，把它吹到另一堆上去。

它們都被造成了紙。而且湊巧，用挪威布片製成的那張紙，被一位挪威人用來寫情書給他的丹麥女友；而那塊丹麥爛布成了一張稿紙，上面寫著一首讚美挪威美麗和力量的丹麥詩。

你看，甚至爛布片都可以變成好東西，只要離開了爛布堆，經過一番改造，就可以變成眞理和美。它們使我們彼此了解；在這種了解中，我們可以得到幸福。

故事到此爲止。這故事是很有趣的，而且除了爛布片本身以外，也不傷任何人的感情。〔1869 年〕

　　這篇作品，發表在 1869 年哥本哈根出版的《丹麥大眾曆書》上。安徒生寫道：「這篇故事是在發表前八年至十年間寫成的。那時，挪威文學沒有像現在這樣的有創造性、重要性和多樣性。邊生、易卜生，約納斯・李埃和麥達林・多列生都不爲人所知，而丹麥的詩人又常常被批判──甚至奧倫施勒格也不能倖免。這使我很惱火，我覺得有必要通過某種諷刺小品說幾句話。一個夏天，當我正在西爾克堡與賈克・德魯生度假的時候，我每天看見他的造紙廠堆砌起來的大批垃圾。所以，我就寫了一篇關於垃圾的故事。人們說它寫得滑稽，我則發現它只是滑稽而無詩味，因此就把它放在一邊。幾年後，這種諷刺似乎不大合適。於是，我又把它拿出來。我的挪威和丹麥的朋友敦促我把它發表，因此我在 1868 年就把它交給《丹麥大眾曆書》。」就這樣，諷刺便變成了歌誦：「它們都被造成了紙。而且湊巧，用挪威布片製成的那張紙，被一位挪威人用來寫情書給他的丹麥女友；而那塊丹麥爛布成了一張稿紙，上面寫著一首讚美挪威美麗和力量的丹麥詩。」

【註釋】

①事實上，丹麥和挪威用的是同一種語言，也屬於同一個種族。安徒生故意諷刺這兩個鄰邦的狹隘的民族主義。

②丹麥是一片平原，沒有山。

③北極圈內在夏天發出的一種奇異光彩，非常美麗，但只有在高處才能看得見。

織補針

從前有一根織補衣服的針。做爲一根織補針來說，她倒還算細巧，因此她就想像自己是一根繡花針。

「請你們注意現在拿著的東西！」她對那幾根拿她出來的手指說：「你們不要把我漏掉！我一落到地上去，你們絕不會找到我的，因爲我是那麼的細！」

「細就細啦！」手指說。他們把她攔腰緊緊捏住。

「你們看，我還帶著隨從呢！」她說。她後面拖著一根長

線，不過線上並沒有打結。

　　手指正用這根針縫著女廚子的一隻拖鞋，因為拖鞋的皮面裂開了，需要縫補。

　　「這是一份庸俗的工作，」織補針說。「我怎麼也不願鑽進去。我要折斷！我要折斷了！」——於是她真的折斷了。

　　「我不是說過嗎？」織補針說；「我是非常細的呀！」

　　手指想，她現在沒有什麼用了。不過他們仍然不願意放棄她，因為女廚子在針頭上滴了一點封蠟，把她別在一條手帕上。

　　「現在我成為一根領針①了！」織補針說。「我早就知道我會得到光榮的：一個不平凡的人總會得到不平凡的地位！」

　　於是她心裡笑了——當一根織補針在笑的時候，人們並沒有辦法看到她外部的表情。她別在那兒，顯得很驕傲，好像正坐在轎車裡，左顧右盼的。

　　「請准許我問一聲：您是金子做的嗎？」她問旁邊的一根別針。「你有一張非常好看的面孔，一個自己的頭腦——只是小了一點。你得使它再長大一點才行，因為封蠟並不會滴到每根針頭上的呀。」

　　織補針很驕傲地挺起身子，結果卻從手帕上落了下來了，一直落到廚子正在沖洗的污水溝裡去了。

　　「現在我要去旅行了，」織補針說。「我只希望我不要迷了路！」

　　不過她卻迷了路。

　　「對這個世界來說，我是太細了，」她來到排水溝的時候說。「不過我知道我的身分，而這也算是一點小小的安慰！」所

以織補針繼續保持著驕傲的態度，同時也不失掉她得意的心情。許多不同的東西從她身上浮過去了：茱屑啦，草葉啦舊報紙碎片啦。

「請看它們游得多麼快！」織補針說。「它們不知道它們下面還有一件什麼東西！我就在這兒，我堅定地坐在這兒！看吧！一根棍子浮過來了，它以為世界上除了棍子以外再也沒有什麼別的東西。它就是這樣的一個傢伙！一根草浮過來了。你看它扭著腰肢和轉動的那副模樣！不要以為自己了不起吧，你很容易撞到一塊石頭上去呀！一張破報紙游過來了！它上面印著的東西早已被人家忘記了，但是它仍然鋪張開來，神氣十足。我有耐心地、靜靜地坐在這兒。我知道我是誰，我要永遠保持我的本來面目！」

有一天，她旁邊躺著一件什麼東西。這東西射出美麗的光彩，織補針認為它是一顆金剛鑽。不過事實上，它是一個瓶子的碎片。因為它發出亮光，所以織補針就跟它講話，把自己介紹成一根領針。

「我想你是一顆鑽石吧？」她說。

「嗯，對啦，是這類東西。」

於是雙方都相信自己是價值很高的物件。他們開始談論，說世上的人通常都是覺得自己非常了不起。

「我曾經在一位小姐的匣子裡住過，」織補針說，「這位小姐是一個廚子，她每隻手上有五根指頭。我從來沒有看過像這五根指頭那樣驕傲的東西，不過他們的作用只是拿著我，把我從匣子裡拿出來和放進去罷了。」

「他們也能放射出光彩來嗎？」瓶子的碎片問。

「光彩！」織補針說，「什麼也沒有，不過自以爲了不起罷了。他們是五個兄弟，都屬於手指這個家族。他們互相標榜，雖然長短不齊：最前面的一個是『笨摸』②，又短又肥。他走在最前列，他的背上只有一個節，因此他只能一次鞠一個躬；不過他說，假如他從一個人身上砍掉的話，這人就不夠資格服兵役了。第二個指頭叫做『餂罐』，他伸到酸東西和甜東西裡面去，他指著太陽和月亮；當大家在寫字的時候，他握著筆。第三個指頭是『長人』，他伸在別人的頭上看東西。第四個指頭是『金火』，他腰間圍著一條金帶子。最小的那個是『比爾——玩朋友』，他什麼事也不做，而自己還因此感到驕傲呢。他們什麼也不做，只是吹牛，因此我才到排水溝裡來了！」

「這要算是升級！」瓶子的碎片說。

這時，有更多的水沖進排水溝裡來了，水淹得遍地都是，結果把瓶子的碎片沖走了。

「看，他倒是升級了！」織補針說。「但是我還坐在這兒，我是那麼細。不過我也因此感到驕傲，而且也很光榮！」於是她驕傲地坐在那兒，引發了許多感想。

「我差不多要相信，我是從日光裡出生的，因爲我是那麼細呀！我覺得日光老是到水底下來尋找我。啊！我是這麼細，連我的母親都找不到我了。如果我的老針眼沒有斷了的話，我想我是會哭出來的——但是我不能這樣做；哭不是一樁文雅的事情！」

有一天，幾個野孩子在排水溝裡找東西——他們有時在這

裡能夠找到舊釘、銅板和類似的東西。這是一件很骯髒的工作，
不過他們卻非常喜歡這類的事。

「哎喲！」一個孩子叫著，因為他被織補針刺了一下，「原
來是你這個傢伙！」

「我不是一個傢伙，我是一位年輕小姐啦！」織補針說。
可是誰也不理她。她身上的那滴封蠟早已沒有了，全身已經變
得漆黑。不過黑顏色能使人變得苗條，因此她相信自己比以前
更細嫩了。

「看，一個蛋殼漂來了！」孩子們說。他們把織補針插到
蛋殼上面。

「四周的牆是白色的，而我是黑色的！這倒配得很好！」
織補針說。「現在誰都可以看到我了。——我只希望我不要暈
船，因為這樣我就會折斷了！」不過，她一點也沒有暈船，而
且也沒有折斷。

「一個人有鋼做的肚皮，是不怕暈船的，同時也不能忘記，
我和一個普通人比起來，是更高一等的。我現在一點毛病也沒
有。一個人越纖細，他能受得住的東西就越多。」

「砰！」這時蛋殼忽然裂開了，因為一輛載重車正從它上
面碾過去。

「我的天，它把我碾得夠厲害！」織補針說。「我現在有點
暈船了——我要折斷了！我要折斷了！」

雖然那輛載重車在她身上碾了過去，但是她並沒有折斷。
她直直地躺在那兒——而且她大可以一直在那兒躺下去。

〔1846 年〕

　　這篇小故事最初發表在《加埃亞》雜誌上。它所表現的內
容一看就清楚。1846 年夏天，安徒生和丹麥著名的雕刻家多瓦
爾生，在丹麥的「新島」度暑假。多瓦爾生一直喜愛安徒生的
童話。有一天他對安徒生說：「好，請你給我們寫一篇新的故
事——你的智慧連一根織補針都可以寫出故事來。」於是安徒
生就寫了〈織補針〉這個故事。這是安徒生後來在手記中提到
的。

【註釋】

①領針(brystnaal)是一種裝飾品，穿西裝時插在領帶上；針頭上通常鑲有一顆珍
　珠。

②「笨摸」、「餂罐」、「長人」、「金火」和「比爾——玩朋友」，是丹麥孩子對五個手
　指頭所起的綽號。大拇指摸東西不靈活，所以叫「笨摸」；食指常常代替舌頭伸到
　果醬罐裡去餂東西吃，所以叫「餂罐」；無名指因為戴戒指，所以看起來像有一道
　金火；尾指叫做「比爾——玩朋友」，因為它什麼用也沒有。

拇指姑娘

從前有一個女人，非常希望有一個一點點兒小的孩子。但
是她不知道從什麼地方可以得到。所以她就去請教一位巫婆。
她對巫婆說：

「我非常想要有一個小小的孩子！妳能告訴我什麼地方可
以得到一個嗎？」

「喔！這容易得很！」巫婆說：「妳把這顆大麥拿去吧。
它可不是鄉下人田裡長的那種大麥粒，也不是雞吃的那種大麥

粒啦。妳把它埋在一個花盆裡。不久妳就可以看到妳想要的東西了。」

「謝謝您！」女人說。她給了巫婆三個銀幣，然後回到家去，種下那顆大麥。不久以後，一朵美麗的大紅花就長出來了。它看起來很像一朵鬱金香，不過葉子仍緊緊地包在一起，好像仍舊是一個花苞似的。

「這是一朵很美的花，」女人說，同時在那美麗的、黃而帶紅的花瓣上吻了一下。不過，當她正在吻的時候，花兒忽然劈啪一聲，一開放了。人們現在可以看出，這是一朵真正的鬱金香。但是在這朵花的正中心，在那根綠色的雌蕊上面，坐著一位嬌小的姑娘，她看起來又白嫩，又可愛。她還沒有大拇指的一半長，因此人們就把她叫做拇指姑娘。

拇指姑娘的搖籃是一個光得發亮的漂亮胡桃殼，她的墊子是藍色紫羅蘭的花瓣，她的被子是玫瑰的花瓣。這就是她晚上睡覺的地方。但是白天她在桌子上玩耍——在這桌子上，那個女人放了一個盤子，上面又放了一圈花兒，花的枝幹浸在水裡。水上浮著一片很大的鬱金香花瓣。拇指姑娘可以坐在這花瓣上，用兩根白馬尾做槳，從盤子這一邊划到那一邊。這模樣兒真是美麗！她還能唱歌，而且唱得那麼溫柔和甜蜜，從前沒有任何人聽到過。

一天晚上，當她正在漂亮的床上睡覺的時候，一隻難看的癩蛤蟆從窗子外面跳了進來了，因為窗上有一塊玻璃已經破了。這癩蛤蟆又醜又大，而且是黏糊糊的。她一直跳到桌子上。拇指姑娘正睡在桌上鮮紅的玫瑰花瓣下面。

「這姑娘倒可以做我兒子的漂亮妻子哩。」癩蛤蟆說。於是她一把抓住拇指姑娘正睡著的那個胡桃殼，背著它跳出了窗子，一直跳到花園裡去。

花園裡有一條很寬的小溪在流著。而且它的兩岸又低又潮濕。癩蛤蟆和她的兒子就住在這兒。哎呀！他跟他的媽媽簡直是一個模子鑄出來的，也長得奇醜不堪。「閣閣！閣閣！呱！呱！呱！」當他看到胡桃殼裡的這位美麗小姑娘時，他只能講出這樣的話來。

「講話不要那麼大聲啦，否則你就把她吵醒了，」老癩蛤蟆說。「她還可以從我們這兒逃走，因為她輕得像一片天鵝的羽毛！我們得把她放在溪水裡睡蓮的一片寬葉子上面。她既然這麼嬌小和輕巧，那片葉子對她來說可以算是一個島了。她在那上面是沒辦法逃走的。在這期間我們就可以把泥巴底下的那間房子修理好——你們倆以後就可以在那兒過日子。」

小溪裡長著許多葉子寬大的綠色睡蓮。它們好像是浮在水面上似的。浮在最遠的那片葉子也就是最大的一片葉子。老癩蛤蟆向它游過去，把胡桃殼和睡在裡面的拇指姑娘放在上面。

這個可憐的、一點點小的姑娘大清早就醒來了。當她看清楚自己是在什麼地方的時候，不禁傷心地哭了起來，因為這片寬大的綠葉子周圍全都是水，她一點也沒有辦法回到陸地上去。

老癩蛤蟆坐在泥裡，用燈芯草和黃睡蓮把房間裝飾了一番——有新媳婦住在裡面，當然應該收拾得漂亮一點才對。隨後她就和她的醜兒子向那片托著拇指姑娘的葉子游去。他們要在

她沒有來以前，先把那張美麗的床搬走，安放在洞房裡面。這
個老癩蛤蟆在水裡向她深深鞠了一躬，同時說：

「這是我的兒子；他就是你未來的丈夫。你們倆在泥巴裡
將會生活得很幸福的。」

「閣！閣！呱！呱！呱！」這位少爺所能講出的話，就只
有這一些。

他們搬著這張漂亮的小床，在水裡游走了。拇指姑娘獨自
坐在綠葉上，不禁大哭起來，因為她不喜歡跟一隻討厭的癩蛤
蟆住在一起，也不喜歡有那麼一個醜少爺做自己的丈夫。在水
裡游著的一些小魚曾經看到過癩蛤蟆，也聽到她所說的話。因
此他們都伸出頭來，想看看這個小小的姑娘。它們一眼看到她，
就覺得她非常美麗，因而非常不滿意，覺得這樣一個可人兒卻
要下嫁給一隻醜癩蛤蟆，那可不成！這樣的事情絕不能讓它發
生！它們在水裡一齊集合到托著那片綠葉的梗子的周圍──小
姑娘就住在那上面，它們用牙齒把葉梗子咬斷，使得這片葉子
順著水流走了，帶著拇指姑娘流走了，流得非常遠，流到癩蛤
蟆完全沒有辦法到達的地方。

拇指姑娘流過了許許多多的地方。住在一些灌木林裡的小
鳥兒看到她，都唱道：「多麼美麗的一位小姑娘啊！」

葉子托著她漂流，越流越遠，最後，拇指姑娘漂流到外國
去了。

一隻很可愛的白蝴蝶不停地環繞著她飛，最後落到葉子上
來，因為它是那麼喜歡拇指姑娘；而她呢，她也非常高興，因
為癩蛤蟆現在再也找不著她了。同時她現在所流經的這個地帶

是那麼美麗——太陽照在水面上，正像是最亮的金子。她解下腰帶，把一端綁在蝴蝶身上，把另一端緊緊地綁在葉子上。葉子帶著拇指姑娘一起很快地在水上流走了，因爲她就站在葉子上面。

這時，有一隻很大的金龜子飛來了。他看到了她。他立刻用他的爪子抓住她纖細的腰，帶著她一起飛到樹上去了。但是那片綠葉繼續順著溪流游去，那隻蝴蝶也跟著一起游，因爲他是綁在葉子上的，沒有辦法飛開。

天啦！當金龜子帶著她飛進樹林裡去的時候，可憐的拇指姑娘多麼害怕啊！不過，她更爲那隻美麗的白蝴蝶難過。她已經把他緊緊地綁在葉子上，如果他沒有辦法掙脫的話，就一定會餓死的。但是金龜子一點也不理會，他和她一塊兒坐在樹上最大的一張綠葉子上，把花裡的蜜糖拿出來給她吃，同時說她是那麼漂亮，雖然她一點也不像金龜子。沒多久，住在樹林裡的金龜子全都來拜訪了。他們打量著拇指姑娘。金龜子小姐們聳了聳觸鬚，說：

「喔，她不過只有兩條腿罷了！怪難看的！」

「她連觸鬚都沒有！」她們說。

「她的腰太細了——呸！她完全像一個人——她是多麼醜啊！」所有的女金龜子們齊聲說。

然而拇指姑娘的確是非常美麗的。甚至劫持她的金龜子也不免要這樣想。不過當大家都說她很難看的時候，他最後也只好相信這話了，他不願意要她了！她現在可以隨便到什麼地方去。他們帶著她從樹上一起飛下來，把她放在一朵雛菊上面。

她在那上面哭得十分傷心，因爲她長得那麼醜，連金龜子也不要她了。可是，她仍然是人們所想像不到的一個最美麗的人兒，那麼嬌嫩，那麼明朗，像一片最純潔的玫瑰花瓣。

　　整個夏天，可憐的拇指姑娘單獨住在這個巨大的樹林裡。她用草葉爲自己編了一張小床，把它掛在一片大牛蒡葉底下，好讓雨不致於淋到她身上。她從花裡吸出蜜做食物，飲料是每天早晨凝結在葉子上的露珠。夏天和秋天就這麼過去了。現在，冬天──那又冷又長的冬天──來了。那些爲她唱著甜蜜歌曲的鳥兒都飛走了，樹和花凋零了，那片大的牛蒡葉──她一直在它下面住著──也捲起來了，只剩下一根枯黃的梗子。她感到十分寒冷。因爲她的衣服都破了，而她的身體又是那麼瘦削和纖細──可憐的拇指姑娘啊！她一定會凍死的。雪開始下降，每朶雪花落到她身上，就好像一個人把滿鏟子的雪塊打到我們身上一樣，因爲我們高大，而她只不過一寸來長。她只好把自己裹在一片乾枯的葉子裡，可是這並不溫暖──她凍得發抖。

　　她現在來到這個樹林的附近，有一塊很大的麥田；不過田裡的麥子早已經收割了；凍結的地上只留下一些光溜溜的麥茬。對她來說，從它們中間走過去，簡直像穿過一片廣大的森林。啊！她凍得發抖，抖得多厲害啊！最後她來到了一隻田鼠的門口。這是一棵麥茬下面的一個小洞。田鼠住在那裡面，又溫暖，又舒服。她藏有整整一房間的麥子，她還有一間漂亮的廚房和飯廳。可憐的拇指姑娘站在門口，像一個討飯的窮苦女孩子。她請求田鼠施捨一顆大麥給她，因爲她已經兩天沒有吃

過半點兒東西。

「妳這個可憐的小人兒，」田鼠說——因為，她本來就是一隻好心腸的老田鼠——「到我溫暖的房子裡來，和我一起吃點東西吧。」

因為她現在很喜歡拇指姑娘，所以她說：「妳可以跟我住在一起，度過這個冬天，不過妳得把我的房間弄得乾淨整齊，同時講些故事給我聽，因為我喜歡聽故事。」

這個和善的老田鼠所要求的事情，拇指姑娘都一一答應了。她在那兒住得非常快樂。

「不久我們就要有一個客人來，」田鼠說。「我的這位鄰居經常每個星期來看我一次，他住的比我舒服得多，他有寬大的房間，他穿著非常美麗的黑天鵝絨袍子。只要妳能夠得到他做妳的丈夫，那麼妳一輩子可就享用不盡了。不過他的眼睛看不見東西。妳得講一些妳所知道的、最美的故事給他聽。」

拇指姑娘對這件事沒有什麼興趣。她不願意跟這位鄰居結婚，因為他是一隻鼴鼠。不久，他穿著黑天鵝絨袍子來拜訪了。田鼠說，他是怎樣的有錢和有學問，他的家也比田鼠的大二十倍；他有很高深的知識，不過不喜歡太陽和美麗的花兒；而且他還喜歡說它們的壞話，因為他從來沒有看過它們。

拇指姑娘得為他唱一首歌。她唱了〈金龜子呀，飛走吧！〉，又唱了〈牧師走上草原〉。因為她的聲音是那麼優美，鼴鼠就禁不住愛上她了。不過他沒有表現出來，因為他是一個很謹慎的人。

最近，他從自己的房子裡挖了一條長長的地道，通到她們

的房子來。他請田鼠和拇指姑娘到地道來散步，而且只要她們
願意，隨時都可以來。不過他忠告她們不要害怕一隻躺在地道
裡的死鳥。那是一隻完整的鳥兒，有翅膀，也有嘴。沒有疑問，
他是不久以前、在冬天剛開始的時候死去的。他現在被埋葬的
這塊地方，恰好被鼹鼠打通了成爲地道。

　　鼹鼠嘴裡銜著一根引火柴──它在黑暗中可以發出閃光。
他走在前面，爲她們把這條又長又黑的地道照亮。當她們來到
那隻死鳥躺著的地方時，鼹鼠就用他的大鼻子頂著天花板，向
上面拱著土，拱出一個大洞來。陽光通過這洞口直射進來。在
地上的正中央躺著一隻死去的燕子，他美麗的翅膀緊緊貼著身
體，小腿和頭縮到羽毛裡面。這隻可憐的鳥兒無疑地是凍死了。
的確，他們整個夏天他們對她唱著美妙的歌，對她喃喃地講著
話。不過鼹鼠用他的短腿一推，說：「他現在再也不能唱什麼
了！生來就是一隻小鳥──這是一件多麼可憐的事兒！謝天謝
地，我的孩子們將不會是這樣。像這樣的一隻鳥兒，什麼事也
不能做，只會喞喞喳喳地叫，到了冬天就不得不餓死了！」

　　「是的，你是一個聰明人，說得有道理，」田鼠說。「冬天
一到，這些『喞喞喳喳』的歌聲對一隻鳥有什麼用呢？他只有
挨餓和受凍罷了。不過，我想這就是大家所謂的了不起的事情
吧！」

　　拇指姑娘一句話也不說。不過，當他們兩個人背轉向燕子
的時候，她就彎下腰來，把蓋在他頭上的那一簇羽毛溫柔地向
旁邊拂了幾下，同時在他閉著的雙眼上，輕輕地吻了一下。

　　「在夏天對我唱出那麼美麗的歌的人，也許就是他了，」

她想。「他不知帶給我多少快樂——他，這隻親愛的、美麗的鳥兒！」

鼴鼠把那個透進陽光的洞口又封住了；然後他就陪著這兩位小姐回家。但是這天晚上，拇指姑娘一點也睡不著。她爬起床來，用草編成一張寬大的、美麗的毯子。她拿著它到那隻死去的燕子身邊去，把他的全身蓋好。她同時還把在田鼠房間裡找到的一些軟棉花裹在燕子的身上，好使他在這寒冷的地上能夠睡得溫暖。

「再會吧，美麗的小鳥兒！」她說。「再會吧！在夏天，當所有的樹都變綠的時候，當陽光溫暖地照著我們的時候，你唱出美麗的歌聲——我要為這感謝你！」於是她把頭貼在這鳥兒的胸膛上。她竟馬上驚恐起來，因為他身體裡面好像有什麼東西在跳動，這就是鳥兒的一顆心。這鳥兒並沒有死，只不過是躺在那兒凍得失去知覺罷了。現在他得到了溫暖，又活了起來。

在秋天，所有的燕子都向溫暖的國度飛去。不過，假如有一隻脫了隊，他就會遇到寒風，就會凍得掉下來，像死了一樣。他只有躺在落下的那塊地上，讓冰凍的雪花把全身蓋滿。

拇指姑娘真的抖得很厲害，因為她是那麼驚恐；這鳥兒，跟只有寸把高的她比起來，真是太龐大了。可是她鼓起勇氣來。她把棉花緊緊地裹在這隻可憐的鳥兒身上；同時她把自己常常當做被蓋的薄荷葉拿來，蓋在這鳥兒的頭上。

第二天夜裡，她又偷偷地去看他。他現在已經又活過來了，不過還是有點昏迷，只能把眼睛微微地睜開一會兒，看了拇指姑娘一下。拇指姑娘手裡拿著引火柴站著，因為她沒有別的燈

盞。

「我感謝妳——妳，可愛的小寶寶！」這隻身體不太好的燕子對她說，「我現在眞是舒服和溫暖！不久就可以恢復體力，又可以飛了，在暖和的陽光中飛了。」

「啊！」她說。「外面是多麼冷啊！雪花在飛舞，遍地都結冰。還是請你睡在溫暖的床上吧！我可以來照料你呀。」

她用花瓣盛著水送給燕子。燕子喝了水以後，就告訴她說，他有一隻翅膀曾經在一個多刺的灌木林中擦傷了，因此不能跟別的燕子們飛得一樣快；那時他們正在遠行，要飛到那遙遠的、溫暖的國度裡去。最後他落到地上，其餘的事情他現在就記不起來了。他完全不知道自己是怎樣來到這個地方的。

燕子在這兒住了一整個冬天。拇指姑娘待他很好，非常喜歡他，鼴鼠和田鼠一點兒也不知道這件事，因爲他們不喜歡這隻可憐的、孤獨的燕子。

春天一來到，太陽把大地照得十分溫暖的時候，燕子就要向拇指姑娘告別了。她把鼴鼠在頂上挖的那個洞打開。太陽非常明亮地照著他們。燕子問拇指姑娘，願意不願意跟他一起離開：她可以騎在他背上，他們可以遠遠地飛走，飛向綠色的樹林裡去。不過拇指姑娘知道，如果她就這樣離開的話，田鼠就會感到痛苦的。

「不能，我不能離開！」拇指姑娘說。

「那麼再會吧，再會吧，你這善良的、可愛的姑娘！」燕子說。於是他就向太陽飛去。拇指姑娘在後面看著他，她的兩眼閃著淚珠，因爲她是那麼喜愛這隻可憐的燕子。

「滴麗！滴麗！」燕子唱著歌，向一個綠色森林飛去。

拇指姑娘感到非常難過。田鼠不許她走到溫暖的陽光中去。在田鼠屋頂上的田野裡，麥子已經長得很高了。對於這個可憐的小女孩來說，這麥子簡直是一片濃密的森林，因為她終究只有一吋來高呀。

「在這個夏天，妳得把妳的新嫁衣縫好！」田鼠對她說，因為那個討厭的鄰居——穿著黑天鵝絨袍子的鼴鼠——已經向她求婚了。「妳得準備好毛衣和棉衣。當妳做了鼴鼠太太以後，妳應該有起居服和睡衣呀。」

拇指姑娘現在得搖起紡車來。鼴鼠聘請了四隻蜘蛛，日夜為她紡紗和織布。每天晚上鼴鼠來拜訪她一次。鼴鼠老是咕嚕地說，等到夏天快結束的時候，太陽就不會這麼熱了；現在太陽把地面烤得像石頭一樣硬。是的，等夏天過去以後，他就要跟拇指姑娘結婚了。不過她一點也不會感到高興，因為她的確不喜歡這隻討厭的鼴鼠。每天早晨，當太陽升起的時候，每天黃昏，當太陽落下的時候，她就偷偷地走到門那兒去。當風兒把麥穗吹向兩邊、使得她能夠看到蔚藍天空的時候，她就想像外面是非常光明和美麗的，於是熱烈地希望再見到她的親愛的燕子。可是，這燕子不再回來了。無疑地，它已經飛向很遠的美麗的、青翠的樹林裡去了。

現在是秋天了，拇指姑娘的嫁衣也全準備好了。

「四個星期以後，妳的婚禮就要舉行了，」田鼠對她說。但是拇指姑娘哭了起來，說她不願意和這討厭的鼴鼠結婚。

「胡說！」田鼠說。「妳不要固執；不然的話，我就要用我

的白牙齒咬你！他是一個很可愛的人，妳得和他結婚！就是皇
后也沒有他那樣好的黑天鵝絨袍子哩！他的廚房和儲藏室裡都
藏滿了東西。妳得到這樣一個丈夫，應該感謝上帝！」

　　現在婚禮要舉行了。鼴鼠已經來了，他親自來迎接拇指姑
娘。她得跟他生活在一起，住在深深的地底下，永遠也不能到
溫暖的太陽光中來，因為他不喜歡太陽。這個可憐的小姑娘感
到非常難過，因為她現在不得不向光耀的太陽告別——這太
陽，當她跟田鼠住在一起的時候，她還能得到許可在門口看一
眼。

　　「再會吧，您，光明的太陽！」她說著，同時向空中伸出
雙手，並且向田鼠的屋子外走了幾步——因為現在大麥已經收
割了，只剩下乾枯的茬子。「再會吧，再會吧！」她又重複地說，
同時用雙臂抱住一朵開著的小紅花。「假如你看到那隻小燕子
的話，我請求你代我向他問候一聲。」

　　「滴麗！滴麗！」在這時候，一個聲音忽然在她頭上叫了
起來。她抬頭一看，正是那隻小燕子剛剛飛過去。他一看到拇
指姑娘，就顯得非常高興。她告訴他說，她多麼不願意要那醜
惡的鼴鼠做她的丈夫啊；她還說，她得住在深深的地底下，太
陽將永遠照不進來。一想到這點，她就忍不住哭起來了。

　　「寒冷的冬天現在要到來了，」小燕子說。「我要飛得很遠，
飛到溫暖的國度裡去。妳願意跟我一塊兒去嗎？妳可以騎在我
的背上！妳用腰帶緊緊地把妳自己綁緊。這樣我們就可以離開
這醜惡的鼴鼠，從他黑暗的房子飛走——遠遠地、遠遠地飛過
高山，飛到溫暖的國度裡去：那兒的陽光比這兒更美麗，那兒

永遠只有夏天，那兒永遠開著美麗的花朵。跟我一起飛吧，妳，甜蜜的小拇指姑娘；當我在那個陰慘的地洞裡凍得僵直的時候，妳救了我的生命！」

「是的，我將和你一塊兒去！」拇指姑娘說。她坐在鳥兒背上，把腳擱在他展開的雙翼上，同時用腰帶把自己緊緊地綁在他最結實的一根羽毛上。就這樣，燕子飛向空中，飛過森林，飛過大海，高高地飛過常年積雪的大山。在這寒冷的高空中，拇指姑娘凍得發抖起來。這時她就鑽進鳥兒溫暖的羽毛裡去。她只把小小的頭伸出來，欣賞她下面的美麗風景。

最後他們來到了溫暖的國度。那兒的太陽比在我們這裡照得光耀多了，天似乎也高了一倍。田溝裡，籬笆上，都長滿了最美麗的綠葡萄和藍葡萄。樹林裡處處懸掛著檸檬和橙子。空氣裡飄著桃金娘和麝香的香氣；許多非常可愛的小孩子在路上跑來跑去，跟一些顏色鮮艷的大蝴蝶一塊兒嬉戲。可是燕子越飛越遠，而風景也越來越美麗。在一個碧藍色的湖旁，有一叢最可愛的綠樹，裡面有一座白得發亮的、大理石砌成的、古代的宮殿。葡萄藤圍著許多高大的圓柱叢生著。它們的頂上有許多燕子窠。其中有一個就是現在帶著拇指姑娘飛行的這隻燕子的住所。

「這兒就是我的房子，」燕子說。「不過，下面長著許多美麗的花，妳可以選擇其中一朵，我會把妳放在它的上面。那麼，你要想住得怎樣舒服，就可以怎樣舒服了。」

「那好極了！」她說，拍著她的一雙小手。

　　那裡有一根巨大的大理石柱。它已經倒在地上，並且跌成
了三段。不過中間卻開出一朵最美麗的白色鮮花。燕子帶著拇
指姑娘飛下來，把她放在它的一片寬闊的花瓣上面。這個小姑
娘感到多麼驚奇啊！在那朵花的中央坐著一個小小的男子！
──他是那麼白皙和透明，好像是玻璃做成的。他頭上戴著一
頂最華麗的金製王冠，肩上有一雙發亮的翅膀，而他的身體並
不比拇指姑娘高大。他就是花中的安琪兒①。每一朵花裡都住著
這麼一個小小的男子或女子。不過這一位卻是他們大家的國
王。

　　「我的天啦！他是多麼美啊！」拇指姑娘對燕子低聲說。

　　這位小小的王子非常害怕這隻燕子，因為他是那麼細小和
柔嫩，對他來說，燕子簡直是一隻龐大的鳥兒。不過當他看到
拇指姑娘的時候，他馬上就高興起來：她是他一生中所看過的
一位最美麗的姑娘。因此他從頭上拿下了金王冠，把它戴到她
的頭上，他問了她的姓名，問她願不願意做他的夫人──這樣
她就可以成為所有花兒的皇后了。這位王子才真配做她的丈夫
呢，他比起癩蛤蟆的兒子和那隻穿大黑天鵝絨袍子的鼹鼠來，
完全不同！因此她對這位逗她喜歡的王子說：「我願意。」這
時，每一朵花裡走出一位小姐或男子來。他們是那麼可愛，就
是只看他們一眼也是幸福的。他們每人送了拇指姑娘一件禮
物，但是其中最好的禮物是從一隻大白蠅身上摘下的一對翅
膀。他們把這對翅膀安到拇指姑娘背上，這樣，她就可以在花
朵之間飛來飛去了。這時大家都高興起來了。燕子坐在自己的
窠裡，為他們唱出最好的歌曲。然後他心裡感到有些悲哀，因

爲他是那麼喜歡拇指姑娘，他的確希望永遠不要和她分開。

「妳現在不應該再叫拇指姑娘了！」花的安琪兒對她說。「這是一個很醜的名字，而妳是那麼美麗！從今以後，我們要叫你瑪婭②。」

「再會吧！再會吧！」那隻小燕子說。他又從這溫暖的國度飛走了，飛回到很遠很遠的丹麥去。在丹麥，他在一個會寫童話的人的窗子上築了一個小窠，對這個人唱著：「滴麗！滴麗！」我們這整個故事，就是從他那兒聽來的。〔1835 年〕

　　這篇童話發表於1835 年哥本哈根出版的《講給孩子們聽的故事》裡。它既是童話，又是詩，因爲它的情節美麗動人，同時又有很濃厚的詩意。拇指姑娘雖然身材小得微不足道，生活環境也很艱苦，但她卻有偉大高超的理想：她嚮往光明和自由。此外，她還有一顆非常善良的心。田鼠和鼴鼠的生活可算很不錯了，吃不完，用不盡，對在陰暗地洞裡的生活他們也非常滿足。但拇指姑娘討厭在這種庸俗、自私、沒有陽光的泥巴底下過日子，她在非常困難的條件下還盡量關心別人。她盡一切力量救活了生命垂危的燕子；她最後終於能和燕子一起飛到自由、美麗的國度裡去，過著幸福的生活。

【註釋】

拇　指　姑　娘

①安琪兒就是天使。在西方文藝中，天使的形象通常是長著一對翅膀的小孩子。

②在希臘神話裡，瑪婭(Maja)是頂天的巨神阿特拉斯(Atlas)和普勒俄涅(Pleione)所生的七位女兒中最大的一位，也是最美的一位。這七位姊妹和她們父母一起代表金牛宮(Taurus)中九顆最明亮的星星。它們在五月間（收穫時期）出現，在十月間（第二次播種時期）隱藏起來。

跳蚤和教授

從前有一個氣球駕駛員，他很倒楣，他的輕氣球炸了。他落到地上來，跌成肉泥。兩分鐘以前，他用降落傘把自己的兒子送下來了。這孩子眞是好運。他沒有受傷。他表現出可以成爲一個氣球駕駛員的本領；但是他沒有氣球，而且也沒有辦法得到一個氣球。

他得生活下去，因此他便玩起一套魔術來：他能叫他的肚皮講話——這叫做「腹語術」。他很年輕，而且漂亮，當他留起

一撮小鬍子、穿起一身整齊的衣服，人們可能把他當做一位伯
爵的少爺。太太小姐們認爲他漂亮。有一個年輕女子被他的外
表和法術深深迷惑住了，她甚至和他一同到外國去。他在國外
自稱爲教授——他不能有比教授更低的頭銜。

　　他唯一的目的是要獲得一個輕氣球，和他親愛的太太一起
飛到空中去。不過到目前爲止，他還沒有辦法。

　　「辦法總會有的！」他說。

　　「我希望有，」她說。

　　「我們還年輕，何況我現在還是一個教授呢。麵包屑也算
麵包呀！」

　　她忠心地幫助他。她坐在門口，爲他的表演賣票。這種工
作在冬天可是一種很冷的玩藝兒。她在一個節目中幫了他的
忙。他把太太放在一張桌子的大抽屜裡。她從後面的一個抽屜
爬進去，在前面的抽屜裡人們是看不見她的。這給人一種錯覺。

　　不過有一天晚上，當他把抽屜拉開的時候，她卻不見了。
她不在前面的抽屜裡，也不在後面的抽屜裡。整個屋子都找不
著她，也聽不見她的聲音。她有她的一套法術，再也沒有回來。
她對她的工作感到厭煩了。他也感到厭煩，沒有心情笑或講笑
話，因此也就沒有人來看他的表演了。他的收入漸漸少了，他
的衣服也漸漸破舊了。最後他只剩下一隻大跳蚤——這是他從
他太太那裡得來的，所以他非常愛它。他訓練它，教給它魔術，
教它舉槍敬禮，放炮——不過是一尊很小的炮。

　　教授因跳蚤而感到驕傲；它自己也感到驕傲。它學習到了
一些東西，而且它身體裡有人的血統。它到許多大城市去過，

見過王子和公主，獲得過他們高度的讚賞。它在報紙和招貼上
出現過。它知道自己是一個名角色，能養活一位教授，是的，
甚至能養活整個家庭。

它很驕傲，又很出名，不過，當它跟這位教授一起旅行的
時候，在火車上總是坐第四等席位——這跟頭等相比，速度當
然是一樣快。他們之間有一種默契：他們永遠不分離，永遠不
結婚；跳蚤要做一個單身漢，教授仍然是一個鰥夫。這兩件事
情半斤八兩，沒有差別。

「一個人在一個地方獲得了最大的成功以後，」教授說：
「就不應再去第二次了！」他是一個會辨別人物性格的人，而
這也是一種藝術。

最後他走遍了所有的國家，只有野人國沒去過——因此他
就決定到野人國去。在這些國家裡，人們的確把信仰基督教的
人吃掉。教授知道這件事情，但是他並不是一個眞正的基督教
徒，而跳蚤也不能算是一個眞正的人。因此他就認爲他們可以
到這些地方去發一筆財。

他們坐著汽船和帆船去。跳蚤把它所有的花樣都表演出來
了，所以他們在整個航程中，沒有花上一個錢就到野人國了。

野人國的統治者是一位小小的公主。她只有六歲，但是卻
統治著國家。這種權力是她從父母手中拿過來的。雖然她很任
性，卻特別地美麗和頑皮。

跳蚤馬上就舉槍敬禮，放了炮。公主被跳蚤迷住了，她說，
「除了它以外，我什麼人也不要！」她熱烈地喜歡上了它，而
且，她在沒有喜歡上它以前就已經瘋狂起來了。

「甜蜜的、可愛的、聰明的孩子！」公主的父親說：「但
願我們能先叫它變成一個人！」

「老頭子，這是我的事情！」她說。做為一個小公主，說
這樣的話並不好，特別是對自己的父親，但是她已經瘋狂了。

公主把跳蚤放在自己的小手中。「現在你是一個人，和我一
起來統治；不過你得聽我的話辦事，否則我就把你殺掉，把你
的教授吃掉。」

教授得到了一間很大的房子。牆壁是用甜甘蔗編的──可
以隨時去舔它，但是他並不喜歡吃甜東西。他睡在一張吊床上，
這倒有些像是躺在他一直盼望著的輕氣球裡面。這個輕氣球一
直縈繞在他的腦海中。

跳蚤跟公主在一起。它不是坐在她的小手上，就是坐在她
柔軟的脖子上。她從頭上拔下一根頭髮來。教授得用它綁住跳
蚤的腿，這樣她就可以把它綁在珊瑚耳墜上。

對公主來說，這是一段快樂的時光。她想，跳蚤也是同樣
快樂吧，可是教授有些不安。他是一個旅行家，他喜歡從這個
城市旅行到那個城市去，喜歡在報紙上看到人們把他描寫成一
個怎樣有毅力，怎樣聰明，怎樣把一切人類的行動教給一隻跳
蚤的人。他日日夜夜躺在吊床上打瞌睡，吃著豐美的飯食：新
鮮鳥蛋，象眼睛，長頸鹿肉排，因爲吃人的生番不能僅靠人肉
過活──人肉不過是一道好菜罷了。「孩子的肩肉加上最辣的
醬油，」母后說，「是最好吃的東西。」

教授感到有些厭倦。他希望離開這個野人國，但是他得把
跳蚤帶走，因爲它是他的一件奇寶和謀生工具。他怎樣才能達

到目的呢？這倒不太容易。

他集中一切智慧來想辦法。最後他說：「有辦法了！」

「公主的父王，請讓我做點事情吧！我想訓練全國人民學會舉槍敬禮。這在世界上一些大國裡，叫做文化。」

「你有什麼可以教給我的呢？」公主的父親問。

「我最擅長的藝術是放炮。」教授說：「可以使整個地球都震動起來，使一切最好的鳥兒落下來時已經烤得很香了！這只須『轟』一聲就行了！」

「把你的大炮拿來吧！」公主的父親說。

可是，這個國家竟沒有大炮，只有跳蚤帶來的那一門，但卻未免太小了。

「我來製造一門大炮吧！」教授說，「你只須供給我材料。我需要做輕氣球用的綢子、針和線，粗繩和細繩，以及氣球所需的靈水──這可以使氣球膨脹起來，變得很輕，能向上升。氣球在大炮裡面就會發出轟聲來。」

他所要求的東西都得到了。

全國的人都來觀賞這門大炮。教授在沒有把輕氣球吹足氣並準備上升以前，沒有讓他們過問。

跳蚤坐在公主的手上，在旁觀看。氣球現在裝滿氣了。它鼓了起來，控制不住；看起來是那麼狂暴。

「我得把它放到空中去，好使它冷卻一下。」教授說，同時坐進吊在它下面的籃子裡去。

「不過，我一個人無法駕馭它。我需要一個有經驗的助手來幫忙，這兒除了跳蚤以外，誰也不行！」

「我不同意！」公主說，但是她仍把跳蚤交給了教授。它坐在教授的手中。

「請放掉繩子和線吧！」他說。「現在輕氣球要上升了！」

大家以爲他的意思是：「發炮！」

氣球越升越高，升到雲層中去，離開了野人國。

那位小公主和她的父親、母親以及所有的人群都站著等待。他們現在還在等哩！如果你不相信，你可以到野人國去看看。那兒每個小孩子還在談論跳蚤和教授的事情。他們相信，等大炮冷了以後，這兩個人就會回來的。但是他們卻沒有回來，他們現在和我們一起坐在家裡。他們在自己的國家裡，坐著火車的頭等座位──不是四等座位。他們很幸運，有一個巨大的氣球。誰也沒有問他們是怎樣和從什麼地方得到這個氣球的。跳蚤和教授現在都是有地位的富人了。〔1873 年〕

───────────────

這篇小品，最初發表在美國的《斯克利布納爾月刊》1873年 4 月號上，接著又在同年《丹麥大眾曆書》上發表。這個小故事與安徒生的另一篇童話〈飛箱〉有相似之處。不過，在那篇故事裡，失望的是一個想僥倖得到幸福的男子，這裡則是已經得到幸福最後卻落了空的公主。蒙騙和僥倖在兩個故事中最初都起了作用，但最後都變成了一場空。然而，在這個故事中，騙術最後產生了實惠，受惠者是「教授」和「跳蚤」。他們走了

運，得到一個巨大的氣球。「跳蚤和教授現在都是有地位的富人
了。」由於他們是「有地位的富人」，人們也就認爲他們是正人
君子，把他們行騙的事給忘掉了。

區別

那正是五月。風吹起來仍然很冷；但是灌木和大樹，田野和草原，都說春天已經到來了。處處都開滿了花，一直開到灌木叢組成的籬笆上。春天就在這兒講它的故事。它在一棵小蘋果樹上講——這棵樹有一根鮮艷的綠枝，它上面佈滿了粉紅色的、細嫩的、隨時就要開放的花苞。它知道這些花苞是多麼美麗——它這種先天的知識深藏在它的葉子裡，好像是流在血液裡一樣。因此，當一輛貴族的車子在它面前的路上停下來時；

當年輕的伯爵夫人說，這根柔枝是世界上最美麗的東西、是春
天最美麗的表現的時候，它一點也不感到驚奇。接著這枝子就
被折斷了。她把它握在柔嫩的手裡，還用綢陽傘替它遮住太陽。
他們回到他們華貴的公館裡來。這裡面有許多高大的廳堂和美
麗的房間。潔白的窗帘在敞著的窗子上迎風飄蕩；好看的花兒
在透明的、發光的花瓶裡亭亭立著。有一個花瓶簡直像是新下
的雪所雕成的。這根蘋果枝就插在它裡面幾根新鮮的山毛櫸枝
椏中。看它一眼都使人感到愉快。

這根枝椏變得驕傲起來了；這也是人之常情。

各式各樣的人走過這房間。他們可以根據自己的身分來表
示讚賞之意。有些人一句話也不講；有些人卻又講得太多。蘋
果枝知道，在人類中間，正如在植物中間一樣，也存在著區別。

「有些東西是為了好看；有些東西是為了實用；但是也有
些東西卻完全沒有用。」蘋果枝想。

正因為它是被放在一個敞開著的窗子前，也因為它從這兒
可以看到花園和田野，因此它有許多花兒和植物可供它思索和
考慮植物中有富貴的，也有貧賤的——有的簡直是太貧賤了！

「可憐沒人理的植物啊！」蘋果枝說：「一切東西的確都
有區別！如果這些植物也能像我和跟我同類的那些東西一樣有
感覺，它們一定會感到多麼不愉快。一切東西的確有區別，而
且的確也應該如此，否則大家就都是一樣的了！」

蘋果枝對某些花兒——像田裡和溝裡叢生的那些花兒
——特別表示出憐憫的樣子。誰也不把它們扎成花束；它們太
普通了，人們甚至在鋪地石中間都可以看得到。它們像野草一

樣，在什麼地方都冒出來，而且連名字都很難聽，叫做什麼「魔鬼的奶桶」①。

「可憐被人瞧不起的植物啊！」蘋果枝說。「你們的這種處境，你們的平凡，你們所得到的這些難聽的名字，也不能怪你們自己！在植物中間，正如在人類中間一樣，一切都有區別啦！」

「區別？」陽光說。它吻著這盛開的蘋果枝，也吻著田野裡那些黃色的「魔鬼的奶桶」。陽光的所有弟兄們都吻著它們——吻著下賤的花，也吻著富貴的花。

蘋果枝從來就沒想到，造物主對一切活著和動著的東西，都一樣給予無限的慈愛。它從來沒有想到，美和善的東西可能會被掩蓋住，但是並沒有被忘記——這也是合乎人情的。

太陽光——明亮的光線——知道得更清楚：

「你的眼光看得不遠，你的眼光看得不清楚！你特別憐憫的、沒有人理的植物，是哪些植物呢？」

「魔鬼的奶桶！」蘋果枝說。「人們從來不把它扎成花束。人們把它踩在腳底下，因爲它們長得太多了。當它們結子的時候，它們就像小片的羊毛，在路上到處亂飛，還附在人的衣服上。它們不過是野草罷了！——也只能是野草！啊，我眞要謝天謝地，我不是這類植物中的一種！」

從田野那兒來了一大群孩子。他們中最小的一個是那麼小，還要別的孩子抱著他。當他被放在這些黃花中間的時候，他樂得大笑起來。他的小腿踢著，遍地打滾。他只摘下這種黃花，同時天眞爛漫地吻著它們。那些較大的孩子把這些黃花從

空梗子上折下來，並且把這根梗子插到那根梗子上，一串一串
地聯成鏈子。他們先做一條項鏈，然後又做一條掛在肩上的鏈
子，一條綁在腰間的鏈子，一條掛在胸前的鏈子，一條繞在頭
上的鏈子。這眞成了綠環子和綠鏈子的展覽會。但是，那幾個
大孩子細心地摘下那些落了花的梗子——它們結著以白絨球的
形式出現的果實。這鬆散的、縹緲的絨球，本身就是一件小小
的完整藝術品；它看起來像羽毛、雪花和茸毛。他們把它放在
嘴前，想要一口氣把整朵花球吹走，因爲祖母曾經說過：誰能
夠這樣做，誰就可以在新年到來以前得到一套新衣。

　　所以在這種情況下，這朵被瞧不起的花成了一個眞正的預
言家。

　　「你看到沒有？」太陽光說。「你看到它的美沒有？你看到
它的力量沒有？」

　　「看到了，它只有和孩子在一起時是這樣！」蘋果枝說。

　　這時，有一個老太婆到田野裡來了。她用一把沒有柄的鈍
刀子在這花的周圍挖著，把它從土裡拔出來。她打算用一部分
的根煮咖啡；另一部分拿到藥材店裡當藥用。

　　「不過，美是一種更高級的東西呀！」蘋果枝說。「只有少
數特殊的人才可以走進美的王國。植物與植物之間是有區別
的，正如人與人之間有區別一樣。」

　　於是陽光就談到造物主對於一切創造物和有生命的東西的
無限的愛，以及對於一切東西公平合理的永恆分配。

　　「是的，這不過是你的看法！」蘋果枝說。

　　這時有人走進房間裡來了。那位美麗年輕的伯爵夫人

——把蘋果枝插在透明花瓶中，放在陽光裡的人就是她。她手裡拿著一朵花——或者一件類似花的東西。這東西被三、四片大葉子掩住了：它們像一頂帽子似地在它的周圍保護著，使微風或大風都傷害不到它。它被小心翼翼地端在手中，連那根嬌嫩的蘋果枝也沒受過這樣的待遇。

那幾片大葉子現在輕輕地被挪開了。人們可以看到那個被瞧不起的黃色「魔鬼的奶桶」的柔嫩的白絨球！這就是它！她那麼小心地把它摘下來！那麼謹慎地把它帶回家，好使那個雲霧般的圓球上細嫩的柔毛不致被風吹散。她把它保護得非常完整。她讚美它漂亮的形態，它透明的外表，它特殊的構造，和它不可捉摸的、被風一吹即散的美。

「看吧，造物主把它創造得多麼可愛！」她說。「我要把這根蘋果枝畫下來。大家現在都覺得它不凡地漂亮，不過這朵微賤的花兒，以另一種方式也從上天得到了同樣多的恩惠。雖然它們兩個都有區別，但都是美的王國中的孩子。」

於是太陽光吻了這微賤的花兒，也吻了這開滿了花的蘋果枝——它的花瓣似乎泛出了一陣難為情的緋紅。〔1852 年〕

這也是一首散文詩，最初發表在 1852 年哥本哈根出版的《丹麥大眾曆書》上。「植物與植物之間是有區別的，正如人與人之間有區別一樣。」這裡所說的「區別」，是指「尊貴」和「微

賤」之分。開滿了花的蘋果枝是「尊貴」的，遍地叢生的蒲公英是「微賤」的。雖然它們都有區別，但都是美的王國中的孩子。「於是太陽光吻了這微賤的花兒，也吻了這開滿了花的蘋果枝──它的花瓣似乎泛出了一陣難為情的緋紅。」──因為它曾經驕傲得不可一世，認為自己最「尊貴」。這故事充分表現出安徒生的民主精神。

【註釋】

①即蒲公英，因為它折斷後會冒出像牛奶似的白漿。

一本不說話的書

在公路旁的一個樹林裡，有一個孤立的農莊，人們沿著公路可以一直走進這農家的大院子裡去。太陽在這兒照著；所有的窗子都是開著的。房子裡面是一片忙碌的聲音；但在院子裡，在一個開滿了花的紫丁香圍成的涼亭下，停著一口敞開的棺材。一個死人已經躺在裡面，這天上午就要下葬。棺材旁沒有任何一個悼念死者的人；任何人為他流一滴眼淚。他的面孔用一塊白布蓋著，頭底下墊著一大本厚書。書頁是由一整張灰

色紙疊成的；每一頁裡夾著一朵被忘記了的枯萎的花。這是一本完整的植物標本，是在許多不同的地方搜集得來的。它要陪死者一起被埋葬掉，因爲這是他的遺囑。每朵花都關係到他生命的某一章。

「死者是誰呢？」我們問。回答是：「他是烏卜薩拉的一個老學生①。人家說，他曾經是一個活潑的年輕人；他懂得古代的文字，他會唱歌，甚至還寫詩。但是由於曾經遭遇到某種事故，他的思想和生命從此就沉浸在燒酒裡。當健康最後也毀在酒裡的時候，他就搬到這鄉下來。別人供給他膳宿。只要陰鬱的情緒不來襲擊他，他就純潔得像一個孩子，因爲這時他就變得非常活潑，在森林裡跑來跑去，像一隻被追逐的雄鹿。不過，只要我們把他喊回家來，讓他看看這本裝滿了乾燥植物的書，他就能坐上一整天，一會兒看看這種植物，一會兒看看那種植物。有時他的眼淚就沿著臉頰滾下來；只有上帝知道他在想什麼東西！他要求把這本書裝進他的棺材裡去，因此現在它就躺在那裡面。不一會兒棺材蓋子就會釘上，他將在墳墓裡得到安息。」

他的面布揭開了。死人的臉上露出一種平和的表情。一絲太陽光射在它上面。一隻燕子像箭似地飛進涼亭裡來，很快地飛轉身，在死人的頭上喃喃叫了幾聲。

我們都知道，假如我們把年輕時代的舊信拿出來讀讀，我們會產生一種多麼奇怪的感覺啊！整個一生和一生中的希望、哀愁等都會浮現出來。我們在那時來往很親密的一些人，現在該有多少已經死去了啊！然而他們還是活著的，只不過我們已

很久沒有想到他們罷了！以前我們以爲永遠會跟他們親密地生活在一起，會跟他們共甘苦。

這本書裡面有一片枯萎的櫟樹葉子。它使這書的主人記起一個老朋友——一個老同學，一個終身的友伴。他在一個綠樹林裡面，把這片葉子插在學生帽上，從那時起他們結爲「終身的」朋友。現在他住在什麼地方呢？這片葉子被保存了下來，但是友情已經被遺忘了！

這兒有一棵異國的、在溫室裡培養出來的植物；對於北國的花園來說，它太嬌嫩了；它的葉子似乎還保留著它的香氣。這是一位貴族花園裡的小姐把它摘下來送給他的。

這兒有一朵睡蓮。它是他親手摘下來的，並且用他的鹹眼淚把它潤濕過——這朵在甜水裡生長的睡蓮。

這兒有一根蕁麻——它的葉子說明什麼呢？當他把它探下來並且保存下來的時候，他心中在想些什麼呢？

這兒有一朵幽居在森林裡的鈴蘭花；這兒有一朵從酒店的花盆裡摘下朶的金銀花；這兒有一片尖尖的草葉！

開滿了花的紫丁香在死者的頭上輕輕垂下它新鮮的、芬芳的花簇。燕子又飛過去了。「唧唧！唧唧！」這時，人們拿著釘子和錘子走來了。棺材蓋在死者身上蓋下了——他的頭在這本不說話的書上安息。埋葬了——遺忘了！〔1851 年〕

　　這是一首散文詩，收進安徒生於 1851 年出版的遊記《在瑞典》中，爲該書的第十八章。這本「不說話的書」實際上說了許多話──說明了一個「老學生」的一生：「假如我們把年輕時代的舊信拿出來讀讀，我們會產生一種奇怪的感覺啊！整個一生和一生中的希望、哀愁等都會浮現出來。」正因爲那個「老學生」就要把保留著他「一生的希望與哀愁」那本書裝進棺材裡去，他也將在這墳墓中得到安息。

【註釋】

①烏卜薩拉是瑞典一所古老的大學。這兒常常有些學生，到老還沒有畢業。

夏日痴①

這正是冬天。天氣是寒冷的，風是銳利的；但是屋子裡卻是舒適和溫暖的。花兒藏在屋子裡：它藏在地裡和雪下的球根裡。

有一天下起雨來。雨滴滲入積雪，透進地裡，接觸到花兒的球根，同時並告訴它說，上面有一個光明的世界。不久，一絲又細又尖的太陽光穿過積雪，射到花兒的球根上，撫摸了它一下。

「請進來吧！」花兒說。

「這個我可做不到，」太陽光說。「我還沒有足夠的力氣把門打開。到了夏天我就會有力氣了。」

「什麼時候才是夏天呢？」花兒問。每次太陽光一射進來，它就重複地問這句話。不過夏天還早得很。地上仍然蓋著雪；每天夜裡水面上都結了冰。

「夏天來得多麼慢啊！夏天來得多麼慢啊！」花兒說。「我感到身上發癢，我要伸伸腰，動一動，我要開放，我要走出去，對太陽說一聲『早安』，那才痛快呢！」

花兒伸了伸腰，抵著薄薄的外皮掙了幾下。外皮已經被水浸得很柔軟，被雪和泥土溫暖過，被陽光撫摸過。它從雪底下冒出來，綠梗子上結著淡綠的花苞，還長出又細又厚的葉子──它們好像是要保衛花苞似的。雪是很冷的，但很容易被衝破。這時陽光射進來了，它的力量比從前強大得多。

花兒伸出雪上面來了，見到了光明的世界。「歡迎！歡迎！」所有的陽光都這樣唱著。

陽光撫摸並親吻著花兒，令它開得更豐滿。它像雪一樣潔白，身上還彩繪著綠色的條紋。它懷著高興和謙虛的心情昂起頭來。

「美麗的花兒啊！」陽光歌唱著：「你是多麼新鮮和純潔啊！你是第一朵花，你是唯一的花！你是我們的寶貝！你在田野裡和城裡預告夏天的到來！──美麗的夏天！所有白雪都會融化！冷風將會被驅走！我們將統治著世界！一切將會變綠！那時你將會有朋友：紫丁香和金鏈花，最後還有玫瑰花。但是

你是第一朵花——那麼細嫩，那麼可愛！」

　　這眞是最愉快的了！空氣好像在唱著歌和奏著樂，陽光好像鑽進了它的葉子和梗子。它站立在那兒，是那麼柔嫩，容易被折斷，但在它青春的愉快中又是那麼健壯。它穿著帶有綠條紋的短外衣，它稱讚著夏天。但是夏天還早得很呢！雪塊把太陽遮住了，寒風在花兒上吹。

　　「你來得太早了一點，」風和天氣說。「我們仍然統治著世界，你應該能感覺得到，你應該忍受！你最好還是待在家裡，不要跑到外面來表現自己吧。時間還早呀！」

　　天氣冷得厲害！日子一天一天地過去，一直沒有一絲陽光。對於這樣一朵柔嫩的小花兒來說，這樣的天氣只會使它凍得裂開。但是它是很健壯的，雖然它自己並不知道。它從快樂中、從對夏天的信心中獲得了力量。夏天一定會到來的，它渴望的心情已經預示著這一點，溫暖的陽光也肯定了這一點。因此它滿懷信心地穿著它的白衣服，站在雪地上。當密集的雪花一層層地壓下來的時候，當刺骨的寒風在它身上掃過去的時候，它就低下頭來。

　　「你會裂成碎片！」它們說，「你會枯萎，會變成冰。你為什麼要跑出來呢？你為什麼要受誘惑呢？陽光騙了你呀！你這個夏日痴！」

　　「夏日痴！」有一個聲音在寒冷的早晨回答說。

　　「夏日痴！」幾個跑到花園裡的孩子興高采烈地說。「這朵花多麼可愛，多麼美麗啊！它是唯一的第一朵花！」

　　這幾句話使這朵花兒感到眞舒服；這幾句話簡直就像溫暖

的陽光。在快樂中，這朵花兒一點也沒有注意到自己已經被人摘下來了。它躺在一個孩子的手裡，孩子的小嘴吻著它，帶它到一個溫暖的房間裡去，用溫柔的眼睛看著它，並把它浸在水裡──它因此獲得了更強大的力量和生命。這朵花兒以爲夏天已經來了。

這一家的女兒──一個年輕的女孩子──剛剛受過堅信禮。她有一個親愛的朋友；他也是剛剛受過堅信禮的。「他將是我的夏日痴！」她說。她拿起這朵柔嫩的小花，把它放在一張芬芳的紙上，紙上寫著詩──關於這朵花的詩。這首詩是以「夏日痴」開頭，也是以「夏日痴」結尾的。「我的小朋友，就做一個多天的痴人吧！」她用夏天來跟它開玩笑。是的，它周圍全是詩。它被裝進一個信封。這朵花兒躺在裡面，四周是漆黑一團，正如躺在花球根裡一樣。這朵花兒開始在一個郵袋裡旅行，它被擠著，壓著。這都是很不愉快的事情，但是任何旅程總是有一個結束的。

旅程結束以後，信就被拆開了，被那位親愛的朋友讀著。他是那麼高興，他吻著這朵花兒；把花跟詩一起放在一個抽屜裡。抽屜裡裝著許多可愛的信，但就是缺少一朵花。它正像太陽光所說的，那唯一的、第一朵花。它一想起這事情就感到非常愉快。

它可以有許多時間來想這件事情。它想了一整個夏天。漫長的多天過去了，現在又是夏天。這時它被拿了出來。不過，這一次那個年輕人並不是十分快樂的。他一把抓著那張信紙，連詩一起扔到一邊去，使得這朵花兒也落到地上了。它已經變

得扁平了，枯萎了，但是它不應該因此就被扔到地上呀！不過比起被火燒掉、躺在地上還算是很不壞的。那些詩和信就是被火燒掉的。到底是爲了什麼事情呢？嗨！就是平時常有的那種事情。這朵花兒曾經愚弄過他——這是一個玩笑。那個女孩子在六月間愛上了另一位男朋友了。

　　太陽在早晨照著這朵壓平的「夏日痴」。這朵花兒看起來好像被畫在地板上似的。掃地的女傭人把它撿起來，夾在桌上的一本書裡。她以爲它是在她收拾東西時落下來的。就這樣，這朵花兒就又回到詩——印好的詩——中間去了。這些詩比那些手寫的要偉大得多——最少，它們是花了更多的錢買來的。

　　許多年過去了，那本書豎立在書架上。最後它被拿下來，翻開，讀著。這是一本好書：裡面全是丹麥詩人安卜洛休斯‧斯杜卜②所寫的詩和歌。這個詩人是值得認識的。讀這書的人翻著書頁。

　　「哎呀，這裡有一朵花！」他說，「一朵『夏日痴』！它躺在這兒絕不是沒有什麼用意的。可憐的安卜洛休斯‧斯杜卜！他也是一朵『夏日痴』，一個『痴詩人』！他出現得太早了，所以就碰上了冰雹和刺骨的寒風。他在富恩島上的一些大人先生們中間，只不過像是瓶裡的一朵花，詩句中的一朵花。他是一個『夏日痴』，一個『冬日痴』，一個笑柄和傻瓜；然而他仍然是唯一的，第一個年輕而有生氣的丹麥詩人。是的，小小的『夏日痴』，你就躺在這書裡做爲書籤吧！把你放在這裡面是有用意的。」

　　這朵「夏日痴」於是又被放到書裡去了。它感到很榮幸和

愉快，因爲它知道，它是一本美麗詩集裡的一張書籤，而當初
歌唱和寫出這些詩的人也是一個「夏日痴」，一個在冬天裡被愚
弄的人。這朵花兒懂得這一點，正如我們也懂得一樣。

　　這就是「夏日痴」的故事。〔1863 年〕

　　這是一首散文詩，發表在 1863 年哥本哈根出版的《丹麥大
衆曆書》上。關於這篇作品，安徒生說：「這是按照我的朋友
國務委員德魯生的要求而寫的。他酷愛丹麥的掌故和正確的丹
麥語言。有一天他發牢騷，說許多可愛的老名詞常常被人歪曲，
濫用。我們小時喜歡說的『夏日痴』——因爲它幻想春天到來
了，花圃的老闆們在報紙上登廣告時卻把它印爲『冬日痴』。他
請我寫一篇童話，把這花兒原來的名稱恢復過來，因此我就寫
了這篇〈夏日痴〉。」在這故事裡，安徒生也不過只恢復了花名，
但內容卻完全是重新創造的。它說明花與詩的關係，以及創造
詩的人的際遇，可見安徒生可從任何東西獲得寫童話的靈感。

【註釋】

①這是照原文 Sommerjaekken 直譯出來的。「夏日痴」是丹麥人對於雪花蓮所取的
　俗名。雪花蓮在冬天痴想以爲夏天來了，所以在大雪天裡開出花來。
②安卜洛休斯・斯杜卜（AmBrosius Stub, 1705～1758）是一個傑出的抒情詩人。他
　的作品一直被忽視，直到 1850 年才引起大家的重視。

筆和墨水壺

在一個詩人的房間裡，有人看到桌上的墨水壺，說：「一個墨水壺所能產生的東西真是了不起！下一步可能是什麼呢？是的，那一定是了不起的！」

「一點也不錯，」墨水壺說。「那真是不可想像——我常常這樣說！」它對那枝鵝毛筆和桌上其他能聽見它聲音的東西說。「我身上產生出來的東西是多美妙呵！是的，這幾乎叫人不相信！當人們把筆伸進我身體裡去的時候，我自己也不知道，

下一步我可以產生出什麼東西。我只須拿出我的一滴就可以寫
出半頁字，記載一大堆東西。我的確是一件了不起的東西。我
生產出所有的詩人的作品：人們以爲自己所認識的那些生動的
人、一切深沉的感情、幽默、大自然美麗的圖畫等。我自己也
不理解，因爲我不認識自然，但是它無疑地是存在於我身體裡
面的。從我的身體出來的有：漂蕩的人群、美麗的姑娘、騎著
駿馬的勇士、比爾·杜佛和吉斯丹·吉美爾①。是的，我自己也
不知道。──我坦白地說，我真想不到我還會拿出什麼東西
來。」

　　「你這話說得對！」鵝毛筆說。「你完全不用頭腦，因爲如
果你用腦子的話，你就會了解，你只不過是供給一點液體罷了。
你流出水，好使我能把心裡的東西清楚地表達出來。真正在紙
上寫字的是筆呀！任何人都不會懷疑這一點。大多數的人對於
詩的理解和一個老墨水壺差不了多少。」

　　「你的經驗實在少得可憐！」墨水壺說。「用不到一個星期，
你就已經累得半死了。你幻想自己是一個詩人嗎？你不過是一
個傭人罷了。在你沒有來以前，我可是認識不少你這種人。你
們有的是屬於鵝毛②這個家族，有的是英國造的！鵝毛筆和鋼
筆，我都打過交道！許多都爲我服務過；當他──人──回來
時，還有更多的會來爲我服務，──他這個人代替我行動，寫
下他從我身上拿出來的東西。我倒很想知道，他會先從我身上
拿出什麼。」

　　「墨水！」筆說。

　　晚上很晚的時候，詩人回來了。他去參加一個音樂會，聽

了一位傑出提琴家的演奏，而且還被這美妙的藝術迷住了。這位音樂家用樂器奏出驚人的豐富的調子，一會兒像滾珠似的水點，一會兒像啾啾合唱的小鳥，一會兒像吹過樅樹林的蕭蕭的風聲。他覺得聽到自己的心在哭泣，在和諧地哭泣，像一個女人的悅耳的聲音一樣。看樣子不僅是琴弦在發出聲音，而且連弦柱、甚至梢和共鳴盤都發出了聲音。這是一次很驚人的演奏！雖然樂譜不容易演奏，但是弓卻輕鬆地在弦上來回滑動著，像遊戲似的。你很可能以為任何人都可以拉它幾下子。

提琴似乎自己在發出聲音，弓也似乎自己在滑動──全部音樂似乎都是這兩件東西奏出來的。人們忘記了那位掌握它們和給與它們生命與靈魂的藝術家。人們把這位藝術家忘掉了，但是這位詩人記得他，寫下了他的名字，也寫下了自己的感想：

「提琴和弓只會吹噓自己的成就，這是多麼傻啊！然而我們人常常幹這種傻事──詩人、藝人、科學發明家、將軍。我們表現出高傲自大，而我們大家卻只不過是上帝所演奏的樂器罷了。光榮應該屬於祂！我們沒有什麼可以驕傲的。」

是的，詩人寫下這樣的話，做為寓言把它寫下來，並且題名為「藝術家和樂器」。

「這是講給你聽的呀，太太！」當旁邊沒有別人的時候，筆對墨水壺說：「你沒有聽到他在高聲朗誦我寫的東西麼？」

「是的，這就是我交給你、讓你寫下的東西呀，」墨水壺說。「這正是對你高傲自大的一種諷刺！別人挖苦你，你卻不知道！我從心裡向你射出一箭──當然我是知道我的惡意的！」

「你這個墨水罐子！」筆說。

「你這根筆桿子！」墨水壺也說。

它們各自都相信自己反擊得很好，反擊得漂亮。這種想法使得它們感到愉快——它們可以抱著這種愉快的心情去睡覺，而且他們也睡著了。不過那位詩人並沒有睡去，他心裡湧出許多思想，像提琴的調子，像滾動的珠子，像吹過森林的蕭蕭風聲。他在這些思想中觸覺到自己的心，看到永恆造物主的一線光明。

光榮應該屬於祂！〔1860 年〕

這篇童話發表在 1859 年 12 月 9 日（但封面上印的是 1860 年）出版的《新的童話和故事集》第一卷第四部裡。安徒生在他的手記中寫道：「在〈筆和墨水壺〉中，每個聽過提琴家埃納斯特和奈翁納德演奏的人，將會回憶起他的美妙琴聲。」埃納斯特(Heninich Wilhelm Ernst, 1814～1865)和奈翁納德(Hubert heonard, 1819～1840)分別是奧地利和比利時的著名提琴家和作曲家。這個故事事實上是一篇小型文藝評論，它的意思是：素材不管怎麼好，沒有藝術家或作家心靈的融入與創造，絕不能成爲藝術品。

【註釋】

①這是丹麥古城羅斯吉爾得的主教堂的鐘上的兩個人形。每一點鐘・比爾・杜佛(Per

　　Dφver)就敲起來；每一刻鐘，吉斯丹・吉美爾(Kirsten Kimer)就敲起來。
②古時的筆是用鵝毛管做的。

風車

山上有一個風車。它的樣子很驕傲，它自己也真的感到很驕傲。

「我一點也不驕傲！」它說，「不過，我的裡裡外外都很明亮。太陽和月亮照在我的外面，也照著我的裡面，我還有混合蠟燭①『鯨油燭和牛油燭』，我敢說我是明亮②的。我是一個有思想的人；我的結構很好，一看就叫人感到愉快。我的懷裡有一塊很好的磨石；我有四個翅膀——它們長在我的頭上，恰好

在我的帽子下。麻雀只有兩隻翅膀，而且只長在背上。」

「我生出來就是一個荷蘭人③；這點可以從我的形狀看出來——我是『一個飛行的荷蘭人』。我知道，大家把這種人叫做『超自然』④的東西，但是我卻很自然。我的肚皮上圍著一圈走廊，下面有一個住所——我的『思想』就藏在裡面。別的『思想』把我的最強大的主導『思想』叫做『磨坊人』，他知道他的要求是什麼，他管理麵粉和麩子。他也有一個伴侶，叫『媽媽』。她是我真正的心。她並不傻裡傻氣地亂跑。她知道自己要求什麼，知道自己能做些什麼。她像微風一樣溫和，像暴風雨一樣強烈。她知道怎樣應付事情，而且她總會達到自己的目的。她是我的溫柔的一面，而『爸爸』是我的堅強的一面。他們是兩個人，但也可以說是一個人。他們彼此稱對方『我的老伴』。

「這兩個人還有小孩子——『小思想』。這些『小思想』也能長大成人。這些小傢伙老是鬧個不休！最近我曾經嚴肅地告訴『爸爸』和孩子們把我懷裡的磨石及輪子檢查一下。我希望知道這兩樣東西到底出了什麼毛病，因為我的內部現在是有毛病了。一個人也應該把自己檢查一下。這些小傢伙又鬧出一陣可怕的聲音來。對我這樣一個高高站在山上的人說來，這的確是太不像樣了，一個人應該記住，自己是站在光天化日之下；而在光天化日之下，一個人的毛病是一下子就可以看出來的。

「我剛才說過，這些小傢伙鬧出可怕的聲音來。最小的那幾個鑽到我的帽子裡亂叫，使得我很不舒服。小『思想』可以長大起來，這一點我知道得清清楚楚。外面也有別的『思想』來訪，不過他們不屬於我這個家族，因為據我看來，他們跟我

沒有共同點。那些沒有翅膀的屋子——你聽不見他們磨石的聲音——也有些『思想』。他們來看我的『思想』並且跟我的『思想』鬧起所謂的『戀愛』。這真是奇怪;的確,怪事也真多。

「我的身上——或者說身子裡——最近起了某種變化:磨石的活動有些異樣。我覺得『爸爸』換了一個『老伴』,他似乎得到一個脾氣更溫和、更熱情的配偶——非常年輕和溫柔。但是還是原來的人,只不過時間使她變得更可愛,更溫柔罷了。不愉快的事情現在都沒有了,一切都非常愉快。

「日子過去了,新的日子又到來了。時間一天天地接近光明和快樂,直到最後我的一切結束了為止——但不是絕對地結束。我將被拆掉,好使我又能夠變成一個新的、更好的磨坊。我將不再存在,但是我將繼續活下去!我將變成另一個東西,但同時又沒有變!這一點我很難理解,不管我是被太陽、月亮、混合燭、獸燭和蠟燭照得怎樣『明亮』。我的舊木料和磚土將會再從地上豎立起來。

「我希望仍能保持住我的老『思想』們:磨坊裡的爸爸、媽媽和小孩——整個的家庭。我把他們大大小小都叫做『思想的家屬』,因為我沒有他們是不行的。但是我也要保留住自己——保留住胸腔裡的磨石,我頭上的翅膀,我肚皮上的走廊,否則我就不會認識我自己,別人也不會認識我,並且說:『山上有一個磨坊,看起來倒是蠻了不起,但是也沒有什麼了不起。』」

這是磨坊說的話。事實上,它說的比這些還多,不過這些是最重要的一部分罷了。

風　車

　　日子來，日子去，而昨天是最後的一天。

　　這個磨坊著了火。火焰升得很高。它向外面燒，也向裡面燒。它舔著大樑和木板。結果這些東西全被吃光了。磨坊倒下來了，它只剩下一堆火灰。燒過的地方還在冒煙，但是風把煙吹走了。

　　磨坊裡曾經活著的東西，現在仍然活著，並沒有因為這個意外而被毀掉。事實上它還因為這個意外事件而得到許多好處。磨坊主人一家──一個靈魂，許多『思想』，但仍然只是一個思想──又新建了一個新的、漂亮的磨坊，這個新的跟舊的沒有任何區別，同樣有用。人們說：「山上有一個磨坊，看起來很像個樣兒！」不過這個磨坊的設備更好，比前一個更現代化，因為事情總歸是進步的。那些舊的木料都被蟲蛀了，潮濕了。現在它們變成了塵土。和它起初想像的完全相反，磨坊的軀體並沒有重新站起來。這是因為它太相信字面上的意義了，而人們是不應該從字面上看一切事情的意義的。〔1865 年〕

　　這個小品，發表在哥本哈根 1865 年出版的《新的童話和故事集》第二卷第三部裡。這是一篇即興之作。安徒生在手記中寫道：「在蘇洛和荷爾斯坦堡之間的那條路上，有一座風車，我常常從它旁邊走過。它似乎一直要求在一篇童話中佔有一席之地，因而它現在就出場了。」舊的磨坊塌了，在原地又建了

一個新的。兩者「沒有任何區別，同樣有用」。但新的「更現代化，因爲事情總是進步的。」所以區別是存在的，但「舊的磨坊不相信」，這是「因爲它太相信字面上的意義了，而人們是不應該從字面上看一切事情的意義的」，否則就會變成「自欺欺人」。

【註釋】

①原文是 stearinlys，即用獸油和蠟油混合製成的蠟燭。

②明亮(oplyst)在丹麥文裡同時又有「開明」、「聰明」、「受過敎育」等意思，因此在這兒有雙關的意義。

③因爲荷蘭風車最多。

④這是原文 Overnaturlige 的直譯，它可以轉化成爲「神奇」、「鬼怪」的意思。

瓦爾都窗前的一瞥①

面對著圍著哥本哈根的、長滿綠草的城堡，有一棟高大的紅房子。它的窗子很多，窗子上種著許多鳳仙花和青蒿一類的植物。房子內則是一副窮相；裡面住的也全是一些窮苦的老人。這就是「瓦爾都養老院」。

看吧！一位老小姐倚著窗檻站著，她摘下鳳仙花的一片枯葉，同時看著城堡上的綠草。許多小孩子正在那上面玩耍。這位老小姐有什麼感想呢？這時，一齣人生的戲劇就在她心裡展

開了。

「這些貧苦的孩子們，正玩得多麼快樂啊！多麼紅潤的小
臉蛋！多麼幸福的眼睛！但是他們沒有鞋子，也沒有襪子穿。
他們在這青翠的城堡上跳舞。根據一個古老的傳說，多少年以
前，這兒的土老是在崩塌。，直到一個天眞的寶寶，帶著花兒
和玩具被誘到這個敞開著的墳墓裡才停止；當她正在玩耍和吃
著東西的時候，城堡就築起來了②。從那時候起，這座城堡就一
直是堅固的；它上面很快就蓋滿了美麗的綠草。小孩子們一點
也不知道這個故事，否則他們就會聽到那個孩子還在地底下
哭，就會覺得草上的露珠是熱烘烘的眼淚。他們也不知道那個
丹麥國王的故事：當敵人在外邊圍城的時候，他騎著馬走過這
兒，立了一個誓言，說他要死在他的崗位上③。那時許多男人和
女人一起靠攏來，對那些穿著白衣服、在雪地裡爬城的敵人潑
下滾燙的開水。

「這些貧窮的孩子玩得非常快樂。

「玩吧，這位小小的姑娘！歲月不久就要到來──是的，
那些幸福的歲月：那些準備去受堅信禮的青年男女手挽著手漫
步著。妳穿著一件白色的長衣──這對妳媽媽說來眞是費了不
少力氣，雖然它是一件寬大的舊衣服改出來的。妳還披著一條
紅披肩；它拖得太長了，所以人們一看就知道它是太寬大，太
寬大了！妳想著妳的打扮，想著善良的上帝。在城堡上漫步是
多麼痛快啊！

「歲月帶著許多陰暗的日子──但也帶著青春的心情
──走過去了。妳有了一個男朋友，妳不知道是怎樣認識他的。

妳們常常見面，在早春的日子裡到城堡上散步，那時教堂的鐘
爲偉大的祈禱日發出悠揚的聲音。紫羅蘭花還沒有開，但是羅
森堡宮外有一棵樹已經長出新的綠芽。你們就在這兒停下腳
步。這棵樹每年長出綠枝，心在人類的胸中可不是這樣！一層
層陰暗的雲塊在它上面飄浮過去，比在北國上空所見到的還
多。

　「可憐的孩子，妳的未婚夫的新房變成了一具棺材，而妳
自己也變成了一個老小姐。在瓦爾都，妳從鳳仙花的後面看見
了這些玩耍的孩子，也看見了妳一生的歷史重演。」

　這就是當這位老小姐看著城堡的時候，在她眼前所展開的
一齣人生的戲劇。太陽光在城堡上照著，紅著臉蛋的、沒有襪
子和鞋子穿的孩子們像天空的飛鳥一樣，在那上面發出歡樂的
叫聲。〔1847 年〕

─────────────────────

　這篇散文發表於 1847 年一本名爲《加埃亞》的雜誌上。瓦
爾都是哥本哈根的一個收留孤寡人的養老院，建於 1700 年。文
中的女主人翁可能也曾經有過快樂的童年，甚至有快樂的青年
期。但這個快樂的青年期很短，而且以悲劇收場，最後她只好
在這個孤寡人的養老院結束她的老年。人生就是如此。但活著
究竟還是幸福的，因爲還有一些美好的回憶不時湧上心頭，這
值得稱誦。這篇散文實際上是一首頌歌──一首充滿了惆悵的

頌歌。

【註釋】

①瓦爾都(Vartou)是哥本哈根的一個收留孤寡人的養老院，建於 1700 年。

②丹麥詩人蒂勒(J.M. Thiele)編的《丹麥民間傳說》(Danske Folk-esagn)中有這樣一段記載：「很久很久以前，人們在哥本哈根周圍建立了城堡。城堡一直在不停地崩頹，後來簡直無法使它鞏固下來，最後大家把一個天眞的女孩放在一張椅子上，在她面前放一張桌子，上面擺著許多玩具和糖果。當她正在玩耍的時候，十二個石匠在她上面建造了一座拱門。大家在音樂和吶喊聲中把土堆到這拱門上，築起一個城堡，從此以後城堡再也不崩塌了。

③指丹麥國王佛列得里克三世(Frederick Ⅲ, 1609～1670)。這兒是指 1659 年 2 月 11 日，瑞典軍隊圍攻哥本哈根，但沒有奪下該城。

甲蟲

　皇帝的馬兒釘有金馬掌①；每隻腳上都有一個金馬掌，爲
什麼他有金馬掌呢？

　　他是一隻很漂亮的動物，有細長的腿，聰明的眼睛；他的
鬃毛懸在頸上，像一片絲織的面紗。他曾背過他的主人在槍林
彈雨中馳騁，聽過子彈颯颯地呼嘯。當敵人逼近的時候，他踢
過和咬過周圍的人，與他們作過戰。他背過他的主人從敵人倒
下的馬身上跳過去，救過黃金打造的皇冠，救過皇帝的生命

——比黃金還貴重。因此皇帝讓馬兒釘上金馬掌，每隻腳上有
一個金馬掌。

甲蟲這時就爬過來了。

「大的先來，然後小的也來，」他說，「問題不在於身體的
大小。」他這樣說的時候就伸出他的瘦小的腿來。

「你要什麼呢？」鐵匠問。

「要金馬掌，」甲蟲回答說。

「乖乖！你的腦筋一定有問題，」鐵匠說。「你也想要有金
馬掌嗎？」

「我要金馬掌！」甲蟲說。「難道我跟那個大傢伙有什麼兩
樣嗎？他被人伺候，被人梳刷，被人看護，有吃的，也有喝的。
難道我不是皇家馬廐裡的一員嗎？」

「但是，馬兒爲什麼有金馬掌呢？」鐵匠問，「難道你不懂
得嗎？」

「懂得？我懂得這話對我是一種侮辱，」甲蟲說。「這簡直
是瞧不起人。——好吧！我現在要走了，到外面廣大的世界裡
去。」

「請便！」鐵匠說。

「你簡直是一個無禮的傢伙！」甲蟲說。

於是他就走出去了。他飛了一小段路程，不久就到一個美
麗的小花園裡，這兒玫瑰花和薰衣草開得噴香。

「你看這兒的花開得美不美麗？」一隻在附近飛來飛去的
小瓢蟲問。他那紅色的、像盾牌一樣硬的紅翅膀上亮著許多黑
點子。「這兒是多麼香啊！這兒是多麼美啊！」

「我是看慣了比這還好的東西的，」甲蟲說。「你認爲這就是美嗎？咳，這兒連一個糞堆都沒有。」

於是他更向前走，走到一棵大紫羅蘭的花蔭裡。這兒有一隻毛蟲正在爬行。

「這世界是多麼美麗啊！」毛蟲說：「太陽是那麼溫暖，一切東西都是那麼快樂！我睡了一覺——也就是大家所謂的『死』了一次——以後，我醒來就變成了一隻蝴蝶。」

「你眞高傲自大！」甲蟲說。「乖乖！你原來是一隻飛來飛去的蝴蝶！我可是從皇帝的馬厩裡出來的呢！在那兒，沒有任何人，連皇帝那匹心愛的、穿著我不要的金馬掌的馬兒，也沒有這麼一個想法。長了一雙翅膀能夠飛幾下！咳，我們來飛吧！」

於是甲蟲就飛走了。「我眞不願意生閒氣，可是我卻生了閒氣了。」

不一會兒，他落到一大塊草地上來了。他在這裡躺了一會兒，接著就睡著了。

我的天，多麼大的一陣急雨啊！雨聲把甲蟲吵醒了。他倒很想馬上鑽進土裡去的，但是沒有辦法。他栽了好幾個筋斗，一會兒用肚皮、一兒會用背拍著水，至於說到起飛，那簡直是不可能了。無疑地，他再也不能從這地方逃生。他只好在原來的地方躺下，不聲不響地躺下

天氣略微好轉。甲蟲把眼裡的水擠出來。他模糊地看到了一件白色的東西。這是晾在那兒的一床被單。他費了一番力氣爬過去，然後鑽進這潮濕被單的褶紋裡。當然，比起那馬厩裡

的溫暖土堆來，躺在這地方是並不夠舒服的。可是更好的地方也不容易找到，因此他也只好在那兒躺了一整天和一整夜。雨一直不停地下著。到天亮的時候，甲蟲終於爬了出來。他對這天氣發了一點脾氣。

被單上坐著兩隻青蛙，明亮的睛睛射出非常愉快的光芒。

「天氣眞是好極了！」其中的一隻說。「多麼使人精神爽快啊！被單把水兜住，眞是再好也沒有了！我的後腿有些發癢，像是要去嘗一下游泳的味兒。」

「我倒很想知道，」第二隻說，「那些飛向遙遠的外國去的燕子，在他們無數次的航程中，是不是會碰到比這更好的天氣。這樣的暴風！這樣的雨水！眞叫人覺得像是待在一條潮濕的溝裡一樣。凡是不能欣賞這點的人，也眞算得上是不愛國的人了。」

「你們大概從來沒有到皇帝的馬廐裡去過吧？」甲蟲問。「那兒的潮濕既溫暖又新鮮。那正是我住慣了的環境；那正是合我胃口的氣候。不過我在旅途中沒有辦法把它帶來。難道在個花園裡找不到一個垃圾堆，讓我這樣有身分的人能夠暫住進去，舒服一下子麼？」

不過這兩隻青蛙不懂他的意思，或者是不願意懂得他的意思。

「我從來不問第二次的！」甲蟲說，但是他已經把這個問題問了三次了，而且都沒有得到回答。

於是他又向前走了一段路。他碰到了一塊花盆的碎片。這東西的確不應該躺在這地方；但是他既然躺在這兒，他也就成了一個可以躲避風雨的窩棚了。在他下面，住著好幾家蠼螋。

他們不需要廣大的空間，但卻需要許多朋友。他們的女性是特別有母愛的，所以每個母親都認爲自己的孩子是世上最美麗、最聰明的人。

「我的兒子已經訂婚了，」一位母親說。「我天眞可愛的寶貝！他最偉大的希望是想有一天能夠爬到牧師的耳朵裡去。他眞是可愛和天眞。現在他旣然訂了婚，大概可以穩定下來了。對一個母親來說，眞是一件喜事！」

「我們的兒子剛一爬出卵殼就馬上頑皮起來了，」另外一位母親說。「他眞是生氣勃勃。他簡直可以把他的角都跑掉了！對於母親來說，這是一件多大的愉快啊！你說對不對，甲蟲先生？」她們根據這位陌生客人的形狀，已經認出他是誰了。

「你們兩個人都是對的，」甲蟲說。因而他被請進她們的屋裡去——也就是說，他在這花盆的碎片下面能鑽進多少就鑽進多少。

「現在，也請你瞧瞧我的小蠼螋吧，」第三位和第四位母親齊聲說：「他們都是非常可愛的小東西，而且也非常有趣。他們從來不搞蛋，除非他們感到肚皮不舒服。不過在他們這樣的年紀，這是常有的事。」

就這樣，每個母親都談到自己的孩子。孩子們也在談論著，同時用他們尾巴上的小鉗子來夾甲蟲的鬍鬚。

「他們老是閒不住的，這些小流氓！」母親們說。她們的臉上射出母愛的光。可是甲蟲感到這些事非常無聊；因此他就詢問起最近的圾垃堆離這裡有多遠。

「在世界很遙遠的地方——在溝的另一邊，」一隻蠼螋回

答說。「我希望我的孩子們沒有誰跑得那麼遠，因爲那樣就會把我急死了！」

「但是我倒想走那麼遠哩。」甲蟲說。他沒有正式告別就走了；這是一種很率性的行爲。

他在溝旁碰見好幾個族人──都是甲蟲之流。

「我們就住在這兒，」他們說。「我們在這兒住得很舒服。請准許我們邀您光臨這塊肥沃的土地好嗎？你走了這麼遠的路，一定很疲倦了。」

「一點也不錯，」甲蟲回答說。「我在雨中的濕被單裡躺了一陣子了，清潔這種東西特別使我吃不消。我翅膀的骨節還得了風濕病，因爲我在一塊花盆碎片下的陰風中站過。回到自己的族人中來，眞是輕鬆愉快。」

「你可能是從一個垃圾堆上來的吧？」他們中間最年長的一位說。

「比那還高一點，」甲蟲說。「我是從皇帝的馬廐裡來的。我在那兒一生下來，腳下就有金馬掌。我是負有一個祕密使命來旅行的。請你們不要問什麼問題，因爲我不會回答的。」

於是甲蟲就走到這堆肥沃的泥巴上來。這兒坐著三位年輕的甲蟲姑娘。她們正格格地憨笑著，因爲她們不知道講什麼好。

「她們誰也不曾訂過婚，」她們的母親說。

這幾隻甲蟲又格格地憨笑起來，這次是因爲她們感到難爲情。

「我在皇家的馬廐裡，從來沒有看過比你們還漂亮的美人兒。」這隻旅行的甲蟲說。

「請不要慣壞了我的女兒；也請您不要跟她們談話，除非您的意圖是嚴肅的。──不過，您的意圖當然是嚴肅的，因此我祝福您。」

「恭喜！」別的甲蟲齊聲地說。

我們的甲蟲就這樣訂婚了。訂完婚以後接著來的就是結婚，因為拖下去是沒有道理的。

婚後的第一天非常愉快；第二天也勉強稱得上舒服；不過在第三天，太太的、可能還有小寶寶的吃飯問題就需要考慮了。

「我讓我自己上了鈎，」他說。「那麼我也要讓她們上一下鈎，做為報復。──」

他這樣說了，也就這樣辦了。他開小差溜走了。他走了一整天，也走了一整夜。──他的妻子成了一個活寡婦。

別的甲蟲說，他們請到家裡來住的這位仁兄，原來是一個不折不扣的流浪漢；現在他卻把養老婆的這個擔子丟到他們手裡了。

「唔，那麼讓她離婚、仍然回到我的女兒中間來吧！」母親說。「那個惡棍真該死，遺棄了她！」

在這期間，甲蟲繼續他的旅行。他在一片白菜葉上渡過了一條溝。天快要亮的時候，有兩個人走過來了。他們看到甲蟲，就把他撿起來，把他翻過來，又覆過去。他們兩人是很有學問的，尤其是其中的一位──一個男孩子。

「阿拉②在黑石山的黑石頭裡發現黑色的甲蟲。《可蘭經》上不是這樣寫的嗎？」他問。於是他把甲蟲的名字譯成拉丁文，並且把這種動物的種類和特性敍述了一番。這位年輕的學者反

對把他帶回家。他說他們已經有了同樣好的標本了。甲蟲覺得
這話有點不太禮貌，所以就忽然從這人的手裡飛走了。現在他
的翅膀已經乾了，他可以飛得很遠。他飛到一個溫室裡去。這
兒的屋頂有一部分是開著的，所以他輕輕地溜進去，鑽進新鮮
的糞土裡。

「這兒眞是舒服，」他說。

不一會兒他就睡著了。他夢見皇帝的馬死了，夢見自己得
到了馬兒的金馬掌，而且人們還答應將來再造一雙給他。

這都是很美妙的事情。於是甲蟲醒來了。他爬了出來，向
四周看了一眼。溫室裡眞是可愛極了！巨大的棕櫚樹高高地向
空中伸去；太陽把它們照得透明。在它們的下面展開一片豐茂
的綠葉，一片光彩奪目，紅得像火、黃得像琥珀、白得像新雪
的花朵！

「這要算是一個空前絕後的展覽了，」甲蟲說。「當它們腐
爛了以後；它們的味道將會是多美啊！這眞是一個食物儲藏
室！我一定有些親戚住在這兒。我要跟踪他們，看看能不能找
到一位值得跟我來往的人物。當然我是很驕傲的，我也正因爲
這樣而感到驕傲。」

這樣，他就昂首闊步地走起路來。他想著剛才關於那匹死
馬和獲得金馬掌的夢。

忽然有一隻手抓住了甲蟲，搯著他，同時把他翻來覆去。

原來園丁的小兒子和他的玩伴正在這個溫室裡。他們看見
了這隻甲蟲，想跟他開開玩笑。他們先把他包在一片葡萄葉子
裡，然後塞進一個溫暖的褲袋裡。他爬著，掙扎著，不過孩子

的手緊緊地揑住了他。後來這孩子跑向小花園盡頭的一個湖邊去。在這兒，甲蟲被放進一個破舊的、失去了鞋面的木鞋裡。這裡面挿著一根小棍子，做爲船桅。甲蟲就被一根毛線綁在這桅杆上面。所以現在他成爲一個船長了；他得駕著船航行。

這是一個很大的湖；對甲蟲來說，它簡直是一個大洋。他非常害怕，所以只有仰躺著，亂踢著他的腿。

這隻木鞋漂走了。它被捲入水流中去。不過當船漂得離岸太遠的時候，便有一個孩子捲起褲腳，從後面追上它，把它又拉回來。然而，當它又漂出去的時候，這兩個孩子忽然被喊走了，而且被喊得很急迫。他們匆忙地離去了，讓那隻木鞋順水漂流。就這樣，木鞋就離開了岸邊，越漂越遠。甲蟲嚇得全身發抖，因爲他被綁在桅杆上，沒有辦法飛走。

這時，有一隻蒼蠅飛近他。

「天氣多好啊！」蒼蠅說。「我想在這兒休息一下，曬曬太陽。你已經享受得夠久了。」

「你只是憑你的想法胡扯！難道你沒有看到我是被綁著的嗎？」

「啊！但我並沒有被綁著呀，」蒼蠅說完；接著就飛走了。

「我現在可認識這個世界了，」甲蟲說。「這是一個卑鄙的世界，而我卻是這世界裡唯一的老實人。第一，他們不讓我得到那雙金馬掌；我得躺在濕被單裡，站在陰風裡；最後他們硬送給我一個太太。所以我才得採取緊急措施，逃到這個大世界裡來。我發現了人們如何生活，我自己又該如何生活。這時，人間的一個小頑童來了，把我綁起來，讓那些狂暴的波濤來對

付我，而皇帝的那匹馬這時卻穿著金馬掌散步著。這簡直要把我氣死了。不過你在這個世界裡是不能希望得到什麼同情的！我的事業一直是很有意義的；可是，如果沒有任何人知道的話，又有什麼用呢？世人也不配知道，否則，當皇帝那匹愛馬在馬厩裡伸出它的腿來讓人釘上馬掌的時候，大家就應該讓我得到金馬掌了。如果我得到金馬掌的話，我也可以算是那馬厩的一個光榮。現在馬厩對我來說，算是完了。這世界也算是完了。一切都完了。

不過一切倒還沒有完。有一條船過來了，裡面坐著幾個年輕的女子。

「看！有一隻木鞋在漂流著，」其中的一個說。

「還有一個小生物被綁在上面，」另外一個說。

這隻船駛近了木鞋。女子把它從水裡撈起來，其中有一人拿出一把剪刀，把那根毛線剪斷，但沒有傷害到甲蟲。當她們上岸的時候，她就把他放到草堆上。

「爬吧，爬吧！飛吧，飛吧！如果你可以的話！」她說。「自由是一種美麗的東西。」

甲蟲飛了起來，一直飛到一個很大建築物的窗子裡去。然後他就又累又困地飛下來，恰好落到國王那隻愛馬的又細又長的鬃毛上去。馬兒正好站在它和甲蟲同住在一起的那個馬厩裡面。甲蟲緊緊地抓住馬鬃，坐了一會兒，恢復自己的精神。

「我現在坐在皇帝愛馬的身上──以駕馭他的身分坐著！我剛才說了什麼呢？現在我懂了。這個想法很對，很正確。馬兒為什麼要有金馬掌呢？那個鐵匠問過我這句話。現在我可懂

得他的意思了。馬兒得到金馬掌全是爲了我的緣故。」

現在甲蟲又變得心滿意足了。

「一個人只有旅行一番以後，頭腦才會清醒一些。」他說。

這時太陽光照在他身上，而且照得很美麗。

「這個世界仍然不能說它太壞，」甲蟲說。「一個人只須知道怎樣應付它就行。」

這個世界是很美的，因爲皇帝的馬兒釘上金馬掌，而這完全是因爲甲蟲要騎他的緣故。

「現在我將下馬去告訴別的甲蟲，說大家把我伺候得如何周到。我將告訴他們我在國外的旅行中所得到的一切快樂。我還要告訴他們，說從今以後，我要待在家裡，一直到馬兒把他的金馬掌穿破了爲止。」〔1861 年〕

這篇具有諷刺意味的作品，最初發表在 1861 年哥本哈根出版的《新的童話和故事》第二卷第一部裡。那隻甲蟲看樣子頗具有一點我們的「阿Q精神」。不過它還有足夠的世故而沒有遭受到阿Q同樣的命運：「這個世界仍然不能說它太壞」，「只須知道怎樣應付它就行。」關於這個故事的背景，安徒生寫道：「在一些『流行俗話』中，狄更斯（英國著名小說家，安徒生的好朋友）收集了許多阿拉伯的諺語和成語，其中有一則是這樣的：『當皇帝的馬釘上金馬掌的時候，甲蟲也把它的腳伸出

來。』狄更斯在手記中説，『我希望安徒生能寫一則關於它的故事。』我一直有這個想法，但是故事就是不來。只是九年以後，我住在巴士納斯溫暖的農莊時，偶然又讀到狄更斯這句話，於是〈甲蟲〉的故事就忽然到來了。」

【註釋】

①原文是 guldskoe，直譯即「金鞋」的意思。這兒因爲牽涉到馬，所以一律譯爲「馬掌」。

②阿拉(Allah)即眞主。

幸福的家庭

這個國家裡最大的綠葉子,無疑要算是牛蒡的葉子了。你拿一片放在你的肚皮上,那麼它就像一條圍裙。如果你把它放在頭上,那麼在雨天裡它就可以當做一把傘用,因為它出奇的寬大。牛蒡從來不單獨地生長;不,凡是長著一顆牛蒡的地方,你一定可以找到好幾顆。這是它最可愛的一點,而這一點對蝸牛來說只不過是食料的意義罷了。

在古時候,許多大人物把這些白色的大蝸牛製成「碎肉」;

當他們吃著的時候，就說：「哼，味道眞好！」因爲他們認爲
蝸牛的味道很美妙。這些蝸牛都靠牛蒡葉子過活；因此人們才
種植牛蒡。

現在有一個古老的公館，住在裡面的人已經不再吃蝸牛
了。所以蝸牛都死光了，不過牛蒡還活著，這植物在小徑和花
畦上長得非常茂盛，人們怎麼也沒有辦法抑止它們。這地方簡
直成了一個牛蒡森林。要不是偶爾有幾株果樹和梅子樹，誰也
不會想到這是一個花園。處處都是牛蒡；在它們中間住著最後
的兩隻蝸牛遺老。

它們不知道自己究竟有多大年紀。不過它們記得很清楚：
它們的數目曾經是很多很多，而且都屬於一個從外國遷來的家
族，整個森林就是爲它們和它們的家族而發展起來的。它們從
來沒有離開過家，不過卻聽說過：這個世界上還有一個叫「公
館」的東西，它們在那裡面被烹調著，然後變成黑色，最後被
盛在銀盤子裡。不過結果怎樣，它們一點也不知道。此外，它
們也想像不出來，烹調完了以後被盛在銀盤子裡，究竟是一種
什麼滋味。那一定很美妙，特別出色！它們請教過小金蟲、癩
蝦蟆和蚯蚓，但是一點道理也問不出來，因爲它們誰也沒有被
烹調過或盛在銀盤子裡面過。

那對古老的白蝸牛要算是世界上最有身分的人物了。它們
自己知道森林就是爲了它們而存在的，公館也是爲了使它們能
被烹調和放在銀盤裡而存在的。

它們過著安靜和幸福的生活。因爲它們自己沒有孩子，所
以就收養了一隻普通的小蝸牛。它們把它當做自己的孩子撫

育。不過這小東西長不大，因爲它不過是普通的蝸牛而已。但是這對老蝸牛——尤其是媽媽——覺得她能看出它在長大。假如爸爸看不出的話，她便要求他摸摸孩子的外殼，因此他就摸了一下，他發現媽媽說的話有道理。

有一天，雨下得很大。

「請聽牛蒡葉子上的響聲——咚咚咚！咚咚咚！」蝸牛爸爸說。

「這就是我所說的雨點，」蝸牛媽媽說。「它沿著梗子滴下來了！你可以看到，這兒馬上就會變得潮濕了！我很高興，我們有我們自己的房子，小傢伙也有自己的①。我們的優點比任何別的生物都多。大家一眼就可以看出，我們是世界上最高貴的人！我們一生下來就有房子住，而且這一堆牛蒡林完全是爲我們而種植的——我倒很想知道它究竟有多大，在它的外邊，還有些什麼別的東西！」

「它的外邊什麼別的東西也沒有！」蝸牛爸爸說。「世界上再也沒有比我們這兒更好的地方了。我什麼別的念頭也沒有。」

「對，」媽媽說，「我倒很想到公館裡去被烹調一下，然後被放到銀盤子裡去。我們的祖先們都是這樣；你要知道，這是一種光榮呢！」

「公館也許已經塌了，」蝸牛爸爸說，「或者牛蒡已經在它上面長成了樹林，使得人們連走都走不出來。你不要急——你老是那麼急，連那個小傢伙也開始學起你來了。你看他這三天來不老是往梗子上爬麼？當我抬頭看看他的時候，我的頭都昏了。」

「請你無論如何不要罵他，」蝸牛媽媽說。「他爬得很有把握。他使我們得到許多快樂。我們這對老夫婦沒有什麼別的東西值得活下去了。不過，你想到過沒有：我們在什麼地方可以爲他找個太太呢？在這林子的遠處，可能住著我們的族人，你想過沒有？」

「我相信那兒住著一些黑蝸牛，」老頭兒說，「沒有房子的黑蝸牛！不過他們都是一幫卑下的東西，而且還喜歡擺架子。但是我們可以託螞蟻辦這件事情，他們跑來跑去，好像很忙似的。他們一定能爲我們的小少爺找個太太。」

「我認識一位最美麗的姑娘！」螞蟻說；「不過我恐怕她不行，因爲她是一位王后！」

「這沒有什麼關係！」兩隻老蝸牛說。「她有一座房子嗎？」

「她有一座宮殿！」螞蟻說。「一座最美麗的螞蟻宮殿，裡面有七百條走廊。」

「謝謝你！」蝸牛媽媽說；「我們的孩子可不會鑽螞蟻窟。假如你找不到更好的對象的話，我們可以託白蚊蚋來辦這件差事。他們天晴下雨都在外面飛，牛蒡林的裡裡外外，他們都知道。」

「我們爲他找到了一個太太，」蚊蚋說。「離這兒一百步路遠的地方，有一個有房子的小蝸牛住在醋栗叢上。她很寂寞，已經到了結婚年齡。她住的地方離這裡只不過一百步遠！」

「好，讓她來找他吧，」這對老夫婦說。「他擁有整個的牛蒡林，而她只不過有一個小醋栗叢！」

於是它們就去請那位小蝸牛姑娘來。她足足過了八天才爬

到，但這是一種很珍貴的現象，因爲這說明她是一個很正經的
女子。

於是它們舉行了婚禮。六隻螢火蟲盡量發出光來照亮。除
此以外，一切是非常安靜的，因爲老蝸牛夫婦不喜歡大喝大鬧。
不過蝸牛媽媽發表了一篇動人的演說。蝸牛爸爸一句話也講不
出來，因爲他受到了很大的感動。於是它們把整座牛蒡林送給
這對年輕夫婦，做爲遺產；並且說了一大套它們常常說的話，
那就是──這地方是世界上最好的一塊地方，如果它們正直
地，善良地生活和繁殖下去的話，它們和它們的孩子們將來應
該到公館裡去，以便被煮得漆黑、放到銀盤子上面。

當這番演說結束以後，這對老夫婦就鑽進它們的屋子裡
去，再也沒有出來。它們睡著了。

年輕的蝸牛夫婦現在占有了整座的森林，隨後生了一大堆
孩子。不過它們從來沒有被烹調過，也沒有到銀盤子裡去過。
因此它們就下了一個結論，認爲那個公館已經塌了，全世界的
人類都已經死去了。誰也沒有反對它們這種看法，所以它們的
看法一定是對的。雨打在牛蒡葉上，發出咚咚的音樂來。太陽
爲它們發出亮光，使這牛蒡林增添了不少光采。就這樣，它們
過得非常幸福──這整個家庭是幸福的，說不出地幸福！〔1844
年〕

　　這是一篇小品，具有深刻的諷刺意義，最初發表在《新的童話》裡。被人養著當做食物的蝸牛，「坐井觀天」，認為「世界上再也沒有比我們這兒（公館院子裡的牛蒡樹叢）更好的地方了。」「我倒很想到公館裡去被烹調一下，然後被放到銀盤子裡去。我們的祖先們都是這樣；你要知道，這是一種光榮呢！」有不少人的思想境界大致與這差不多。

【註釋】

①在丹麥文裡，蝸牛的外殼叫做「房子」（huus）。

最後的一天

我們一生中最神聖的一天，是我們死去的那一天。這是最後的一天——神聖的、偉大的、轉變的一天。你對於我們在世上的這個嚴肅、肯定和最後的一刻，認真地考慮過沒有？

從前有一個人，他是一個所謂嚴謹的信徒：上帝的話，對他來說簡直就是法律；他是熱忱的上帝的一個熱忱的僕人。現在，死神就站在他的旁邊。死神有一個莊嚴和神聖的面孔。

「現在時間到了，請你跟我來吧！」死神說，同時用冰冷

的手指摸了一下他的腳。他的腳馬上就變得冰冷。死神再把他
的前額摸了一下，接著把他的心也摸了一下。他的心爆炸了，
於是靈魂就跟著死神飛走了。

　　不過在幾秒鐘以前，當死亡從腳一直擴張到前額和心裡去
的時候，這個快死的人一生所經歷和做過的事情，就像巨大沉
重的浪花一樣，湧向他身上來。

　　就這樣，一個人在片刻中可以看到無底的深淵，在轉念間
會認出茫茫的大道。這樣，一個人在一瞬間可以全面地看到無
數星星，辨別出太空中各種球體和大千世界。

　　在這樣的一個時刻，罪孽深重的人會害怕得發抖。他一點
倚靠也沒有，好像在無邊的空虛中下沉似的！但是虔誠的人把
頭靠在上帝的身上，像一個孩子似地信賴上帝：「完全遵從您
的意志！」

　　不過，這個死者卻沒有孩子的心情；他覺得自己是一個大
人。他不像罪人那樣顫抖，他知道自己是一個真正有信心的人。
他嚴格地遵守了宗教的一切規條；他知道有無數人要一同走向
滅亡。他知道自己可以用劍和火把他們的軀殼毀掉，因為他們
的靈魂已經滅亡，而且會永遠滅亡！他現在要走向天國；天為
他打開了慈悲的大門，而且對他表示慈悲。

　　他的靈魂跟著死神的天使一起飛，但是他仍向睡床看了一
眼。睡床上躺著一具穿著白壽衣的軀殼，軀殼上仍然印著他的
「我」。他們繼續向前飛。他們好像在一個華貴的客廳裡飛，又
好像在一個森林裡飛。大自然像古老的法國花園那樣，經過了
一番修剪、擴張、捆紮、分行和藝術的加工，這兒正舉行一個

化裝舞會。

「這就是人生！」死神說。

所有的人物都或多或少地化了裝。一切最高貴和有權勢的人物，並不全都穿著天鵝絨衣服和戴著金製的飾品，所有卑微和渺小的人也並不是全都披著襤褸的外套。這是一個稀有的舞會。使人特別感到奇怪的是，大家在自己的衣服下面都藏著某種祕密的東西，不願意讓別人發現。這個人撕著那個人的衣服，希望這些祕密能被揭露。於是人們看見有一個獸頭露了出來。在這個人的眼中，它是一隻冷笑的人猿；在另一個人的眼中，它是一頭醜陋的山羊，一條黏糊糊的蛇或一條呆板的魚。

這就是寄生在我們大家身上的一個動物。它長在人的身體裡面，它跳著蹦著，它要跑出來。每個人都用衣服把它緊緊包住，但是別人卻把他的衣服撕開，喊著：「看呀！看呀！這就是他！這就是他！」這個人把那個人的醜態都揭露出來了。

「我的身體裡面有一個什麼動物呢？」飛行的靈魂說。死神指著站在他面前一個高大的人物。這人的頭上罩著各色榮光，但是他的心裡卻藏著一雙動物的腳———一雙孔雀的腳。他的榮光不過是這鳥兒的彩色的尾巴罷了。

他們繼續向前飛。巨鳥在樹枝上發出難聽的哀號。它們用清晰的人聲尖叫著：「你，死神的陪行者，你記得我嗎？」現在對他叫喊的，就是他生前罪惡的思想和欲望：「你記得我嗎？」

靈魂顫抖了一會兒，因為他熟識這種聲音，這些罪惡的思想和欲望——它們現在都一齊到來，做為見證。

「在我們的肉體和天性裡面,是不會有什麼好東西存在的
①!」靈魂說,「不過對我來說,我的思想還沒有變成行動;世
人還沒有看到我罪惡的果實!」他加快速度向前飛,他要逃離
這種難聽的叫聲,可是一隻龐大的黑鳥在他的上空盤旋,而且
不停地叫喊,好像它希望全世界的人都能聽到似的。他像一隻
被追趕的鹿似的向前跳。他每跳一步就撞著尖銳的燧石。燧石
劃開他的腳,使他感到痛楚。

「這些尖銳的石頭是從什麼地方來的呢?它們像枯葉似
的,遍地都是!」

「這些就是你講的那些不小心的話語。這些話傷害了你的
鄰人的心,比這些石頭傷害了你的腳還要厲害!」

「這點我倒沒有想到過!」靈魂說。

「你們不要論斷人,免得你們被論斷②!」空中的一個聲音
說。

「我們都犯過罪!」靈魂說,同時直起腰來,「我一直遵守
著教條和福音;我的能力所能做到的事情我都做了,我跟別人
不一樣。」

這時,他們來到了天國的門口。守門的天使問:

「你是誰?把你的信心告訴我,把你所做過的事情指給我
看!」

「我嚴謹地遵守著一切戒條。我在世人的面前盡量地表現
謙虛。我憎恨罪惡的事情和罪惡的人,我跟這些事和人鬥爭
——這些一齊走向永恒毀滅的人。假如我有力量的話,我將用
火和刀來繼續與這些事和人鬥爭!」

「那麼你是穆罕默德的信徒吧③？」天使說。

「我，我絕不是！」

「耶穌說，凡動刀的，必死在刀下④！你沒有這樣的信心，也許你是一個猶太教徒吧。猶太教徒跟摩西說：『以眼還眼，以牙還牙！』⑤猶太教徒獨一無二的上帝，就是他們自己民族的上帝。」

「我是一個基督徒！」

「這一點我在你的信心和行動中看不出來。基督的教義是：和睦、博愛和慈悲！」

「慈悲！」無垠的太空中發出這樣一個聲音，同時天國的門也開了。靈魂向一片榮光飛去。

不過，這是一片非常強烈銳利的光芒，靈魂好像在一把抽出的刀子前面一樣，不得不向後退。這時空中飄出一陣柔和動人的音樂——人間的語言沒有辦法把它描述出來。靈魂顫抖起來，他垂下頭，越垂越低。天上的光芒射進他的身體裡去。這時他感覺到、也理解到他以前從來沒有感覺到的一些東西：他的驕傲、殘酷和罪過的重負——他現都清清楚楚地看見了。

「假如說：我在這世界上做了什麼好事，那是因爲我非這樣做不可。至於壞事——那完全是我自己的主意！」

靈魂被這種天上的光芒照得睜不開眼睛。他一點力量也沒有，他墜落下來。他覺得自己似乎墜得很深，縮成一團。他太沉重了，還沒有達到進入天國的程度。他一想起嚴峻和公正的上帝，就連「慈悲」這個詞也不敢喊出來了。

但是「慈悲」——他不敢盼望的「慈悲」——卻到來了。

無垠的太空中處處都是上帝的天國，上帝的愛充滿了靈魂的全身。

「人的靈魂啊，你永遠是神聖、幸福、善良和不滅的！」這是一個洪亮的歌聲。

所有的人，我們所有的人，在我們一生最後的一天，也會像這個靈魂一樣，在天國的光芒和榮耀面前縮回來，垂下我們的頭，卑微地向下墜落。但是上帝的愛和仁慈會把我們托起來，使我們在新的路線上飛翔，使我們更純潔、高尚和善良；我們一步一步地接近榮光，在上帝的支持下，走進永恆的光明中去。

〔1852 年〕

這篇作品也收集在 1852 年 4 月 5 日出版的《故事集》裡，「最後的日子」也就是一個人「蓋棺定論」的日子。他的一生的功與過、善與惡，在這一天他的靈魂要在上帝面前做出交代。安徒生對基督教的信仰，在這裡面有真誠的表露。但他的「信仰」與一般人不同，卻是「和睦、博愛和慈悲」。他是「人之初，性本善」的崇尚者。「人的靈魂啊，你永遠是神聖、幸福、善良和不滅的！」因此，「無垠的太空中處處都是上帝的天國，上帝的愛充滿了靈魂的全身。」

【註釋】

①這句話源出於基督教《聖經‧舊約‧創世紀》第三章。人類的始祖亞當沒有聽上
　帝的話，被趕出了天國，所以人類天生是有罪的。

②這句話引自基督教《聖經‧新約‧馬太福音》第七章第一節。

③是伊斯蘭教徒。

④這句話引自《聖經‧新約‧馬太福音》第二十六章第五十二節。

⑤引自《聖經‧舊約‧出埃及記》第二十一章第二十三節。

完全是真的

「那眞是一件可怕的事情！」母鷄說。她講這話的地方不是城裡發生這個故事的那個區域。「那是鷄舍裡的一件可怕的事情！我今夜不敢一個人睡覺了！眞是幸運，我們今晚大伙兒都棲在一根棲木上！」於是她講了一個故事，使得別的母鷄羽毛都一根根地豎起來，而公鷄的冠卻垂下來了。這完全是眞的！

　　不過，我們還是從頭開始吧。事情是發生在城裡另一區的鷄舍裡面。太陽落下了，所有的母鷄都飛上了棲木。有一隻母

鷄，羽毛很白，腿很短；她總是按規定的數目下蛋。從各方面
說，她是一隻很有身分的母鷄。當她飛到棲木上去的時候，她
用嘴啄了自己幾下，因而有一根小羽毛落了下來。

「事情就是這樣！」她說，「我越把自己啄得厲害，我就越
漂亮！」她說這話的神情是很快樂的，因爲她是母鷄群中一個
心情愉快的人物，雖然我剛才說過，她是一隻很有身分的鷄。
不久她就睡著了。

周圍是一片漆黑。母鷄跟母鷄站在一邊，不過離她最近的
那隻母鷄卻睡不著。她在靜聽———一隻耳朵進，一隻耳朵出；
一個人想在世界上安靜地活下去，就非得如此做不可。不過她
忍不住要把所聽到的事情告訴鄰居：

「你聽到剛才的話了嗎？我不願意把名字說出來。不過有
一隻母鷄，她爲了要好看，啄掉自己的羽毛。假如我是公鷄，
才眞會瞧不起她呢！」

在這些母鷄的上面住著一隻貓頭鷹太太，她的丈夫及孩
子。這一家人耳朵都很尖：鄰居剛才所講的話，他們都聽見了。
他們翻翻眼睛；於是貓頭鷹媽媽拍拍翅膀說：

「不要聽那類的話！不過我想你們都聽到了剛才的話了
吧？我是親耳聽到的；你得聽了很多才能記住。有一隻母鷄完
全忘記了母鷄所應當有的禮貌；她甚至把羽毛都啄掉了，好讓
公鷄把她看個仔細。」

「Prenez garde aux enfants；」①貓頭鷹爸爸說。「這不
是孩子們可以聽的話。」

「我還是要把這話告訴對面的貓頭鷹！她是一個很正派的

貓頭鷹，值得來往！」於是貓頭鷹媽媽就飛走了。

「呼！呼！嗚──呼！」他們倆都喊了起來，而喊聲被下面鴿子籠裡面的鴿子聽見了。「你們聽到那樣的話沒有？呼！呼！有一隻母雞把她的羽毛都啄掉了，想討好公雞！她一定會凍死的──如果她現在還沒有死的話。嗚──呼！」

「在什麼地方？在什麼地方？」鴿子咕咕地叫著。

「在對面那個屋子裡！我幾乎可說是親眼看見的。把它講出來眞不像話，不過那完全是眞的！」

「眞的！眞的！每個字都是眞的！」所有的鴿子說，同時向下面的養雞場咕咕地叫：「有一隻母雞，也有人說是兩隻，她們都把所有的羽毛啄掉，爲的是要與眾不同，引起公雞的注意。這是一種冒險的玩意兒，因爲這樣容易傷風，結果一定會發高熱死掉。她們兩位現在都死了。」

「醒來呀！醒來呀！」公雞大叫著，同時向圍牆上飛去。他的眼睛帶著睡意，不過仍然在大叫：「三隻母雞因爲與一隻公雞在愛情上發生不幸，全都死去了。她們把她們的羽毛啄得精光。這是一件很醜陋的事情。我不願意把它悶在心裡；讓大家都知道吧！」

「讓大家都知道吧！」蝙蝠說。於是母雞叫，公雞啼。「讓大家都知道吧！讓大家都知道吧！」於是這個故事就從這個雞舍傳到那個雞舍，最後回到它原來傳出的那個地方。

這故事變成：「五隻母雞把她們的羽毛都啄得精光，爲的是要證明是誰因爲和那隻公雞失戀而變得最消瘦。後來她們相互啄得流血，五隻雞全都死掉了。這使得她們的家庭蒙受羞辱，

主人蒙受很大的損失。」

　　那隻落掉了一根羽毛的母鷄當然不知道這個故事就是她自己的故事。因爲她是一隻很有身分的母鷄，所以她就說：

　　「我瞧不起那些母鷄；不過像這類的賊東西有的是！我們不應該把這類事兒掩藏起來。我要盡我的力量使這故事在報紙上發表，讓全國都知道。那些母鷄活該倒楣！她們的家庭也活該倒楣！」

　　這故事終於在報紙上被刊登出來了。這完全是眞的：一根小小的羽毛可以變成五隻母鷄。〔1852 年〕

　　這篇寓言性的小故事，收在安徒生的《故事集》裡。一隻白母鷄在自己身上啄下了一根羽毛，消息一傳出去，結果變成：「五隻母鷄把她們的羽毛都啄得精光，爲的是要證明是誰因爲和那隻公鷄失戀而變得最消瘦。後來她們相互啄得流血，五隻母鷄全都死掉了。」原先掉落一根羽毛的白母鷄，爲了表示自己的身分，認爲這一種現象應該公佈，以「敎育」大眾。「這個故事終於在報紙被刊登出來了」，「一根小小的羽毛可以變成五隻母鷄。」當時的新聞輿論界也可能就是如此，是安徒生有感而發，寫了這篇小故事。

【註釋】

①這句話是法文，意思是「提防孩子們聽到」。在歐洲人眼中，貓頭鷹是一種很聰明
　的鳥兒，是鳥類中所謂的「上流社會人士」，因此會講法文。

薊的遭遇

在一座華貴的公館旁邊，有一個美麗整齊的花園，裡面有
許多珍貴的樹木和花草。公館裡的客人們對於這些東西都表示
羨慕。附近城裡和鄉下的村民在星期日和節日都特地來要求參
觀這個花園；甚至所有的學校也都來參觀。

在花園外面，在一條田野小徑旁的柵欄附近，長著一棵很
大的薊。它的根還分出許多枝椏來，因此它可以說是一個薊
叢。除了一隻拖牛奶車的老驢子以外，誰也不理它。驢子把脖子伸

向薊叢，說：「你眞可愛！我幾乎想吃掉你！」但是它的脖子不夠長，沒辦法吃到。

公館裡的客人很多——有從京城裡來的高貴客人，有年輕漂亮的小姐。在這些人中，有一個來自遠方的姑娘。她是從蘇格蘭來的，出身很高貴，擁有許多田地和金錢。她是一個值得爭取的好對象——不止一個年輕人說出這樣的話，許多母親們也這樣說過。

年輕人在草坪上玩耍和打「捶球」。他們在花園中散步。每位小姐摘下一朵花，插在年輕紳士的扣眼上。不過這位蘇格蘭來的小姐向四周看了很久，這一朵也看不起，那一朵也看不起。似乎沒有一朵花可以得到她的歡心。她只好掉頭向柵欄外面看。那兒有一個開著大朵紫花的薊叢。她看見了它，她微笑了一下，要求這家的少爺爲她摘下一朵薊花來。

「這是蘇格蘭之花①！」她說。「她在蘇格蘭的國徽上射出光輝，請把它摘給我吧！」

少爺摘下最美麗的一朵，還拿它刺刺自己的手指，好像它是長在一棵多刺的玻瑰花叢上似的。

她把這朵薊花插在這位年輕人的扣眼裡。他覺得非常光榮。別的年輕人都願意放棄自己美麗的花，而想戴上這位蘇格蘭小姐美麗的小手所插上的那朵花。假如這家的少爺感到很光榮，難道這個薊叢就感覺不到嗎？它感到好像有露珠和陽光滲進了身體裡似的。

「我沒有想到我有這樣重要！」它在心裡想。「我的地位應該是在柵欄裡面，而不是在柵欄外面。一個人在這個世界裡常

常是處在一個很奇怪的位置上的！不過我現在卻有一朵花越過了柵欄，而且還插在扣眼裡哩！」

　　它把這件事情對每個冒出和開了的花苞講了一遍。過了沒幾天，它聽到一個重要的消息。它不是從路過的人那裡聽來的，也不是從鳥兒的叫聲中聽來的，而是從空氣中聽來的，因為空氣收集聲音——花園裡蔭深小徑上的聲音，公館裡最深的房間裡的聲音（只要門和窗戶開著）——然後把它們播送到遠近各地。它聽說，那位從蘇格蘭小姐手中得到一朵薊花的年輕紳士，不僅得到了她的愛情，還贏得了她的心。這真是漂亮的一對——一門好親事。

　　「這完全是由我促成的！」薊叢想，同時也想起那朵由它貢獻出的、插在扣眼上的花。每朵開出的花苞都聽見了這個消息。

　　「我一定會被移植到花園裡去！」薊想。「可能還會被移植到一個縮手縮腳的花盆裡去，這是最高的光榮！」

　　薊對於這件事情盼望得非常急切，因此滿懷信心地說：「我一定會被移植到花盆裡去的！」

　　它答應每一朵開放了的花苞，說它們也會被移植進花盆裡，也許被插進扣眼裡：這是一個人所能得到的最高光榮。不過誰也沒有到花盆裡去，當然更不用說插上扣眼了。它們飲著空氣和陽光，白天吸收陽光，晚間喝露水。它們開出花朵，蜜蜂和大黃蜂來拜訪它們，因為它們在到處尋找嫁妝——花蜜。它們採走了花蜜，剩下的只有花朵。

　　「這一群賊東西！」薊說，「我希望我能刺它們！但是我不

能！」

　　花兒都垂下頭，凋謝了。但是新的花兒又開出來了。

　　「好像別人在邀請你們似的，你們都來了！」薊說。「每一分鐘我都等著走過柵欄。」

　　幾棵天眞的雛菊和尖葉子的車前草懷著非常羨慕的心情在旁邊靜聽。它們都相信它所講的每一句話。

　　套在牛奶車子上的那隻老驢子在路旁向薊叢望著。但是它的脖子太短，可望而不可及。

　　這棵薊老是想著蘇格蘭的薊，因爲它以爲自己也屬於這一家族。最後，它眞的相信自己是從蘇格蘭來的，相信它的祖先曾經被畫在蘇格蘭的國徽上。這是一種偉大的想法；只有偉大的薊才能有這樣偉大的思想。

　　「有時，一個人出身於這麼一個高貴的家族，使得它連想都不敢想一下！」長在旁邊的一棵蕁麻說。它也有一個想法，認爲如果人們把它運用得當，它可以變成「麻布」。

　　於是夏天過去了，秋天也過去了。樹上的葉子掉落了；花兒染上了更深的顏色，但是卻失去了更多的香氣。園丁的學徒在花園裡向著柵欄外面唱：

　　　　爬上了山又下山，
　　　　世事仍然沒有變！

　　樹林裡年輕的樅樹開始盼望聖誕節到來，但是現在離聖誕節還久得很。

「我仍然待在這兒！」薊想。「世界上似乎沒有一個人想到我，但是我卻促成他們結爲夫婦。他們訂了婚，而且八天以前就結婚了。是的，我動也沒有動一下，因爲我動不了。」

又有幾個星期過去了。薊只剩下最後的一朵花。這朵花又圓又大，是從根部那兒開出來的。冷風在它身上吹，它的顏色褪了，也不美了；它的花萼有朝鮮薊那麼粗，看起來像一朵銀色的向日葵。這時，那對年輕的一對——丈夫和妻子——到這花園裡來了。他們沿著柵欄走，年輕的妻子向外面看。

「那棵大薊還在那兒！」她說；「它現在已經沒有什麼花了！」

「還有，還剩下最後一朵花的幽靈！」他說，同時指著那朵花兒的銀色殘骸——它本身就是一朵花。

「它很可愛！」她說。「我們要在畫像的框上刻出這樣一朵花！」

年輕人於是越過柵欄，把薊的花萼摘了下來了。花萼刺了一下他的手指——因爲他曾經把它叫做「幽靈」。花萼被帶進花園，帶進屋子，帶進客廳——這對年輕夫婦的畫像就掛在這兒。新郎的扣眼上畫著一朵薊花。他們談論著這朵花，也談論著他們現在帶進來的這朵花萼——他們將要刻在畫像的框上的一朵漂亮得像銀子般的最後薊花。

空氣把他們所講的話傳播出去——傳到很遠的地方去。

「人的遭遇眞想像不到！」薊叢說。「我的頭一個孩子被插在扣眼上，我的最後的一個孩子被刻在畫像框上！我自己會到什麼地方去呢？」

站在路旁的那隻驢子斜著眼睛看了它一下。

「親愛的，到我這兒來吧！我不能走到你跟前去，我的繩子不夠長呀！」

但是薊卻不回答，它變得更沉思起來。它想了又想，一直想到聖誕節。最後，它的思想開出了這樣一朵花：

「只要孩子走進裡面去，媽媽站在柵欄外面也應該滿足了！」

「這是一個很公正的想法！」陽光說。「你也應該得到一個好的位置！」

「在花盆裡呢？還是在畫像框上呢？」薊問。

「在一個童話裡！」陽光說。

這就是那個童話！〔1869 年〕

這篇小故事最初發表在紐約出版的《青少年河邊雜誌》1869年10月號上，接著又在當年12月17日丹麥出版的《三篇新的童話和故事集》裡印出來。安徒生在日記中寫道：「我寫這篇故事的唯一理由是，我在巴斯納斯莊園附近的田野上看到了這樣一棵完美無瑕的薊。我別無選擇，只好把它寫成一個故事。」這是一個很風趣的故事，薊固然要找出理由安慰自己，但也無意中道出了一顆母親的心：「只要孩子走進裡面去，媽媽站在柵欄外面也應該滿足了。」

【註釋】

①薊是蘇格蘭的國花。

新世紀的女神

我們的孫子的孩子——可能比這還要更後的一代——將會認識新世紀的女神,但是我們不認識她。她究竟會在什麼時候出現呢?她的外表是怎樣的呢?她會歌唱些什麼呢?她將會觸動誰的心弦呢?她將會把她的時代提升到一個什麼樣的水準呢?

在這樣一個忙碌的時代裡,我們為什麼要問這麼多的話呢?在這個時代裡,詩幾乎是多餘的。人們知道得很清楚,我

們現代的詩人所寫的詩，有許多將來只會被人用炭寫在監獄的牆上，被少數好奇的人閱讀。

詩也得參加論爭，至少得參加黨派論爭，不管它流的是血還是墨水。

許多人也許會說，這不過是一方面的說法；詩在我們的時代裡並沒有被忘記。

沒有，現在還有人在空閒時感覺到有讀詩的需求。只要他們的心裡有這種精神苦悶，他們就會到書店裡去，花四角錢買些最流行的詩。有的人只喜歡讀不花錢的詩；有的人只高興在雜貨店的包裝紙上讀幾行詩。這是一種便宜的讀法——在我們這個忙碌的時代裡，便宜的事情也不能不考慮。只要我們有什麼，就有人要什麼——這就說明了問題！未來的詩，像未來的音樂一樣，是屬於唐・吉訶德這一類型的問題。要討論它，簡直跟討論到天王星上去旅行一樣，不會得到結果。

時間太短，也太寶貴，我們不能把它花在幻想這玩意兒上面。如果我們說得理智一點，詩究竟是什麼呢？感情和思想的表露不過是神經的震動而已。一切熱忱、快樂、痛苦，甚至身體的活動，據許多學者的說法，都不過是神經的搏動。我們每個人都是一具弦樂器。

但是誰在彈這些弦呢？誰使它們顫震和搏動呢？精神——不可察覺的、神聖的精神——通過這些弦把它的動作和感情表露出來。別的弦樂器了解這些動作和感情；它們用和諧的調子或強烈的嘈音做出回答。人類懷著充分的自由感向前進——過去是這樣，將來也是這樣。

　　每一個世紀，每一千年，都在詩中表現出它的偉大。它在
一個時代結束的時候出生，它大步前進，統治正在到來的新時
代。

　　在我們這個忙碌的、嘈雜的機器時代裡，她──新世紀的
女神──已經出生了。我們向她致敬！讓她在某一天聽見，或
在我們先前所說的由炭寫成的字裡行間讀到吧。她的搖籃的震
動，從探險家所到過的北極開始，一直擴展到一望無際的南極
的漆黑天空。因爲機器的喧鬧聲，火車頭的尖叫聲，石山的爆
炸聲以及我們被束縛的精神的裂碎聲，我們聽不見這種震動。

　　她是在我們這時代的大工廠裡出生的。在這個工廠裡，蒸
氣顯出它的威力，「沒有血肉的主人」和他的工人在日夜工做
著。

　　她有一顆女人的心；這顆心充滿了偉大的愛情、貞節的火
焰和灼熱的感情。她獲得了理智的光輝；這種光輝中包含著三
稜鏡所能反射出的一切色彩；這些色彩從這個世紀到那個世紀
不停地在改變──變成當時最流行的色彩。以幻想編織成的寬
大天鵝羽衣是她的打扮和力量。這是科學織成的；「原始的力
量」使它具有飛行的特性。

　　在父親的血統方面，她是人民的孩子，有健康的精神和思
想，有一對嚴肅的眼睛和一個富有幽默感的嘴唇。她的母親是
一個出身高貴的外地人的女兒；她受過高等教育，表露出浮華
的洛可可式①的跡象。新世紀的女神繼承了這兩方面的血統和
靈魂。

　　她的搖籃上放著許多美麗的生日禮物。大自然的謎和這些

謎的答案，像糖果似地擺在她的周圍。潛水鐘變出許多深海中
的綺麗飾品。她的身上蓋著一張天體地圖，做為被子；地圖上
畫著一個平靜的大洋和無數小島──每一個島是一個世界。太
陽為她畫出圖畫；攝影術供給她許多玩物。

　　她的保母對她歌頌過「斯加德」演唱家愛文得②和費爾杜
西③，歌頌過行吟歌人④，歌頌過少年時代的海涅所表現出的詩
才。她的保母告訴過她許多東西──許許多多的東西。她知道
老曾祖母愛達的許多駭人聽聞的故事──在這些故事裡，「詛
咒」拍著它血腥的翅膀。她在一刻鐘以內把整個《一千零一夜》
都聽完了。

　　新世紀的女神還是一個孩子，但是她已經跳出了搖籃。她
有很多欲望，但是她不知道自己究竟要什麼東西。

　　她仍然在她巨大的育嬰室裡玩耍；育嬰室裡充滿了寶貴的
藝術品和洛可可藝術品。這裡有的是用大理石雕的希臘悲劇和
羅馬喜劇，各種民族的民間歌曲，像乾枯的植物似的，掛在牆
上。你只須在它們上面吻一下，它們就馬上又變得新鮮，發出
香氣。她的周圍是貝多芬、格路克和莫扎特的永恆的交響樂，
是一些偉大的音樂家用旋律表現出來的思想。她的書架上放著
許多作家的書籍──這些作家在活著的時候是不朽的；現在書
架上還有空間可以放許多作品──我們在不朽的電報機中聽到
作者的名字，但是這些名字也隨著電報而死亡。

　　她讀了很多書，實在太多的書了，因為她是生在我們這個
時代。當然，她也會忘記掉同樣多的書──女神是知道怎樣把
它們忘掉的。

　　她並沒有考慮到她的歌——這歌像摩西的作品一樣，像比得拜⑤描寫狐狸的狡詐和幸運的美麗寓言一樣，將會世世代代傳下去。她並沒有考慮到她的任務和轟轟烈烈的未來。她還是在玩耍，而在這同時，國與國之間的爭鬥震動天地，筆和炮的音符混做一團——這些音符像北歐的古代文字一樣，很難辨認。

　　她戴著一頂加里波第式的帽子⑥，但是她卻讀著莎士比亞的作品，而且還忽然起了這樣一個念頭：「等我長大了以後，他的劇本仍然可以上演。至於加爾德龍⑦，只配躺在他的作品的墓裡，當然墓上刻著歌頌他的碑文。」對於荷爾堡，嗨，女神是一個大同主義者：她把他與莫里哀、普拉圖斯⑧和亞里斯多芬的作品裝訂在一起，不過她只喜歡讀莫里哀。

　　使羚羊不能靜下來的那股衝動，她完全沒有；但是她的靈魂迫切希望得到生命的樂趣，正如羚羊希望得到山中的歡樂一樣。她的心中有一種安靜的感覺。這種感覺很像古代希伯來人傳說中的那些游牧民族在滿天星斗的靜夜裡、在碧綠的草原上所唱出的歌聲。但是她的心在歌聲中會變得非常激動——比古希臘塞薩里山中那些勇敢戰士的心還要激動。

　　她對於基督教的信仰如何呢？她把哲學上的一切奧妙都學習到了。宇宙間的元素敲落了她的一顆乳齒，但是她已經另長了一排新牙。她在搖籃裡咬過知識之果，並且把它咬掉了，因此她變得聰明起來。這樣，「不朽的光輝」，做為人類最聰明的思想，在她面前照亮起來。

　　詩的新世紀在什麼時候出現呢？女神什麼時候才會被人承

認呢？她的聲音什麼時候才能被聽見呢？

　　她將在一個美麗春天的早晨騎著龍──火車頭──穿過隧
道，越過橋樑，轟轟地到來；或者騎著噴水的海豚，橫渡溫柔
而堅韌的大海；或者跨在蒙特果爾菲⑨的巨鳥洛克⑩身上掠過
太空。她將在落下的國土上，用神聖的聲音，第一次歡呼人類。
這國土在什麼地方呢？在哥倫布發現的新大陸上──自由的國
土上──嗎？在這個國土上，土人成為逐獵的對象，非洲人成
為勞動的牛馬──我們從這個國土上聽到《海華沙之歌》⑪。在
地球的另一邊──南洋的金島上嗎？這是一個顛倒的國土
──我們的黑夜在這裡竟是白天，這裡的黑天鵝在含羞草叢裡
歌唱。在曼農的石像⑫所在的國土上嗎？這石像過去發出響聲，
而且現在仍然發出響聲，雖然我們現在不懂得沙漠上的斯芬克
斯之歌。在佈滿了煤礦的那個島上⑬嗎？在這個島上莎士比亞
從伊麗莎白王朝開始就成了統治者。在蒂卻・布拉赫出生的國
土上嗎？蒂卻・布拉赫在這塊土地上不能居留下去。在加利佛
尼亞州的童話之國裡嗎？這裡的水杉高高地托著葉簇，成為世
界樹林之王。

　　女神眉尖上的那顆星會在什麼時候亮起來呢？這顆星是一
朵花──在它的每一片花瓣上，寫著這個世紀在形式、色彩和
香氣上美的表現。

　　「這位新女神的計畫是什麼呢？」我們這個時代的聰明政
治家問。「她究竟想做些什麼呢？」

　　你還不如問一問她究竟不打算做些什麼吧！

　　她不是過去時代的幽靈──她將不會以這種形式出現。她

不會從舞台上用過的一些美麗的東西創造出新的戲劇。她也不
會以抒情詩做幔帳來掩蓋戲劇結構的缺點！她離開我們飛走
了，正如她走下德斯比斯⑭的馬車，登上大理石舞台一樣。她將
不把人間的正常語言打成碎片，然後又把這些碎片組成一個八
音盒，發出「杜巴多」⑮競賽的那種音調。她將不把詩看成貴族，
把散文看成平民──這兩種東西在音調、和諧和力量方面都是
平等的。她將不會從冰島傳奇的木簡上重新雕出古代的神像，
因爲這些神已經死了，我們這個時代跟他們沒有什麼情感，也
沒有什麼聯繫。她將不會把法國小說中的那些情節放進這一代
的心裡。她將不會用一些平淡無奇的故事來麻醉這些人的神
經。她帶來生命的仙丹。她認爲韻文和散文的歌是簡潔、清楚
和豐富的。各民族的脈搏不過是人類進化文字中的一個字母。
她用同等的愛掌握每一個字母，把這些字母組成字，把這些字
編成有音節的頌歌來讚美她的時代。

這個時代什麼時候成熟起來呢？

對於落在後面的人類來說，還需要等待一些時候。對於已
經飛向前方的人來說，它就在眼前。

中國的萬里長城不久就要崩潰；歐洲的火車將要伸到亞洲
閉關自守的文化中去──這兩種文化將要匯合起來！可能這條
瀑布要發出震動天地的回響：我們這些近代的老人將要在這巨
大的聲音前面發抖，因爲我們將會聽到「拉涅洛克」⑯的到來
──一切古代神仙的滅亡。我們忘記了，過去的時代和種族不
得不消逝；各個時代和種族只留下很微小的縮影。這些縮影被
包在文字的膠囊裡，像一朵蓮花似地浮在永恆的河流上。它告

訴我們，它們是我們的血肉，雖然它們都有不同的裝束。猶太種族的縮影在《聖經》裡顯現出來，希臘種族的縮影在《伊里亞特》和《奧德賽》裡表露出來。但是我們的縮影呢？請你在「拉涅洛克」的時候去問新世紀的女神吧！在這「拉涅洛克」的時候，新的「吉姆列」⑰將會在光榮和理智中出現。

蒸氣所發出的力量和近代的壓力都是槓桿。「無血的主人」和他忙碌的助手——他很像我們這個時代的一個強大的統治者——不過是僕人，是裝飾華麗廳堂的黑奴罷了。他們帶來寶物，鋪好桌子，準備一個盛大的節日的到來。在這一天，女神以孩子般的天真，姑娘般的熱忱，主婦般的鎮定和智慧，掛起一盞綺麗的詩之明燈——它就是發出神聖火焰的人類的豐富、充實的心。

新世紀的詩的女神啊，我們向妳致敬！願我們的敬禮飛向高空，被妳聽到，正如蚯蚓的感謝頌歌被妳聽見一樣——這蚯蚓在犁頭下被切成數段，因為新的春天到來了，農人正在我們這些蚯蚓之間翻土。他們把我們摧毀，好使妳的祝福可以落到這未來新一代的頭上。

新世紀的女神啊，我們向妳致敬！〔1861 年〕

這是一篇歌誦現代的散文詩，最初發表在 1861 年哥本哈根出版的《新的童話和故事集》第二卷第一部裡。「新世紀的女神」

實際上是「時代（安徒生所處的那個時代）精神」的一種形象
化的說法，安徒生所歌誦的「時代」及其發展的趨勢，不是指
當時政治和經濟的發展情況以及人民生活所達到的水準（對這
他感到很難過），而是當時科學家、發明家、藝術家、作家、詩
人在發明創造上所得到的成就和他們所倡導的新思想，新觀
念。他們把人類文明推向一個新的境界。「中國的萬里長城不久
就要崩潰；歐洲的火車將要伸到亞洲閉關自守的文化中去
——這兩種文化將要滙合起來！」這裡所謂的「萬里長城不久
就要崩潰」，指古時統治者為了切斷不同種族人民之間交往而
修築的連綿萬里的長城。這段寓言性的論斷，在今天的中國正
在成為事實，成為國家政策的一部分：「對外開放」。

【註釋】

①洛可可(Rococo)式是十八世紀流行於法國的一種藝術風格，以富麗豪華見稱。

②「斯加德」(Skald)是古代冰島的一種史詩，愛文德(Eivind)是古代北歐一個演唱
　這種史詩的名歌唱家。

③費爾杜西(Firdusi, 940～1020)是波斯有名的敍事詩人。

④這是德國十二至十四世紀一種歌唱抒情詩的詩人。

⑤比得拜(Bidpai)是古代印度的一個有名的寓言作家。

⑥加里波第(Garibaldi, 1807～1882)是義大利十九世紀的一個軍人和愛國主義者。

⑦加爾德龍(PedroCalderon de Ia Barca, 1600～1681)是西班牙的名劇作家。

⑧普拉圖斯 (Titus Maccius Plautus, 約西元前254～前184) 是紀元前第一世紀的
　羅馬劇作家。

⑨蒙特果爾菲(Joseph Michael Montgorfier, 1740～1810)是法國的發明家。他在

1873 年試驗氫氣球飛行。

⑩洛克(Rok)是非洲神話中的巨鳥。它可以銜著象去餵它的幼鳥,《一千零一夜》中有記載關於這種鳥的故事。

⑪這是美國詩人朗費羅(Henry Wadsworth Longfellow, 1807～1882)的一部名作。

⑫這是一個龐大的石像,在古埃及的德布斯附近。據傳說,它一接觸到太陽光,就會發出音樂。

⑬指英國,因為英國多煤礦。

⑭古希臘劇作家,據說是悲劇的創始人。

⑮這是南歐的一種抒情詩人;他們主要的作品是英雄的戀愛故事。

⑯「拉涅洛克」(Ragnurok)在北歐童話中是「世界末日」的意思。在「末日」到來的前夕,世界遍地將遭到混亂和暴風雨的襲擊。「末日」過後世界將獲得重生。

⑰吉姆列(Gimle)是北歐神話中的「天堂」,只有正義的人可以走進去,永遠住在裡面。

各得其所

這是一百多年前的事情！

在樹林後面的一個大湖旁邊，有一座古老的公館，周圍有一道很深的壕溝，裡面長著許多蘆葦和草。在通向入口的橋邊，長著一棵古老的柳樹；它的枝條垂向這些蘆葦。

從空巷裡傳來一陣號角聲和馬蹄聲，一個養鵝姑娘趁著一群獵人還沒有奔馳過來以前，趕快把她的一群鵝從橋邊趕走。獵人飛快地跑近了。她只好急忙爬到橋頭的一塊石頭上，免得

被他們踩倒。她仍然是個孩子，身材很瘦削；但是她臉上有一種和藹的表情和一雙明亮的眼睛。帶隊的老爺沒有注意到這點。當他飛馳過去的時候，他把鞭子掉過來，惡作劇地用鞭子的把手向女孩的胸脯一推，使得她仰身滾了下去。

「各得其所！」他大聲說，「請你滾到泥巴裡去吧！」

他哄笑起來。因為他覺得很好笑，所以和他一起來的人也都笑了。全體人馬都大肆叫囂，連獵犬也吠了起來。這真是所謂：

「富鳥飛來聲音大！」①

只有上帝知道，他現在還是不是富有。

這個可憐的養鵝女掉下去的時候，她伸手亂抓，結果抓住了柳樹的一條垂枝，這樣她就懸在泥沼上面了。老爺和他的獵犬馬上就走進大門不見了。她想要再爬上來，但是枝條忽然在上面斷了；要不是上面一隻強壯的手抓住了她，她就要掉落到蘆葦裡去了。這人是一個流浪小販，他在不遠的地方看到整個事件，所以他就急忙地趕過來幫助她。

「各得其所！」他模擬那位老爺的口吻開玩笑。接著把小姑娘拉到乾地上來。他倒很想把那根斷了的枝條接上，但是「各得其所」不是在任何場合下都可以做得到的！於是他就把這枝條插到柔軟的土裡。「假如你能夠的話，生長吧，一直長到可以成為那個公館裡的人們的一管笛子！」

他倒希望這位老爺和他的家人挨一頓痛打呢。他走進這個公館裡去，但並不是走進客廳，因為他太微賤了！他走進僕人住的地方去。他們翻了翻他的貨品，爭論了一番價錢。這時，

從上房的酒席上，飄來一陣喧鬧和尖叫聲——這就是他們所謂的唱歌；比這更好的事他們就不會了。笑聲和狗吠聲、大吃大喝聲，混做一團。普通酒和強烈的啤酒在酒罐和玻璃杯裡冒著泡，走狗跟主人坐在一起吃喝。有的走狗用耳朵把鼻子擦乾淨以後，還得到少爺們的親吻。

他們請這小販帶著貨品走上來，不過他們的目的是要開他的玩笑。酒已經入了他們的肚腸，理智已經飛走了。他們把啤酒倒進襪子裡，叫小販跟他們一起喝，但是必須喝得快！這辦法既巧妙，又能逗人發笑。於是他們把牲口、農奴和農莊都拿出來做爲賭注，有的贏，有的輸了。

「各得其所！」小販在走出這個他所謂的「罪惡的淵藪」時說。「我的處『所』是寬廣的大路，我在那裡面一點也不覺得自在。」

養鵝的小姑娘從田野的籬笆那兒對他點頭。

許多天過去了。許多星期過去了。小販插在壕溝旁那根折斷的楊柳枝，顯然還是新鮮和翠綠的；它甚至還冒出了嫩芽。養鵝的小姑娘知道這根枝條已經生了根，就感到非常愉快，因爲她覺得這棵樹是她的樹。

這棵樹在生長。但是公館裡的一切，在喝酒和賭博中很快地幻滅了——這兩件事像輪子一樣，任何人在上面是站不穩的。

六個年頭還沒有過完，老爺成爲一個窮人，他拿著袋子和手杖走出這公館。公館被一個富有的小販買去了。他就是曾經在這兒被戲弄和譏笑過的那個人——那個得從襪子裡喝啤酒的

人。但是誠實和勤儉帶來興盛，現在這個小販成爲公館的主人。不過從這時起，打紙牌的賭博就不許在這兒玩了。

「這是很壞的消遣，」他說：「魔鬼第一次看到《聖經》時，就想放一本壞書來取代它，於是發明了紙牌！」

這位新主人娶了一個太太。她不是別人，就是那個養鵝的女孩。她一直很忠誠、虔敬和善良。她穿上新衣服就非常漂亮，好像她天生就是一個貴婦人似的。事情怎麼會是這樣呢？是的，在我們這個忙碌的時代裡，這是一個很長的故事；不過事情就是如此，而且最重要的一部分還在後面。

住在這座古老公館裡是很幸福的。母親管家裡的事，父親管外面的事，幸福好像是從泉水裡湧出來的。凡是幸運的地方，就經常有幸運來臨。這座老房子被打掃和油漆得煥然一新；壞溝也清除了，果樹也種起來了。一切都顯得溫暖而愉快，地板擦得很亮，像一個棋盤。在漫長的冬夜裡，女主人和女傭人坐在堂屋裡織羊毛或紡織。禮拜天的晚上，司法官——那個小販成了司法官，雖然他現在已經老了——就讀一段《聖經》。孩子們——因爲他們生了孩子——都長大了，而且受到很好的教育，像在別的家庭裡一樣，他們的能力各有不同。

公館門外的那根柳樹枝，已經長成一棵美麗的樹。它自由自在地立在那兒，還沒有被剪過枝。「這是我們的家族樹！」這對老夫婦說；這樹應該得到光榮和尊敬——他們這樣告訴他們的孩子，包括那些頭腦不太聰明的孩子。

一百年過去了。

這就是我們的時代。湖已經變成了一塊沼地，老公館也不

見了，現在只剩下一個長方形的水潭，兩邊立著一些斷垣殘壁。
這就是那條壕溝的遺址。這兒還立著一株壯麗的老垂柳，它就
是那棵老家族樹。這似乎是說明，一棵樹如果你不去管它，它
會變得多麼美麗。當然，它的主幹從根到頂都裂開了；風暴也
把它打得略爲彎了一點，雖然這樣，它仍然站得很堅挺，而且
在每一個裂口裡──風和雨送了些泥土進去──還長出了草和
花；尤其是在頂上大枝椏分叉的地方，許多覆盆子和繁縷形成
一個懸空的花園。這裡甚至還長出幾棵山梨樹；它們苗條地立
在這棵老柳樹的身上。當風兒把靑浮草吹到水潭的角落裡去的
時候，老柳樹的影子就在蔭深的水上出現。一條小徑從這棵樹
的附近一直延伸到田野。

　　在樹林附近一個風景優美的小山上，有一棟新房子，既寬
大，又華麗；窗玻璃是那麼透明，人們可能以爲它完全沒有鑲
玻璃。大門前面的寬大台階很像玫瑰花和寬葉植物形成的一個
花亭。草坪是那麼碧綠，好像每一片葉子早晚都被沖洗過一番
似的。廳堂裡懸著華貴的畫。套著錦緞和天鵝絨的椅子與沙發，
簡直像自己能夠走動似的。此外，還有光亮的大理石桌子，燙
金的精裝書籍。是的，這兒住的是富有的人；這兒住的是貴族
──一位男爵。

　　一切東西都搭配得很調和，這兒的格言是：「各得其所！」
從前在另一棟老房子裡光榮地、排場地掛著的一些畫，現在統
統都在通往僕人住處的走廊上掛著。它們現在成了廢物──特
別是那兩幅老畫像：一幅是一位穿粉紅上衣、戴著撲粉假髮的
紳士，另一幅是一位太太──她向上梳的頭髮也撲了粉，她的

手裡拿著一朵紅玫瑰花。他們兩人四周圍著一圈柳樹枝編成的花環。這兩張畫上佈滿了圓洞，因爲小男爵們常常把這兩位老人當做射箭的靶子。這兩位老人就是司法官和他的夫人——這個家族的始祖。

「但是他們並不眞正屬於這個家族！」一位小男爵說。「他是一個小販，而她是一個養鵝的丫頭。他們一點也不像爸爸和媽媽。」

這兩張畫成爲沒有價值的廢物。因此，正如人們所說的，它們「各得其所」！曾祖父和曾祖母就來到通往僕人宿舍的走廊上。

牧師的兒子是這個公館裡的家庭教師。有一天，他和小男爵們以及他們受了堅信禮不久的姊姊到外面去散步。他們在小徑上向那棵老柳樹後方走去；當他們正在走著的時候，這位小姐就用田裡的小花紮了一個花束。「各得其所」，所以這些花兒也形成一個美麗的整體。在這同時，她傾聽著大家的高談闊論。她喜歡聽牧師的兒子談起大自然的威力，談起歷史上偉大的男子和女人。她有健康愉快的個性，高尙的思想和靈魂，還有一顆喜愛上帝所創造的一切事物的心。

他們在老柳樹旁邊停下來。最小的那位男爵很希望有一管笛子，因爲他從前有過一管用柳樹枝雕成的笛子。牧師的兒子便折下一根樹枝。

「啊，請不要這樣做吧！」年輕的女爵說。然而枝條已經被折下了。「這是我們的一棵有名的老樹，我非常心疼它！他們在家裡常常因此嘲笑我，但是我不管！這棵樹有一個來歷！」

　　於是她就把她所知道的關於這棵樹的事情全都講出來：關
於那個老公館的事情，以及那個小販和那個養鵝姑娘怎樣在這
地方第一次相遇、後來又怎樣成爲這個有名家族的始祖的事
情。

　　「這兩個善良的老人他們不願意成爲貴族！」她說，「他們
遵守著『各得其所』的格言；因此他們覺得，假如他們用錢買
來一個爵位，那就與他們的地位不相稱了。只有他們的兒子
──我們的祖父──才正式成爲一位男爵。據說他是一位非常
有學問的人，他常常跟王子和公主們來往，還常常參加他們的
宴會。家裡所有的人都非常喜歡他。但是，我不知道爲什麼，
最初的那對老人對我有某種吸引力，老房子裡的生活一定是這
樣地安靜和莊嚴：主婦和女僕們一起坐著紡紗，老主人高聲朗
誦著《聖經》。」

　　「他們是一對可愛的通情理的人！」牧師的兒子說。

　　談到這兒，他們的談話就自然接觸到貴族和市民了。牧師
的兒子幾乎不太像一般的市民，因爲他談起貴族的事情時，他
是那麼熟悉。他說：

　　「一個人做爲一個有名望的家庭的一員，是一樁幸運！同
樣的，一個人血統裡有一種鼓舞他向上的動力，也是一樁幸運。
一個人有一個族名做爲走進上流社會的橋樑，是一樁美事。貴
族是高貴的意思。它是一塊金幣，上面刻著它的價值。我們這
個時代的調子──許多詩人也自然隨聲附和──是：一切高貴
的東西總是愚蠢和沒有價值的；至於窮人，他們越不行，他們
就越聰明。不過這不是我的見解，因爲我認爲這種看法完全錯

誤的，虛僞的。在上流社會裡面，人們可以發現許多美麗和感動人的特點。我的母親告訴過我一個經驗，而且我還可以舉出許多別的例子來。她到城裡去拜訪一個貴族家庭。我想，我的祖母曾經當過那家主婦的奶媽。有一天，她跟那位高貴的老爺坐在一個房間裡。這老爺看見一個老太婆拄著拐杖蹣跚地走進屋子裡。她每個禮拜天都來，而且一來就帶走幾個銀幣。『這是一個可憐的老太婆，』老爺說；『她走路眞不容易！』在我的母親還沒有懂得他的意思以前，他就走出了房門，跑下樓梯，親自走到那個窮苦的老太婆身邊去，免得她爲了拿幾個銀幣而走艱難的路。這不過是一件小小的事情；但是，像《聖經》上所寫的『寡婦的一文錢』②一樣，它在人心的深處，在人類的天性中引起回音。詩人就應該把這類事情指出來，歌頌它，特別是在我們這個時代，因爲這會產生好的影響，會說服人心。不過有的人，因爲有高貴的血統，同時出身於望族，常常像阿拉伯的馬一樣，喜歡翹起前腿在大街上嘶鳴。只要有一個普通人來過，他就在房間裡說：『平民曾經到過這裡！』這說明貴族在腐化，變成一個假面具，一個德斯比斯③所創造的那種面具。人們譏笑這種人，把他當成諷刺的對象。」

這就是牧師的兒子的一番議論。它未免太長了一點，但在這期間，那管笛子卻雕成了。

公館裡有一大批客人，都是從附近地區和京城裡來的。有些女士們穿著很入時，有的則不然。大客廳裡擠滿了人。附近地區的一些牧師都恭敬地擠在一個角落裡——這使人覺得好像要舉行葬禮似的。但這卻是一個歡樂的場合，只不過歡樂還沒

有開始罷了。

　　這兒應該有一個盛大的音樂會才好。一位小男爵把他的柳樹笛子拿出來，不過他吹不出聲音，他的爸爸也吹不出，所以這笛子成了一個廢物。

　　這兒現在有了音樂，也有了歌唱，這使演唱的人感到特別愉快，當然這也不壞！

　　「你也是一個音樂家嗎？」一位漂亮紳士——他只不過是他父母的兒子——說。「你吹奏這管笛子，而且你還親手把它雕出來。這簡直是天才，而天才坐在光榮的席位上，統治著一切。啊，天啦！我是在跟著時代走——每個人非這樣不可。啊，請你用這小小的樂器來讓我們著迷一下吧，好不好？」

　　於是他就把用水池旁那根柳樹枝雕成的笛子，交給牧師的兒子。他同時大聲說，這位家庭教師將要用這樂器爲大家獨奏。

　　現在他們要開他的玩笑，這是很清楚的了。因此這位家庭教師就不肯吹，雖然他可以吹得很好。但是大家都堅持要他吹，他最後只好拿起笛子，湊到嘴上。

　　這眞是一管奇妙的笛子！它發出一個怪聲音，比蒸氣機所發出的汽笛聲還要粗。這聲音在院子上空，在花園和森林裡盤旋，遠遠地飄到田野上去。隨著這個音調，同時吹來了一陣呼嘯的狂風，呼嘯著說：「各得其所！」於是爸爸就好像被風吹動似地，飛出了大廳，落在牧人的房間裡去了；而牧人也飛起來，但是卻沒有飛進那個大廳裡去，因爲他不能去——嗨，他飛到僕人的宿舍裡去，飛到那些穿著絲襪子、大搖大擺地走著路的、漂亮的侍從中間去。這些驕傲的僕人們目瞪口呆地想：

這麼一個下賤的人物，居然敢跟他們一起坐上桌子。

　　但是在大廳裡，年輕的女爵飛到桌子的首席上去。她是有資格坐在這兒的。牧師的兒子坐在她旁邊。他們兩人就這樣坐著，好像一對新婚夫婦似的。只有一位老伯爵——他屬於一個最老的家族——仍然坐在他尊貴的位子上沒有移動；因為這管笛子是很公正的，人也應該是這樣。那位幽默的漂亮紳士——他只不過是他父親的兒子——這次吹笛的煽動人倒栽蔥地飛進雞舍裡，但他並不是孤獨地一個人在那兒。

　　在附近一帶方圓十多里以內，大家都聽到了笛聲和這些奇怪的事情。一個富有商人的全家，坐在一輛四匹馬拉的車子裡，被吹出了車廂，連在車後都找不到一塊地方可以著地。兩個有錢的農夫，他們在我們這個時代長得比他們田裡的麥子還高——卻被吹到泥巴溝裡去了。這是一管危險的笛子！很幸運的是，它在發出第一個音調後就裂開了。這是一件好事，因為這樣它就又被放進衣袋裡去了：「各得其所！」

　　這二天起，誰也不提這件事情，因此我們就有了「笛子入袋」這個成語。每件東西都回到它原來的位子上去。只有那個小販和養鵝女的畫像掛到大客廳裡來了，它們是被吹到那兒的牆上去的。正如一位真正的鑒賞家說過的一樣，它們是由一位名家畫出來的；所以它們現在掛在應該掛的地方。人們從前不知道它們有什麼價值，而人們又怎麼會知道呢？現在它們懸在光榮的位置上：「各得其所！」事情就是這樣！永恆的真理是很長的——比這個故事要長得多。〔1853 年〕

　　這個小故事最初發表在 1853 年出版的《故事集》第二卷。這是一篇有關世態的速寫。真正「光榮」的是那些勤勞、樸質、善良的人們，他們的畫像應該「懸在最光榮的位置上」。那些裝腔作勢、昂首闊步的大人物，實際上什麼也不是，只不過「倒栽葱地飛進雞舍裡。」這就是「各得其所」，它的寓意是很深的。安徒生在他的手記中說：「詩人蒂勒(T・M・Thiele， 1795～1874)對我說：『寫一篇關於把一切吹到它恰當的位置上的笛子的故事吧。』我的這篇故事的來歷，就完全源自這句話。」

【註釋】

①這是丹麥的一句古老的諺語，意思是：「富人出行，聲勢浩大！」

②即「錢少而可貴」的意思，源出《聖經・新約・馬可福音》：「耶穌對銀庫坐著，看衆人怎樣投錢入庫。有好些財主，往裡面投了若干的錢。有一個窮寡婦來，往裡投了兩個小錢，這就是一個大錢。耶穌叫來門徒來，說，我老實告訴你們，這窮寡婦投入庫裡的，比衆人所投的還多。因爲他們都是自己有餘，拿出來投在裡頭。但這寡婦是自己不足，把她一切養生的都投進去了。」

③德斯比斯(Thespis)是西元前六世紀希臘的一個戲劇家，是悲劇的創始者。

一星期的日子

忽然有一天，一星期中的七個日子個個想停止工作，聚集在一起，開一個聯歡會。不過每一個日子都是很忙的；一年到頭，他們騰不出一點時間來。他們必須有一整天的空閒才行，而這只能每隔四年才碰到一次。這樣的一天是在二月裡，為的是要使年月的計算不至於混亂①。

因此，他們就決定在這個閏日裡開他們的聯歡會。二月也是一個狂歡節的月分，他將依照自己的口味和個性，穿著狂歡

節的衣服來參加。他們將要大吃大喝一番，發表些演說，同時
相互以友愛的精神毫無顧忌地說些愉快和不愉快的話語。古代
的戰士們在吃飯的時候，常常把啃光了的骨頭彼此往頭上扔。
不過一星期的這幾個日子，卻只是痛快地開一個玩笑和說說風
趣的話──當然以合乎狂歡節日的天眞玩笑精神爲原則。

閏日到來了，於是他們就開聯歡會。

星期日是這幾個日子的首領。他穿著一件黑絲絨外套，虔
誠的人可能以爲他穿著牧師的袍子，要到教堂去做禮拜呢。不
過世故的人都知道，他穿的是化裝舞衫，而且他打算要去狂歡
一陣。他扣眼上插的那朵鮮紅的荷蘭石竹花，是戲院的小紅燈
──它說：「票已賣完，請各位自己另找消遣吧！」

接著來的是星期一。他是一個年輕的小伙子，跟星期日有
親族關係。他特別喜歡尋開心。他說他是在近衛隊換班的時候
離開工廠的②。

「我必須出來聽聽奧芬巴赫③的音樂。它對我的頭腦和心
靈並不發生什麼影響，但是卻使我腿上的肌肉發癢。我不得不
跳跳舞，喝點酒，讓頭上挨幾拳，然後在第二天開始工做。我
是一個星期的開始！」

星期二是杜爾的日子④──力量的日子。

「是的，這一天就是我！」星期二說。「我開始工做。我把
麥爾庫爾的翅膀綁在商人的鞋上⑤，到工廠去看看輪子是否上
好了油，在轉動。我認爲裁縫應該坐在工作枱旁邊，鋪路工人
應該在街上。每個人應該做自己應做的工作，我關心大家的事
情，因爲我穿著一套警察的制服，把我自己叫做『巡警日』。如

果你覺得我這話說得不好聽，那麼，請你去找一個說得更好聽
的人吧！」

「現在我來了！」星期三說。「我站在一星期的中間。德國
人把我叫做『中星期先生』⑥。我在店鋪裡像一個店員；我是一
星期所有了不起的日子中的一朵花。如果我們一起齊步走，那
麼我前面有三天，後面也有三天，他們好像是我的儀仗隊似的。
我不得不認為，我是一星期中最了不起的一天！」

星期四來了；他穿著一身銅匠的工作服，帶著一把鎯頭和
銅壺──這是他貴族出身的標記。

「我的出身最高貴！」他說，「我既是異教徒，同時又很神
聖。我的名字在北國源出於多爾；在南方是源出於丘比特⑦。他
們都會打雷和閃電，這個家族現在仍然保留著這套本領。」

於是他敲敲銅壺，表示自己出身的高貴。

星期五來了，穿得像一個年輕的姑娘。她把自己叫做佛列
婭；有時為了換換口味，也叫維納斯──這要看她所在的那個
國家的語言而定⑧。她說她平時是一個心平氣和的人，不過今天
卻有點放肆，因為這是一個閏日──這一天給婦女帶來自由，
因為依照習慣，她在這天可以向人求婚，而不必等人向她求婚
⑨。

星期六帶著一把掃帚和洗刷用具，以老管家娘娘的姿態出
現了。她最心愛的是啤酒和麵包片做的湯。不過在這個節日裡
她不要求把湯放在桌子上讓大家喝。她只是自己要喝它，而她
也就如願以償了。

一星期的日子就這樣在餐桌旁坐了下來了。

他們七個人就是這個樣子，人們可以把他們畫成連環畫，做為家庭裡的一種消遣。在畫中，人們盡可以使他們顯得滑稽。我們在這兒只不過把他們拉出來，當做對二月開的一個玩笑，因為只有這個月才多出一天。〔1869 年〕

這篇散文，首先發表在 1869 年哥本哈根出版的《紀念品》上——這是一份年曆的名稱。安徒生根據該年曆的出版者多及爾生的要求寫出此文。「我根據要求，匆匆忙忙地寫成這篇有關一星期幾個日子的故事。」但是他寫得極為風趣。

【註釋】

①每隔四年的二月有一個閏日，使二月多出一天。

②這是指看守皇宮的衛隊，每次換班的時候有一套儀式，並且會奏樂。

③奧芬巴赫(Jacques Offenbach, 1819～1880)是德國的一個大音樂家和作曲家，後來入法國籍，成為「法蘭西喜劇劇團」的音樂指揮。

④杜爾(Tyr)是北歐神話中的戰神和天神。星期二(Tirsday)在丹麥文中叫做「杜爾的日子」——Tirs－day。

⑤麥爾庫爾(Merkur)是羅馬神話中科學和商業之神，身上長有一雙翅膀。

⑥德文是 Mittwoch，即在一星期中的意思。

⑦「星期四」在丹麥、挪威和瑞典文裡是 Torsdag，即「多爾之日」的意思。多爾(Thor)是北歐神話中的雷神。星期四在法文裡是 Jeudi，即「叔烏之日」的意思。叔烏

(Jove)是羅馬神話中的天神和雷神丘比特的別名。

⑧星期五(Freday)是從北歐神話中愛情之神──同時也是最美麗的女神──佛列

　娅(Freia)的名字轉化出來的。因此星期五在北歐是一星期中最幸運的一個日子。

　在羅馬神話中，愛情之神是維納斯，因此星期五也跟「維納斯」有字源的聯繫。

⑨作者在這兒玩文字遊戲。星期五(Freday)中的 Fre 跟另一個字的 Fri 發音相似。

　Fri 在丹參文中當名詞用是「自由」的意思，當動詞用是「求婚」的意思。

錢豬

嬰兒室裡有許許多多玩具。櫥櫃頂上有一個撲滿，形狀像豬，是泥燒的。它的背上自然還有一條狹口。這狹口後來又用刀子挖大了一點，好使整個銀元也可以塞進去。的確，除了許多銀幣以外，裡面也有兩塊銀元。

錢豬裝得非常滿，搖也搖不響——這的確要算是一個錢豬所能達到的最高峰了。他現在高高站在櫥櫃上，瞧不起房裡其他的東西。他知道得很清楚，他肚皮裡所裝的錢可以買到所有

的玩具。這就是我們所謂的「心中有數」。

　　別的玩具也想到了這一點，雖然它們沒講出來——因為還有許多其他的事情要講。桌子的抽屜是半開著的；裡面有一個很大的玩具。她稍微有點舊，脖子也修理過一次。她向外邊看了一眼，說：

　　「我們現在來扮演人好嗎？因為這畢竟是值得一做的事情！」

　　這時大家騷動了一下，甚至牆上掛著的畫也轉過身來，表示它們也有反對的意見；不過這並不表示它們在抗議。

　　現在是半夜了。月亮從窗子外面照進來，送來不花錢的光。遊戲就要開始了。所有的玩具，甚至比較粗糙的學步車，都被邀請了。

　　「每個人都有自己的優點，」學步車說。「我們不能全都是貴族。正如俗話所說的，總要有人做事才行呀！」

　　只有錢豬接到一張手寫的請帖，因為他的地位很高，大家都相信他不會接受口頭的邀請。的確，他並沒有回答是否要來，而事實上他沒有來。如果要他參加的話，他想在自己家裡欣賞。大家可以照他的意思玩遊戲。結果他們照辦了。

　　那個小玩偶舞台佈置得恰好可以讓他一眼看到台上的表演。大家想先演一齣喜劇，然後再喝茶和做知識練習。他們立刻就開始了。搖木馬談到訓練和純血統問題，學步車談到鐵路和蒸氣的力量，這些事情都是他們的本行，所以他們都能談談。座鐘談起政治：「滴答——滴答」。它知道它敲的是什麼時刻，不過，有人說他走得並不準確。竹手杖直挺挺地站著，驕傲得

不可一世，因爲它上面包了銀頭，下面箍了銅環，上上下下都包了東西。沙發上躺著兩個繡花墊子，很好看，但是糊塗。

現在戲要開始了。

大家都坐著看戲。不過事先大家都說好了，應該根據自己喜歡的程度喝采、鼓掌和跺腳。但是馬鞭說他從來不爲老人鼓掌，只爲還沒有結婚的年輕人鼓掌。

「我對大家都鼓掌。」爆竹說。

「每個人應該有一個立場！」痰盂說。這是當戲正在演的時候它們心中的想法。

這齣戲沒有什麼價值，但是演得很好。所有的演員都把它們塗了顏色的一面背向觀衆，因爲它們只能把正面表現出來，而不能露出反面。大家都演得非常好，都跑到舞台前面來，因爲拉著它們的線很長，而這樣觀衆就可以看得更清楚。

那個補了一次的玩偶是那麼興奮，使得她的補丁都鬆開了。錢豬也興奮起來，他決心要爲演員中的某一位做點事情：他要在遺囑上寫下，到了適當的時候，他要這位演員要跟他一起葬在公墓裡。這才是眞正的愉快，因此就大家放棄了喝茶，繼續做知識練習。這就是它們所謂的扮演人類了。這裡面並沒有什麼惡意，因爲它們只不過是扮演罷了，每件東西只想著自己，並猜想錢豬的心事；而錢豬想得最遠，因爲他想到了寫遺囑和下葬的事。這事會在什麼時候發生，他總是比別人料想得早。

啪！他從櫥櫃上掉下來了──掉落到地上，跌成了碎片。小銀幣跳著、舞著，頂小的打轉著，那些大的打著轉滾開了，

特別是那塊大銀元——他居然想跑到廣大的世界裡去。結果他真的跑到廣大的世界裡去了，其他的也都一樣。錢豬的碎片則被掃進垃圾箱裡去了。不過，在第二天，碗櫃上又出現了一個泥燒的新錢豬，它肚子裡還沒有裝進錢，因此它也搖不出聲響來；就這一點上來說，它跟別的東西完全沒有什麼不同。不過這只是一個開始而已——與這開始同時，我們做一個結尾。

〔1855 年〕

　　這是一篇很風趣的小品，最初發表在 1855 年哥本哈根出版的《丹麥大眾曆書》上。「錢豬」肚子裡裝滿錢，滿得連搖動時響聲都發不出來，有大人物沉著莊重的樣子。但它跌碎了以後，錢都漏光了，另一個新「錢豬」來代替它，「它肚子裡還沒有裝進錢，因此它也搖不出聲響來。」既然如此，「它跟別的東西完全沒有什麼不同，」因此它就談不上是什麼大人物了。世事就是如此。

在遼遠的海極

有　幾艘大船開到北極去；它們的目的是要發現陸地和海洋的界線，同時也要試驗一下，人類到底能夠向前走多遠。它們在霧和冰中航行了好幾年，也吃過不少苦頭。現在冬天開始了，太陽已經不見了。漫長的黑夜將要一連持續好幾個星期。四周是一望無際的冰塊。船隻已經凝住在冰塊上。雪堆積得很高；從雪堆中人們建立起蜂窩似的小屋——有的很大，像我們的古冢①；有的還要更大，可以住下三、四個人。但是這兒並非漆黑

一團；北極光射出紅色和藍色的光彩，好像永遠不滅的、大朵的焰火。雪發出亮光，大自然是一片黃昏的彩霞。

當天空最亮的時候，當地的土人就成群結隊地走出來。他們穿著毛茸茸的皮衣，樣子非常新奇。他們坐著用冰塊做成的雪橇，運輸大捆獸皮，好使雪屋能夠鋪上溫暖的地毯。這些獸皮還可以當被子和褥子使用。當外面正在結冰、冷得比我們嚴寒的冬天還要冷的時候，水手們就可以裹著這些被子睡覺。

在我們住的地方，這時還只是秋天。住在冰天雪地裡的他們，也不禁想起了這件事情。他們記起了故鄉的太陽光，同時也不免想起了掛在樹上的紅葉。鐘上的時針指明這正是夜晚和睡覺的時候。事實上，冰屋裡已經有兩個人躺下來要睡了。

這兩個中，最年輕的那一位身邊帶著他最好和最貴重的寶物——一部《聖經》。這是他動身前他的祖母送給他的。他每天晚上把它放在枕頭底下。他從兒童時代起就知道書裡面寫的是什麼內容。他每天讀一小段，而且每次翻開的時候，他就讀到這幾句能給他安慰的神聖話語：「我若展開清晨的翅膀，飛到海極居住，就是在那裡，你的手必引導我，你的右手，也必扶持我②。」

他記住這些含有真理的話，懷著信心，閉起眼睛；於是他睡著了，做起夢來。夢就是上帝給他的精神上的啟示。當身體在休息的時候，靈魂就活躍起來，他能感覺到這一點；這好像那些親愛的、熟識的、舊時的歌聲；這好像那在他身邊吹動的、溫暖的、夏天的風。他從睡著的地方看到一片白光在他身上擴展開來，好像是一件什麼東西從雪屋頂上照進來似的。他抬起

頭來看，這白光並不是從牆上或天花板上射進來的。它是從天使肩上的兩個大翅膀上射下來的。他向天使發光的、溫柔的臉上看去。

這位天使從《聖經》的書頁裡升上來，好像是從百合的花蕚裡升上來似的。他伸開手臂，雪屋的牆正向下墜落，好像只是一層輕飄的薄霧似的。故鄉的綠草原、山丘和赤褐色樹林，在美麗的秋天的太陽光中靜靜地展開來。鸛鳥的窠已經空了，但是野蘋果樹上仍然懸著蘋果，雖然葉子都已經掉落了。玫瑰射出紅光；在他的家——一個農舍——的窗子前面，一隻八哥正在一個小綠籠子裡唱著歌。這隻八哥所唱的正是他以前教它的那支歌。祖母在籠子上掛些鳥食，正如他——她的孫子——以前所做過的那樣。鐵匠那個年輕而美麗的女兒，正站在井邊汲水。她對祖母點著頭，祖母也對她招手，並且給她看一封遠方的來信。這封信正是這天從北極寒冷的地方寄來的。她的孫子現在就在上帝保護下，住在那兒。

她們不禁大笑起來，又不禁哭起來，而他住在冰天雪地裡，在天使的雙翼下，也禁不住在精神上跟她們一起笑，一起哭。她們高聲地讀著信上所寫的上帝的話語：就算在海極居住，「你的右手，也必扶持我。」四周發出一陣動聽的念聖詩的聲音。天使在這個做夢的年輕人身上，展開他的迷霧般的翅膀。

他的夢做完了。雪屋裡一片漆黑，但是他的頭底下放著《聖經》，心裡充滿了信心和希望。「在這海極的地方」，上帝在他的身邊，家也在他的身邊！〔1856 年〕

　　這篇作品最先發表在《丹麥大眾曆書》裡。安徒生在這裡熱誠地歌誦了上帝——這也是他兒時在篤信上帝的父母影響下所形成的信念的再現。「雪屋裡一片漆黑，但是他的頭底下放著《聖經》，心裡充滿了信心和希望。『在這海極的地方』，上帝在他的身邊，家也在他的身邊！」對安徒生來說，上帝不是抽象的「神」，而是「信心」和「希望」的化身。人在困難時需要精神力量的支持，但安徒生在當時的現實社會中，找不到這種力量，只有在「上帝」身上尋求出路。他的出發點是人民，特別是那些善良勤勞的人民。

【註釋】

①這是指歐洲現存的一些史前期的古墓(Kaempehφie)。它們比一般墳墓大。
②引自《聖經·舊約全書·詩篇》第一三九篇，第九與第十節。

荷馬①墓上的一朵玫瑰

東方所有的歌曲都歌誦著夜鶯對玫瑰花的愛情。在星星閃爍的靜夜裡，這隻有翼的歌手就爲他芬芳的花兒唱一支情歌。

離土麥那②不遠，在一棵高大的梧桐樹下，商人趕著一群馱著東西的駱駝。這群牲口驕傲地昂起長脖子，笨重地在這神聖的土地上行進。我看到開滿了花的玫瑰樹所組成的籬笆，野鴿子在高大的樹枝間飛翔。當太陽射到它們身上的時候，它們的翅膀發著光，像珍珠一樣。

玫瑰樹籬笆上有一朵花，一朵所有的鮮花中最美麗的花。夜鶯對它唱出愛情的悲愁。但是這朵玫瑰一句話也不說，它的葉子上連一顆象徵同情的眼淚的露珠都沒有。它只是面對著幾塊大石頭垂下枝椏。

「這兒躺著一個世界上最偉大的歌手！」玫瑰花說。「我在他的墓上散發出香氣，當暴風雨襲來的時候，我的花瓣掉落到它身上。這位《依里亞特》的歌者變成土地中的塵土，我從這塵土中發芽和生長！我是荷馬墓上長出的一朵玫瑰。我太神聖了，我不能爲一隻平凡的夜鶯開出花來。」

於是夜鶯就一直歌唱到死。

趕駱駝的商人帶著馱東西的牲口和黑奴走來了。他的小兒子看到這隻死鳥。他把這個小小的歌手埋到偉大的荷馬墓裡。那朵玫瑰花在風中發抖。黃昏到來了，玫瑰花緊緊地收斂起花瓣，做了一個夢。

它夢見一個美麗的、陽光普照的日子。一群外國人——佛蘭克人——來參拜荷馬的墳墓。在這些外國人之中有一位歌手；他來自北國，來自雪塊和北極光的故鄉③。他摘下這朵玫瑰花，把它夾在一本書裡，然後帶到世界的另一部分——他遙遠的祖國去。這朵玫瑰花在悲哀中凋謝了，靜靜地躺在小書裡。他在家裡把書打開，說：「這是從荷馬的墓上摘下的一朵玫瑰花。」

這就是這朵花做的一個夢。她驚醒了起來，在風中發抖。於是一顆露珠從她的花瓣上滾到這位歌手的墓上去。太陽升起來了，天氣漸漸溫暖起來，玫瑰花開得比以前還要美麗。她生

長在溫暖的亞洲。這時有腳步聲響起來了。玫瑰花在夢裡所見到的那群佛蘭克人來了；在這些外國人中有一位北國詩人，他摘下這朵玫瑰花，在它新鮮的嘴唇上吻了一下，然後把它帶到雪塊和北極光的故鄉去。

　　這朵花的軀體像木乃伊一樣，現在躺在他的《依里亞特》裡面。它像在做夢一樣，聽到他打開這本書，說：「這是荷馬墓上的一朵玫瑰花。」〔1842 年〕

　　這是一首散文詩，收集在《詩人的集市》裡。大概也是安徒生在旅行中根據自己的見聞有感而寫成的。文中的「一位北國詩人」可能就是他本人。那朵玫瑰花有坎坷的遭遇，詩人的一生有時也有類似的經驗。因此也只有他最能理解和鍾愛這朵玫瑰花。

【註釋】

①荷馬(Homer)是西元前一千年希臘的一位偉大詩人。他的兩部馳名的史詩《依里亞特》(Iliad)和《奧德賽》(Odyssey)，是描寫希臘人遠征特洛伊城(Troy)的故事。這個城在小亞細亞西北部。

②士麥那(Smyrna)是土耳其西部的一個海口。

③指丹麥、挪威和瑞典。

野天鵝

當冬天到來的時候，燕子就向遙遠的地方飛去。在那遙遠的地方，住著一個國王。他有十一個兒子和一個女兒艾麗莎。這十一個弟兄都是王子。他們上學校的時候，胸前佩帶著心形的徽章，身邊掛著寶劍。他們用鑽石筆在金板上寫字。他們能夠把書從頭背到尾，從尾背到頭。人們一聽就知道他們是王子。他們的妹妹艾麗莎坐在一個鏡子做的小椅子上。她有一本畫冊，那需要半個王國的財產才能買到。

　　啊！這些孩子是非常幸福的；然而他們並不會永遠這樣。

　　他們的父親是這整個國家的國王，他和一個惡毒的王后結
了婚。她對這些可憐的孩子非常不好。他們在結婚的第一天就
已經看出來了。整個宮殿在舉行盛大的慶祝宴會，孩子們都在
玩招待客人的遊戲。可是卻連多餘的點心和烤蘋果也吃不到。
她只給他們一茶杯的沙子；而且對他們說，這就是好吃的東
西。

　　一個星期以後，新王后把小妹妹艾麗莎送到一個鄉下農人
的家裡寄住。過了不久，她在國王面前說了許多關於那些可憐
的王子們的壞話，使得國王再也不願意理他們了。

　　「你們飛到野外去吧，你們自己去謀生吧！」惡毒的王后
說。「你們像那些沒有聲音的巨鳥一樣飛走吧。」可是，她想做
的壞事並沒有完全實現，他們變成了十一隻美麗的野天鵝，發
出一陣奇異的叫聲，從宮殿的窗子飛了出去了，遠遠地飛過公
園，飛向森林裡去。

　　他們的妹妹還沒有起床，正睡在農人的屋子裡。當他們經
過這兒的時候，天還沒有亮多久。他們在屋頂上盤旋著，長脖
子一下轉向這邊，一下轉向那邊，同時拍著翅膀。可是誰也沒
有聽到或看到他們，他們得繼續向前飛，高高地飛進雲層，遠
遠地飛向茫茫的世界，一直飛進伸向海岸的一個大黑森林裡
去。

　　可憐的小艾麗莎待在農人的屋子裡，玩著一片綠葉，因為
她沒有別的玩具。她在葉子上穿了一個小洞，通過這個小洞她
可以向著太陽看，這時她似乎看到哥哥們明亮的眼睛。每當太

陽照在她臉上的時候，她就想起哥哥們給她的吻。

日子一天接著一天地過去了。風兒吹過屋外玫瑰花組成的
籬笆；風對這些玫瑰花兒低聲說：「還有誰比你們更美麗呢？」
可是玫瑰花兒搖搖頭，回答說：「還有艾麗莎！」星期天，當
老農婦在門口坐著，正在讀《聖詩集》的時候，風兒就吹起書
頁，對這書說：「還有誰比你們更好呢？」《聖詩集》說：「還
有艾麗莎！」玫瑰花和《聖詩集》所說的話，都是純粹的眞理。

艾麗莎到了十五歲的時候，她回家去了。王后一看到她那
樣美麗，不禁惱怒起來，充滿了憎恨。她很想把她變成一隻野
天鵝，像她的哥哥們一樣，但是她不敢馬上這樣做，因爲國王
想要看看自己的女兒。

一天的大清早，王后走到浴室裡去。浴室是用白色大理石
砌成的，裡面陳設著柔軟的坐墊和最華麗的地毯。她抓起三隻
癩蝦蟆，對每隻都吻了一下，然後對第一隻說：

「當艾麗莎走進浴池的時候，你就坐在她頭上，好使她變
得像你一樣笨。」再對第二隻說：「請你坐在她的前額上，好
使她變得像你一樣醜，讓她的父親認不出來。」又對第三隻低
聲說：「請你躺在她的心口，好使她有一顆罪惡的心，叫她因
此而感到痛苦。」

於是她把這幾隻癩蝦蟆放進清水裡，它們馬上變成了綠
色。王后把艾麗莎喊進來，替她脫了衣服，叫她走進水裡。當
她一跳進去的時候，第一隻癩蝦蟆坐到她的頭髮上，第二隻坐
到她的前額上，第三隻就坐到她的胸口上。可是艾麗莎一點也
沒有注意到這些癩蝦蟆。當她一站起來，水上浮起了三朵罌粟

花。如果這幾隻動物不是有毒的話，如果它們沒有被這巫婆吻過的話，它們就會變成幾朵紅色的玫瑰。但是無論怎樣，它們都得變成花，因為它們在她的頭上和心口躺過。她太善良、太天眞了，魔力沒有辦法在她身上發生作用。

當這惡毒的王后看到這情景時，就把艾麗莎全身都擦了核桃汁，使她變得全身棕黑。王后又在她美麗的臉上塗了一層發臭的油膏，使她漂亮的頭髮亂糟糟地糾成一團。美麗的艾麗莎，現在誰也沒有辦法認出來了。

當她的父親看到她的時候，不禁大吃一驚，並且說這不是他的女兒。除了看家狗和燕子以外，誰也不認識她了。但是他們都是可憐的動物，什麼話也說不出來。

可憐的艾麗莎哭起來了。她想起了她遠別了的十一個哥哥。她悲哀地偷偷走出宮殿，在田野和沼澤地上走了一整天，一直走到一個大黑森林裡。她不知道自己要到什麼地方去，只覺得非常悲哀；她想念她哥哥們：他們一定也像自己一樣，被趕進這個茫茫的世界裡來了。她得尋找他們，找到他們。

她來到這個森林不久，夜幕就落下來了。她迷失了方向，離開大路和小徑很遠；所以她就在柔軟的青苔上躺下來。她做完了晚禱以後，就把頭枕在一個樹根上休息。周圍非常靜寂，空氣是溫和的；在花叢中，在青苔裡，閃著無數螢火蟲的亮光，像綠色的火星一樣。當她把第一根樹枝輕輕地搖動一下的時候，這些閃著亮光的小蟲就向她身上飄來，像落下來的星星。

她一整夜夢著她的幾個哥哥：他們又是在一起玩耍的一群孩子了，他們用鑽石筆在金板上寫著字，讀著那價值半個王國

的、美麗的畫冊。不過，跟以前不一樣，他們在金板上寫的不
是零和線：不是的，而是他們做過的一些勇敢的事蹟——他們
親身體驗過和看過的事蹟。於是那本畫冊裡面一切東西也都有
了生命——鳥兒在唱，人從畫冊裡走出來，跟艾麗莎和哥哥們
談著話。不過，當她一翻開書頁的時候，他們馬上又跳進去了，
怕把圖畫的位置弄亂。

　　她醒來的時候，太陽已經升得很高了。事實上她看不見它，
因為高大的樹兒展開一片濃密的枝葉。不過太陽光在那上面搖
晃著，像一朵金子做的花。這些青枝綠葉散發出一陣香氣，鳥
兒幾乎要落到她的肩上。她聽到一陣潺潺的水聲，這是幾股很
大的泉水奔向湖泊時發出來的。這湖有非常美麗的沙底。它的
周圍長著一圈濃密的灌木林，不過有一處被一群雄鹿撞開了一
個很寬的缺口——艾麗莎就從這個缺口向湖邊走去。水非常地
清亮。假如風兒沒有把樹枝和灌木林吹得搖動起來的話，她就
會以為它們是畫在湖底的東西，因為每片葉子，不管是被太陽
照著的還是深藏在蔭處，全都很清楚地映在湖上。

　　當她一看到自己的臉孔的時候，馬上就感到非常驚恐：她
是那麼棕黑和醜陋！不過當她把小手沾了水、把眼睛和前額揉
了一會兒以後，她雪白的皮膚就又顯露出來了。於是她脫下衣
服，走到清涼的水裡去：人們在世界上再也找不到比她更美麗
的公主了。

　　當她重新穿好衣服、紮好長髮以後，就走到一股奔流的泉
水旁，用手捧著水喝。隨後她繼續向森林深處前進，但是她不
知道自己究竟會到什麼地方去。她想念親愛的哥哥們，她想著

仁慈的上帝——他絕不會遺棄她的。上帝叫野蘋果生長出來，使飢餓的人有東西吃。他現在就指引她到這樣的一棵樹旁去。它的枝椏全被果子壓彎了。她就在這兒吃午飯。她在這些枝椏下安放了一些支柱；然後向森林最蔭深的地方走去。

四周是那麼靜寂，她可以聽出自己的腳步聲，聽出在她腳下碎裂的每一片乾枯的葉子。這兒一隻鳥兒也看不見，一絲陽光也透不進這些濃密的樹枝。高大的樹幹排得那麼緊密，當她向前看的時候，就覺得好像看見一排木柵欄，密密地圍在她的四周。啊，她一生都沒有體驗過這樣的孤獨！

夜是漆黑的。青苔裡連一點螢火蟲的亮光都沒有。她躺下來睡覺的時候，心情非常沉重。不久，她好像覺得頭上的樹枝分開了，上帝正以溫柔的眼光凝望著她。許多許多天使在上帝的頭上和臂下偷偷向下窺探。

當她早晨醒來的時候，她不知道自己是在做夢呢，還是真正看見了這些東西。

她向前走了幾步，遇見一個老太婆提著一籃漿果。老太婆給了她幾個果子。艾麗莎問她有沒有看到十一個王子騎著馬兒走過這片森林。

「沒有，」老太婆說；「不過昨天我看到十一隻戴著金冠的天鵝，在附近的河裡游過去。」

她帶著艾麗莎向前走了一段路，走上一個山坡。在這山腳下有一條蜿蜒的小河。生長在兩岸的樹木，把長滿綠葉的長樹枝伸過去，彼此交叉起來。有些樹天生沒有辦法把樹枝伸向對岸，所以它們就將樹根從土裡穿出來，以便伸到水面上，與它

們的枝葉交織在一起。

　　艾麗莎對老太婆說了一聲再會。然後她就沿著河邊向前走，一直走到這條河流到的廣闊的海口。

　　現在，在這年輕女孩面前展開著的是一個美麗的大海，可是海上卻見不到一隻船帆，也見不到一艘船。她又怎樣前進呢？她看著海灘上數不盡的小石子；海水已經把它們洗圓了。玻璃碎片、石塊──所有流到這兒來的東西，都給海水磨出了新的面貌──都顯得比她細嫩的手還柔和。

　　水在不停地流動，因此堅硬的東西也被它變成柔和的東西。我也應該有這樣不倦的精神！多謝您的教訓，您──清亮的、流動的水波。我的心告訴我，有一天，您會引導我見到親愛的哥哥們的。

　　浪濤淌來的海草上有十一根白色的天鵝羽毛。她拾起它們，扎成一束。它們上面還帶有水滴──究竟這是露珠呢，還是眼淚，誰也說不出來。海濱是孤寂的。但是她一點也不覺得，因為海時時刻刻在變幻──它在幾點鐘以內所起的變化，比那些美麗的湖泊在一年中所起的變化還要多。當一大塊烏雲飄過來的時候，就好像大海在說：「我也可以顯得很陰暗呢。」隨後風也吹起來了，浪也翻起了白花。不過，當雲塊發出了霞光、風兒靜下來的時候，海看起來就像一片玫瑰花瓣，一忽兒變綠，一忽兒變白。但是，不管它怎樣地安靜，海濱一帶還是有輕微的波動。海水這時輕輕地向上升，像一個睡著嬰孩的胸脯。

　　當太陽快要落下來的時候，艾麗莎看見十一隻戴著金冠的野天鵝向著陸地飛來。它們一隻接著一隻掠過去，看起來像一

條長長的白色帶子。艾麗莎走上山坡，藏到一個灌木林的後邊去。天鵝們拍著白色的大翅膀，徐徐地在她附近落了下來。

太陽一落到水下面去了以後，這些天鵝的羽毛馬上脫落了，變成十一位美貌的王子——艾麗莎的哥哥們。她發出一聲驚叫。雖然他們已經有了很大的改變，可是她知道這就是哥哥們，一定是他們。所以她倒到他們的懷裡，喊出他們的名字。當他們看到、並認出是自己的小妹妹的時候，他們感到非常快樂。她現在長得那麼高大，那麼美麗。他們一會兒笑，一會兒哭。他們立刻知道了彼此的遭遇，知道後母對他們是多麼不好。

最大的哥哥說：「只要太陽還掛在天上，我們兄弟們就得變成野天鵝，不停地飛行。不過當它一落下去的時候，我們就恢復了人的原形。因此我們得時刻注意，在太陽落下去的時候，要找到一個休息的地方。如果這時我們還向雲層裡飛，一定會變成人墜落到深海裡去。我們並不住在這兒。在海的另一邊，有一個跟這裡同樣美麗的國度。不過去那兒的路程是很遙遠的。我們得飛過這片汪洋，而且在旅程中，沒有任何海島可以讓我們過夜；中途只有一塊礁石冒出水面，它的面積只夠我們幾個人緊緊地在上面擠著休息。當海浪湧起來的時候，泡沫就會向我們身上打來。不過，我們應該感謝上帝給了我們這塊礁石，在它上面，我們變成人來度過黑夜。要是沒有它，我們永遠也不能看見親愛的祖國了，因爲我們飛行過去要花費一年中最長的兩天。

「一年之中，我們只有一次可以拜訪父親的家。不過只能在那兒停留十一天。我們可以在大森林的上空盤旋，從那裡看

看宮殿，看看這個我們出生和父親居住的地方，看看教堂的塔
樓。這教堂裡埋葬著我們的母親。在這兒，灌木林和樹木就好
像我們的親屬；在那兒野馬像我們兒時常見的一樣，在原野上
奔跑；在那兒燒炭人唱古老的歌曲，我們兒時踏著它的調子跳
舞；那兒是我們的祖國：有一種力量把我們吸引到那兒來，在
那兒我們尋到了妳，親愛的小妹妹！我們還可以在那兒停留兩
天，然後就得橫飛過海，到那個美麗的國度裡去，然而那可不
是我們的祖國。有什麼辦法可以把妳帶去呢？我們既沒有大
船，也沒有小舟。」

「我怎樣可以救你們呢？」妹妹問。

他們差不多談了一整夜的話；他們只小睡了一兩個鐘頭。

艾麗莎醒來了，因為她頭上響起一陣天鵝的拍翅聲。哥哥
們又變了樣子了！他們正繞著大圈子盤旋；最後就向遠方飛
去。不過他們當中有一隻——最小的那一隻——脫隊了。他把
頭藏在妹妹的懷裡。她摸著他白色的翅膀，他們整天偎在一起。
黃昏的時候，其他的天鵝又飛了回來。當太陽又落下以後，他
們又恢復了原形。

「明天我們就要從這兒飛走，大概整整一年的時間裡，我
們不能夠回到這兒來。不過，我們不能就這樣離開妳呀！妳有
勇氣跟我們一塊兒去麼？我們的手臂既有足夠的力氣抱著妳走
過森林，難道我們的翅膀就沒有足夠的力氣一起背著妳越過大
海嗎？」

「是的，把我一起帶去吧，」艾麗莎說。

他們花了一整夜的時間，用柔軟的柳枝皮和堅韌的蘆葦織

成一個又大又結實的網子。艾麗莎在網裡躺著。當太陽升起來、她的哥哥們又變成野天鵝的時候,他們用嘴銜起這個網。於是他們帶著還在熟睡的親愛的妹妹,高高地向雲層裡飛去。陽光正射在她的臉上,因此就有一隻天鵝在她的上空飛,用他寬闊的翅膀為她擋住太陽。

當艾麗莎醒來的時候,他們已經離開陸地很遠了。她以為自己仍然在做夢;在她看來,被托在海上高高地飛過天空,真是非常奇妙。她身旁有一根結著美麗的熟漿果的枝條和一束甜味的草根。這是那個最小的哥哥為她採來並放在身旁的。她感謝地向他微笑,因為她已經認出這就是他。他在她的頭上飛,用翅膀為她遮著太陽。

他們飛得那麼高,第一次發現下面浮著一條船;它看起來就像浮在水上的一隻白色的海鷗。在他們後面聳立著一大塊烏雲——這是一座完整的山。艾麗莎在那上面看到自己和十一隻天鵝倒映下來的影子。他們飛行的行列是非常龐大的。這好像是一幅圖畫,比他們從前看到的任何東西還要美麗。可是太陽越升越高,在他們後面的雲塊也越離越遠了。那些浮動著的影像也消逝了。

他們整天像呼嘯的箭頭一樣,在空中向前飛。不過,因為得帶著妹妹同行,他們的速度比起平時要慢得多了。天氣變壞了,黃昏逼近了。艾麗莎懷著焦急的心情看著太陽慢慢地下沉,然而大海中那座孤獨的礁石,至今還沒有在眼前出現。她似乎覺得這些天鵝正以更大的力氣拍著翅膀。咳!他們飛不快,完全是因為她的緣故。在太陽落下去以後,他們就得恢復人的原

形，掉到海裡淹死。這時她在內心深處向上帝祈禱了一番，但是她還是看不見任何礁石。大塊烏雲越逼越近，狂風警示著暴風雨就要到來。烏雲結成一片。洶湧的、帶有威脅性的狂濤向前推進，像一大堆鉛塊。閃電掣動起來，片刻也不停。

　　現在太陽已經接近海岸線了。艾麗莎的心顫抖了起來。這時，天鵝們就向下疾飛，飛得那麼快，她相信自己一定會墜落下來。不過他們馬上就穩住了。太陽已經有一半沉到水裡去。這時，她才第一次看到下面有一座小小的礁石——看起來比冒出水面的海豹的頭大不了多少。太陽正很快地下沉，最後變得只有一顆星星那麼大了。這時她的腳忽然踏上堅實的陸地。太陽像紙燒過後的殘餘的火星，一下子就消逝了。她看到哥哥們手挽著手站在她的周圍，不過，除了僅夠他們和她自己站著的空間以外，再也沒有多餘的位置了。海濤打著這塊礁石，像陣雨似的向他們襲來。天空不停地閃著燃燒的火焰，雷聲一陣接著一陣地隆隆作響。可是兄妹們緊緊地手挽著手，同時唱起聖詩來——這使他們得到安慰和勇氣。

　　在晨曦中，空氣是純潔和沉靜的。太陽一出來的時候，天鵝們就帶著艾麗莎從這小島上起飛。海浪仍然很洶湧。不過當他們飛過高空以後，下面白色的泡沫看起來就像浮在水上的無數天鵝。

　　太陽升得很高了，艾麗莎看到前面有一個多山的國度，浮在空中。那些山上蓋著發光的冰層，中間聳立著一個有兩三里路長的宮殿，裡面豎著一排一排的莊嚴的圓柱。宮殿的下面展開著一片起伏不平的棕櫚樹林和許多像水車輪那麼大的鮮艷的

花朵。她問這是不是他們要去的國度。但是天鵝們都搖著頭，因爲她看到的只不過是仙女莫爾甘娜①的華麗的、永遠變幻的雲中宮殿，他們不敢把凡人帶進裡面去。艾麗莎凝視著它。忽然間，山岳、森林和宮殿都一起消逝了，代替它們的是二十座壯麗的教堂。它們全都是一個樣子：高塔、尖頂窗子。她在幻想中以爲聽到了教堂風琴的聲音，事實上她聽到的是海的呼嘯。

她現在快要飛進這些教堂了，但是它們都變成了一排帆船，浮在她的下方。她向下張望。那原來不過是鋪在水上的一層海霧。的確，這是一連串的、無窮盡的變幻，她不得不看。但是，現在她已看到她所要去的那個眞正的國度了。那兒有壯麗的靑山、杉木林、城市和王宮。在太陽還沒有落下去以前，她早已落到一個大山洞的前面了。洞口長滿了細嫩的、綠色的蔓藤植物，看起來很像錦繡的地毯。

「我們要看看妳今晚會在這兒做什麼夢！」她最小的哥哥說，同時把她的臥室指給她看。

「我希望夢見怎樣才能把你們解救出來！」她說。

她心中一直強烈地存在這樣的想法，這使她熱忱地向上帝祈禱，請求幫助。是的，就是在夢裡，她也在不斷地祈禱。於是她覺得自己好像已經高高地飛到空中去了，飛到莫爾甘娜那座雲中宮殿裡去了。這位仙女出來迎接她。她是非常美麗的，全身射出光輝。雖然這樣，但她卻很像那個老太婆——曾經在森林中給她漿果吃，並且告訴她那些頭戴金冠的天鵝們的行踪。

「妳的哥哥們可以得救了！」她說。「不過妳有勇氣和毅力
麼？海水比妳細嫩的手要柔和得多，可是它能把生硬的石頭改
變成別的形狀。不過它沒有痛的感覺，而妳的手指卻會感到疼
痛。它沒有一顆心，因此它不會感到妳所忍受的苦惱和痛楚。
請看我手中這些有刺的蕁麻！在妳睡覺的那個洞的周圍，就長
著許多這樣的蕁麻。只有它──那些長在教堂墓地裡的蕁麻
──才能發生效力。請妳記住這一點。你得採集它們，雖然它
們可能會把妳的手燒得起水泡。妳得用腳把這些蕁麻踩碎，然
後妳就可以抽出麻來。妳可以把它搓成線，織出十一件長袖的
披甲來。妳把它們披到那十一隻野天鵝的身上，那麼他們身上
的魔力就可以解除。不過要記住，從妳開始工做的那個時刻起，
一直到妳完成的時候，即使需要一年的時間，妳也不可以說一
句話。妳只要說出一個字，就會像一把鋒利的短劍刺進妳哥哥
們的心坎。他們的生命是掛在妳的舌尖上的，請記住這一點。」

於是仙女讓她摸了一下蕁麻。它像燃燒著的火。艾麗莎一
接觸到它就醒來了。天已經大亮。緊貼著她睡覺的地方就有一
根蕁麻──跟她在夢中所見的一樣。她跪在地上，感謝上主，
隨後走出了洞口，開始工做。

她用柔嫩的手拿著這些可怕的蕁麻。這植物像火一般地燙
人。她的手上和臂上燒出了許多水泡來，不過只要能救出親愛
的哥哥們，她樂意忍受這些苦痛。於是她赤著腳把每一根蕁麻
踏碎，開始編織從中抽出的綠色的麻。

太陽下沉以後，她的哥哥們都回來了。他們看到她一句話
也不講，都非常驚恐。他們相信這又是惡毒的後母在要什麼新

的妖術。不過,他們一看到她的手,就知道她是在爲他們受難。那個最小的哥哥不禁哭了起來。她的傷口被他的淚珠所滴到的地方,她就不覺得痛了,連灼熱的水泡也不見了。

她整夜工做著,因爲在親愛的哥哥得救以前,她是不會休息的。第二天一整天,當天鵝們飛走了以後,她一個人孤獨地坐著,可是時間從來沒有過得像現在這樣快。一件披甲織完了,她又馬上開始織第二件。

這時,山間響起一陣打獵的號角聲。她害怕起來了。聲音越來越近。她聽到獵狗的叫聲,於是就驚慌地躲進洞裡去。她把採集到的和梳理好的蕁麻扎成一小捆,自己就坐在那上面坐著。

在這同時,一隻很大的獵狗從灌木林裡跳出來了,接著第二隻、第三隻也跳了出來。它們狂吠著,跑過去,又跑了回來。不到幾分鐘的時間,獵人都到洞口來了;他們之中最好看的一位就是這個國家的國王。他向艾麗莎走來。他從來沒有看過比她更美麗的姑娘。

「妳怎樣到這地方來了,可愛的孩子?」他問。

艾麗莎搖著頭。她不敢講話──因爲這會影響到哥哥們的得救。她把手藏到圍裙下面,使國王看不見她所忍受的創傷。

「跟我一起來吧!」他說。「妳不能老在這兒。假如你的善良能比得上妳的美貌,我將讓妳穿起絲綢和天鵝絨的衣服,在妳的頭上戴起金製的王冠,把我最華貴的宮殿送給妳,當做妳的家。」

他把她扶到馬上。她哭了起來,痛苦地扭著雙手。可是國

王說：

「我只希望妳得到幸福，有一天妳會感謝我的。」

國王就這樣騎著馬在山間走了。他讓她坐在自己的前面，其餘的獵人都在後面跟著。

當太陽快要落下去的時候，他們面前出現了一座美麗的、有許多教堂和圓頂的都城。國王把她領進宮殿裡去——巨大的噴泉在高闊的、大理石砌的廳堂裡噴出泉水，所有的牆壁和天花板上都畫著輝煌的壁畫。但是她沒有心情看這些東西。她流著眼淚，感到悲哀。她讓宮女們隨意在她身上穿上宮廷的衣服，在她的髮裡插上一些珍珠，在她起了水泡的手上戴上精緻的手套。

她站在那兒，盛裝華服，美麗得眩人的眼睛。整個宮廷的人在她面前都深深彎下腰來。國王選她為自己的新娘，雖然大主教一直搖頭，低聲私語說這位美麗的林中姑娘是一個巫婆，蒙住了大家的眼睛，迷住了國王的心。

可是國王不理這些謠傳。他吩咐把音樂奏起來，把最華貴的酒席擺出來；他叫最美麗的宮女們在她周圍跳舞。艾麗莎被領著走過芬芳的花園，到華麗的大廳裡，可是她嘴唇上沒有露出一絲笑容，眼睛裡沒有閃出一點光彩。它們是悲愁的化身。現在國王推開旁邊一間臥室的門——這就是她睡覺的地方。房間裡裝飾著貴重的綠色花毯，形狀跟她住過的那個山洞完全一樣。她抽出的那一捆蕁麻仍舊擱在地上，天花板下面掛著她已經織好的那件披甲。這些東西是被那些獵人們當做稀奇的物件而帶回來的。

「妳在這兒可以從夢中回到妳的老家去，」國王說。「這是
妳在那兒忙著做的工作。現在，住在這麼華麗的環境裡，妳可
以回憶一下那段過去的日子，做爲消遣吧。」

艾麗莎看到這些心愛的物件，嘴角飄出一絲微笑，同時有
一陣紅暈回到臉上來。她想起等待解救的哥哥們，於是她吻了
一下國王的手。他貼心地緊緊抱著她，同時命令所有的教堂敲
起鐘來，宣布舉行婚禮。這位來自森林的美麗的啞姑娘，現在
成了這個國家的王后。

大主教在國王耳邊低聲地講了許多壞話，不過這並沒有打
動國王的心。婚禮終於舉行了。大主教必須親自把王冠戴到她
的頭上。他以惡毒藐視的心情把這個狹窄的帽箍緊緊地按在她
的額上，使她感到痛楚。不過她的心裡還有一個更重的箍子
──她爲哥哥們而起的悲愁。肉體上的痛苦她完全感覺不到。
她的嘴是不說話的，因爲只要她說出一個字，就可以使哥哥們
喪失生命。不過，對這位和善的、英俊的、想盡一切方法要使
她快樂的國王，她的眼睛露出一種深沉的愛情。她全心全意地
愛他，而且這愛情一天天地增長。啊！她多麼希望能夠信任他，
能夠把自己的痛苦全部告訴他。然而她必須沉默，在沉默中完
成她的工作。因此夜裡她偷偷從他身邊爬起，走到那間裝飾得
像山洞的小屋子裡去，一件一件地織著披甲。不過當她織到第
七件的時候，她的蔴用完了。

她知道教堂的墓地裡生長著她所需要的蕁蔴，可是她得親
自去摘。但是，她怎樣能夠走到那兒去呢？

「啊！比起我心裡忍受的痛苦，手上的一點痛楚又算什麼

呢？」她想。「我得去冒一下險！我們的上帝不會不幫助我的。」

　　她懷著恐懼的心情，好像正在計畫做一椿罪惡的事情似的，偷偷地在這月明的夜裡走進花園裡。她走過長長的林蔭夾道，穿過無人的街路，一直到教堂的墓地裡去。她看到一群吸血鬼②，圍成一個小圈圈，坐在一塊寬大的墓石上。這些奇醜的怪物脫掉了破爛的衣服，好像要去洗澡似的。他們用又長又細的手指挖掘新埋的墳，拖出屍體，然後吃掉人肉。艾麗莎不得不緊緊地走過他們的身旁。他們用可怕的眼睛死死地盯著她。但是她一面不斷地禱告，一面探集著那些刺手的蕁麻。最後把它帶回到宮裡來了。

　　只有一個人看見了她——那位大主教。當別人正在睡覺的時候，他卻起來了。他所猜想的事情現在完全得到了證實：這位王后並不是一個眞正的王后——她是一個巫婆，因此她迷住了國王和全國人民。

　　他在懺悔室裡把所看到的和疑慮的事情都告訴了國王。當這些苛刻的字句從他舌尖流露出來時，衆神的雕像都搖起頭來，好像想要說：「事實完全不是這樣！艾麗莎是沒有罪的！」不過大主教對這事做了另一種解釋——他認爲神仙們看到她犯罪，因此對她的罪孽搖頭。這時，兩行沉重的眼淚沿著國王的雙頰流了下來。他帶著一顆疑慮的心回到家裡去。他在夜裡假裝睡著了，可是他的雙眼一點睡意也沒有。他看到艾麗莎怎樣爬起來。她每天晚上都這樣做；每一次他總是在後面跟著她，看著她怎樣走到那個單獨的小房間裡，然後不見了。

　　國王的面孔顯得一天比一天陰暗起來。艾麗莎也注意到

了，可是她不懂得其中的原因。但這使她不安起來——同時她心中還要爲哥哥們忍受著痛苦！她的眼淚滴到王后的天鵝絨和紫色衣服上面。這些留在衣服上的淚珠像發亮的鑽石。凡是看到這種豪華富貴的情形的人，也一定希望自己能成爲一位王后。在這期間，她的工作差不多快要完成了，只缺一件披甲沒織成而已。可是她又沒有麻了——連一根也沒有。因此她得再到教堂的墓地裡去走最後的一趟，再去採幾把蕁麻來。她一想起這孤寂的路途和那些可怕的吸血鬼，就不禁害怕起來。可是，她的意志是堅定的，正如她對上帝的信任一樣。

艾麗莎去了，但是國王和大主教卻跟在她後面。他們看到她穿過鐵格子門到教堂的墓地裡，然後就消失不見了。當他們走近時，墓石上正坐著那群吸血鬼，樣子跟艾麗莎所看見過的完全一樣。國王馬上把身子轉過去，因爲他認爲她也是他們的一個。這天晚上，她的頭還曾躺在他的懷裡。

「讓衆人來裁判她吧！」國王說。

衆人裁判了她：應該用通紅的火把她燒死③！

人們把她從華麗的深宮大殿帶到陰濕的地窖裡去——風從格子窗呼呼地吹進來。人們不再讓她穿天鵝絨和絲製的衣服，卻給她一捆她自己採集來的蕁麻。她可以把頭枕在蕁麻上，把她親手織的、粗硬的披甲當成蓋被。不過，再也沒有別的東西比這更使她歡喜的。她繼續工做著，同時向上帝祈禱。在外面，街上的孩子們唱著譏笑她的歌曲。沒有任何人說一句好話來安慰她。

在黃昏的時候，有一隻天鵝的拍翅聲在格子窗外響了起來

——這是她最小的那個哥哥，他現在找到了他的妹妹。她快樂
得不禁高聲地嗚咽起來，雖然她知道快要到來的這一晚可能就
是她一生的最後一晚。但是她的工作也只差一點就快要全部完
成了，而且她的哥哥們也已經來到了。

　　現在大主教也來了，和她一起度過這最後的時刻——因爲
他答應過國王這麼做。不過她搖著頭，用眼光和表情來請求他
離去，因爲在這最後的一晚，她必須完成工作，否則全部的努
力，她的一切，她的眼淚，她的痛苦，她的失眠之夜，全都白
費了。大主教對她說了些惡毒的話，終於離去了。但是可憐的
艾麗莎知道自己是無罪的，她繼續做她的工作。

　　小老鼠在地上忙來忙去，把蕁麻拖到她的腳跟前來，多少
幫了她一點忙。畫眉鳥停在窗子的鐵欄杆上，整夜對她唱出它
最好聽的歌，使她不致失去勇氣。

　　天還沒有大亮。太陽還有一個鐘頭才出來。這時，她的十
一位哥哥站在皇宮的門口，要求進去朝見國王。人們回答他們
說，這事辦不到，因爲現在還是晚上，國王正在睡覺，不能把
他叫醒。他們懇求著，他們威脅著，最後警衛來了，而且連國
王也親自走了出來了。國王問這究竟是怎麼一回事。這時候太
陽出來了，那些王子們忽然都不見了，只剩下十一隻白天鵝，
在王宮上空盤旋。

　　所有的市民像潮水般從城門口向外奔去，要看看這個巫婆
被火燒死。一匹又老又瘦的馬拖著一輛囚車，她就坐在裡面。
人們已經給她穿上一件粗布的喪服。她可愛的頭髮在美麗的頭
上蓬鬆地飄著；她的兩頰像死人一樣沒有血色；嘴唇在微微顫

動，手指仍然忙著編織綠色的蕁麻。她就是在死亡的路途上也不中斷已經開始了的工作。她的腳旁放著十件披甲，現在她正要完成第十一件。眾人都笑罵著她。

「瞧這個巫婆吧！看她又在喃喃念著什麼東西！她手中並沒有《聖詩集》；不，她還在忙著弄她那可憎的妖物——把它從她手中奪過來，撕成一千塊碎片吧！」

大家向她擁過去，要把她手中的東西撕成碎片。這時，十一隻白天鵝飛來了，它們降落到車上，圍著她站著，拍著寬大的翅膀。眾人驚恐地退到兩邊。

「這是從天上降下來的信號！她一定是無罪的！」許多人互相私語著，但是卻不敢大聲說出來。

這時，劊子手緊緊抓住她的手。她急忙把這十一件披甲拋向天鵝，十一個俊秀的王子馬上就出現了，可是最年輕的那位王子還留著一隻天鵝的翅膀，因為他那件披甲還少了一隻袖子——她還沒有完全織好。

「現在我可以開口講話了！」她說。「我是無罪的！」

眾人看清了這件事情，就不禁在她面前彎下腰來，好像在一位聖徒面前一樣。可是她倒到她哥哥們的懷裡，失掉了知覺，因為激動、焦慮、痛楚，都一起湧到她心上來了。

「是的，她是無罪的，」最年長的那個哥哥說。

他把一切經過都講了出來了。他說話的時候，一陣香氣慢慢地散發出來，好像幾百朵玫瑰花正在開放，因為柴火堆上的每根木頭已經生出了根，而且冒出了枝葉——現在豎立在這兒的，是一道香氣撲鼻的籬笆，又高又大，長滿了紅色的玫瑰。

在這上面，一朵又白又亮的鮮花，射出光輝，像一顆星星。國王摘下這朵花，把它插在艾麗莎的胸前。她甦醒了過來，心中有一種和平與幸福的感覺。

　　所有教堂的鐘都自動地響起來了，鳥兒成群結隊地飛來。回到宮裡去的這個新婚行列，的確是任何王國都沒有經歷過的。〔1838 年〕

　　這個故事發表於 1838 年，情節非常動人，源於丹麥的一個民間故事，但安徒生卻加進了新的思想，即善與惡的鬥爭。主角艾麗莎是個柔弱的女子，但她要以她的決心和毅力戰勝比她強大得多、有權有勢的王后和主教，救出她的被王后的魔法變成天鵝的十一個哥哥。她忍受蕁麻的刺痛、環境的惡劣和有權勢的主教對她的誣陷，織成那十一件長袖披甲，使她的哥哥們恢復人形。她承受了肉體上的折磨，但精神上的壓力卻更難當：「她的嘴是不說話的，因為只要她說出一個字，就可以使哥哥們喪失生命。」正因為這樣，她只好忍受人們把她當成巫婆及可能被燒死的懲罰，卻不能辯護，雖然她「知道自己是無罪的」。她的善良甚至感動了小老鼠，它們幫助她收集蕁麻；畫眉鳥也「停在窗子的鐵欄杆上，整夜對她唱出它最好聽的歌，使她不致失去勇氣。」她坐上囚車，穿上喪服，「她就是在死亡的路途上也不中斷她已經開始了的工作。」在最後一分鐘，她的工作

終於接近完成了，她的十一個哥哥也及時到來。他們穿上她織
好的披甲，恢復了人形。這時她可以講話了。她說出了眞相，
取得群眾的理解，同時也擊敗了有權有勢的人對她的誹謗，最
後她贏得了幸福，成了勝利者。

【註釋】

①這是關於亞瑟王一系列傳說中的一位仙女，據說能在空中變出海市蜃樓(Mor-
　ganas Skyslot)。

②原文是 Lamier，這是古代北歐神話中的一種怪物，頭和胸像女人，身體像蛇，專
　門誘騙小孩，吸吮他們的血液。

③這是歐洲中世紀對巫婆的懲罰。

母親的故事

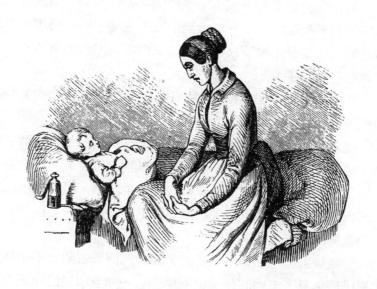

　　個母親坐在她孩子的身旁，非常焦慮，因為她害怕孩子會死去。他的小臉蛋已經沒有血色了，他的眼睛閉起來了。他的呼吸很困難，只偶爾深深地吸一口氣，好像在嘆息。母親望著這個小小的生命，神情比以前更愁苦。

　　有人在敲門。一個窮苦的老頭兒走進來了。他裹著一件寬大得像馬毯一樣的衣服，因為這使他感到更溫暖，而且他也有這需要。外面是寒冷的多天，一切都被雪和冰蓋住了，風吹得

厲害，刺入人的臉孔。

當老頭兒凍得發抖、這孩子暫時睡著了的時候，母親就走了過去，在火爐上的一個小罐子裡倒進一點啤酒，爲的是讓老人喝了身體能溫暖一下。老人坐下來，搖著搖籃。母親也在他旁邊的一張椅子上坐下來，看著她這個呼吸困難的病孩子，握著他的一隻小手。

「你以爲我要把他拉住，是不是？」她問。「我們的上帝不會把他從我手中奪去的！」

這老頭兒──他就是死神──用一種奇怪的姿勢點了點頭，他的意思好像是「是」，又像「不是」。母親低下頭來看著地面，眼淚沿著雙頰向下流。她的頭非常沉重，因爲她已經三天三夜沒有合過眼睛了。現在她睡著了，不過只睡了片刻；她很快就驚醒過來，打著寒顫。

「這是怎麼一回事？」她說，同時向四周張望。不過那老頭兒已經不見了；她的孩子也不見了──那老頭兒已經把他帶走了。牆角的那座老鐘正發出噝噝的聲音，「噗通！」那個鉛做的老鐘擺掉落到地上來了。鐘也停止了擺動。

這個可憐的母親跑到門外來，喊著她的孩子。

外面的雪地上坐著一個穿黑長袍的女人。她說：「死神剛才和妳一起坐在妳的房間裡。我看到他抱著妳的孩子急急忙忙地跑走了。他跑起來比風還快。凡是他所拿走的東西，他永遠也不會再送回來的！」

「請告訴我，他往哪個方向走了？」母親說。「請把方向告訴我，我要去找他！」

「我知道！」穿黑衣服的女人說。「不過，在我告訴妳以前，妳必須把妳對妳的孩子所唱過的歌，都唱一遍給我聽。我非常喜歡那些歌；我從前聽過。我就是『夜之神』。妳唱的時候，我要看到妳流出眼淚來。」

「我將把這些歌唱給妳聽，都唱給妳聽！」母親說。「不過請不要留住我，因為我得趕上他，把我的孩子找回來。」

不過夜之神坐著一聲不響。母親只好痛苦地扭著雙手，唱著歌，流著眼淚。她唱的歌很多，但她流的眼淚更多，於是夜之神說：「妳可以向右邊那個黑樅樹林走去；我看到死神抱著妳的孩子，走到那條路上去了。」

路在樹林深處和另一條路交叉著；她不知道走哪條路好。這兒有一叢荊棘，既沒有一片葉子，也沒有一朵花。這時正是嚴寒的冬天，那些小樹枝上掛著冰柱。

「你看到死神抱著我的孩子走過去沒有？」

「看到了，」荊棘說，「不過我不願意告訴妳他所去的方向，除非妳把我抱在妳的胸脯上溫暖一下。我在這兒凍得要死，快要變成冰了。」

母親於是把荊棘叢抱在自己的胸口——抱得很緊，好使它能夠感到溫暖。荊棘刺進她的肌肉；血一滴滴流出來。荊棘叢因此長出了新鮮的嫩葉，而且在這寒冷的冬夜開出了花，因為這位愁苦母親的心是那麼地溫暖！荊棘叢就告訴她應該向哪個方向走。

她來到了一個大湖邊。湖上既沒有大船，也沒有小舟。湖面沒有足夠的厚冰可以托住她，可是水又不淺，她不能涉水過

去。不過,假如她要找到孩子的話,她必須走過這個湖。於是
她蹲下來喝這湖的水;但是誰也喝不完這湖水的。這個愁苦的
母親只是在幻想一個什麼奇蹟發生。

「不行,這是一件永遠不可能的事情!」湖說。「我們還是
來談談條件吧!我喜歡收集珠子,而妳的眼睛是我從來沒有見
過的最明亮的珠子。如果妳能夠把它哭出來交給我,我就把妳
送到那個大的溫室裡去。死神在那兒種植著花和樹。每一棵花
或樹就是一個人的生命!」

「啊,為了我的孩子,我什麼都可以犧牲!」哭著的母親
說。於是她哭得更厲害,結果她的眼珠掉到湖裡去了,成了兩
顆最貴重的珍珠。湖水把她托起來,就像她是坐在一個鞦韆架
上似的。這樣,她就浮到對岸去了──這兒有一座十多里路寬
的奇怪的房子。人們不知道這到底是一座有許多樹林和洞口的
大山呢,還是一棟用木頭建造的房子。不過這個可憐母親看不
見,因為她已經把兩顆眼珠都哭出來了。

「我到什麼地方去找那個把孩子抱走的死神呢?」她問。

「他還沒有到這兒來!」一個守墳墓的老太婆說。她專門
看守死神的溫室。「妳怎麼找到這兒來的?誰幫助妳的?」

「我們的上帝幫助我的!」她說。「他很仁慈,所以妳應該
也很仁慈。我在什麼地方可以找到我親愛的孩子呢?」

「我不知道,」老太婆說,「妳也看不見!今天晚上有許多
花和樹都凋謝了,死神馬上就會到來,重新移植它們!妳知道
得很清楚,每個人有他自己的生命之樹或生命之花,完全看他
的安排是怎樣。它們跟別的植物完全一樣,不過卻有一顆跳動

的心。孩子的心也會跳的。妳去找吧！也許妳能聽出妳的孩子
的心的跳動。不過，假如我把妳下一步該做的事情告訴妳，妳
打算給我什麼酬勞呢？」

　　「我沒有什麼東西可以給妳了，」這個悲哀的母親說。「但
是我可以爲妳走到世界的盡頭去。」

　　「我沒有什麼事情要妳到那兒去辦，」老太婆說。「不過妳
可以把妳又長又黑的頭髮給我。妳自己知道，那是很美麗的，
我很喜歡！——做爲交換，妳可以把我的白頭髮拿去，——那
總比沒有好。」

　　「如果妳不再要求別的東西的話，」她說，「我願意把它送
給妳！」

　　於是她把她美麗的黑髮交給了老太婆，交換她的雪白的頭
髮。

　　就這樣，她們走進死神的大溫室裡。這兒花和樹奇形怪狀
地繁生在一起。玻璃鐘底下培養著美麗的風信子；大朵的、耐
寒的牡丹花盛開著。在種種不同的水生植物中，有許多還很新
鮮，有許多已半枯萎了。水蛇在它們上面盤繞著，黑螃蟹緊緊
鉗著它們的梗子。還有許多美麗的棕櫚樹、欅樹和梧桐樹；那
兒還有芹菜花和盛開的麝香草。每一棵樹和每一種花都有一個
名字，它們每一棵都代表一個人的生命；這些人還活著，有的
在中國，有的的在格陵蘭，散佈在全世界。有些大樹栽在小花盆
裡，所以顯得很擠，幾乎把花盆都擠破了。在肥沃的土地上，
有好幾個地方還種著許多嬌弱的小花，周圍長著一些青苔；人
們在仔細地培養和照顧它們。不過這個悲哀的母親在那些最小

的植物上彎下腰來，靜聽它們的心跳。在這些無數的花中，她能聽出自己孩子的心跳。

「我找到了！」她叫著，同時把雙手伸向一朵藍色的早春花。這朵花正垂向一邊，有些病了。

「請不要動這朵花！」老太婆說：「不過請妳在這兒等。當死神來的時候——我想他隨時會到來——請不要讓他拔掉這朵花。妳可以威脅他說，要把所有的植物都拔掉，那麼他就會害怕。他得為這些植物對上帝負責，在沒有得到上帝的許可以前，誰也不能拔掉它們。」

這時忽然有一陣冷風吹進房間裡來了。這個沒有眼睛的母親看不出，死神來臨了。

「妳怎麼找到這個地方的？」他說。「妳怎麼比我還來得早？」

「因為我是一個母親呀！」她說。

死神向這朵嬌柔的小花伸出長長的手來；可是她用雙手緊緊抱著它不放。她非常焦急，生怕弄壞了它的一片花瓣。於是死神向著她的手吹氣。她覺得這比寒風還冷；於是她的手垂下來了，一點力氣也沒有。

「妳怎樣也反抗不了我的！」死神說。

「不過我們的上帝可以的！」她說。

「我只是執行他的命令！」死神說。「我是他的園丁。我把他所有的花和樹移植到天國，到那神祕國土裡的樂園中去。不過它們怎樣在那兒生長，怎樣在那兒生活，我可不敢告訴妳！」

「請把我的孩子還給我吧！」母親一面說，一面哀求著。

忽然她用雙手抓住近旁兩朵美麗的花，大聲對死神說：「我要把您的花都拔掉，因為我現在沒有別的路可走！」

「不准動它們！」死神說。「妳說妳很痛苦；但是妳現在卻要讓別的母親也同樣感到痛苦！」

「一個別的母親？」這個可憐的母親說。她馬上鬆開那兩株花。

「這是妳的眼珠，」死神說。「我已經把它們從湖裡撈起來了；它們非常明亮。我不知道這原來是妳的。收回去吧；它們現在比以前更加明亮，請妳向旁邊那個井底看一下吧。我要把妳想要拔掉的這兩株花的名字告訴妳；那麼妳就會知道它們的整個未來，整個的人間生活；妳也將會知道，妳所要摧毀的究竟是什麼東西。」

她向井底下看。她真感到一股莫大的愉快。看見一個生命是多麼幸福，看見它的周圍是一片多麼愉快和歡樂的氣象。她又看看另一個生命：它是憂愁和貧困、苦難和悲哀的化身。

「這兩種命運都是上帝的意志！」死神說。

「它們，哪一朵是受難之花，哪一朵是幸福之花？」她問。

「我不能告訴妳。」死神回答說。「不過，有一點妳可以知道，這兩朵花中，有一朵是妳的孩子。妳剛才所看到的，就是妳的孩子的命運──妳親生孩子的未來。」

母親驚恐得叫了起來。

「它們哪一朵是我的孩子呢？請您告訴我吧！請您救救天真的孩子吧！請把我的孩子從苦難中救出來吧！還是請您把他帶走吧！帶到上帝的國度裡去。請忘記我的眼淚，我的祈求，

原諒我剛才所說的和所做的一切事情吧！」

「我不懂妳的意思！」死神說。「妳想要把妳的孩子抱回去，還是讓我把他帶到一個妳所不知道的地方去呢？」

這時母親扭著雙手，雙膝跪下來，向我們的上帝祈禱：

「您的意志永遠是好的。請不要理我那些違反您意志的祈禱！請不要理我！請不要理我！」

她把頭低低地垂下來。

死神於是帶著她的孩子，飛到那個不知名的國度裡去。

〔1844 年〕

這個故事最先發表在《新的童話》裡。寫的是母親對孩子的愛。「啊，爲了我的孩子，我什麼都可以犧牲！」死神把母親的孩子搶走了，但她追到天涯海角也要找到他。她終於找到了死神。死神讓她看了孩子的「整個未來，整個的人間生活」，有的是「愉快」和「幸福」，有的則是「憂愁和貧困、苦難和悲哀的化身」。仍然是爲了愛，母親最後只有放下自己的孩子，向死神祈求：「請把我的孩子從苦難中救出來吧！還是請您把他帶走吧！帶到上帝的國度裡去！」安徒生在他的手記中説：「寫〈母親的故事〉時我沒有任何特殊的動機。我只是在街上行走的時候，有關它的思想，忽然在我的心裡醞釀起來了。」

猶太女子

在一所慈善學校的許多孩子中,有一個小小的猶太女孩子。她既聰明,又善良,可以說是他們當中最聰明的一個。但是有一種課程她不能聽,那就是宗教課①。是的,她是在一所基督教學校裡念書。

她可以利用上這堂課的時間去溫習地理,或者準備算術。但是這些功課一下子就做完了。書攤在她面前,可是她並沒有讀。她坐著靜聽。老師馬上就注意到,她比其他的孩子都專心。

「讀妳自己的書吧！」老師用溫和而熱忱的口氣說。她的烏黑發亮的眼睛看著老師。當老師向她提問題的時候，她總是回答得比所有的孩子都好。她把課全聽了，領會了，而且記住了。

她的父親是一個窮苦而正直的人。他曾經向學校請求不要把基督教的課程教給孩子。不過，假如教這一門功課的時候就叫她走開，學校裡別的孩子可能會反感，甚至胡思亂想。所以她就留在教室裡；可是，老是這樣下去也不是辦法。

於是老師去拜訪她的父親，請求他把女兒接回家去，或者乾脆讓薩拉做一個基督徒。

「她的那對明亮的眼睛、她的靈魂所表現的對教義的真誠與渴望，實在叫我不忍看下去！」老師說。

父親不禁哭了起來，說：

「我對於我自己的宗教也懂得太少，不過她媽媽是一個猶太人的女兒，而且信教很虔誠。當她躺在床上要斷氣的時候，我答應過她，說我絕不會讓我們的孩子受基督教的洗禮。我必須遵守我的諾言，因為這等於是跟上帝訂下的契約。」

就這樣，猶太女孩離開了這個基督教學校。

許多年過去了。

在尤蘭的一個小市鎮裡有一個寒微的人家，家裡有一個信仰猶太教的窮苦女傭人。她就是薩拉。她的頭髮像烏木一樣發黑；她的眼睛深暗，但是像所有東方女子一樣，閃爍著明朗的光輝。她現在雖然已長大成人，但是臉上仍然留下兒時的神情——單獨坐在學校的椅子上、睜著一對大眼睛聽課時那種孩子

的表情。

　　每個禮拜天，教堂的風琴奏出音樂，做禮拜的人唱出歌聲。這些聲音飄到街上，飄到對面的一間屋子裡去。這個猶太女子就在裡面勤勞地、忠誠地工做。

　　「記住這個安息日，把它當做神聖的日子！」這是她的信條。但是對她來說，安息日卻是一個爲基督徒勞動的日子。她只能在心裡把這個日子當成神聖的日子，不過她覺得這還不太夠。

　　可是日子和時刻，在上帝的眼中看來，有什麼了不起的分別呢？這個思想是在她的靈魂中產生的。在這個基督徒的禮拜天，她也有自己安靜的祈禱的時刻。只要風琴聲和聖詩班的歌聲能飄到厨房污水溝的後邊來，那麼這個地方也可以算是安靜和神聖的地方了。於是她就開始讀族人的唯一寶物和財產——《聖經‧舊約全書》。她只能讀這部書②，因爲她心中深深地記得父親所說的話——父親把她領回家的時候，曾對她和老師說過：當母親斷氣的時候，他曾經答應過她，不讓薩拉放棄祖先的信仰而成爲一個基督徒。

　　對她來說，《聖經‧新約全書》是一部禁書，而且也應該是一部禁書。但是她很熟悉這部書，因爲它從童年的記憶中射出光來。

　　有一天晚上，她坐在起居室的一個角落裡，聽主人高聲讀書。她聽一聽當然沒有關係，因爲這並不是《福音書》——不是的，他在讀一本舊的故事書，因此她可以旁聽。書中描寫一個匈牙利騎士，被土耳其的高級軍官俘虜了。這個軍官把他和

牛一起套在軛下犁田，而且用鞭子趕著他工做。他所受到的侮
辱和痛苦是無法形容的。

這位騎士的妻子把所有的金銀首飾都賣光了，把堡寨和田
產也都典當出去了，他的許多朋友也募捐了大筆金錢，因爲那
個軍官所要求的贖金出乎意外地高。不過這筆數目總算湊齊
了。他終於從奴役和羞辱中獲得了解放。他回到家時已經病得
支持不住了。

然而沒有多久，另外一道命令又下來了，徵集大家去跟基
督教的敵人作戰。病人一聽到這命令，就無法休息，也安靜不
下來。他叫人把他扶到戰馬上。血集中到他的臉上來，他又覺
得有力氣了。他向勝利馳去。那位把他套在軛下、侮辱他、使
他痛苦的將軍，現在成了他的俘虜。這個俘虜現在被帶到他的
堡寨裡來，還不到一個鐘頭，那位騎士就出現了。他問這個俘
虜說：

「你想你會得到什麼待遇呢？」

「我知道！」土耳其人說。「報復！」

「一點也不錯，你會得到基督徒的報復！」騎士說。「基督
的教義告訴我們，寬恕我們的敵人，愛我們的同胞。上帝本身
就是愛！平安地回到你的家裡，回到你親愛的人身邊去。不過，
請你將來對受難的人溫和一些，仁慈一些吧！」

這個俘虜忽然哭了起來：「我怎能夢想得到這樣的待遇
呢？我以爲一定會受到酷刑和痛苦。因此我已經服了毒，再過
幾個鐘頭，毒性就要發作。我非死不可，一點辦法也沒有！不
過，在我沒死以前，請把這種充滿了愛和慈悲的教義講給我聽

一次。它是這麼偉大和神聖！讓我懷著這個信仰死去吧！讓我以一個基督徒的身分死去吧！」

他的這個要求得到了滿足。

主人所讀的是一個傳說，一個故事。大家都聽到了，也懂得了。不過最受感動和印象最深的是坐在牆角的那個女傭人——猶太女子薩拉。大顆淚珠在她烏黑的眼睛裡發出亮光。她懷著孩子般的心情坐在那兒，正如從前坐在教室的椅子上一樣。她感到福音的偉大，眼淚滾到她的臉上來。

「不要讓我的孩子成為一個基督徒！」這是她的母親在死去前最後說的話。這句話像法律般在她的靈魂和心裡發出回音：「妳必須尊敬妳的父母！」

「我不受洗禮！大家叫我猶太女子。上個禮拜天，鄰家的一些孩子就這樣譏笑過我。那天我正站在開著的教堂門口，看著裡面祭壇上點著的蠟燭和唱聖詩的會眾。自從我在學校的時候起，一直到現在，都覺得基督教有一種力量。這種力量好像太陽光，不管我怎樣閉起眼睛，它總能射進我的靈魂中去。但是媽媽，我絕不使妳在地下感到痛苦！我絕不違背爸爸對妳的諾言！我絕不談基督徒的《聖經》。我有祖先的上帝做倚靠！」

許多年又過去了。

主人死去了，女主人的境遇非常不好。她不得不解雇女傭人，但是薩拉卻不願離開。她成了困境中的一個助手，她維持這整個家庭。她一直工做到深夜，用雙手的勞動來賺取麵包。沒有任何親戚來照顧這個家庭，女主人的身體一天比一天壞——她在病床上已經躺了好幾個月了。溫柔誠懇的薩拉照料家

事，看護病人，操勞著。她成了這個貧寒的家庭的一個福星。

「《聖經》就在那兒！」病人說。「夜很長，請唸幾段給我
聽聽吧。我非常想聽上帝的話。」

於是薩拉低下頭。她打開《聖經》，用雙手捧著，開始對病
人念。她的眼淚湧出來了，但眼睛卻變得非常明亮，靈魂也更
加明亮。

「媽媽，妳的孩子不會接受基督教的洗禮，不會參加基督
徒的集會。這是妳的囑咐，我絕不會違抗妳的意志。我們在這
個世界上是一條心，但是在這個世界以外——在上帝面前更是
一條心。『他指引我們走出死神的境界』——『當他使土地變得
乾燥以後，他就降到地上來，使它變得豐饒！』我現在懂了，
我自己也不知道是怎樣懂得的！這是通過他——通過基督，我
才認識到了真理！」

她一念出這個神聖的名字的時候，就顫抖了一下。一股洗
禮的火透過了她的全身，她的身體支持不住，倒了下來，比她
所看護的病人還要衰弱。

「可憐的薩拉！」大家說，「她日夜看護和勞動，已經把身
體累壞了。」

人們把她抬到慈善醫院去。她在那裡死了。於是人們就把
她埋葬了，但是沒有埋葬在基督徒的墓地裡，因為那裡沒有猶
太人的位置。不，她的墳墓是掘在墓地的牆外。

但是上帝的太陽光照在基督徒的墓地上，也照在牆外猶太
女子的墳上。基督教徒墓地裡的讚美歌聲，也在她的墳墓上空
盤旋。同樣的，這樣的話語也飄到了她的墓上：「救主基督復

活了；他對門徒說：『約翰用水來使你受洗禮，我用聖靈來使你受洗禮！』」〔1856 年〕

　　這篇故事於 1856 年發表在《丹麥大眾曆書》上。它來源於匈牙利一個古老的民間傳說，但安徒生賦予它新的主題思想。猶太教和基督教是彼此排斥、勢不兩立的，但在安徒生心中，最大的宗教是「愛」。一切教派在它面前都會黯然失色──當然，他的「愛」是通過基督來體現的。這也是安徒生的「上帝」觀，事實上是他「和平主義」和「人類一家」的思想的具體說明。

【註釋】

①因爲信仰基督教和信仰猶太教是不相容的。

②基督教的《聖經》包括《舊約全書》和《新約全書》。猶太教的《聖經》則限於《舊約全書》。

牙痛姑媽

這個故事是從哪兒收集來的呢？

你想知道嗎？

我們是從一個裝著許多舊紙的桶裡收集來的。有許多珍貴的好書都跑到蔬菜店和雜貨店裡去了，它們不是做為讀物，而是做為必需品待在那兒的。雜貨店包澱粉和咖啡豆需要用紙，包鹹青魚、奶油和干酪也需要用紙。寫著字的紙也是可以用的。

有些不應該待在桶裡的東西也都跑到桶裡去了。

我認識一個雜貨店裡的學徒——他是一個蔬菜店老闆的兒子。他是一個從地下儲藏室裡升到店面上來的人。他閱讀過許多東西——雜貨紙包上印的和寫的那類東西。他收藏了一大堆有趣的物件，其中包括一些忙碌和粗心大意的公務員扔到字紙簍裡的重要文件，這個女孩寫給那個女孩的祕密信件，造謠中傷的報告——這是不能流傳、而且任何人也不能談論的東西。他是一個活的廢物收集機構；他收集的作品不能算少，而且他的工做範圍也很廣。他既管理他父母的店，也管理他主人的店。他收集了許多值得一讀再讀的書或一本書的零星散頁。

他曾經把從桶裡——大部分是蔬菜店的桶裡——收集到的抄本和印刷物拿給我看。有二、三張散頁是從一本較大的作文本子上撕下來的。寫在它們上面的那些非常美麗和清秀的字體立刻引起我的注意。

「這是一個大學生寫的！」他說。「這個學生住在對面，是一個多月以前死去的。人們可以看出，他曾經害過很厲害的牙痛病。讀讀這篇文章倒是蠻有趣的！這些不過是他所寫的一小部分。它原來是整整一本，還要多一點。那是我父母花了半磅綠肥皂的代價從這個學生的房東太太那裡換來的。這就是我救出來的幾頁。」

我把這幾頁借來讀了一下。現在我把它發表出來。

它的標題是：

牙痛姑媽

1

小時候，米勒姑媽給我糖果吃。我的牙齒應付得了，沒有爛掉。現在我長大了，成爲一個學生。她還用甜東西來慣壞我，並且說我是一個詩人。

我有點詩人氣質，但是還不夠。但我在街上走的時候，我常常覺得好像在一個大圖書館裡散步。房子就像是書架，每一層樓就好像放著書的格子。這兒有日常的故事，有一部好的老喜劇，關於各學科的著作；那兒有黃色書刊和優良讀物。這些作品引起我的幻想，使我做了富於哲學意味的沉思。

我有點詩人氣質，但是還不夠。許多人無疑地也會像我一樣，具有同等程度的詩人氣質；但他們並沒有戴上寫著「詩人」這個稱號的徽章或領帶。

他們和我都得到了上帝的一件禮物———一個祝福。這對於自己是很夠了，但是要再轉送給別人卻又不足。它來時像陽光，具有靈魂和思想；它來時像花香，像一首歌。我們知道和記得它，卻不知道它來自什麼地方。

前天晚上，我坐在我的房間裡，渴望讀點什麼東西，但是我既沒有書，也沒有報紙。這時有一片新鮮綠葉從菩提樹上落下來了。風把它從窗口吹到我身邊來。我看著散佈在葉片上面的許多葉脈。一隻小蟲在上面爬，好像要對這片葉子做深入研究似的。這時我不由得想起人類的智慧。我們也在葉子上爬，而且也只知道這葉子，但是卻喜歡談論整棵大樹、樹根、樹幹、

樹頂。這整棵大樹包括上帝、世界和永恒，而在這一切我們只知道這一小片葉子！

當我正坐著沉思的時候，米勒姑媽來看我。

我把這片葉子和上面的爬蟲指給她看，同時把我的感想告訴她。她的眼睛馬上就亮起來了。

「你是一個詩人！」她說，「可能是我們最偉大的詩人！如果我能活著看到，我死也瞑目。自從造酒人拉斯木生下葬以後，我老是被你的豐富想像所震驚。」

米勒姑媽說完這話，就吻了我一下。

米勒姑媽是誰呢？造酒人拉斯木生又是誰呢？

2

我們小孩子把媽媽的姑媽也叫做「姑媽」，因為沒有別的稱呼可以喊她。

她給我們果子醬和糖吃，雖然這對我們的牙齒是有害的。不過她說，在可愛的孩子面前，她的心是很軟的。孩子是那麼喜愛糖果，一點也不給他們吃是很殘酷的。

我們就為了這事喜歡姑媽。

她是一個老小姐；就我的記憶，她永遠是那麼老！她的年紀是不變的。

早年，她常常吃牙痛的苦頭。她不時談起這件事，因此她的朋友造酒人拉斯木生幽默地叫她「牙痛姑媽」。

最後幾年拉斯木生沒有釀酒；他靠利息過日子。他常常來

看姑媽；他的年紀比她大一點。他沒有牙齒，只有幾顆黑黑的牙根。

他對們孩子說，他小時候吃太多糖，因此現在變成這個樣子。

姑媽小時候倒是沒有吃過糖，所以她有非常可愛的白牙齒。

她把這些牙齒保養得非常好。造酒人拉斯木生說，她從不把牙齒帶著一起去睡覺①！

我們孩子們都知道，這話說得太不厚道；不過姑媽說他並沒有別的用意。

有一天上午吃早飯的時候，她談起昨晚做的一個惡夢：她有一顆牙齒掉了。

「這就是說，」她說，「我要失去一個真正的朋友了。」

「那是不是一顆假牙？」造酒人說，同時微笑起來。「要是這樣的話，那只能說妳失去了一個假朋友！」

「你真是一個沒有禮貌的老頭兒！」姑媽生氣地說——我以前沒有看過她這樣，以後也沒有。

後來她說，這不過是她的老朋友開的一個玩笑罷了。他是世界上一個最高尚的人；他死去以後，一定會變成上帝的小天使。

這種改變讓我想了很久；我還想，他變成了天使以後，我會不會再認識他。

那時姑媽很年輕，他也很年輕，他曾向她求過婚。她考慮得太久了，她坐著不動，也坐得太久了，結果她成了一個老小

姐，不過她永遠是一個忠實的朋友。

不久，造酒人拉斯木生就死了。

他被裝在一輛最華貴的靈車上運到墓地上去。有許多戴著徽章、穿著制服的人爲他送葬。

姑媽和我們孩子們站在窗口哀悼，只有鸛鳥在一星期以前送來的那個小弟弟沒有在場②。

靈車和送葬人已經走過去了，街道也空了，姑媽要走了，但是我卻不走。我等待造酒人拉斯木生變成天使。他既然成了上帝的一個有翅膀的孩子，他就一定會現身出來的。

「姑媽！」我說。「妳想他現在會來嗎？當鸛鳥再送給我們一個小弟弟的時候，它也許會把天使拉斯木生帶給我們吧？」

姑媽被我的幻想震動；她說：「這孩子將來會成爲一個偉大的詩人！」我在小學讀書的整個期間，她重複地說這句話。甚至我受了堅信禮以後，進了大學，她還在說這句話。

過去和現在，無論在「詩痛」方面或牙痛方面，她總是最同情我的朋友。這兩種病我都有。

「你只須把你想的寫下來，」她說，「放在抽屜裡。讓·保爾③曾經這樣做過；他成了一個偉大的詩人，雖然我並不怎麼喜歡他，因爲他並不使人感到興奮！」

跟她做了一番談話以後，有一天夜裡，我在苦痛中和渴望中躺著，迫不及待地希望成爲姑媽在我身上發現的那個偉大詩人。我現在躺著害「詩痛」病，不過比這更糟糕的是牙痛。它簡直把我摧毀了。我成爲一條痛得打滾的蠕蟲，臉上貼著一包草藥和一張芥子膏藥。

「我知道這味道！」姑媽說。

她嘴邊上露出一個悲哀的微笑；她的牙齒白得發亮。

不過我要在姑媽和我的故事中開始新的一頁。

3

我搬進一個新的住處，在那兒住了一個月。我跟姑媽談起這事情。

「我住在一戶安靜的人家裡。即使按鈴三次，他們也不理我。除此以外，這倒眞是一棟熱鬧的房子，充滿了風雨聲和人的喧鬧聲。我就住在門樓上的一個房間裡。每次車子進來或出去，牆上掛著的畫就會震動起來。門也響了起來，房子也搖起來，好像發生了地震似的。假如我正躺在床上的話，震動就搖透我的四肢，不過據說這可以鍛鍊我的神經。當風吹起的時候——這地方老是有風——窗鉤就擺來擺去，在牆上敲打。風吹來一次，鄰居的門鈴就響一下。

「我們屋子裡的人是分批回來的，而且總是很晚的時候，直到夜深以後很久了才回來。住在這上面一層樓的一個房客，白天在外面敎低音管；他回來得最遲。他在睡覺以前，總要做一次半夜的散步；他的步子很沉重，而且穿著一雙有釘的靴子。

「這兒沒有雙層的窗子，卻有破碎的窗玻璃，房東太太在它上面糊了一層紙。風從隙縫裡吹進來，像牛虻的嗡嗡聲一樣。這是一首催眠曲。等我最後睡著了，馬上一隻公鷄就把我吵醒

了，關在雞舍裡的公雞和母雞在喊：住在地下室裡的人，天快要亮了。小矮馬因爲沒有馬廐，是綁在樓梯底下的儲藏室裡的。它們只要一動就碰著門和門的玻璃。

「天亮了。門房跟他的一家人一起睡在頂樓上，現在他咯噔咯噔走下樓梯來。他的木鞋發出呱達呱達的聲響，門也在響，屋子在震動。這一切結束以後，樓上的房客就開始做早操。他每隻手舉起一個鐵球，但是他又拿不穩。球一次又一次地滾下來。在這同時，屋子裡的小傢伙要出去上學，他們又叫又跳跑下樓來。我走到窗前，把窗子打開，希望呼吸一點新鮮空氣。當我能呼吸到一點的時候，當屋子裡的少婦們沒有在肥皀泡裡洗手套的時候（她們靠這工作過日子），我是感到很愉快的。此外，這是一棟可愛的房子，我跟一個安靜的家庭住在一起。」

這就是我對姑媽所做的關於我的住處的報告。我把它描寫得比較生動，口頭敍述比書面敍述更能產生新鮮的效果。

「你是一個詩人！」姑媽大聲說。「你只須把這話寫下來，就會跟狄更斯一樣有名；眞的，你眞使我感到有趣！你講的話就像畫出來的畫！你把房子描寫得好像人親眼看見似的！這令人發抖！請再繼續把詩寫下去吧！請放一點有生命的東西進去吧──人，可愛的人，特別是不幸的人！」

我眞的把這棟房子描繪了出來，描繪出它的聲響和喧鬧聲，不過文章裡只有我一個人，而且沒有任何行動──這一點到後來才有。

4

這正是冬天，夜戲散場以後。天氣壞得可怕，大風雪使人幾乎沒有辦法向前走一步。

姑媽在戲院裡，我要送她回家去。不過單獨一人走路都很困難，當然更說不上陪伴別人。出租馬車一下子就被大家搶光了。姑媽住得離城很遠，而我卻住在戲院附近。要不是因爲這個緣故，我們倒可以待在一個崗亭裡，等等再說。

我們蹣跚地在深雪裡前進，四周全是亂舞的雪花。我攙著她，扶著她，推著她前進。我們只跌倒了兩次，每次都跌得很輕。

我們走進我屋子的大門。在門口，我們把身上的雪拍了幾下，到了樓梯上我們又拍了幾下；不過我們身上還有足夠的雪把前房的地板鋪滿。

我們脫下大衣、裡面的衣服以及一切可以脫掉的東西。房東太太借了一雙乾淨的襪子和一件睡衣給姑媽穿。房東太太說這是必須的；她還說——而且說得很對——這天晚上姑媽不可能回到家裡去，所以請她在客廳裡住下來。她可以把沙發當做床睡覺。這沙發就在通向我房間的門口，而這門經常是鎖著的。

事情就這樣辦了。

我的爐子裡燒著火，桌上擺著茶具。這個小小的房間是很舒服的——雖然不像姑媽的房間那樣舒服，因爲在她的房間裡，冬天門上總是掛著很厚的帘子，窗子上也掛著很厚的帘子，地毯是雙層的，下面還墊著三層紙。人坐在裡面就好像坐在盛

滿新鮮空氣的、塞得緊緊的瓶子裡一樣。剛才說過了的，我的
房間也很舒服。風在外面呼嘯。

　　姑媽很健談。關於青年時代、造酒人拉斯木生和一些舊時
的記憶，現在都湧現出來了。

　　她還記得我什麼時候長第一顆牙齒，家裡的人又是如何快
樂。

　　第一顆牙齒！這是天眞的牙齒，亮得像一滴白牛奶──它
叫做乳齒。

　　一顆出來了，接著好幾顆，最後一整排都出來了。一顆挨
一顆，上下各一排──這是最可愛的童齒，但還不能算是前哨，
還不是眞正可以使用一生的牙齒。

　　它們都長出來了，接著智齒也長出來了──它們是守在兩
翼的人，而且是在痛苦和困難中出生的。

　　不久，它們又掉落了，一顆一顆地掉落了！它們的服務期
間沒有滿就掉落了，甚至最後一顆也掉落了。這並不是節日，
而是悲哀的日子。

　　於是一個人老了── 即使他在心情上還是年輕的。

　　這種心情和話題是不愉快的，然而我們還是談論著這些事
情，我們回到兒童時代，談論著，談論著……鐘敲了十二下，
姑媽還沒有回到隔壁的那個房間裡去睡覺。

　　「甜心，晚安！」她高聲說。「我現在要去睡覺了，就好像
是睡在自己的床上一樣！」

　　於是她就去休息了，但是屋裡屋外卻都沒有休息。狂風把
窗子吹得亂搖亂動，打著垂下的長窗鉤，接著鄰家後院的門鈴

響起來了。樓上的房客也回來了。他來來回回地做了一番夜半的散步，然後扔下靴子，爬到床上去睡覺。不過他的鼾聲很大，耳朵尖的人隔著樓板仍可以聽見。

我沒有辦法睡著，我安靜不下來。風暴也不願意安靜下來：它非常活躍。風用它那套老辦法吹著和唱著；我的牙齒也開始活躍起來：用它們那套老辦法吹著和唱著。這帶來我的一陣牙痛。

一股陰風從窗子那邊飄進來。月光照在地板上。隨著風暴中的雲塊一隱一現，月光也一隱一現。月光和陰影也是不安靜的。不過最後陰影在地板上形成一樣東西。我看著這動著的東西，感到有一陣冰冷的風襲來。

地板上坐著一個瘦長的人形，很像孩子用石筆在石板上畫出的那種東西。一條瘦長的線代表身體；兩條線代表兩條手臂，每條腿也是一劃，頭是多角形的。

這形狀馬上就更清楚了。它穿著一件長禮服，很瘦，很秀氣，這說明它是屬於女性的。

我聽到一種噓噓聲。這是她呢，還是窗縫裡發出嗡嗡聲的牛牤呢？

不，這是她自己——牙痛太太——發出來的！這位可怕的魔王皇后，願上帝保佑，請她不要來拜訪我們吧！

「這兒很好！」她發出嗡嗡聲說。「這兒是一個很好的地方——潮濕的地帶，長滿了青苔的地帶！蚊子長著有毒的針，在這兒嗡嗡地叫；現在我也有這支針了。這種針需要拿人的牙齒來磨利。牙齒在床上睡著的這個人嘴裡發出白光。它們既不怕

甜，也不怕酸；不怕熱，也不怕冷；更不怕硬果殼和梅子核！但是我卻要搖撼它們，用陰風灌進它們的根裡去，叫它們得腳凍病！」

這真是駭人聽聞的話，真是一個可怕的客人。

「哎，你是一個詩人！」她說。「我將用痛苦的節奏為你寫出詩來！我將在你身體裡放進鐵和鋼，在神經裡安上線！」

這好像是一根火熱的錐子在向我的顴骨裡鑽進去。我痛得直打滾。

「一次傑出的牙痛！」她說，「簡直像奏著樂的風琴，像堂皇的口琴合奏曲，其中有銅鼓、喇叭、高音笛和智齒裡的低音大簫。偉大的詩人，偉大的音樂！」

她彈奏起來了，她的樣子是可怕的——雖然人們只能看見她的手；陰暗而冰冷的手；它有瘦長的指頭，而每個指頭是一件酷刑的刑具。拇指和食指有一支刀片和螺絲刀；中指上是一個尖錐子，無名指是一個鑽子，小指上有蚊子的毒液。

「我教你詩的韻律吧！」她說。「大詩人應該有大牙痛；小詩人應該有小牙痛！」

「啊！請讓我做一個小詩人吧！」我哀求著。「請讓我什麼也不是吧！而且我也不是一個詩人。我只不過是有做詩的陣痛，正如我有牙齒的陣痛一樣。請走開吧！請走開吧！」

「我比詩、哲學、數學和所有音樂都有力量，你知道嗎？」她說。「比一切畫出的形象和用大理石雕出的形象都有力量！我比這一切都古老。我是生在天國的外邊——風在這兒吹，毒菌在那兒生長。我叫夏娃天冷時替我穿衣服，亞當也是這樣。

你可以相信，最初的牙痛可是威力不小呀！」

「我什麼都相信！」我說。「請走開吧！請走開吧！」

「可以的，只要你不再寫，永遠不要再寫在紙上、石板上、或者任何可以寫字的東西上，我就可以放過你。但是，假如你再寫詩，我就又會回來的。」

「我發誓！」我說，「請讓我永遠不要再看見妳，想起妳吧！」

「看是會看見的，不過比我現在的樣子更豐滿、更親熱些罷了！你將看見我是米勒姑媽，而我一定會說：『可愛的孩子，作詩吧！你是一個偉大的詩人──也許是我們所有詩人中最偉大的一個詩人！』不過請相信我，假如你作詩，我將把你的詩配上音樂，同時用口琴吹奏出來！你這個可愛的孩子，當你看見米勒姑媽的時候，請記住我！」

於是她就不見了。

在我們分手的時候，我的顴骨上挨了一錐，好像給一把火熱的錐子鑽了一下似的。不過這痛一會兒就過去了。我好像飄在柔和的水上；我看見長著寬大綠葉子的白睡蓮在我下面彎下來、沉下去了，枯萎和消逝了。我和它們一起下沉，在安靜和平中消逝了。

「死去吧，像雪一樣融化吧！」水裡發出歌聲和響聲：「蒸發成雲塊，像雲塊一樣地飄走吧！」

偉大和顯赫的名字，飄揚著勝利的旗子，寫在蜉蝣翅上的不朽的專利證，都在水裡映到我的眼前來。

昏沉的睡眠，沒有夢的睡眠。我既沒有聽到呼嘯的風，砰

砰響的門，鄰居的鈴聲，也沒有聽見房客做體操的聲音。

多麼幸福啊！

這時一陣風吹來了，姑媽沒有上鎖的房門敞開了。姑媽跳起來，穿上衣服，扣好鞋子，跑過來找我。

她說，我睡得像上帝的天使，她不忍心把我喊醒。

我自動醒來，把眼睛睜開，完全忘記了姑媽就在這屋子裡。不過我馬上就記起來了，我記起牙痛的幽靈。夢境與現實混成一片。

「我們昨夜道別以後，你沒有寫一點什麼東西嗎？」她問。「我倒希望你寫一點呢！你是我的詩人——你永遠都是！」

我覺得她在暗暗地微笑。我不知道，這是愛我的那個好姑媽呢，還是那位在夜裡得了到我的諾言的那位可怕的姑媽？

「親愛的孩子，你寫詩沒有？」

「沒有！沒有！」我大聲說。「妳真是米勒姑媽嗎？」

「還有什麼別的姑媽呢？」她說。

這真是米勒姑媽嗎？

她吻了我一下，坐進一輛馬車，回家去了。

我把這一切都寫下來了，這不是用詩寫的，而且這永遠不能印出來……

稿子到這兒就中斷了。

我的年輕朋友——這位未來的雜貨店員——沒有辦法找到遺失的部分。它包著熏青魚、奶油和綠肥皂在世界上失踪了。它已經完成了它的任務。

造酒人死了，姑媽死了，學生也死了——他的才華都到桶
裡去了！這就是故事的結尾——關於牙痛姑媽的故事結尾。
〔1872 年〕

這篇故事於 1870 年 6 月開始動筆，完成於 1872 年 6 月 11
日，發表於 1872 年在哥本哈根出版的《新的童話和故事集》第
三卷第二部。是一篇象徵性的略具諷刺意味的作品，還有一點
「現代派」的味道。一般人總免不了有點詩人的氣質，青春期
的小知識分子尤其如此——例如中學生，不少還自作多情，會
寫出幾首詩。有的因此就認為自己是「詩人」，有些天真的人還
會無償贈予他們「詩人」的稱號，這事實上也是一種「病」。這
種病需要「牙痛姑媽」來動點小手術才能治好。於是「牙痛姑
媽」果然就來了——當然是在夢中來的，而這整個事兒的確也
是一場夢。

【註釋】

①指假牙，因為假牙在睡覺前總是拿下來的。

②根據丹麥民間傳說，新生的小孩子是鸛鳥送來的。

③讓・保爾(Jean Paul)是德國作家 Jean Paul Fredrich Richter(1763～1825)的筆
　名，著作很多。他曾經靠創作為生，結果背了一身債。為了逃避債主，他離開了
　故鄉，過著極為貧窮的生活。

金黃的寶貝

一個鼓手的妻子到教堂裡去。她看見新的祭壇上有許多畫像和雕刻的天使；那些在布上套上顏色的畫像和罩著光圈的雕像是那麼美，那些著上色和鍍了金的木雕像也是那麼美！他們的頭髮像金子和太陽光，非常可愛。不過上帝的太陽光比那還要可愛。當太陽落下去的時候，它在蒼鬱的樹叢中照著，顯得更亮，更紅。直接看上帝的面孔是非常幸福的。她正直接地望著這個鮮紅的太陽，竟墜入沉思裡去，她想起鸛鳥將會送來的

那個小傢伙①。於是心情就變得愉快起來。她看了又看，希望她的小孩也能帶來這種光輝，最少要像祭台上發光的天使。

當她真正把抱在手裡的小孩舉高給爸爸看的時候，小孩的樣子真像教堂裡的天使。他長了一頭金髮──落日的光輝真的附在他頭上了。

「我的金黃寶貝，我的財富，我的太陽！」母親說。於是她吻著孩子閃亮的鬃髮。她的吻像鼓手房中的音樂和歌聲；有快樂，有生命，有動作。鼓手就敲了一陣鼓──一陣快樂的鼓聲。這隻鼓──這隻火警鼓──就說：

「紅頭髮！小傢伙長了一頭紅頭髮！請相信鼓兒的皮，不要相信媽媽講的話！咚──隆咚，隆咚！」

整個城裡的人像火警鼓一樣，講著同樣的話。

這個孩子到教堂裡去；這孩子受了洗禮。關於他的名字，沒有什麼話可說；他叫「比得」。全城的人──連這個鼓兒──都叫他「鼓手的那個紅頭髮的孩子比得」。不過他的母親吻著他的紅頭髮，叫他「金黃的寶貝」。

在那高低不平的路上，在那黏土的斜坡上，許多人刻著自己的名字，做為紀念。

「揚名是一件有意義的事情！」鼓手說。於是他把自己的名字和兒子的名字也刻了下來。

燕子飛來了，它們在長途旅行中看到更耐久的字刻在石壁上，刻在印度廟宇的牆上；偉大帝王的豐功偉績，不朽的名字──它們是那麼古老，現在誰也認不清，也無法把它們念出來。

　　眞是聲名赫赫！永垂千古！

　　燕子在路上的洞洞裡築了窠，在斜坡上挖出一些洞口。陣雨和薄霧降下來，把那些名字洗掉了。鼓手和他小兒子的名字也被洗掉了。

　　「可是，比得的名字卻保留了一年半！」父親說。

　　「傻瓜！」那個火警鼓這麼想，不過它只說：「咚，咚，咚，隆咚咚！」

　　「這個鼓手的紅頭髮兒子」是一個充滿生命力和快樂的孩子。他有一副好嗓子；他會唱歌，而且唱得和森林裡的鳥兒一樣好。他的聲音有一種調子，但又似乎沒有調子。

　　「他可以成爲一個聖詩班的孩子！」媽媽說。「他可以站在像他一樣美的天使下面，在敎堂裡唱歌！」

　　「簡直是一頭長著紅毛的貓！」城裡一些幽默的人這麼說。鼓兒從鄰家主婦那裡聽到了這句話。

　　「比得，不要回到家裡去吧！」街上的野孩子喊著。「如果你睡在頂樓上，屋頂一定會起火②，火警鼓也會敲起火警。」

　　「請你當心鼓槌！」比得說。

　　雖然他的年紀很小，卻勇敢地向前撲去，用拳頭向最近的一個野孩子的肚皮頂了一下，這傢伙站不穩，倒下來了。別的孩子們飛快地逃掉。

　　城裡的樂師是一個非常文雅和有名望的人，他是皇家一個管銀器的人的兒子。他非常喜歡比得，有時還把他帶到家裡，敎他拉提琴。整個藝術彷彿生長在這孩子的手指上。他希望做比鼓手大一點的事情——他希望能成爲城裡的樂師。

「我想當一個士兵！」比得說。他只不過是一個很小的孩子，他總是覺得世界上最美好的事情，是背一桿槍齊步走：「一、二！一、二！」並且穿一套制服和掛一把劍。

「啊，你應該學會聽鼓皮的話！隆咚，咚，咚，咚！」鼓兒說。

「是的，只希望他能一步登天，升爲將軍！」爸爸說：「不過，要達到這個目的，就非得有戰爭不可！」

「願上帝阻止吧！」媽媽說。

「我們並不會有什麼損失呀！」爸爸說。

「會的，我們會損失我們的孩子！」她說。

「不過假如他回來是一個將軍！」爸爸說。

「回來會沒有手，沒有腿！」媽媽說。「不，我情願有完整的『金黃的寶貝』。」

隆咚！隆咚！隆咚！火警鼓響了起來。戰爭發生了。士兵們都出發了，鼓手的兒子也跟他們一起出發了。「紅頭髮，金黃的寶貝！」媽媽哭了起來。爸爸在夢想中看到他「成名」了。城裡的樂師認爲他不應該去參戰，應該待在家裡學習音樂。

「紅頭髮！」士兵們喊，比得笑。不過有人叫他「狐狸皮」③時，他就緊咬牙齒，把眼睛看向別的地方——看著廣大的世界，不理這種譏諷的語句。

這孩子非常活潑，有勇敢的性格，有幽默感。一些比他年紀大的弟兄們說，這些特點是行軍中最好的「水壺」。

有許多晚上比得睡在廣闊的天空下，被雨和霧打得透濕。不過他的幽默感卻不因此消失。鼓槌敲著：「隆咚——咚，大

家起床呀！」是的，他生來就是一個鼓手。

這是一個戰鬥的日子。太陽還沒有出來，不過晨曦已經出現了，空氣很冷，但是戰爭很熱。空中有一層霧，然而火藥氣比霧還重。槍彈和炮彈飛過腦袋，或穿過腦袋，穿過身體和四肢。但是大家仍然向前推進。有的人倒下來了，太陽穴流著血，面孔像粉筆一樣慘白。這小小的鼓手仍然保持著他的健康的臉色；他沒有受一點傷；他帶著愉快的面容看著團部的那隻狗——它在他面前跳，高興得不得了，好像一切是爲了它的消遣而發生，所有的槍彈都是爲了它的好玩才飛來飛去似的。

衝！前進！衝！這是鼓兒所接到的命令，而這命令是不能收回的。不過人們可以後退，而且這樣做可能還是聰明的辦法呢！事實上就有人喊：「後退！」因此，當我們小小的鼓手敲著「衝！前進！」的時候，他瞭解這是命令，而士兵們都必須服從這個鼓聲。這是很好的一陣鼓聲，也是走向勝利的號召，雖然士兵們已經支持不住了。

這一陣鼓聲使許多人喪失了生命和肢體。炮彈把血肉炸成碎片。炮彈把草堆也燒掉了——傷兵本來可以拖著艱難的步子到那兒躺幾個鐘頭，也許就在那兒躺一生。想這件事情有什麼用呢？但是人們卻不得不想，哪怕住在離此地很遠的和平城市裡也不得不想。那個鼓手和他的妻子在想這件事情，因爲他們的兒子比得在作戰。

「我聽厭了這種牢騷！」火警鼓說。

今天又是作戰的日子。太陽還沒有升起來，但是已經是早晨了。鼓手和妻子正在睡覺——他們幾乎一夜沒有合上眼；他

們在談論著他們的孩子，在戰場、「在上帝手中」的孩子。父親
做了一個夢，夢見戰爭已經結束，士兵們都回到家裡來了，比
得的胸前掛著一個銀十字勳章。不過母親夢見她到教堂裡去，
看到了那些畫像，那些金髮的天使雕像，看到了她親生的兒子
──她心愛的金黃寶貝──站在一群穿白衣服的天使中間，唱
著只有天使才唱得出的動聽的歌；然後跟他們一塊兒向太陽光
飛去，和善地對媽媽點著頭。

　　「我的金黃的寶貝！」她大叫了一聲，就醒了。「我們的上
帝把他接走了！」她說。於是她合著雙手，把頭藏在床上的布
帷幔裡，哭了起來。「他現在在什麼地方安息呢？在人們為許多
死者挖的那個大坑裡面嗎？也許是躺在沼澤地的水裡吧！誰也
不知道他的墳墓；誰也不曾在他的墳墓上念過禱告！」她的嘴
唇隱隱念出主禱文④來。她垂下頭來，她是困倦，於是便睡過
去了。

　　日子在日常生活中，在夢裡，一天一天地過去！

　　這是黃昏時節；戰場上出現了一道長虹──它掛在森林和
低窪的沼澤地之間。有一個傳說在民間流傳著：凡是虹接觸到
的地面，底下一定埋藏著寶貝──金黃的寶貝。現在這兒也有
一件這樣的寶貝。除了他的母親以外，誰也沒有想到這位小鼓
手；她因此夢見了他。

　　日子在日常生活中，在夢裡，一天一天地過去！

　　他頭上沒有一根頭髮──一根金黃的頭髮──受到損害。

　　「隆咚咚！隆咚咚！他來了！他來了！」鼓兒可能這樣說，
媽媽如果看見他或夢見他的話，也可能這樣唱。

　　在歡呼和歌聲中，大家帶著勝利的綠色花圈回家了，因為
戰爭已經結束，和平已經到來了。團部的那隻狗在大家面前團
團轉地跳舞，好像要使原來的路程延長三倍似的。

　　許多日子、許多星期過去了。比得走進爸爸和媽媽的房間
裡來。他的膚色變成棕色，像野人一樣；眼睛發亮，面孔像太
陽一樣射出光來。媽媽把他抱在懷裡，吻他的嘴唇，吻他的眼
睛，吻他的紅頭髮。她重新獲得了她的孩子。雖然他並不像爸
爸在夢中所見的那樣，胸前掛著銀質的十字章，但是他的四肢
完整——這正是媽媽不曾夢見過的。他們歡天喜地，他們笑，
他們哭。比得擁抱著那個古老的火警鼓。

　　「這個老朽還在這兒沒有變動！」他說。

　　於是父親就在它上面敲了一陣子。

　　「倒好像這兒發生大火呢！」火警鼓說。「屋頂上燒起了
火！心裡燒起了火！金黃的寶貝！燒呀！燒呀！燒呀！」

　　後來怎樣呢？後來怎樣呢？——就問這城裡的樂師吧。

　　「比得已經長得比鼓還大了，」他說。「比得快比我還大了。」
然而他是皇家銀器保管人的兒子呢。不過他花了一生的時間所
學到的東西，比得半年就學會了。

　　比得具有某種勇敢、某種真正善良的氣質。他的眼睛閃著
光輝，他的頭髮也閃著光輝——誰也不能否認這一點！

　　「他應該把頭髮染一染才好！」鄰居一位主婦說。「警察的
那位小姐這樣做過，你看她的結果多麼好：她立刻就訂婚了。」

　　「不過她的頭髮馬上就變得像青浮草一樣綠，所以她得經

常染！」

「她有的是錢呀，」鄰居的主婦說。「比得也可以辦得到。他和一些有名望的家庭來往——他甚至還認識市長，敎洛蒂小姐彈鋼琴呢。」

他居然能彈鋼琴！他能彈奏從心裡湧出來的、最動聽的、還沒有在樂譜上寫過的音樂。他在明朗的夜裡彈，也在黑暗的夜裡彈。鄰居們和火警鼓說：「這真叫人吃不消！」

他彈著，一直彈到思緒奔騰了起來，擴展成未來的計畫：「成名！」

市長先生的洛蒂小姐坐在鋼琴旁邊。她纖細的手指在琴鍵上跳躍著，在比得心裡引起一陣回聲，這超過了他心裡所有的容量。這種情形不只發生過一次，而是發生過許多次！終於有一天，他捉住那隻漂亮的手的纖細的手指，吻了一下，並且盯她那對棕色的大睛睛看。只有上帝知道他要說什麼話。不過我們可以猜猜。洛蒂小姐的臉紅了起來，一直紅到脖子和肩上，一句話也不回答。隨後有些不認識的客人到她房裡來，其中有一個是政府高級顧問官的少爺，他有高闊光亮的前額，而且他把頭抬得那樣高，幾乎要仰到腦後去了。比得跟他們一起坐了很久了；她用最溫柔的眼睛看著他。

那天晚上，他在家裡談起廣闊的世界，談起在他的提琴裡藏著的金黃寶貝。

「隆咚，隆咚，隆咚！」火警鼓說。「比得完全失去了理智，我想這屋子一定會起火。」

第二天，媽媽到市場去。

「比得，我告訴你一個消息！」她回到家裡來的時候說。
「一個好消息。市長先生的洛蒂小姐跟高級顧問官的少爺訂婚
了，這是昨天的事情。」

「我不信！」比得大聲說，同時從椅子上跳起來，不過媽
媽堅持說：「是眞的！」她是從理髮師的太太那兒聽來的，而
理髮師是聽市長親口說的。

比得的臉色變得像死屍那樣慘白，並且坐了下來。

「我的老天爺！你這是怎麼了？」媽媽問。

「好，好，請你不要管我吧！」他說，眼淚沿著臉上流下
來。

「親愛的孩子，我金黃的寶貝！」媽媽說，同時哭了起來。
不過火警鼓唱著——沒有唱出聲音，是在心裡唱。

「洛蒂死了！洛蒂死了！」現在一支歌也完了！

歌並沒有完，它裡面還有許多詞兒，許多很長的詞兒，許
多最美麗的詞兒——生命中的金黃的寶貝。

「她簡直像瘋子一樣！」鄰居的主婦說。「大家來看她從她
的金黃的寶貝那兒來的信，來讀報紙上關於他和他的提琴的記
載。他還寄錢給她——她很需要，因爲她現在是一個寡婦。」

「他爲皇帝和國王演奏！」城裡的樂師說：「我從來沒有
過這樣的幸運。不過他是我的學生，他不會忘記老師的。」

「爸爸做過這樣的夢，」媽媽說；「夢見比得從戰場上戴
著銀十字章回來。他在戰爭中沒有得到它；這比在戰場上更
難。他現在得到了榮譽十字勳章。要是他爸爸仍然活著，能看

到它，多好！」

「成名了！」火警鼓說。城裡的人也這樣說，因爲那個鼓
手的紅頭髮兒子比得——他們親眼看到他小時拖著一雙木鞋跑
來跑去、後來又成爲一個鼓手而爲跳舞的人奏樂的比得——現
在成名了！

「在他沒有爲國王拉琴以前，就已經爲我們拉過了！」市
長太太說。「那時他非常喜歡洛蒂。他一直是很有抱負的。那時
他旣大膽，又荒唐！我的丈夫聽到這件傻事的時候，曾經大笑
過！現在我們洛蒂是高級顧問官的夫人了！」

在這個窮孩子的心靈裡藏著一個金黃的寶貝——他，做爲
一個小小的鼓手，曾經敲起：「衝！前進！」對那些幾乎要撤
退的人來說，這是一陣勝利的鼓聲。他的胸懷中有一個金黃的
寶貝——聲音的力量。這種力量在他的提琴上爆發，好像它裡
面是一個完整的風琴，好像仲夏夜的小妖精就在它的弦上跳舞
似的。人們在它裡面聽出畫眉的歌聲和人類清亮的聲音。因此
它使得每一顆心狂喜，使得他在整個國家中出名。這是一把偉
大的火炬———一把熱情的火炬。

「他眞是可愛極了！」少婦們說，老太太們也這樣說。一
位最老的婦人得到了一本收藏名人頭髮的紀念簿，目的完全是
爲了要向這位年輕的提琴家求得一小綹濃密而美麗的頭髮
——那個寶貝，那個金黃的寶貝。

兒子回到鼓手那個簡陋的房間裡來了，他英挺得像一位王
子，快樂得像一個國王。他的眼睛是明亮的，他的面孔像太陽。
他雙手環抱著母親。母親吻著他溫暖的嘴，哭得像任何人在快

樂時哭泣一樣。他對房間裡的每件舊家具點點頭，對裝茶碗和
花瓶的碗櫃也點點頭，對那張睡椅點點頭——他小時曾在那上
面睡過。不過他把那個古老的火警鼓拖到屋子的中央，對火警
鼓和媽媽說：

「在今天這樣的場合，爸爸可能會敲一陣子鼓的！現在得
由我來敲了！」

於是他就在鼓上敲起一陣雷吼般的鼓聲。鼓兒感到那麼榮
幸，連上面的羊皮都高興得裂開了。

「他真是一個擊鼓的神手！」鼓兒說。「我將永遠不會忘記
他。我想，他的母親也會由於這寶貝而高興得笑破肚皮。」

這就是「金黃的寶貝」的故事。〔1865 年〕

　　這篇故事發表於 1865 年在哥本哈根出版的《新的童話和故
事集》。這是一篇對一個出身微賤而最後「在整個國家中出名」
的貧窮孩子的誦歌。這孩子的胸懷中有一個金黃的寶貝——「聲
音的力量」。「這種力量在他的提琴上爆發，像它裡面是一個完
整的風琴，好像仲夏的小妖精就在它的弦上跳舞似的。人們在
它裡面聽出畫眉的歌聲和人類清亮的聲音……這是一把偉大的
火炬——一把熱情的火炬。」他成了一個傑出的樂師。但正因
為出身寒微，他在愛情上遭到了挫敗。他所慕戀的人居然成為
一個庸俗無比的「政府高級顧問官的少爺」的妻子了。這就是

人生——對這安徒生有極爲切身的體會。但是這故事的調子是輕快的,高昂的,像一首詩。它是 1865 年 6 月安徒生住在佛里斯城堡寫的。他在這年 6 月 21 日的日記上寫道:「在今天下午一種極爲沉鬱的情緒向我襲來,我在附近的樹林裡散了一會兒步。樹林的寂靜、花壇裡盛開的花和城堡房間裡的愉快氣氛,在我的記憶中織成一個故事。回到家後我把它寫出來,情緒又變得高漲起來了。」

【註釋】

①據丹麥的民間傳說,孩子是由鸛鳥送到世上來的。請參閱本《全集二·鸛鳥》。

②這是作者開的一個文學玩笑:這孩子的頭髮是那麼紅,看起來像火在燒。

③有一種狐狸的毛是紅色的。這兒「狐狸皮」是影射「紅頭髮」。

④主禱文是基督教徒向上帝禱告時念的一段話。見《聖經·新約全書·馬太福音》第六章第九至十三節。

民歌的鳥兒

這正是冬天。蓋滿了雪的大地，看起來很像從石山雕刻出來的一塊大理石。天很高，而且晴朗。寒風像妖精煉出的一把鋼刀，非常尖銳。樹木看起來像珊瑚或盛開的杏樹枝椏。這兒的空氣像阿爾卑斯山上的那樣清新。

北極光和無數閃耀著的星星，使這一夜顯得非常美麗。

暴風吹起來了。飛行的雲塊撒下一層天鵝的絨毛。漫天飛舞的雪花，蓋滿了寂寞的路、房子、空曠的田野和無人的街。

但是我們坐在溫暖的房間裡，坐在熊熊的火爐邊，談論著古時候的事情。我們聽到了一個故事──

大海邊有一個古代戰士的墳墓。墳墓上坐著這位埋在地下的英雄的幽靈。他曾經是一個國王。他的額上射出一道金色的光圈，長髮在空中飛舞，全身穿著鎧甲。他悲哀地垂著頭，痛苦地嘆著氣──像一個沒有得救的靈魂。

這時有一艘船在旁邊經過。水手們拋下錨，走到陸地上來。他們中有一個是歌手①。歌手走近這位皇家的幽靈，問道：

「你為什麼這麼悲哀和難過呢？」

幽靈回答：

「誰也沒有歌唱過我一生的事蹟。這些事蹟現在死亡了，消逝了。沒有什麼歌把它們傳播到全國，送到人民的心裡去。所以我得不到安寧，得不到休息。」

於是這個幽靈談起他的事業和偉大功績。與他同時代的人都知道這些事情，不過沒有人把它們唱出來，因為他們當中沒有歌手。

這位年老的彈唱詩人撥動豎琴上的琴弦，歌詠這個英雄青年時代的英勇，壯年時代的威武，以及他偉大的事蹟。幽靈的面孔放出了光彩，像反映著月光的雲彩。幽靈在光華燦爛的景象中，懷著愉快和幸福的心情站起來，像一道北極光似地消失不見了。除了一座蓋滿綠草的山丘以外，現在什麼也沒有了──連一塊刻有龍尼文字②的石碑也沒有。但是當琴弦發出最後的聲音的時候，忽然有一隻歌鳥忽然飛出來──好像是直接從豎琴裡飛出來似的。它是一隻非常美麗的歌鳥。它有畫眉一

樣響亮的聲調，人心一樣搏動的顫音，和那使人懷鄉的、候鳥所帶來的家鄉的歌謠。這隻歌鳥越過高山和深谷，越過田野和森林，飛走了。它是一隻民歌的鳥，它永遠不會死亡。

我們聽到它的歌。我們在房間裡，在一個冬天的晚上，聽到它的歌。這隻鳥兒不僅僅唱著關於英雄的頌歌，它還唱著甜蜜的、溫柔的、豐富多樣的愛情頌歌。它還歌頌北國的純樸的風氣。它可以用字句和歌調講出許多故事，它知道許多諺語和詩的語言。這些語言，像藏在死人舌頭下的龍尼詩句一樣，使它不得不唱出來。就這樣，「民歌的鳥兒」使我們能夠認識自己的祖國。

在異教徒的時代，在威京人的時代，它的巢是築在豎琴詩人的琴弦上的。在騎士的時代裡，拳頭把握著公理的尺度，武力就是正義，農民和狗處於同等的地位──在這個時代裡，這隻歌鳥到什麼地方去找避難所呢？暴力和愚蠢一點也不考慮它這個問題。

但是騎士堡寨裡的女主人坐在窗前，將舊時的回憶在她面前的羊皮紙上寫成故事和歌。在一間茅屋裡，有一個旅行的小販坐在一個農婦人身邊的椅子上講故事。正在這個時候，這隻歌鳥就在他們頭上飛翔，喃喃地叫著，唱著。只要大地上還有可以立足的山丘，這隻「民歌的鳥兒」就永遠不會死亡。

它現在對我們坐在屋子裡的人唱。外面是暴風雪和黑夜。它把龍尼文的詩句放在我們舌頭底下，於是我們就認識了我們祖先的國土。上帝通過「民歌的鳥兒」的歌調，對我們講著我們母親的語言。古時的記憶復活了，黯淡的顏色發出新的光采。

傳說和民歌像幸福的美酒，把我們的靈魂和思想陶醉了，使這一晚成了耶穌聖誕的節日。

雪花在飛舞，冰塊在碎裂。外面在起風暴。風暴有巨大的威力，它主宰著一切——但它不是我們的上帝。

這正是多天。寒風像妖精煉出的一把鋼刀。雪花在亂飛——在我們看起來，似乎飛了好幾天和好幾個星期。它像一座巨大的雪山壓在整個城市上，它像一個冬夜裡沉重的夢。地上的一切東西都被掩蓋住了，只有教堂的金十字架——信心的象徵——高高地立在這個雪冢上，在藍色的空中，在光明的太陽光裡，射出光輝。

在這個被埋葬的城市上空，飛翔著大大小小的太空鳥。每隻鳥兒放開歌喉，盡情地歌唱，盡情地歌唱。

最先飛來的是一群麻雀：它們把大街小巷裡、巢裡和房子裡的一切小事情全都講了出來。它們知道前屋裡的事情，也知道後屋裡的事情。

「我們知道這個被埋葬的城市，」它們說。「所有住在裡面的人都在吱！吱！吱！」

黑色的大渡鴉和烏鴉在白雪上飛過。

「呱！呱！」它們叫著。「雪底下還有一些東西，一些可以吃的東西——這是最重要的事情。這是下面大多數人的意見，而這意見是對——對——對的！」

野天鵝颼颼地拍著翅膀飛來。它們歌唱著偉大和高貴的感情。這種感情將要從人的思想和靈魂中產生出來——這些人現在住在被雪埋著的城市裡。

　　那裡面並沒有死亡，那裡面仍然有生命存在。這一點我們可以從歌調中聽出來。歌調像是從教堂的風琴中發出來的；像妖山③上的了鬧聲，像奧仙④的歌聲，像瓦爾古里⑤颼颼的拍翅聲，吸引住我們的注意力。多麼和諧的聲音啊！這種和聲透進我們內心深處，使我們的思想變得高超——這就是我們聽到的「民歌的鳥兒」的歌聲！正在這時候，天空溫暖的氣息從上面吹下來。雪山裂開了，太陽光從裂縫裡射進去。春天來到了；鳥兒回來了；新的一代，心裡帶著同樣的故鄉的聲音，也回來了。請聽這一年的故事吧：狂暴的風雪，夏夜的惡夢！一切將會消逝，一切將會從不滅的「民歌的鳥兒」的悅耳歌聲中獲得新的生命。〔1865 年〕

－－－－－－－－－－－－－－－－－－－－

　　這篇小品發表在哥本哈根 1865 年出版的《丹麥大眾歷書》上。「民歌的鳥兒」是一個象徵性的代名詞，代表一個國家和民族的優良傳統，歌唱出英雄的事蹟和甜蜜的、溫柔的、豐富多樣的愛情以及純樸的風氣；還可以用字句和歌調講出許多故事。就這樣，「民歌的鳥兒」「使我們能夠認識自己的祖國。」

【註釋】

①原文是 skjald。這是北歐古時的一種詩人。他專門寫歌頌英雄和英雄事蹟的詩篇，並親自向聽眾朗誦這些詩。

②這是北歐古代的一種象形文字。

③請參閱本《全集三·妖山》。

④奧仙(Ossian)是古代北歐的一個有名的吟唱詩人。

⑤瓦爾古里(Valkyriens)是北歐神話中戰神奧丁的使者。她們在戰場上飛翔，專門挑
　選快要死去的戰士，帶到奧丁的宮殿裡去。

接骨木樹媽媽

從前有一個很小的孩子，他患了傷風，病倒了。他到外面去過，一雙腳全弄濕了。誰也不知道他是怎麼弄濕的，因為天氣很乾燥。現在他媽媽把他的衣服脫掉，送他上床去躺著，同時叫人把開水壺拿進來，為他泡了一杯很香的接骨木茶①，因為茶可以使人感到溫暖。這時，有一個很有趣的老人走到門口來；他一個人住在這屋子的最高的那一層樓上，非常孤獨。因為他沒有太太，也沒有孩子。但是他卻非常喜歡小孩，而且知道很

多童話和故事。聽他講故事是很愉快的。

「現在你得喝茶，」母親說，「然後才可以聽一個故事。」

「哎！我希望能講一個新的故事！」老人說，和善地點了點頭。「不過這小傢伙是在什麼地方把一雙腳弄濕的呢？」

「不錯，在什麼地方呢？」媽媽說，「誰也想像不出來。」

「講一個童話給我聽嗎？」孩子問。

「好，不過我得先知道一件事情：你能不能確實地告訴我，你上學時經過的那條街，那條陰溝有多少深？」

「如果我把腳伸到那條陰溝最深的地方，」孩子回答：「那麼水恰好淹到我的小腿。」

「你看，腳就是這樣弄濕的，」老人說。「現在我應該講一個童話給你聽了；不過我的童話都講完了。」

「你可以馬上編一個出來，」小孩說。「媽媽說，你能把你所看到的東西編成童話，也能把你所摸過的東西都講成一個故事。」

「不錯，不過這些童話和故事算不了什麼！不，真正的故事是自己走來的。它們敲敲我的前額，說：『我來了！』」

「它們會不會馬上就來敲一下呢？」小孩問。媽媽大笑了一聲，把接骨木葉放進壺裡，然後把開水倒進去。

「講呀！講呀！」

「對，假如童話自動來了的話。不過這類東西架子是很大的；它只有高興的時候才來——等著吧！」他忽然叫出聲來：「它現在來了。請看吧！它現在就在茶壺裡面。」

於是小孩向茶壺看去。茶壺蓋慢慢自動地豎起來了，好幾

朵接骨木花，又白又新鮮，從茶壺裡冒出來了。它們長出又粗
又長的枝椏，並且從茶壺嘴向四面展開，越展越寬，形成一個
最美麗的接骨木叢——事實上是一棵完整的樹。這樹甚至伸到
床上，把帳幔分向兩邊。它是多麼香，它的花開得多麼茂盛啊！
在這樹的正中央，坐著一個很親切的老太婆。她穿著奇異的服
裝——像接骨木葉子一樣，也是綠色的，同時還綴著大朵的白
色接骨木花。第一眼誰也看不出來，這衣服究竟是布做的呢，
還是活著的綠葉和花朵。

「這個老太婆叫什麼名字？」小孩問。

老人回答說：「羅馬人和希臘人叫她樹仙。不過我們不懂
得這些，我們住在水手區的人替她取了一個更好的名字。那兒
的人把她叫做『接骨木樹媽媽』。你應該注意的就是她。現在你
注意聽著和看著這棵美麗的接骨木樹吧。

「水手住宅區裡就有這麼一棵開著花的大樹。它生長在一
個簡陋的小院的角落裡。一天下午，當太陽照得非常燦爛的時
候，有兩個老人坐在這棵樹下。他們一個是很老很老的水手；
另一個是他很老很老的妻子。他們已經是曾祖父母了；不久他
們就要慶祝他們的金婚②。不過他們記不清日期。接骨木樹媽媽
坐在樹上，神情很高興，正如她在這兒一樣。『我知道金婚應該
是哪一天，』她說，但是他們沒有聽到——他們在談著他們過
去的一些日子。

「『是的，』老水手說，『你記得嗎？我們小的時候，常常
一起跑來跑去，在一起玩耍！正是在這個院子裡，我們現在坐
的這個院子裡。我們在這裡栽過許多樹枝，把它變成一個花園。』

「『是的，』老太婆回答說，『我記得很清楚。我們在那些樹枝上澆過水，其中有一根是接骨木樹枝。這樹枝生了根，發了綠芽，變成了現在這棵大樹——我們老年人現在就在它下面坐著。』

「『一點也不錯，』他說：『在那兒的一個角落裡，有一個水盆；我把我的船放在那上面浮著——是我自己剪的一隻船，它航行得真順利！但是不久我自己也航行起來了，只不過方式不同罷了。』

「『是的，我們先進學校，學習了一點什麼東西，』她說，『接著就受了堅信禮③；我們兩個人都哭起來了。不過在下午我們就手挽著手爬到圓塔上去，把哥本哈根和大海以外的這個廣大世界凝望了好一會兒。然後我們又到佛列得里克斯堡公園④去——國王和王后常常在這兒的運河上，駕著華麗的船航行。』

「『不過，我得用另一種方式去航行，而且一去就是幾年，那是很遙遠的長途航行。』

「『對，我常常想你想得哭起來，』她說，『我以為你死了，消失了，躺在深水底下，跟波浪在嬉戲。有多少個夜晚我爬起床，去看風信雞是不是在轉動。是的，它轉動起來了，但是你沒有回來。我記得很清楚，有一天雨下得很大，那個收垃圾的人來到我主人的門口。我提著垃圾桶走下去，到門口後我就站著不動。天氣是多麼壞啊！當我正站著的時候，郵差走到我身旁來了，交給我一封信。是你寫來的信啦！這封信旅行了多少路程啊！我馬上把它撕開，念著。我笑著，我哭著，我是那麼

高興呀。事情現在明白了，你正生活在一個出產咖啡豆的溫暖國度裡。那一定是一個非常美麗的國家！你信上寫了許多事情，我在大雨傾盆的時候讀它。站在一個垃圾桶旁邊讀它，正在這時候來了一個人，他雙手把我的腰抱住！——』

「『——一點也不錯，於是妳就結結實實地給了他一記耳光——一記很響亮的耳光。』

「『我不知道那個人就是你啦。你跟你的信來得一樣快。你那時是一個美男子——現在還是這樣。你袋裡裝著一條絲織的長手帕，你頭上戴著光亮的帽子。你是那麼好看！天啦，那時的天氣眞壞，街上眞難看！』

「『接著我們就結婚了，』他說：『妳記得嗎？接著我們就有了第一個孩子，接著瑪莉，接著尼爾斯，接著比得和漢斯·克利斯仙都出生了。』

「『他們大家都長得那麼好，成爲大家喜愛的、善良的人！』

「『於是我們的孩子又生了他們自己的孩子，』老水手說。『是的，那些都是孩子們的孩子！他們都長得很好。——假如我沒有記錯的話，我們正是在這個季節裡結婚的。……』

「『是的，今天是你們的結婚紀念日。』接骨木樹媽媽說，同時把她的頭伸到這兩個老人中間來。他們還以爲是隔壁的一位太太在向他們點頭呢。他們互相看了一眼，並且彼此握著手。不一會兒，他們的兒子和孫子都來了；他們都知道今天是老夫婦的金婚紀念日。他們早晨就已經來祝賀過，不過這對老夫婦卻把這日子忘記了，雖然多少年以前發生的一切事情，他們還能記得很清楚。接骨木發出強烈的香氣。正在下沉的太陽照在

這對老夫婦臉上，使得他們的雙頰都泛出一陣紅暈來。小孫子
們圍著他們跳舞，興高采烈地叫著，說今晚將有一個宴會，他
們將會吃到熱烘烘的馬鈴薯！接骨木樹媽媽在樹上點點頭，跟
大家一起喊著：『好！』」

　　「不過這並不是一個童話呀！」小孩聽完了之後說。

　　「唔，假如你能聽懂它的話，」講這段故事的老人說。「不
過讓我來問問接骨木樹媽媽的意見吧。」

　　「這並不是一個童話，」接骨木樹媽媽說。「可是現在它來
了；最奇異的童話是從真實的生活裡產生出來的，否則我美麗
的接骨木叢，就不會從茶壺裡冒出來。」

　　於是她把這孩子從床上抱起來，摟到自己的懷裡，開滿了
花的接骨木樹枝就把們合攏起來，使他們好像坐在濃密的樹蔭
裡一樣，而這片樹蔭帶著他們一起在空中飛行。這真是說不出
的美麗！

　　接骨木樹媽媽立刻變成一個漂亮的少女，不過她的衣服依
然跟接骨木樹媽媽所穿的一樣，是用綴著白花的綠色料子裁成
的。她胸前戴著一朵真正的接骨木花，黃色的鬂髮上有一個用
接骨木花做成的花圈；她的一雙眼睛又大又藍。啊，她的樣子
多麼美麗！啊！她和這男孩互相親吻著，他們現在是同樣的年
紀，感覺到同樣的快樂。

　　他們手挽著手走出這片樹蔭。站在家裡美麗的花園裡面。
爸爸的手杖綁在新鮮草坪旁邊的一根木柱上。在這個孩子眼
中，它是有生命的。當他們一騎到它上面的時候，它光亮的頭
就變成了一個漂亮的嘶鳴的馬頭，上面披著長長的黑色馬鬃，

還長出四條瘦長而結實的腿。這牲口旣強壯又有精神。他們騎著它沿著草坪飛奔——眞叫人喝采！

「現在我們要騎到許多許多里以外的地方去，」這孩子說；「我們要騎到一位貴族的莊園裡去！——我們去年到那兒去過。」

他們不停地繞著這個草坪奔跑。那個小女孩子——我們知道她就是接骨木樹媽媽——不停地叫著：

「現在我們來到鄉下了！你看到那種田人的房子嗎？它的那個大麵包爐，從牆壁裡凸出來，看起來像路旁一個龐大的蛋。接骨木樹在這屋子上面伸展著樹枝，公鷄走來走去，爲母鷄扒土。你看它那副抬頭闊步的神氣！——現在我們快要到教堂附近了。它高高地矗立在一座山丘上，在一叢櫟樹的中間——其中有一株已經半死了。——現在我們來到了熔鐵旁邊，火正熊熊地燒著，赤裸著上身的人揮著錘子打鐵，使得火星迸發。去啊，去啊，到那位貴族華美的莊園裡去！」

在男孩子後面坐在手杖上的小姑娘所講的一切，都一一在他們眼前出現了。雖然他們只不過繞著草坪兜圈子，這男孩卻能把這些東西都看得清清楚楚。他們在人行道上玩耍，還在地上劃出一個小花園來。於是她從她的頭髮上拿下接骨木樹的花朵，把它們栽下，隨後它們就長大起來，像那對老夫婦小時在水手住宅區裡所栽的樹一樣——這事兒我們已經講過了。他們手挽著手走著，完全像那對老夫婦兒時的情形，不過他們不是走上圓塔，也不是走向佛列得里克斯堡公園去。——不是的，這小女孩抱著這男孩的腰，他們在整個丹麥飛來飛去。

那時是春天，接著夏天到來了，然後是秋天，最後多天也到來了。成千成百的景物映在這孩子的眼裡和心上，小女孩也不停地對他唱：「這些東西是你永遠也忘不了的！」

在整個航行的過程中，接骨木樹一直散發著甜蜜和芬芳的香氣：他也聞到了玫瑰花和新鮮的山毛櫸，可是接骨木樹的香氣比它們還要美妙，因為它的花朵就懸在小女孩的心上，而他們飛行的時候，他就常常把頭靠著這些花朵。

「春天在這兒是多麼美麗啊！」小女孩說。

他們站在長滿了新葉子的山毛櫸林裡，綠色的車葉草在腳下散發著香氣，淡紅的秋牡丹顯得分外華麗。

「啊，但願春天永遠留在這芬芳的丹麥山毛櫸林中！」

「夏天在這兒是多麼美麗啊！」她說。

於是他們走過騎士時代的那些古宮殿。這些古宮殿的紅牆和鋸齒的山形牆倒映在小河裡——這兒有許多天鵝在游著，在瞭望那古老的林蔭大道，在瞭望田野的小麥泛起的一層波浪，好像這就是一片大海似的。田溝裡長滿了黃色和紅色的花，籬笆上長著野蛇麻⑤和盛開的牽牛花。月亮在黃昏的時候向上升，又圓又大；草坪上的乾草堆發出甜蜜的香氣。「人們永遠也不會忘記這些東西！」

「秋天在這兒是多麼美麗啊！」小女孩說。

於是天空顯得比以前加倍的開闊，加倍的蔚藍，樹林染上最華美的紅色、黃色和綠色。獵犬在追逐著；整群的雁兒在遠古的土墳上飛過，發出淒涼的叫聲；荊棘叢在古墓碑上糾做一團。海是深藍色的，點綴著點點白帆。老太婆、少女和小孩坐

在打麥場上，把蛇麻的果穗摘下來扔進一個大桶子裡面。這時年輕人唱著山歌，老年人講著關於小鬼和妖精的童話。什麼地方也沒有這兒好。

「冬天在這兒是多麼美麗啊！」小女孩說。

於是所有的樹上全蓋滿了白霜，看起來像白色的珊瑚。雪在人們腳下發出清脆的聲音，好像人們全穿上新靴子似的。流星一個接著一個從天上落下來。在屋子裡，聖誕樹上的燈都亮起來了。這兒有禮品，有快樂。在鄉下，農人的屋子裡拉響了小提琴，人們玩著搶蘋果的遊戲，就連最窮苦的孩子也說：「冬天是美麗的！」

是的，那是美麗的。小女孩把每樣東西都指給這個男孩子看，接骨木樹永遠發出香氣；畫有白十字架的紅旗⑥永遠在飄動著——住在水手區的那個老水手，就是在這個旗幟下出外去航海的。這個男孩子成了一個年輕人，他得走到廣大的世界裡去，遠遠地走到生長咖啡的那些熱帶國度裡去。在離別的時候，小姑娘把戴在胸前的接骨木花拿下來，送給他做紀念。它被夾在一本《讚美詩集》裡。在國外，當他一翻開這本詩集的時候，總是翻到夾著這朵紀念花的地方。他看得越久，這朵花就越新鮮，他好像覺得呼吸到丹麥樹林裡的新鮮空氣。這時他就清楚地看到，小女孩正在花瓣中間睜著明朗的藍眼睛，並且向外面凝望。她低聲說：「春天、夏天、秋天和冬天，在這兒是多麼美麗啊！」於是成千上成百的畫面，就在他的思緒中飄浮過去。

就這樣，許多年過去了，小男孩現在成了一個老頭兒，跟他年老的妻子坐在一棵開滿了花的樹下；他們兩人互相握著

手，正如以前住在水手區的高祖母和高祖父一樣。也像這對老祖宗一樣，談著他們過去的日子，談著金婚。這位有一雙藍眼珠、頭上戴著接骨木花的小女孩，坐在樹上，向這對老夫婦點著頭，說：「今天是你們金婚的日子啦！」她從她的花環上拿下兩朵花，把它們吻了一下；它們便射出光來，起先像銀子，然後像金子。當她把花戴到這對老夫婦頭上時，每朵花就變成一個金色的王冠。他們兩人坐在那棵散發著香氣的樹下，像國王和王后。這樹的樣子完全像一棵接骨木樹。他對年老的妻子講著接骨木樹媽媽的故事，把兒時從別人那兒聽到的全都講出來。他們覺得，這故事有許多地方像他們自己的生活，而這相同的部分，也就是故事中他們最喜歡的部分。

　　「是的，事情的確是這樣！」坐在樹上的那個小女孩說：「有人把我叫做接骨木樹媽媽，也有人叫我樹神，不過我真正的名字是『回憶』。我就坐在樹裡，不停地生長；我能夠回憶過去，我能講出以往的事情。讓我看看，你是不是仍然保留著你的那朵花。」

　　老頭兒翻開他的《讚美詩集》；那朵接骨木花仍然夾在裡面，非常新鮮，好像剛剛才放進去似的。於是「回憶」姑娘點點頭。這時，頭戴金色王冠的老夫妻坐在紅色的斜陽裡，閉起眼睛，於是……於是……童話就完了。

　　那個躺在床上的小孩子，不曉得自己是在做夢呢，還是有人對他講了這個童話。茶壺仍然在桌上，但是並沒有接骨木從它裡面長出來。講童話的老人正向門外走──事實上他已經走了。

「多麼美啊！」孩子說。「媽媽，我剛才到熱帶的國度裡去了一趟！」

「是的，我相信你去過！」媽媽回答說。「當你喝了滿滿兩杯滾熱的接骨木茶後，你很容易就走到熱帶國度裡去的！」──於是她為他蓋好被子，免得他受到寒氣。「當我正坐著、跟你爭論那到底是故事還是童話的時候，你睡得香甜極了。」

「那麼，接骨木樹媽媽到底在什麼地方呢？」孩子問。

「她在茶壺裡面，」媽媽回答說：「而且她盡可以在那裡面待下去！」〔1845 年〕

這個故事首次是在一本叫《加埃亞》(Gaea) 的雜誌上發表的。接骨木樹「真正的名字」是「回憶」，通過它的故事，反映出一對老夫婦一生的經歷。他們從「兩小無猜」的時候就開始建立了感情，後來結為夫婦。婚後他們遠離故鄉，奔向廣大的世界，但感情並不因為遠離而有所減退，他們直到老年仍恩愛如故，坐在接骨木樹下，回味過去的日子，倍覺親密和可愛。這也反映出安徒生的善良和人道主義精神的一面。但安徒生在「回憶」中卻說：「這個故事的種子，是我在一個古老的傳說中得到的：在一棵接骨木樹裡活著一個生物，名叫『接骨木樹媽媽』或『接骨木樹女人』。任何人傷害這種樹，它必然會向他報仇。曾經有一個人砍掉這種樹，很快他就暴死了。」這樣一

個傳說，竟在安徒生筆下引出一個主題完全不同的童話，這也
說明在創作的思維活動中，的確潛藏著一種無法解釋的「奧
祕」。

【註釋】

①接骨木樹是一種落葉灌木或小喬木。葉對生，羽狀複葉，卵形或橢圓形，揉碎後
　有臭氣。春季開黃色小花。莖枝可以入藥，味甘苦，有祛風濕功能。這裡的接骨
　木茶應當是治病用的。

②歐洲人的風俗，把結婚五十週年叫做「金婚」。

③在基督教國家中，一個孩子出生不久以後，要受一次入教的洗禮。到了十四、五
　歲能懂事的時候，必須再受一次洗禮，叫做「堅信禮」，以加強對宗教的信仰。一
　個小孩子受了這次洗禮以後，就算已經成人，可以自立謀生了。

④這是哥本哈根的一個大公園。

⑤蛇麻(Humle)是一種多年生草本植物，也叫忽布或啤酒花。它的果穗呈球果狀，
　是製造啤酒的重要原料。

⑥這就是丹麥的國旗。

沙丘的故事

這是尤蘭島許多沙丘的一個故事，不過不是在那裡開始的，唉，是在遙遠的、南方的西班牙發生的。海是國與國之間的公路——請你想像已經到了那裡，到了西班牙吧！那兒是溫暖的，那兒是美麗的；那兒火紅的石榴花在濃密的月桂樹林間開著。一股清涼的風從山上吹下來，吹到橙子園裡，吹到摩爾人的有金色圓頂和彩色牆壁的輝煌大殿上 ①。孩子們舉著蠟燭和飄蕩的旗幟，在街道上遊行；高闊的青天在他們頭上閃著明

亮的星星。處處升起一片歌聲和響板聲，年輕的男女在槐花盛
開的槐樹下跳舞，而乞丐就坐在雕花的大理石上吃著甜蜜多汁
的西瓜，然後在昏睡中把日子打發過去。這一切就像一個美麗
的夢境一樣！日子就這樣過去了……是的，一對新婚夫婦就是
這樣；而且他們享受著人世間一切美好的東西：健康、愉快的
心情、財富和尊榮。

「我們快樂得不能再快樂了！」他們的內心深處這樣說。
不過他們的幸福還可以再多一些，而這也是可能的，只要上帝
能賜給他們一個孩子———一個在精神和外貌上像他們的孩子。

他們將會以最愉快的心情來迎接這幸福的孩子，用最大的
關懷和愛來撫養他；他將能享受到一個有聲望、有財富的家族
所能供給的一切好處。

日子一天天地過去，像節日一般。

「生活像充滿了愛的、大得不可想像的禮物！」年輕的妻
子說，「圓滿的幸福只有在死後的生活中才能不斷發展！我不
理解這種想法。」

「這無疑地也是人類的一種狂妄的表現！」丈夫說。「有人
相信人可以像上帝那樣永恒地活下去——這種思想，歸根結
底，是一種自大狂。這也是那條蛇 ②———謊騙的祖宗———說的
話！」

「你對於死後的生活不會有什麼懷疑吧？」年輕的妻子說。
看樣子，在她樂觀的思想中，現在第一次飄來了陰影。

「牧師們說過，只有信心能保證死後的生活！」年輕人回
答說：「不過在我的幸福中，我同時也認識到，如果我們還要

求有死後的生活──永恆的幸福──那麼我們就未免太大膽、
太狂妄了。我們在此生中所得到的東西還少麼？我們對於此生
應當、而且必須感到滿意。」

「是的，我們得到了許多東西，」年輕的妻子說。「但是對
成千上萬的人來說，此生不是一個很艱苦的考驗嗎？多少人生
到這個世界上來，不就是專門爲了得到窮困、羞辱、疾病和不
幸麼？不，如果此生以後再沒有生活，那麼世界上的一切，就
分配得太不平均，上天也就太不公平了。」

「街上的那個乞丐有他自己的快樂；他的快樂對他來說，
並不亞於住在華麗皇宮裡的國王，」年輕的丈夫說，「難道你覺
得那勞苦的牲口，天天挨打挨餓，一直累到死，它能夠感覺到
自己生命的痛苦麼？難道它也會要求一個未來的生活，也會說
上帝的安排不公平，沒有把它生爲高等動物嗎？」

「基督說過，天國裡有許多房間，」年輕的妻子回答說：
「天國是沒有邊際的，上帝的愛也是沒有邊際的！天生啞巴的
動物也是一種生物呀！我相信，沒有什麼生命會被忘記：每個
生命都會得到自己可以享受的、適合於自己的一份幸福。」

「不過我覺得，這世界已經足夠使我感到滿意了！」丈夫
說。於是他就伸出雙臂來，擁抱著他美麗的、溫存的妻子。然
後在開闊的陽台上抽了一支香煙。這時，涼爽的空氣中充滿了
橙子和石竹花的香味。音樂和響板聲從街上飄來；星星在天上
閃耀著。一對充滿了愛情的眼睛──他的妻子的眼睛──帶著
一種不滅的愛情的光芒，正凝視著他。

「這樣的片刻間，」他說，「使得生命的誕生、生命的享受

和它的滅亡都有了價值。」於是他微笑了起來。妻子舉起手，
做出一個溫和的責備的姿勢。那陣陰影又不見了，他們實在太
幸福了。

一切都似乎是爲他們而安排的，使他們能享受榮譽、幸福
和快樂。後來生活有了一點變動，但這只不過是地點的變動罷
了，絲毫不影響他們享受生活的幸福和快樂。年輕人被國王派
到俄羅斯的宮廷去當大使。這是一個光榮的職務，與他的出身
和學問都相稱。他有龐大的資產，他的妻子更帶來了與他同樣
多的財富，因爲她是一個富有的、有地位的商人女兒。這一年，
這位商人恰巧有一艘最大最美的船要開到斯德哥爾摩去；這艘
船將要把這對親愛的年輕人──女兒和女婿──送到聖彼得
堡。船上佈置得非常華麗──腳下鋪的是柔軟的地毯，四周都
是絲織品和奢侈品。

每個丹麥人都會唱一首很古老的戰歌，叫做《英國的王
子》。王子也是乘著一艘華麗的船：它的錨鑲著黃金，每根纜繩
裡夾著生絲。當你看到這艘從西班牙開出的船的時候，你一定
也會想到那艘船，因爲那艘船同樣豪華，也充滿了同樣的離愁
別緒：

願上帝祝福我們在快樂中團聚。

順風輕快地從西班牙海岸吹過來，離別只不過是暫時的事
情，幾個星期以後，他們就會到達目的地。不過當他們航行到
海面上的時候，風就停了。海是平靜而光滑的，海水正發出亮

光，天上的星星也發出亮光。華貴的船艙裡每晚都充滿了宴樂的氣氛。

最後，旅人們開始盼望有風吹來，盼望有一股清涼的順風。但是風卻沒有吹來。當風再吹起的時候，卻向著相反的方向吹。許多星期就這樣過去了，甚至兩個月又過去了。最後，順風總算吹起來了，它是從西南方吹來的。他們是在蘇格蘭和尤蘭之間航行著。正如在《英國的王子》那首古老的歌謠中說的一樣，風越吹越大：

> 它吹起一陣暴風雨，雲塊非常陰暗，
> 陸地和隱蔽處所都無法找到，
> 於是他們只好拋出他們手中的錨，
> 但是風向西吹，直吹到丹麥的海岸。

從此以後，好長一段時間過去了。國王克利斯蒂安七世坐上了丹麥的王位；他那時還是一個年輕人。從那時候起，有許多事情發生了，許多東西改變了，或者已經改變過了。海和沼澤地變成了茂盛的草原；荒地變成了耕地。在西尤蘭那些茅屋的掩蔽下，蘋果樹和玫瑰花長出來了。當然，你得仔細看才能發現它們，因為它們為了避免刺骨的東西，都躲藏起來了。

在這個地方，人們很可能以為回到了遠古時代裡去——比克利斯蒂安七世統治的時代還要遠。現在的尤蘭仍然和那時一樣，它深黃色的荒地，它的古墳，它的海市蜃樓和它的一些交叉的、多沙的、高低不平的道路，向天際展開。向西走，許多

河流向海灣流去，擴展成沼澤地和草原。環繞著它們的一片沙
丘，像峯巒起伏的阿爾卑斯山脈一樣，聳立在海的周圍，只有
那些黏土形成的高高的海岸線才把它們切斷。海濤每年在這兒
咬去了幾口，使得那些懸崖峭壁下塌，好像被地震搖撼過一次
似的。它現在是這樣；在許多年以前，當那一對幸福的夫妻乘
著華麗的船在它沿岸航行時，它也是這樣。

　　那是九月的最後一天——一個星期天，一個陽光很亮麗的
一天。教堂的鐘聲像一串音樂似的，向尼松灣沿岸飄來。這兒
所有的教堂全像整齊的巨石，而每一個教堂就是一個石塊。西
海可以從它們上面滾過來，但它們仍然可以屹立不動。這些教
堂大多數都沒有尖塔；鐘總是懸在空中的兩根橫木中間。禮拜
做完以後，信徒們就走出上帝的屋子，到教堂的墓地裡去。在
那個時候，正像現在一樣，一棵樹、一個灌木林也沒有。這兒
沒有人種過一株花，墳墓上也沒有人放過一個花圈。粗陋的土
丘就說明是埋葬死人的處所。整個墓地上只有被風吹得很零亂
的荒草。到處偶爾有一個紀念物從墓裡露出來：它是一塊半朽
的木頭，曾經做成類似棺材的東西。這塊木頭是從西部的森林
——大海——裡運來的。大海爲這些沿岸的居民生產出大樑和
板子，把它們像柴火一樣飄到岸上來；而風和浪濤很快就腐蝕
掉這些木塊。一個小孩子的墓上就有這樣的一個木塊，從教堂
裡走出的女人中，有一位就向它走去。她站著不動，呆呆地看
著這塊半朽的紀念物。沒多久，她的丈夫也來了。他們一句話
也沒有講。他挽著她的手，離開這座墳墓，一同走過那深黃色
的荒地，走過沼澤地，走過那些沙丘。他們沉默地走了很久。

「今天牧師的講道很不錯，」丈夫說。「如果我們沒有上帝，我們就什麼也沒有了。」

「是的，」妻子回答說。「他給我們快樂，也給我們悲愁，而他是有這種權利的！到明天，我們親愛的孩子就有五歲了——如果上帝准許我們留住他的話。」

「不要這樣痛苦吧，那不會有什麼好處的，」丈夫說：「他現在一切都好！他現在所在的地方，正是我們希望去的地方。」

他們沒有再說什麼別的話，只是繼續向前走，回到他們在沙丘間的屋子裡去。忽然間，在一個沙丘旁，在一個沒有海水擋住的流沙地帶，升起了一股濃煙。這是一陣吹進沙丘的狂風，向空中捲起了許多細沙。接著又掃過來另一陣風，它使掛在繩子上的魚亂打著屋子的牆。於是一切又變得沉寂，太陽射出熾熱的光。

丈夫和妻子走進屋子裡去，立刻換下星期日穿的整齊的衣服，然後他們急忙地向沙丘走去。這些沙丘像忽然停止了波動的浪濤。海草淡藍色的梗子和沙草把白沙染成種種顏色。有好幾個鄰居一同來把許多船隻拖到沙上更高的地方去。風吹得更厲害。天氣冷得刺骨；當他們再回到沙丘間來的時候，沙和小尖石子向他們臉上打來。浪濤捲起白色的泡沫，而風卻把浪頭截斷，使泡沫向四周飛濺。

黑夜到來了。空中充滿了一種時刻在擴大的呼嘯。它哀鳴著，號叫著，好像一群失望的精靈要淹沒一切浪濤的聲音——雖然漁人的茅屋就緊貼在近旁。沙子在窗玻璃上敲打。忽然，一股暴風襲來，撼動了整棟房子。天是黑的，但是到半夜的時候，

月亮就要升起來了。

　　天空很晴朗，但是風暴仍然來勢洶洶，掃著這深沉的大海。
漁人們早已上床了，但在這樣的天氣中，要合上眼睛是不可能
的。不一會兒，他們就聽到有人在窗上敲打。門打開了，一個
聲音說：

　　「有一條大船在最遠的沙灘上擱淺了！」

　　漁人們立刻跳下床來，穿好衣服。

　　月亮已經升了起來，月光亮得足夠讓人看見東西──只要
他們能在風沙中睜開眼睛。風真是猛烈；人們簡直要被風刮起
來了。他們得費很大的力氣才能在陣風的間歇中爬過那些沙
丘。鹹味的浪花像羽毛似地從海裡向空中飛舞，而海裡的波濤
則像奔騰的瀑布般向海灘上衝擊。只有富於經驗的眼睛才能看
出海面上的那隻船。這是一條漂亮的二桅船。巨浪使它顛出了
平時航道的半海里以外，把它打到一個沙灘上去。它正向陸地
行駛，但馬上又撞著第二個沙灘，擱了淺，不能移動。要救它
是不可能的了。海水非常狂暴，打著船身，掃著甲板。岸上的
人似乎聽到了痛苦的叫聲，臨死時的呼喊。人們可以看到船員
們忙碌而無效的努力。這時有一股巨浪襲來，像一塊毀滅性的
石頭，向牙牆打去，接著把船身折斷了，於是船尾高高地翹在
水面上。兩個人同時跳進海裡，不見了──這只不過是一眨眼
的工夫。一股巨浪向沙丘衝來，把一個屍體捲到岸上。這是一
個女人，看樣子已經死了；不過有幾個婦女翻動她時覺得她還
有生命的氣息，所以就把她抬過沙丘，送到一間漁夫的屋子裡
去。她是多麼美麗啊！她一定是一個高貴的婦人。

　　大家把她放在一張簡陋的床上，上面連一寸被單都沒有，只有一條足夠包著她身軀的毛毯，這已經很溫暖了。

　　生命又回到她身上來了，但是她在發燒；她一點也不知道發生了什麼事情，不清楚自己現在是在什麼地方。這樣倒也很好，因為她喜歡的東西現在都埋葬在海底了。正如《英國的王子》中的那支歌一樣，這條船也是：

　　　　這情景真使人感到悲哀，
　　　　這條船全部都成了碎片。

　　船的某些殘骸和碎片漂到岸上來；她算是其中唯一的生物。風仍然在岸上呼嘯。她休息不到幾分鐘，就開始痛苦地叫喊起來。她睜開一對美麗的眼睛，講了幾句話──但是誰也無法聽懂。

　　做為她所受的痛苦和悲哀的報償，現在她懷裡抱著一個新生的嬰兒──一個應該在豪華的公館裡、睡在綢帳子圍著的華美床上的嬰兒。他應該到歡樂中去，到擁有世界上一切美好東西的生活中去。但是上帝卻叫他生在一個卑微的角落裡，甚至沒有得到母親的一吻。

　　漁夫的妻子把孩子放到母親的懷裡。他躺在一顆停止跳動的心上，因為他的母親已經死了。這孩子本來應該在幸福和豪華中長大的，但是卻來到這個被海水沖洗著的、位於沙丘間的人世，分擔著窮人的命運和艱難的日子。

　　這時，我們不禁又想起那首古老的歌：

眼淚在王子的臉上滾滾地流，
我來到波烏堡，願上帝保佑！
但現在我來得恰好不是時候，
假如我來到布格老爺的領地，
我就不會被男子或騎士所欺。

　　船擱淺在尼松灣南邊，在布格老爺曾經宣稱是他的領地的那個海灘上。據傳說，沿岸居民常常對遭難船上的人做出壞事，不過這種艱難和黑暗的日子早已經過去了。遭難的人現在可以得到溫暖、同情和幫助，我們的這個時代也應該有這種高尚的行為。這位垂死的母親和不幸的孩子，不管「風把他們吹到什麼地方」，總會得到保護和救助的。不過，在任何別的地方，他們不會得到比在這漁婦家裡更熱誠的照顧。這個漁婦昨天還帶著一顆沉重的心，站在埋葬著她兒子的墓旁。如果上帝把這孩子留給她，那麼他現在就應該有五歲了。

　　誰也不知道這位死去的少婦是誰，或者從什麼地方來的。那隻破船的殘骸和碎片不能說明這些問題。

　　在西班牙的那個富豪人家，一直沒有收到關於他們的女兒和女婿的信件或消息。這兩個人沒有到達目的地，過去幾星期一直有猛烈的風暴。大家等了好幾個月，「沉入海裡——全部犧牲！」他們只知道這一些。

　　可是在胡斯埠的沙丘旁邊，在漁夫的茅屋裡，他們現在有了一個小小的男孩。

當上天給兩個人糧食吃的時候，第三個人也可以吃到一
點。海供給飢餓的人吃的魚並不是只有一碗。這孩子有了一個
名字：雨爾根。

「他一定是猶太人的孩子，」人們說。「他長得那麼黑！」

「他可能是義大利人或西班牙人③！」牧師說。

不過，對那個漁婦來說，這三個民族都是一樣的。這個孩
子能受到基督教的洗禮，已經夠使她高興了。孩子長得很好。
他的貴族血液是溫暖的；家常的飲食把他養成一個強壯的人。
他在這卑微的茅屋裡長得很快。西岸的人所講的丹麥方言成了
他的語言。西班牙土地上一棵榴樹的種子，成了西尤蘭海岸上
一棵耐寒的植物。一個人的命運可能就是這樣！他整個生命的
根深深扎在這個家裡。他將會體驗到寒冷和飢餓，體驗到那些
卑微人們的不幸和痛苦，但是他也會嘗到窮人們的快樂。

任何人的童年時代都有快樂的一面，這個階段的記憶永遠
會在生活中發出光輝。他的童年應該是充滿了許多快樂和玩耍
的啊！許多英哩長的海岸上全都是可以玩耍的東西：卵石拼成
的一片圖案──像珊瑚一樣紅，像琥珀一樣黃，像鳥蛋一樣白，
五光十色，由海水送來，又由海水磨光。還有漂白了的魚骨，
風吹乾了的水生植物，白色的、發光的、在石頭縫裡飄動著的、
像布條般的海草──這一切都使眼睛和心神得到愉快和娛樂。
潛藏在這孩子身上的非凡才智，現在都活躍起來了。他能記住
的故事和詩歌真是不少！手腳也非常靈巧：他可以用石頭和貝
殼拼成完整的圖畫和船；他用這些東西裝飾房間。他的養母
說，他可以把他的思想在一根木棍上奇妙地描繪出來，雖然他

的年紀還是那麼小！他的聲音很悅耳；他能唱出各種不同的曲調。他的心裡張著許多琴弦：如果他生在別的地方、而不是生在北海旁的一個漁夫家的話，這些曲調可能會流傳到整個世界。

有一天，另外一條船在這兒遇了難。一個裝著許多稀有的花根的匣子漂到岸上來了。有人拿出了幾根，放在菜罐裡，因為人們以為這是可以吃的東西；另外有些卻被扔在沙灘上，枯萎了。它們沒有完成任務，沒有把藏在身上的美麗色彩開放出來。雨爾根的命運會比它們好一些嗎？花根的生命很快就結束了，但是他的生命才不過剛開始。

他和他的一些朋友從來沒有想到日子會過得這麼孤獨和單調，因為他們要玩的東西、要聽的和要看的東西是那麼多。海就像一本大的教科書。它每天翻開新的一頁：一下子平靜，一下子漲潮，一下子清涼，一下子狂暴，它的極端是船隻的遇難。做禮拜是歡樂拜訪的場合。不過，在漁夫的家裡，有一種拜訪是特別受歡迎的。這種拜訪一年只有兩次：那就是雨爾根養母的弟弟的來訪。他住在波烏堡附近的菲亞爾特令，是一個養鱔魚的人。他來時總是坐著一輛塗了紅漆的馬車，裡面裝滿了鱔魚。車子像一個箱子似地鎖得很緊；上面畫滿了藍色和白色的鬱金香。它是由兩匹暗褐色的馬拉著的。雨爾根可以驅趕它們。

這個養鱔魚的人是一個滑稽的人物，一個使人愉快的客人。他總是帶來一點兒燒酒。每個人可以喝到一杯——如果酒杯不夠的話，可以喝到一茶杯。雨爾根年紀雖小，也能喝到一點點兒，為的是要幫助消化那肥美的鱔魚——這位養鱔魚的人

老是喜歡講這套理論。當聽的人笑起來的時候，他馬上又對同
樣的聽衆再講一次。——喜歡扯淡的人總是這樣的！雨爾根長
大了以後，甚至成年後，常常喜歡引用養鱔魚人的故事中許多
句子和說法。我們也不妨聽聽：

　　湖裡的鱔魚走出家門。鱔魚媽媽的女兒要求到離岸不
遠的地方去，所以媽媽對她們說：「不要跑得太遠！那個
醜惡的叉鱔魚的人可能來了，他會把妳們統統都捉去！」
但是她們還是走得太遠。結果八個女兒當中，只有三個回
到鱔魚媽媽身邊。她們哭訴著：「我們並沒有離家門多遠，
那個可惡的叉鱔魚的人馬上就來了，他會把我們的五個姐
妹都刺死了！」「她們會回來的，」鱔魚媽媽說。「不會！」
女兒們說，「因爲他剝了她們的皮，把她們切成兩半，烤熟
了。」……「她們會回來的！」鱔魚媽媽說。「不會的，因
爲他把她們吃掉了！」……「她們會回來的！」鱔魚媽媽
說。「不過他吃了她們以後還喝了燒酒，」女兒們說。「噢！
噢！那麼她們就永遠不會回來了！」鱔魚媽媽號叫一聲：
「燒酒把她們埋葬了！」

　　「因此，吃了鱔魚後喝幾口燒酒是對的！」養鱔魚的人說。
　　這個故事是一根光輝的引線，貫串著雨爾根的一生。他也
想走出大門，「到海上走一趟」，也就是說，他想乘船去看看世
界。他的養母，像鱔魚媽媽一樣，曾經說過：「壞人可多啦——全
是叉鱔魚的人！」不過他總得離開沙丘到內地去走走；因而他

也就走了。四天愉快的日子——這算是他兒時最快樂的幾天了
——在他面前展開了；整個尤蘭的美、內地的快樂和陽光，都
在這幾天集中地表現出來；他也去參加了一個宴會——雖然是
喪家的宴會。

一個富有的漁家親戚去世了，這位親戚住在內地，「向東，
略爲偏北」，正如俗話所說的。養父母都要到那兒去；雨爾根也
要跟著去。他們從沙丘走過荒地和沼澤地，來到綠色的草原。
這兒流著斯加龍河——河裡有許多鱔魚，鱔魚媽媽和那些被壞
人捉去、砍成幾段的兒女。不過人類對自己同胞的行爲也好不
了多少。那支古老的歌中所提到的騎士布格爵士，不就是被壞
人謀害的麼？而他自己，雖然人們總說他好，不也是想殺掉那
位爲他建築有厚牆和尖塔堡寨的建築師麼？雨爾根和他的養父
養母現在就站在這兒，斯加龍河也從這兒流到尼松灣裡去。

護堤牆還存留著：紅色崩塌的碎磚散在四周。在這個地
方，布格爵士在建築師離去以後，對他的一個下人說：「快去
追上他，對他說：『師傅，那個塔兒有點歪。』如果他轉過頭
來，你就把他殺掉，把我付給他的錢拿回來。不過，如果他不
轉頭，那就放他走吧！」這人服從了他的指示。那位建築師回
答說：「塔並不歪呀！不過有一天會有一個穿藍大衣的人從西
方來；他會叫這個塔傾斜！」一百年以後，這樣的事情果然發
生了；西海打了過來，塔就倒了。那時堡寨的主人叫做卜里邊·
古爾登斯卡納。他在草原盡頭建立起更高的新堡寨。它現在仍
然存在，叫做北佛斯堡。

雨爾根和他的養父養母走過這座堡寨。在這一帶地方，在

漫長的冬夜裡，人們曾把這個故事講給他聽過。現在他親眼看
到了這座堡寨、它的雙道塹壕、樹和灌木林。長滿了鳳尾草的
城牆從塹壕裡冒出來。不過最好看的還是那些高大的菩提樹。
它們長到屋頂那樣高，在空氣中散發出一種清香。花園的西北
角有一個開滿了花的大灌木林。它像夏綠中的一片冬雪。像這
樣的一個接骨木樹林，雨爾根還是第一次看到。他永遠也忘不
了它和那些菩提樹、丹麥的美和香──這些東西在他稚弱的靈
魂中，爲「老年而保存了下來」。

　　更向前走，到那開滿了接骨木樹花的北佛斯堡，路就好走
得多了。他們碰到許多乘著牛車去參加葬禮的人。他們也坐上
牛車。是的，他們得坐在後面一個釘著鐵皮的小車廂裡，但這
當然比步行好得多。他們就這樣在崎嶇不平的荒地上繼續前
進。拉著這車子的幾隻公牛，在石楠植物中間長著青草的地方，
總不時要停一下。太陽正溫暖地照著；遠處升起一股煙霧，在
空中翻騰。但是它比空氣還要清，而且是透明的，看起來像是
在荒地上跳著和滾著的光線。

　　「那就是趕著牛羊群的洛奇④。」人們說。這話足夠刺激雨
爾根的幻想。他覺得他現在正走向一個神話的國度，雖然一切
還是現實的。這兒是多麼寂靜啊！

　　荒地向四周開展出去，像一張貴重的地毯。石楠開滿了花，
深綠的杜松和細嫩的小櫟樹像地上長出來的花束。要不是這裡
有許多毒蛇，這塊地方倒真是叫人想留下來玩一玩。可是旅客
們常常提到這些毒蛇，以及在此爲害的狼群──因此這地方仍
舊叫「多狼地帶」。趕著牛的老頭說，在他父親活著的時候，馬

兒常常要跟野獸打惡仗——這些野獸現在已經不存在了。他還
說，有一天早晨，他親眼看見他的馬踩著一隻被踢死了的狼，
不過這匹馬兒腿上的肉也被狼咬掉了。

在崎嶇的荒地和沙地上的旅行，很快就結束了。他們在停
屍所前停下來：屋裡屋外都擠滿了客人。車子一輛接一輛地並
排停著，馬兒和牛兒在貧瘠的草地上吃草。像在西海濱的故鄉
一樣，巨大的沙丘聳立在屋子後面，並且向四周綿延地伸展開
來。它們怎樣擴展到這塊伸進內地幾十里路遠、又寬又高、像
海岸一樣空曠的地方呢？是風把它們吹到這兒來的；它們的到
來經歷了一段歷史。

大家唱著讚美詩。有幾個老年人流著眼淚。除此以外，在
雨爾根看來，大家倒是很高興的；酒菜也很豐盛。鱔魚又肥又
嫩，吃完以後再喝幾口燒酒，像那個養鱔魚的人說的一樣，「把
它們埋葬掉！」他的名言在這兒無疑地成了事實。

雨爾根一會兒待在屋裡，一會兒跑到外面去。到了第三天，
他已經在這兒住熟了；這兒就好像沙丘上那座他曾度過童年的
漁人的屋子一樣。這片荒地上還有另外一種豐富的東西：這裡
長滿了石南花、黑莓和覆盆子。它們又大又甜；行人的腳一踩
到它們，紅色的汁液就像雨點似地向下滴。

這兒有一個古墳；那兒也有一個古墳。一根根的煙囪升向
沉靜的天空：人們說這是荒地上的野花。它在黑夜裡放出美麗
的光彩。

已經是第四天了。下葬的宴會結束了。他們要從這土丘地
帶回到沙丘地帶去。

「我們的地方最好，」雨爾根的養父說。「這些土丘沒有氣魄。」

於是他們談起沙丘是怎樣形成的。原因乎非常容易理解。海岸上出現了一具屍體；農人們就把他埋在教堂的墓地裡面。於是沙子開始飛起來，海浪開始瘋狂地打進內地。教區的一個聰明人叫大家趕快把墳挖開，看看那裡面的死者是否躺著舔自己的拇指；如果是，那麼他們埋葬的就是一個「海人」了；海在沒有收回他以前，絕不會安靜下來。所以這座墳就被挖開了，「海人」果然躺在墳墓裡面舔著大拇指。他們立刻把他放進牛車裡，拖著牛車的那兩條牛，好像是被牛虻刺著似的，拉著這個「海人」，越過荒地和沼澤地，一直向大海走去。這時沙子就停止飛舞，可是沙丘仍舊停在原地沒有動。這些在兒時最快樂的日子裡、在下葬的宴會期間所聽來的故事，雨爾根都在記憶中保存了下來。

出門走走、看看新的地方和新的人，這全都是愉快的事情！他還要走得更遠。他不到十四歲，還是一個孩子。他乘著一艘船出去看看這世界所能給他看的東西：他體驗過惡劣的天氣、陰沉的海、人間的醜惡和硬心腸的人。他成了船上的一個侍役，得忍受粗劣的伙食和寒冷的夜、拳打和腳踢。這時，他高貴的西班牙血統裡有某種東西在沸騰著，毒辣的字眼爬到他嘴唇邊，但是最聰明的辦法還是把這些字眼吞下去。這種感覺和鱔魚被剝了皮、切成片、放在鍋裡炒的時候完全一樣。

「我要回去了！」他身體裡有一個聲音說。

他看到了西班牙海岸——他親生父母的祖國；他甚至還看

到了他們曾經在幸福和快樂中生活過的那個城市。不過他對故鄉和族人什麼也不知道，而關於他的事情，他的族人更不知道。

這個可憐的小侍役沒有得到上岸的許可；不過在他們停泊的最後一天，他總算上了一次岸，因為有人買了許多東西，他得幫忙拿到船上來。

雨爾根穿著襤褸的衣服。這些像是在溝裡洗過、在煙囪上曬乾的；他──一個住在沙丘裡的人──總算第一次看到了一個大城市。房子是多麼高大，街道是多麼窄，人是多麼擠啊！有的人往這邊擠，有的人向那邊擠，簡直像是市民和農人、僧侶和兵士所形成的一個大蜂窩──叫聲和喊聲、驢子和騾子的鈴聲、教堂的鐘聲混成一團；歌聲和鼓聲、砍柴聲和敲打聲，一陣亂嘈嘈，因為各行各業手藝人的工場就在自己家的門口或台階前。太陽照得那麼熱，空氣是那麼悶，人們好像是走進一個擠滿了嗡嗡叫的甲蟲、金龜子、蜜蜂和蒼蠅的爐子。雨爾根不知道自己在什麼地方，走在哪一條路。這時，他看到前面一座主教堂威嚴的大門。燈光在陰暗的教堂走廊上照著，一股香煙味向他飄來。甚至最窮苦的衣衫襤褸的乞丐也爬上石階，到教堂裡去。雨爾根跟著一個水手走進去，站在這神聖的屋子裡。彩色的畫像從金色的底層射出光來。聖母抱著幼小的耶穌站在祭壇上，四周是一片燈光和鮮花。牧師穿著節日的衣服在唱聖詩，歌詠隊的孩子穿著漂亮的服裝，正搖晃著銀香爐。這兒是一片華麗和莊嚴的景象。這情景滲進雨爾根的靈魂，使他神往。他的養父養母的教會和信心感動了他，觸動了他的靈魂，他的眼裡閃出淚珠。

　　大家走出教堂，到市場上去。人們買了一些廚房用具和食品，要他送回船上。到船上去的路並不短，他很疲倦，便在一棟有大理石圓柱、雕像和寬台階的華麗房子前休息了一會兒。他把背著的東西靠牆放著。這時，有一個穿制服的僕人走出來，舉起一根包著銀頭的手杖，把他趕走了。他本來是這家的一個孫子。可是誰也不知道，他自己當然更不知道。

　　他回到船上來。船上有的是咒罵和鞭打，睡眠不足和沉重的工作——他得忍受這樣的生活！人們說，青年時代受些苦只有好處——是的，如果年老能夠得到一點幸福的話。

　　他的雇傭合約期滿了。船又在林卻平海峽停下來。他走上岸，回到胡斯埠沙丘上的家裡去。不過，在他航行的時候，養母已經去世了。

　　接著就是一個嚴寒的冬天。暴風雪掃過陸地和海上；出門是很困難的。世界上的事情安排得多麼不平均啊！當這兒正是寒冷刺骨和刮暴風雪的時候，西班牙天空上正掛著熾熱的太陽——是的，太熱了！然而在這兒的家鄉，只要晴朗的下霜天一出現，雨爾根就可以看到大群天鵝從海上飛來，越過尼松灣向北佛斯堡飛去。他覺得這兒可以呼吸到最好的空氣，這兒將會有一個美麗的夏天！他在想像中看到了石南植物開花，結滿了成熟的、甜蜜的漿果；看到了北佛斯堡的接骨木樹和菩提樹開滿了花朵。他決定再回北佛斯堡一次。

　　春天來了，捕魚的季節又開始了。雨爾根也參加這項工作。他在過去一年中已經變成一個成年人了，做起活來非常敏捷。他充滿了生命力，他能游水，踩水，在水裡自由翻騰。人們常

常警告他要當心大群青花魚；就是最能幹的游泳選手也不免被
它們捉住、被它們拖下水而吃掉，生命也因此結束。但是雨爾
根的命運卻不是這樣。

　　沙丘上的鄰居家裡有一個名叫莫爾登的男子。雨爾根和他
非常要好。他們在開到挪威去的同一條船上工做，他們還打算
一同到荷蘭去。他們兩人從來沒有鬧過彆扭，不過這種事也並
非不可能發生，因為如果一個人脾氣急躁，是很容易採取激烈
行動的。有一天，雨爾根就做出了這樣的事情：他們兩人在船
上無緣無故地吵起來了。他們在一個船艙口後面坐著，正在吃
放在他們中間用土盤子盛著的食物。雨爾根拿著一把小刀，當
著莫爾登的面向他舉過來。在這同時，他臉上變得像灰一樣白，
雙眼現出難看的神色。莫爾登只是說：

　　「嗨，你也是那種喜歡耍刀子的人啊！」

　　這話還沒有說完，雨爾根的手就垂了下來。他一句話也不
說，只是繼續吃。後來他走開了，繼續去做他的工作。做完工
作後，他就到莫爾登那兒去。他說：

　　「請你打我耳光吧！我應該受到這種懲罰。我的肚皮真像
有一個鍋在沸騰。」

　　「不要再提這事吧，」莫爾登說。於是他們成了更要好的
朋友。當他們後來回到尤蘭沙丘去、講到他們航海的經歷時，
這件事也同時被提起了。雨爾根的確可以沸騰起來，但他仍然
是一個誠實的鍋。

　　「他的確不是一個尤蘭人！人們不能把他當成尤蘭人！」
莫爾登這句話說得很幽默。

他們兩人都年輕而健壯的，但雨爾根卻更活潑。

在挪威，農人爬到山上去，在高地尋找放牧牲畜的牧場。在尤蘭西岸一帶，人們在沙丘上建造茅屋。茅屋是用破船的材料搭起來的，頂上蓋的是草皮和石楠植物。屋子四周靠牆的地帶就是睡覺的地方；初春的時候，漁夫也在這兒生活和睡覺。每個漁夫有一個所謂的「女助手」。她的工作是替漁夫把魚餌鉤在釣鉤上；當漁夫回到岸上來的時候；她們要準備好熱啤酒來迎接他們；當他們回到茅屋來、覺得疲倦的時候，她們就要盛飯給他們吃。此外，她們還要把魚運到岸上來，把魚剖開，以及做許多其他的工作。

雨爾根和他的養父養母以及其他幾個漁夫和「女助手」都住在同一間茅屋裡。莫爾登則住在隔壁的一間屋子裡。

「女助手」中，有一個叫愛爾茜的姑娘。她從小就認識雨爾根。他們的交情很好，而且性格也差不多。不過在表面上，他們彼此極不相像：他皮膚棕色的，而她則是雪白的；她的頭髮是亞麻色的，她的眼睛藍得像陽光下的海水。

有一天他們一起散步，雨爾根緊緊地、熱烈地握住她的手，她對他說：

「雨爾根，我心裡有一件事情！請讓我做你的『女助手』吧！因為你簡直像我的一個兄弟。莫爾登只和我訂過婚——他和我只不過是愛人罷了。可是這話不值得對別人講！」

雨爾根似乎覺得他腳下的一堆沙正向下沉。他一句話也說不出來，只是點著頭，等於說：「好吧。」別的話用不著再說了。不過他忽然覺得，他心裡瞧不起莫爾登。他越往這方面想

——因爲他以前從來沒有想到過愛爾茜——他就越明白；他認爲莫爾登把他唯一心愛的人偷走了。現在他懂得了，愛爾茜就是他所愛的人。

海上掀起了一股不大不小的波浪，漁夫們都駕著船回來了；他們克服重重暗礁的技術，眞是值得一看：一個人筆直地站在船頭，其他的人則緊握著槳坐著，注意看著他。他們在礁石的外側，朝著海倒划，直到船頭上的那個人做出一個手勢，預告有一股巨浪到來爲止。浪把船托了起來，使它越過暗礁。船升得那麼高，岸上的人可以看得見船身，接著整條船就在海浪後面不見了——船桅、船身、船上的人都看不見了，好像海已經把他們吞噬似的。可是不一會兒，他們像一個龐大的海洋動物，又爬到浪頭上來了。槳在划動著，像是這動物的靈活肢體。他們於是像第一次一樣，又越過第二個和第三個暗礁。這時漁夫們就跳到水裡去，把船拖到岸邊來。每一股浪都幫助他們把船向前推進一步，直到最後把船拖到海灘上爲止。

如果在暗礁前號令稍有錯誤——稍有遲疑——船兒就會撞碎。

「那麼，我和莫爾登也就完了！」雨爾根來到海上的時候，心中忽然起了這樣的一個想法。他的養父這時在海上病得很厲害，全身燒得發抖。他們離開礁石只有幾個槳的距離。雨爾根跳到船頭上去。

「爸爸，讓我來吧！」他說。他向莫爾登和浪花看了一眼。不過，當每一個人都使出最大的力氣划槳、當一股最大的海浪向他們打來的時候，他看到了養父慘白的面孔，於是他心裡那

種不良的動機也就再也控制不了他了。船安全地越過了暗礁，到達了岸邊。可是他那種不良的想法仍然留在他的血液裡。在他的記憶中，自從跟莫爾登做朋友起，他就懷著一股怨氣。現在這種不良的思想把怨恨的纖維都掀動起來了。但是他不能把這些纖維織在一起，所以也就只好隨它去。莫爾登毀掉了他，他已經感覺到這一點，而這已足夠叫他憎恨。有好幾個漁夫已經注意到這一點，但莫爾登卻沒有注意到。他仍然像從前一樣，喜歡幫助人，喜歡聊天——的確，他太喜歡聊天了。

雨爾根的養父只能躺在床上。而這張床也成了他臨終的床，因為他在第二個星期就死去了。現在雨爾根成為沙丘後面那座小屋子的繼承人。的確，這不過是一座簡陋的屋子，但它畢竟還有點價值，而莫爾登卻連這點東西都沒有。

「你不必再到海上去工做了吧，雨爾根？你現在可以永遠跟我們住在一起了。」一位年老的漁夫說。

雨爾根卻沒有這種想法，他還想看一看世界。法爾特令那位年老的養鱔魚人在老斯卡根有一個舅父，也是一個漁夫。不過他同時還是個富有的商人，擁有一條船。他是一個非常可愛的老頭兒，幫他做事倒是很不壞的。老斯卡根在尤蘭的最北部，離胡斯埠的沙丘很遠——遠得不能再遠。但是這正合雨爾根的心意，因為他不願看見莫爾登和愛爾茜結婚，他們在幾個星期內就要結婚了。

那個老漁夫說，現在離開是一件傻事，因為雨爾根現在有了一個家，而且愛爾茜無疑是願意和他結婚的

雨爾根胡亂地回答了幾句話，究竟是什麼意思，誰也不清

楚。不過老漁夫把愛爾茜帶來看他。她沒有說什麼話，只說了
這麼一句：

「你現在有一個家了，應該仔細考慮考慮。」

於是雨爾根考慮了很久。

海裡的浪濤很大，而人心裡的潮濤卻更大。許多念頭——堅
強的和脆弱的念頭——都集中到雨爾根的腦子裡。他問愛爾
茜：

「如果莫爾登也有像我這樣的一座屋子，妳情願要誰呢？」

「可是莫爾登沒有呀，而且也不會有。」

「不過我們假設他有一座房子吧！」

「嗯，那麼，我當然會跟莫爾登結婚，因為我現在的心情
就是這樣！不過人們不能只靠一座屋子生活呀。」

雨爾根把這件事想了一整夜。他心上壓著一件東西——他
自己也說不出一個道理來；但是他有一個念頭，一個比喜愛愛
爾茜還要強烈的念頭，因此他決定去找莫爾登。他所說的和所
做的事情都是經過仔細考慮的。他以最優惠的條件把他的屋子
租給了莫爾登。他自己則到海上去找工作，因為這是他的志願。
愛爾茜聽到這個決定的時候，就吻了他的唇，因為她是最愛莫
爾登的。

大清早，雨爾根就動身走了。在他離開的前一天晚上的深
夜，他想再去看莫爾登一次。於是他就去了。在沙丘上，他碰
到了那個老漁夫；他對他的遠行頗不以為然。老漁夫說，「莫爾
登的褲子裡一定縫有一個鴨嘴」⑤，因為所有的女孩子都愛他。
雨爾根沒有注意這句話，只是說了聲再會，就直接到莫爾登住

的那座茅屋去了。他聽到裡面有人在大聲講話。莫爾登並非只
有一個人在家。雨爾根猶豫了一會兒,因為他不願意再碰到愛
爾茜。他考慮了一番以後,覺得最好還是不要聽到莫爾登再一
次對他表示感謝,因此就轉身離開了。

　　第二天早晨天還沒亮,雨爾根就捆好背包,拿著飯盒子,
沿著沙丘向海岸走去。這條路比那沉重的沙路容易走些,而且
要短得多。他先到波烏堡附近的法爾特令去,因為那個養鱔魚
的人就住在那兒——他曾經答應要去拜訪他一次。

　　海是乾淨和蔚藍的,地上鋪滿了黑蚌殼和卵石——兒時的
這些玩物在他腳下發出聲響。當他向前走的時候,鼻孔裡忽然
流出血來:這不過是一點小意外,然而小事也可能有重大的意
義。有好幾大滴血滴到他的袖子上。他把血擦掉了,並且止住
了血。於是他覺得這點血流出來以後倒使他的頭腦舒服多了,
清醒多了。沙子裡面開的是車菊花。他折了一根梗子,把它插
在帽子上。他要顯得快樂一點,因為他現在正要走到廣大的世
界去。——「走出大門,到海上去走一下!」正如那些小鱔魚說
的。「當心壞人啦!他們叉住你們,剝掉你們的皮,把你們切成
碎片,放在鍋裡炒。」他心裡一再想起這幾句話,不禁笑了起
來,因為他覺得他在這個世界上絕不會吃虧——勇氣是一件很
強的武器呀。

　　他從西海走到尼松灣那個狹小的入口的時候,太陽已經升
得很高了。他轉過頭來,遠遠地看到兩個人騎著馬——後面還
有許多人跟著——正匆忙地趕路。不過這不關他的事。

　　渡船停在海的另一邊。雨爾根把它喊過來,於是他就登上

船去。不過，當渡船還沒有渡過一半路的時候，那些在後面趕路的人就大聲喊起他們來了。他們以法令威脅著船夫。雨爾根不懂其中的意義，不過他知道，最好的辦法還是把船劃回去。因此他拿起一隻槳，把船劃回來。船一靠岸，這幾個人就跳上來了。在他還沒有發覺以前，他們已經用繩子把他的手綁住了。

「你得用命來抵償你的罪惡，」他們說，「幸好我們把你抓住了。」

他是一個謀殺犯！這就是他的罪名。人們發現莫爾登死了，他的脖子上插著一把刀。昨天晚上很晚的時候，有個漁夫撞見雨爾根向莫爾登的屋子走去。人們知道，雨爾根在莫爾登面前舉起過刀子，這並不是第一次。因此他一定是謀殺犯；現在必須把他關起來。關人的地方在林卻平，但是路很遠，而西風又正向相反的方向吹。不過，渡過這個海灣到斯卡龍去要不了半個鐘頭；從那兒到北佛斯堡，只有幾里路。這兒有一棟大建築物，外面有圍牆和壕溝。船上有一個人是這棟房子的看守人的兄弟。他說，可以暫時把雨爾根監禁在這房子的地窖裡。吉卜賽人朗·瑪加利曾經在這裡被囚禁過，一直到執行死刑爲止。

雨爾根的辯白誰也不理。他襯衫上的幾滴血成了對他不利的證據。不過雨爾根知道自己是無罪的。他既然沒有機會洗清自己的冤情，也就只好聽天由命。

這一行人馬上岸的地方，正是騎士爵士布格的堡寨所在的地方。雨爾根兒時最幸福的那四天裡，曾經和他的養父養母去參加一個宴會──下葬的宴會，途中曾經過這兒。他現在又被

牽著在草場上向北佛斯堡那條老路走去。這兒的接骨木樹又開
花了，高大的菩提樹發出香氣。他彷彿覺得離開這地方不過是
昨天的事情。

　　在這棟堅固的樓房西廂，在高大的樓梯間下面，有一條地
道通到一個很低的、拱形圓頂的地窖。朗・瑪加利就是從這兒
被押到刑場上去的。她曾經吃過五個小孩的心：她有一種錯
覺，認為如果再多吃兩顆心的話，她就可以隱身飛行，任何人
都看不見她。地窖的牆上有一個狹小的通風眼，沒有被玻璃遮
住。鮮花盛開的菩提樹無法把香氣送進來安慰他；這兒是陰暗
的，充滿了霉味。這個囚牢裡只有一張木板床；但是「清白的
良心是一個溫柔的枕頭」，所以雨爾根睡得很好。

　　粗厚的木板門鎖上了，並且插上了鐵插梢。不過，迷信中
的小鬼可以從一個鑰匙孔鑽進高樓大廈，也能鑽進漁夫的茅
屋，更能鑽進這兒來──雨爾根正在這兒坐著，想著朗・瑪加
利和她的罪過。在她被處決的前天晚上，她臨終時的思緒充滿
了這整個房間。雨爾根記起那些魔法──在古代，斯萬魏得爾
老爺住在這兒的時候，有人曾經使用過。大家都知道，吊橋上
的看門狗，每天早晨總有人發現它被自己的鏈子吊在欄杆的外
面。雨爾根一想起這些事，心裡就變得冰冷起來。不過，這裡
有一絲陽光射進他的心：那就是他對盛開的接骨木樹和芬芳的
菩提樹的記憶。

　　他在這兒沒有被囚禁多久，人們便把他移送到林卻平。在
那裡，監禁的生活也同樣艱苦。

　　那個時代跟我們的時代不同。平民的日子非常艱苦。農人

的房子和村莊都被貴族拿去充當他們的新莊園，當時還沒有辦
法制止這種行爲。在這樣的制度下，貴族的馬車夫和僕人都成
了地方官。他們有權因一點小事而判窮人的罪，使他們喪失財
產，戴上枷，受鞭打。這一類法官現在還能找得到幾位。在離
京城和開明的、善意的政府較遠的尤蘭，法律仍然常常被人濫
用。雨爾根的案子被拖下去了——這還算是不壞的呢。

　　他在監牢裡是非常凄涼的——這要到什麼時候才能結束
呢？他沒有犯罪卻受到傷害的痛苦，這就是他的命運！在這個
世界上，爲什麼他該是這樣呢？他現在有時間來思索這個問題
了。爲什麼他會有這樣的遭遇呢？「這只有再等待到我的那個
『來生』裡才可以弄淸楚。」當他住在那個窮苦漁夫的茅屋裡
的時候，這個念頭就在他的心裡生了根。在西班牙的豪華生活
和太陽光中，這個念頭從來沒有在他父親的心裡照耀過；而現
在，在寒冷和黑暗中，卻成了他的一絲安慰之光——上帝的慈
悲的一個標記，而這是永遠不會欺騙人的。

　　春天的風暴開始了。只要風暴稍微平靜一點，西海的呼嘯
在內地許多英里以外都可以聽到：它像幾百輛的載重車子，在
崎嶇不平的路上奔騰。雨爾根在監牢裡聽到這聲音——這對他
來說也算是寂寞生活中的一點變化。什麼古老的音樂也比不上
這聲音可以直接引起他心裡的共鳴——這個呼嘯的、自由的
海。你可以在它上面到世界各地去，乘風飛翔；你可以帶著自
己的房子，像蝸牛背著自己的殼一樣，又走到它的上面去。即
使在生疏的國家裡，一個人也永遠是在自己的家鄉。

　　他靜聽著這深沉的呼嘯，心中泛起許多回憶——「自由！自

由！哪怕你沒有鞋穿，哪怕你的衣服破爛，有自由你就是幸福
的！」有時，這種思想在他的心裡閃過，於是他就握著拳頭，
向牆上打去。

好幾個星期，好幾個月，一整年過去了。有一個惡棍──小
偷尼爾斯，別名叫「馬販子」──也被抓進來了。這時情況才
開始好轉；人們終於看出，雨爾根蒙受了多麼大的冤枉。

那樁謀殺事件是在雨爾根離家後發生的。在前一天的下
午，小偷尼爾斯在林卻平灣附近一個農人開的啤酒店裡遇見了
莫爾登。他們喝了幾杯酒──還不足使任何人頭腦發昏，但卻
足夠讓莫爾登的舌頭放肆。他開始吹噓起來，說他得到了一棟
房子，打算結婚。當尼爾斯問他打算到哪裡去弄錢的時候，莫
爾登驕傲地拍拍衣袋。

「錢在它應該在的地方，就在這兒。」他回答說。

這種吹噓使他喪失了生命。他回家的時候，尼爾斯就在後
面一路跟著他。尼爾斯用一把刀子刺進他的喉嚨，然後刼走了
他身上所有的錢。

這件事情的詳細經過後來總算水落石出了。對我們來說，
知道雨爾根獲得自由就夠了。不過他在牢獄和寒冷中整整受了
一年罪，與所有的人斷絕往來，有什麼足以賠償他這種損失的
呢？是的，人們告訴他，說他能被宣告無罪已經很幸運了，他
應該離去。市長給了他十個馬克做旅費，許多市民給他食物和
啤酒──世界上總算還有些好人！並非所有的人都把他「叉
住、剝皮、放在鍋裡炒」！不過最幸運的是：斯卡根的一個商人
布洛涅──雨爾根一年以前就想去幫他工作──這時卻為了一

椿生意到林卻平來了。他聽到了這整個案情。這人有一副好心腸，他知道雨爾根吃過了許多苦頭，因此就想幫他一點忙，使他知道，世界上還有好人。

從監獄裡走向自由，就像是走向天國，走向同情和愛。他現在就要體驗到這種心情了。生命的酒並不完全是苦的，沒有一個好人會對他的同類倒出這麼多的苦酒，代表「愛」的上帝又怎麼會呢？

「把過去的一切埋葬掉和忘記吧！」商人布洛涅說。「把過去的一年劃掉吧。我們可以把日曆燒掉。兩天以後，我們可以到那親愛的、友善的、平和的斯卡根去。人們說它是一個偏僻的角落，然而它卻是一個溫暖的、有火爐的角落；它的窗子開向廣闊的世界。」

這才算得上是一次真正的旅行呢！這等於又呼吸到新鮮的空氣──從陰冷的地牢中走向溫暖的陽光！荒地上長滿了盛開的石南和無數的花朵，牧羊的孩子坐在墳丘上吹著笛子──他自己用羊腿骨雕成的短笛。海市蜃樓，沙漠上美麗的天空幻象，懸空的花園和搖動的森林，都在他面前展現出來；空中奇異的氣流──人們把它叫做「趕著羊群的湖人」──也同樣地出現了。

他們走過溫德爾⑥人的土地，越過林姆灣，向斯卡根前進。留著長鬍子的人 ⑦──隆巴第人──就是從這兒遷移出去的。在那飢荒的時代裡，國王斯尼奧下命令，把所有的小孩和老人都殺掉，但是擁有廣大土地的貴族婦人甘巴魯克提議，讓年輕人離開這個國家。雨爾根是一個知識豐富的人，他知道這整個

故事。即使沒有到過在阿爾卑斯山後面的隆巴第人的國家⑧，他
起碼也知道他們是什麼樣子的，因為他童年時曾到過西班牙的
南部。他記起了那兒成堆的水果，鮮紅的石榴花，蜂窩似的大
城市裡的嗡嗡聲、叮噹聲和鐘聲。然而那畢竟是最好的地方，
而雨爾根的家鄉是在丹麥。

最後他們到達了「溫德爾斯卡加」——這是斯卡根在古挪
威和冰島文字中的名稱。那時老斯卡根、微斯特埠和奧斯特埠
在沙丘和耕地中間，綿延許多英里路遠，一直到斯卡根灣的燈
塔那兒。那時的房屋及田莊和現在一樣，零零落落地散佈在被
風吹在一起的沙丘中間。這是風和沙子在一起遊戲的沙漠，一
塊充滿了刺耳的海鷗、海燕和野天鵝叫聲的地方。在西南三十
多英里的地方，就是「高地」或老斯卡根。商人布洛涅就住在
這兒，雨爾根也將要住在這兒。大房子都塗上了柏油，小屋子
都有一個翻過來的船做屋頂；豬圈是由破船的碎片拼成的。這
兒沒有籬笆，因為沒有什麼東西可圍。不過繩子上吊著長串的、
剖開的魚。它們掛得一層比一層高，在風中吹乾。整個海灘上
堆滿了腐朽的鯡魚。這種魚在這兒是那麼多，網一下到海裡就
可以拖上成堆的魚。這種魚太多了，漁夫們都必須把它們扔回
到海裡去，或堆在那裡讓它們腐爛。

商人的妻子和女兒，甚至他的僕人，都興高采烈地歡迎主
人回來。大家握著手，閒談著，講許多事情，而他的女兒，她
有多麼可愛的面孔和一對多麼美麗的眼睛啊！

房子是寬大而舒適的。桌上擺出了許多盤魚——連國王都
認為美味的比目魚。這兒還有斯卡根葡萄園產的酒——這也就

是海所產的酒，因爲葡萄從海裡運到岸上時，早就釀成酒了，
也裝進酒桶和酒瓶裡去了。

母親和女兒一知道雨爾根是個什麼人，他無辜地受過許多
苦難，她們就以更和善的態度來接待他；而女兒——美麗的克
拉娜——她的一雙眼睛是最爲和善的。雨爾根在老斯卡根算是
找到一個幸福的家。這對於他的心靈是有好處的——他已經受
過痛苦的考驗，飲過能使心腸變硬或變軟的愛情苦酒。雨爾根
的一顆心還是軟的——它還年輕，還有空閒。三星期以後，克
拉娜要乘船到挪威的克利斯蒂安桑得去拜訪一位姑母，在那兒
度過多天。大家都覺得這是一個很好的機會。

在她離家前的那個星期天，大家都到教堂去參加聖餐禮。
教堂是寬大而壯麗的；它是蘇格蘭人和荷蘭人在許多世紀以前
建造的，離城市不太遠。當然它已有些頹敗了，那條通向它的
深深地陷在沙裡的路是非常難走的。不過人們很願意忍受困
難，走到神的屋子裡去，唱聖詩和聽講道。沙子沿著教堂的圍
牆堆積起來，但是人們還沒有讓教堂的墳墓被它淹沒。

這是林姆灣以北的一座最大的教堂。祭壇上的聖母瑪利
亞，頭上罩著一道金光，手中抱著年幼的耶穌，看起來眞是栩
栩如生。唱詩班所在的高壇上，刻著神聖的十二使徒的像。壁
上掛著斯卡根過去一些老市長和市府委員們的肖像，以及他們
的圖章。宣講台也雕著花。陽光耀眼地照進教堂裡，照在發亮
的銅蠟燭台上和圓屋頂下懸著的小船上。

雨爾根覺得有一種神聖的、天眞的感覺籠罩著他的全身，
跟小時候站在一個華麗的西班牙教堂裡一樣。不過在這兒，他

體會到他已經是一個信徒了。

講道完畢以後，接著就是領聖餐⑨的儀式。他和別人一起去領取麵包和酒。但是很湊巧，他剛剛好跪在克拉娜小姐的身邊。不過他的心正深深地想著上帝和這神聖的禮拜；只有站起來的時候，才注意到旁邊是什麼人。他看到她臉上滾下了眼淚。

兩天以後，她就動身到挪威去了。雨爾根在家裡做些雜活或出去捕魚，而且那時的魚多——比現在還要多。魚在夜裡發出閃光，所以也就洩漏出它們的位置。魟鯡在咆哮著，墨魚被捉住的時候發出哀鳴。魚並不像人所想像的那樣沒有聲音。雨爾根比一般人更沉默，把心事悶在心裡——但是總有一天會爆發出來的。

每個禮拜天，當他坐在教堂裡、看著祭壇上的聖母瑪利亞像的時候，他的視線也會在克拉娜跪過的地方停留一會兒。他想起她曾經對他多麼溫柔。

秋天帶著冰雹和冰雪到來了。水泛濫到斯卡根的街道上來，因為沙不能把水全部吸收進去。人們得在水裡走，甚至還得坐船。風暴不斷地把船隻吹向那危險的暗礁上而撞壞了。暴風吹來飛沙，把房子都埋掉了，房子裡的人只有從煙囪裡爬出來。但這並不是稀有的事件。屋子裡是舒適和愉快的。泥炭和破船的木片燒得噼啪地響起來；商人布洛涅高聲朗讀著一本舊的編年史。他讀著丹麥王子漢姆雷特怎樣從英國到來，怎樣在波烏堡登陸作戰。他的墳墓就在拉姆，離那個養鱔魚的人所住的地方只不過幾十英里路。數以百計的古代戰士的墳墓，散在荒地上，像一個寬廣的教堂墓地。布洛涅曾親自到漢姆雷特的

墓地去看過。大家都談論著關於那遠古時代、鄰居們、英格蘭
和蘇格蘭的事情。雨爾根也唱著那首《英國的王子》的歌，關
於那艘華貴的船和它的裝備：

> 金葉貼滿了船頭和船尾，
> 船身上寫著上帝的教誨。
> 這是船頭畫幅裡的情景：
> 王子正擁抱著他的戀人。

雨爾根唱這首歌的時候非常激動，眼裡射出光芒。他的眼
睛天生就是烏黑的，所以顯得特別明亮。

屋子裡有人讀書，有人歌唱，生活也很富裕，甚至家裡的
動物也過著這麼富裕的家庭生活。鐵架上的白盤子發著亮光，
天花板上掛著香腸、火腿和豐饒的多天食物。這種情況，在尤
蘭西部海岸的許多富裕田莊裡現在還可以看到：豐富的食物、
漂亮的房間、機智和聰明的幽默感。在我們這個時代，這一切
都恢復過來了。像在阿拉伯人的帳蓬一樣，人們都非常好客。

自從他兒時參加過那四天的下葬禮的宴會以後，雨爾根再
也沒有過這樣愉快的日子；然而克拉娜卻不在這兒，她只有在
他的思緒和談話中存在。

四月間有一條船要開到挪威去，雨爾根也得一起去。他的
心情非常好，精神也很愉快，以致布洛涅太太說，光看他一眼
也是舒服的。

「看你一眼也是同樣的高興啦，」老商人也這樣說。「雨爾

根使冬天的夜晚變得活潑，也使妳變得活潑！妳今年變得年輕
了，顯得健康、美麗。不過妳早就是微堡的一個最美麗的姑娘
呀——這是一個最高的評價，我早就知道微堡的姑娘們是世界
上最美的人兒。」

這話對雨爾根不恰當，因此他不表示意見。他心中想著一
位斯卡根的姑娘。現在他要駕著船去看這位姑娘了。船將要在
克利斯蒂安桑得港下錨。不到半天的時間，一陣順風就要把他
吹到那兒去了。

有一天早晨，商人布洛涅到離老斯卡根很遠、在港灣附近
的燈塔那兒去。信號火早已滅了；當他爬上燈塔的時候，太陽
已經升得很高。沙灘伸到水裡幾十里遠。在沙灘外邊，這天有
許多船隻出現。在這些船中，他從望遠鏡裡認出了他自己的船
「加侖・布洛涅」號。是的，它正在開過來。雨爾根和克拉娜
都在船上。在他們眼中，斯卡根的教堂塔樓和燈塔就像藍色的
水面上漂浮著的兩隻蒼鷺和天鵝。克拉娜坐在甲板上，看到沙
丘遠遠地露出地面：如果風向不變的話，她可能在一小時內就
會到家。他們是這麼接近家，是這麼快樂——但同時又是這麼
接近死亡和死的恐怖。

船上有一塊板子鬆了，水湧了進來。他們忙著塞漏洞和抽
水，並收下帆，同時升起了求救的信號旗。但是他們離岸邊仍
然有十多里遠。他們看得見一些漁船，卻仍然相距很遠。風正
向岸邊吹，潮水也對他們有利，可是已經來不及了，船正向下
沉。雨爾根伸出右手，抱著克拉娜。

當他喊著上帝的名字和她一起跳進水裡去的時候，她是用

怎樣的眼光注視著他啊！她大叫了一聲，但是仍然感到安全，
因爲他絕不會讓她沉下去的。

在這恐怖和危險的時刻，雨爾根體會到了那支古老的歌裡
的字句：

> 這是船頭畫幅裡的情景：
> 王子正擁抱著他的戀人。

他是一個游泳的能手，現在正好派上了用場。他用一隻手
和雙腳划著水，用另一隻手緊緊地抱著這年輕的姑娘。他在浪
濤上浮著，踩著水，用了他所熟悉的一切技術，希望能保持足
夠的力量游到岸邊。他聽到克拉娜發出一聲嘆息，覺著她身上
起了一陣痙攣，於是他更牢牢地抱住她。海水向他們身上打來，
浪花把他們托起，水是那麼深，那麼透明，轉眼間他似乎看見
一群青花魚在下面發出閃光──這也許這就是「海中怪獸」⑩，
是要來吞噬他們的。雲塊在海上撒下陰影，然後耀眼的陽光又
射出來了。驚叫著的鳥兒成群地在他頭上飛過去。在水上浮著
的、昏睡的胖野鴨惶恐地在這位游泳高手面前突然起飛。他覺
得他的力氣在慢慢衰竭。他離岸還有好幾錨鏈長的距離；這時
有一艘船影影綽綽地駛近來救援他們。不過在水底下──他看
得清清楚楚──有一個白色的動物在注視著他們；當一股浪花
把他托起來的時候，這動物就更向他逼近來：他感到一陣壓
力，周圍馬上就變得漆黑，一切東西都在他的視線中消逝了。

沙灘上有一條被海浪衝上來的破船。那個白色的「破浪神」

⑪倒在一個錨上，錨的鐵鉤微微地露出水面。雨爾根撞到了它，而浪濤更以加倍的力量推著他向它撞去。他昏過去了，跟他的重負一起下沉。接著第二股浪濤襲來，他和這位年輕姑娘又被托了起來。

漁夫撈起他們，把他們抬到船裡去；血從雨爾根臉上流下來，他好像死了一樣，但是仍然緊緊抱著這位姑娘，大家只有使出很大的力氣才能把她從他的懷抱中拉開。克拉娜躺在船裡，面色慘白，沒有生命的氣息。船現在正向岸邊划去。

他們用盡一切辦法來使克拉娜復甦；然而她已經死了！兩根一直抱著一具死屍在水上游泳，爲了這個死人而使得自己精疲力竭。

雨爾根仍然在呼吸。漁夫們把他抬到沙丘上最近的一間屋子裡去。這兒只有一位類似外科醫生的人，雖然他同時還是一個鐵匠和雜貨商人。他把雨爾根的傷包紮好，以便等到第二天到叔林鎮上去找另一個醫生。

病人的腦子受了重傷。他在昏迷不醒中發出狂叫。但是到了第三天，他倒下了，像昏睡過去一樣。他的生命好像掛在一根線上，而這根線，據醫生的說法，還不如讓它斷掉的好——這是人們對雨爾根能做出的最好的期望。

「我們祈求上帝趕快把他接去吧；他絕不會再是一個正常的人！」

不過生命卻不離開他——那根線並沒有斷，可是他的記憶卻斷了；他的一切理智的聯想都被切斷了。最可怕的是，他仍然有一個活著的身體———一個又要恢復健康的身體。

雨爾根住在商人布洛涅的家裡。

「他是為了救我們的孩子才得病的，」老頭子說；「現在他要算是我們的兒子了。」

人們叫雨爾根白痴；然而這不是一個恰當的名詞。他只是像一把鬆了弦的琴，一時發不出聲音來罷了。這些琴弦偶爾會繃緊，發出一點聲音：幾支舊曲子，幾個老調子；畫面展開了，但馬上又籠罩煙霧。於是他又坐著呆呆地向前面看，一點思想也沒有。我們可以相信，他並不感到痛苦，但是他烏黑的眼睛卻失去了光彩，看起來像模糊的黑色玻璃。

「可憐的白痴雨爾根！」大家說。

他，從母親懷裡出生以後，本來注定要享受豐富幸福的人間生活，因而對他來說，如果還盼望或相信來世能有更好的生活，那簡直是「傲慢，可怕地狂妄」。難道他心靈中的一切力量都已經喪失了嗎？他的命運現在只是一連串艱難的日子、痛苦和失望。他像一個美麗的花根，被人從土壤裡拔出來，扔在沙子上，聽憑它腐爛下去。不過，難道依著上帝的形象造成的人只能有這點價值嗎？難道一切都是命運在作祟嗎？不是的，對於他所受過的苦難和損失掉的東西，博愛的上帝一定會在來生給他報償的。「上帝對所有的人都好；他的工作充滿了仁慈。」這是大衛《聖詩集》中的話語。這商人的年老而虔解的妻子，以耐心和希望，把這句話念出來。她心中只祈求上帝早點把雨爾根召回去，使他能走進上帝「慈悲的世界」和永恆的生活中去。

教堂墓地的牆快要被沙子埋掉了，克拉娜就葬在這個墓地

裡。雨爾根似乎一點也不知道這件事——這不屬於他的思考範
圍,因為他的思考只包括過去的一些片段。每個禮拜天,他和
家人去做禮拜,但他只靜靜地坐在教堂裡發呆。有一天正在唱
聖詩的時候,他深深地嘆了一口氣,眼睛閃著光,注視著祭壇,
注視著他和死去的女朋友曾經多次在一起跪過的那個地方。他
喊出她的名字來,他的面色慘白,眼淚沿著臉頰流下來。

人們把他扶出教堂。他對大家說,他的心情很好,並不覺
得有什麼毛病。上帝所給予他的考驗與遺棄,他全記不得了
——而上帝,我們的造物主——是聰明的、仁愛的,誰會對他
懷疑呢?我們的心,我們的理智都承認這一點,《聖經》也證實
這一點:「他的工作充滿了仁慈。」

在西班牙,溫暖的微風吹到摩爾人的清眞寺圓頂上,吹過
橙子樹和月桂樹;處處是歌聲和響板聲。就在這兒,有一位沒
有孩子的老人、一個最富有的商人,坐在一棟華麗的房子裡。
這時有許多孩子拿著火把和飄動著的旗子在街上遊行過去了。
老頭子眞願意拿出大量財富再找回他的女兒:他的女兒,或者
女兒的孩子——這孩子可能從來就沒有見過這世界的陽光,因
而也不能走進永恒的天國。「可憐的孩子!」

是的,可憐的孩子!他的確是一個孩子,雖然已經有三十
歲了——這就是在老斯卡根的雨爾根的年齡。

流沙把教堂墓地的墳墓全都蓋滿了,蓋到牆頂那麼高。雖
然如此,死者還是得葬在這兒,和先逝去的親族或愛人葬在一
起。商人布洛涅和他的妻子,現在就跟他們的孩子一起,躺在
這白沙的下面。

　　現在是春天了──是暴風雨的季節。沙上的沙丘粒飛到空
中，形成煙霧；海上翻著洶湧的浪濤；鳥兒像暴風中的雲塊，
成群地在沙丘上盤旋和尖叫。在沿著斯卡根港灣到胡斯埠沙丘
的這條海岸線上，船隻接二連三地觸礁出事。

　　有一天下午，雨爾根單獨坐在房間裡，他的頭腦忽然似乎
清醒了起來，他有一種不安的感覺──這種感覺，在他小時候，
常常驅使他走到荒地和沙丘之間去。

　　「回家啊！回家啊！」他說。誰也沒有聽到他的喃喃自語。
他走出屋子，向沙丘走去。沙子和石子吹到他臉上來，在他周
圍打轉。他向教堂走去，沙子堆到牆上來，快要蓋住窗子的一
半了。可是門口的積沙被鏟掉了，因此教堂的入口是敞開的。
雨爾根走了進去。

　　風暴在斯卡根鎮上呼嘯。這樣的風暴，這樣可怕的天氣，
人們的記憶中從來不曾有過。但是雨爾根是在上帝的屋子裡。
當外面正是黑夜的時候，他的靈魂現出了一線光明──一線永
遠不滅的光明。他覺得，壓在頭上的那塊沉重的石頭現在爆裂
了。他好像聽到了風琴的聲音──不過這只是風暴和海的呼
嘯。他在一個座位上坐了下來。看啊！蠟燭一根接一根點起來
了。這兒現在出現了一種華麗的景象，像他在西班牙看到的一
樣。市府老參議員們和市長們的肖像都有了生命。他們從掛過
許多世紀的牆上走下來，坐到唱詩班的席位上去。教堂的大門
和小門都自動打開了；所有的死人，穿著生前他們那個時代的
節日衣服，在悅耳的音樂聲中走進來了，在椅子上坐下來了。
於是聖詩的歌聲，像洶湧的浪濤一樣，洪亮地唱起來了。住在

胡斯埠沙丘上的養父養母都來了；商人布洛涅和妻子也來了，在他們旁邊、緊貼著雨爾根，坐著他們和善的、美麗的女兒。她把手向雨爾根伸來，他們一起走向祭壇：他們曾經在這兒一起跪過。牧師把他們的手拉到一起，讓他們結為愛情的終身伴侶。於是喇叭聲響起來了——悅耳得像一個充滿了歡樂和期望的孩子的聲音。它擴大成風琴聲，最後變成由洪亮的高貴音色組成的暴風雨，使人聽起來非常愉快，然而它卻強烈得足以打碎墳上的石頭。

掛在唱詩班席位頂上的那隻小船，這時掉到他們兩人面前來了。它變得非常龐大和美麗；它有綢子做的帆和鍍金的帆桁，錨是黃金的，每一根纜繩都像那支古老的歌中所說的，是「摻雜著生絲」。這對新婚夫婦走上這條船，所有做禮拜的人也跟著一起上來，因為大家在這兒都有自己的位置和快樂。教堂的牆壁和拱門，像接骨木樹和芬芳的菩提樹一樣，都開出花來了；它們的枝葉搖動著，散發出清涼的香氣，於是它們彎了下來，向兩邊分開；這時船就起錨，在中間開過去，開向大海，開向天空；教堂裡每一根蠟燭是一顆星，風吹出一首聖詩的調子，於是大家便跟著風一起唱：

「在愛情中走向快樂！——任何生命都不會滅亡！永遠的幸福！哈利路亞！」

這也是雨爾根在這個世界裡所說的最後的話。連接著不滅的靈魂的那根線現在斷了；這個陰暗的教堂裡現在只有一具死屍——風暴在它的周圍呼嘯，用散沙把它掩蓋住。

　　第二天早晨是禮拜天；教徒和牧師都來做禮拜。到教堂去
的那條路是很難走的，被沙子掩蓋得幾乎無法通過。雖然他們
最後走到了門口，但教堂的入口處已經高高地堆起一座沙丘。
牧師念了一段簡短的禱告，說，上帝把自己的屋子封閉了，大
家可以走了，到別的地方去建立一座新的教堂。

　　於是他們唱了一首聖詩，然後回到自己家裡去。

　　在斯卡根這個鎮上，雨爾根已經不見了；即使在沙丘上人
們也找不到他。據說滾到沙灘上的洶湧浪濤把他捲走了。

　　他的屍體被埋在一個最大的石棺──教堂──裡面。在風
暴中，上帝親手用土把他的棺材蓋住；大堆的沙子壓在那上
面，現在仍然壓在那上面。

　　飛沙把那些拱形圓頂都蓋住了。教堂上長滿了山楂和玫瑰
樹；行人現在可以在那上面散步，一直走到冒出沙土的那座教
堂塔樓。這座塔樓像一塊巨大的墓碑，附近十多里處都看得見。
任何皇帝都不會有這樣漂亮的墓碑！誰也不來攪亂死者的安
息，因爲在此以前，誰也不知道這件事情：這個故事，是沙丘
間的風暴對我唱出來的。〔1860 年〕

　　這個故事最先發表在 1860 年哥本哈根出版的《新的童話和
故事集》第一卷第四部。這個故事與〈柳樹下的夢〉、〈依卜和
克麗斯玎〉和〈老單身漢的睡帽〉在情節、感情和氣氛方面有

很多相似之處——都是天眞無邪的眞摯愛情，在人生的坎坷之
路上最後發展成爲悲劇，調子是低沉的。這就不得不使人聯想
起安徒生本人一生在愛情上的遭遇。但他不願意使讀者感到過
於衰傷，所以就照例求助於上帝，讓他老人家動用他的慈悲，
把人間的悲哀轉化成爲「幸福」——當然是虛無縹緲幻想中的
「幸福」，像〈賣火柴的小女孩〉一樣。「她把手向雨爾根伸來，
他們一齊走向祭壇：他們曾經在這兒一起跪過。牧師把他們的
手拉到一起，讓他們結爲愛情的終身伴侶。」

關於這篇故事，安徒生在他 1869 年出版的《故事全集》中
寫道：

「我發現這裡（即安徒生當時訪問過的斯卡根和尤蘭西海
岸）的大自然和生活習俗很美。它們成爲溶進我創作中的思想
基礎。這些思想長期縈繞在我的腦際。它們源於我和丹麥詩人
奧倫施拉格的一次談話。他的話在我年輕的心裡留下了很深的
印象。不過，那時我的理解只停留在字面上，不像現在這樣清
楚。我們談到『永恒』的問題，奧倫施拉格問：『你爲什麼那
樣有把握，認爲此生以後還有另一個生命？』我向他肯定表示，
我完全相信這一點，根據是上帝的大公無私。不過我對他講的
時候，我使用了不恰當的字眼：『這是人的要求。』

「於是他繼續說：『你敢要求永恒的生命，不覺得僭越麼？
上帝不是在此生已經給了你無限的恩惠麼？我知道上帝已經給
了我深厚的恩惠。當我死時閉上眼睛的當兒，我將懷著感激的
心情向他祈禱，感謝他。如果他還要給我一個新的、永恒的生
命，我將視爲一項新的無限深廣的恩典來接收它。』我說：『你

很容易說這樣的話，在這個世界上，上帝給你的賜予已經不少了，我也可以這樣說。不過想想看，在這個世界上活著的許多人，卻不能這樣說——許多人身體有病，神智不健全，在最悲痛的情況下過日子，憂傷和貧困一直伴隨著他們。爲什麼他們要這樣受難呢？爲什麼我們的分配是如此不平等呢？這是非常錯誤的，而上帝不應該做錯誤的事！因此上帝得做出補償。他將做出我們做不到的事：他將給我們永恒的生命！』這番談話使我產生了寫〈沙丘的故事〉的動機。」

這番談話說明了安徒生的上帝觀，也說明了他的苦悶：他無法解釋自己的生存——特別是在愛情上的遭遇。

【註釋】

①指清眞寺，因爲非洲信仰伊斯蘭教的摩爾人在第八世紀曾經征服過西班牙。

②據希伯來人的神話，人類的始祖亞當和夏娃在天國裡過著快樂的生活。因爲受了蛇的教唆，夏娃和亞當吃了知識之果，以爲這樣就可以跟神一樣聰明。結果兩人都被上帝趕出了天國。見《聖經·舊約全書·創世記》第三章。

③義大利人和西班牙人住在較熱的南歐，皮膚較一般北歐人黑。

④這是北歐神話中的一種神仙。

⑤這句話不知源出何處，大概與丹麥的民間故事有關。

⑥這是現在住在德國東部施普雷(Spree)流域的一個屬於斯拉夫系的民族，人口約十五萬。在第六世紀時，他們是一個強大的民族，占有德國和北歐廣大的地區。

⑦指隆哥巴爾第這個民族，在義大利文裡是 Longobari，即「長鬍子的人」的意思。他們原住在德國和北歐，在第六世紀遷移到義大利。現在義大利的隆巴第省(Lombardia)，就是他們過去的居留地。

⑧指義大利。

⑨基督教的一種宗教儀式，教徒們領少量的餅和酒，表示紀念耶穌。

⑩原文是 leviathan。《聖經》中敍述爲象徵邪惡的海中怪獸。見《舊約全書‧約伯記》第四十一章。

⑪這是一個木雕的人像，一般安在船頭，古時的水手迷信它可以「破浪」，使船容易向前行駛。

國家圖書館出版品預行編目資料

安徒生故事全集 / 安徒生（H. C. Andersen）著
；葉君健翻譯．評註. -- 初版. -- 臺北市：
遠流，1999【民 88】
　冊；　　公分. --（世界不朽傳家經典；1-
4）
　ISBN　957-32-3671-0 （第一冊 ：精裝）. --
ISBN　957-32-3672-9（第二冊：精裝）. -- ISBN
957-32-3673-7（第三冊：精裝）. -- ISBN 957-
32-3674-5（第四冊 ：精裝）. -- ISBN 957-32-
3678-8 （一套 ：精裝）

881.559　　　　　　　　　　　　　　88001109